KB166138

더 짙은 블루

The deep blue

The Deep blue

사이새 장편소설

2

CHIC NOVEL

The Deep blue 2

초판 1쇄 인쇄일 | 2021년 11월 04일
초판 1쇄 발행일 | 2021년 11월 12일

지은이 | 사이새
펴낸이 | 박성면
펴낸곳 | (주)동아

출판등록 | 제406-3960100251002007000071호
주소 | 경기도 파주시 문발로 115, 세종대학교출판부 206호
전화 | (031)8071-5201
팩스 | (031)8071-5204
E-mail | bear6370@hanmail.net

정가 | 11,000원

ISBN 979-11-5641-180-2 (04810)
979-11-5641-178-9 (set)

2

더 짙은 블루

The deep blue

The Deep blue

사이새 장편소설

chicnovel

CHIC NOVEL

목 차

Part 4. Double-blind

허리 높이의 식탁 위로 엉덩이를 걸쳐 앉은 이수가 몸을 뉘었다. 흐트러진 머리카락 아래 단정한 이마가 드러났다. 시훈의 손이 지나는 곳마다 셔츠 단추가 톡톡 풀어졌다. 벌어지는 그 틈에 시훈이 입을 맞춰 따라갔다. 명치 아래로 드러난 얄팍한 배 위에 혀를 세우자 가쁜 호흡이 터졌다. 허리 아래로 공간이 생겼다.

그 틈으로 손을 넣어 버클이 풀린 바지와 속옷을 한 번에 끌어 내렸다. 곧게 발기한 정이수의 성기 끝이 발갛게 달아올라 있었다. 기둥을 가볍게 잡고 프리컴이 방울 맺힌 귀두 끝을 시훈은 망설임 없이 입으로 빨았다. 뜨겁고 축축한 입안을 온전히 느끼기도 전에 가벼운 전희처럼 쪽 입이 떨어졌다.

"하… 아…."

이수의 다리 사이에서 단추를 풀어 헤친 시훈이 탄탄한 복근을 드러내고 위에서 아래로 이수를 내려 봤다. 그동안 몸을 섞을 때마다 외로 돌린 고개를 기억하고 있었다. 마른침을 삼키는 이수의 목울대가 억누른 긴장을 말해 주었다. 천천히 올라간 시선 끝에 전과 달리 끝이 발갛게 물든 눈이 시훈을 바라보고 있었다. 내가 함께 있다고. 그렇게 말하는 정이수가.

달아오른 뺨을 시작으로 시훈의 손이 목을 지났다. 믿기지 않는 눈앞의 실체를 하나하나 확인하는 손짓은 다정하게 이수의 몸 구석구석을 훑었다. 얽히고설킨 미로를 더듬는 손은 다시금 길을 그린다. 모퉁이도 막다른 길도 없이 반드시 서로가 만날 수밖에 없는 길을. 온기와 온기가 만나는 지금을 빠짐없이 느끼는 시훈의 호흡이 거칠었다. 작게 미간을 찌푸린 시훈이 너른 등을 내려 이수의 가슴 위로 얼굴을 묻었다.

"…아… 흐…!"

혀로 작은 돌기를 굴리자 미약한 신음이 새어 나왔다. 볼이 홀쭉해질 정도로 입술을 모아 깊게 빨아들이고 물컹한 혀를 핥아 올리는 동안 간지럽고 오싹한 감각이 밀려들어 왔다. 뾰족하게 세운 혀가 가슴을 간지럽히는 동안 시훈의 머리카락 사이로 이수의 손가락이 파고들었다. 머리카락을 쓰다듬는 손길이 한없이 부드러웠다. 이수는 애가 타 가슴을 들썩였다.

"하아… 아… 으…."

따가울 정도로 유두를 빨아낸 입술이 점점이 가슴 언저리에 가벼운 입맞춤을 남기는 동안 시훈의 손이 다리 사이로 옮겨 갔다. 발에 대롱대롱 걸린 속옷과 양말을 모조리 벗긴 시훈은 이수의 발목을 테이블 위에 완전히 올려놓았다. 전신이 테이블 위로 올라간 이수의 무릎 뒤를 잡아 누르자 밝은 불빛 아래 프리컴으로 질척하게 젖은 성기와 구멍이 드러났다.

반사적으로 다리를 움츠리자 무릎을 움켜쥔 시훈이 가만히 사이를 벌렸다. 서늘한 공기 중에 드러난 구멍이 멋대로 벌름거렸다. 제 신체 일부임에도 마음대로 제어되지 않았다. 애써 힘을 빼 보려고 해도 엉덩이가 움찔움찔 떨리기만 할 뿐 하등 소용없는 짓이었다.

"…보지 말아요…."

손가락으로 느릿하게 구멍의 주름을 훑던 시훈이 흘깃 이수를 올려봤다. 볼을 붉힌 이수가 눈동자를 굴려 부끄러운 안색을 감추자 시훈이 들리지 않을 욕을 짓씹었다. 곧 속삭이듯 낮은 목소리가 이어졌다.

"지금…, 안 넣을 테니까 이대로 있어요."

시훈이 제 입속에 손가락 두 개를 넣었다 뺐다. 그는 회음부를 따라 미끄러트린 손가락을 넣을 듯 말 듯 애를 태웠다. 한동안 성기가 삽입되지 않은 구멍은 손가락 한 마디만으로도 빡빡했다. 천천히 마디 끝만 드나들기를 몇 번, 곧 시훈이 벨트가 풀린 바지에서 빠듯하게 올라붙은 제 성기를 꺼냈다. 동시에 이수의 성기를 그러쥐었다.

"…으흐…."

이수의 엉덩이 골 사이에 자리 잡은 시훈의 성기 역시 천천히 위아래로 움직이며 미끄러졌다. 귀두가 구멍 사이를 지났다. 느껴 본 적 없는 이상한 감각이 스멀스멀 피어올랐다. 배 속이 울렁거렸다.

간지러운 감각이 좋기도, 한편으로는 짜증스럽기도 했다.

기억을 더듬어 보면 몸을 섞은 건 오랜만이었다. 유진우가 떠난 이후 단 한 번도 시훈은 섹스를 요구하거나 강요하지 않았다. 단지 밥을 먹고, 전시회를 가고, 길을 걷고, 커피를 마시는 일상을 요했을 뿐이었다. 삽입할 거라는 예상과 달리 잔뜩 이맛살을 구긴 시훈은 뱉은 말처럼 당장 그럴 생각이 없어 보였다. 이수가 입술을 짓씹고 허리를 비틀었다.

"가만히 있어."

"왜…."

하아…. 구멍과 회음부에 굵은 살덩이를 비비며 시훈이 더운 숨과 함께 냉정한 투로 속삭였다.

"…다칠까 봐 그래."

힘이 들어간 턱 끝을 시훈의 손이 다정하게 훑고 지났다. 마음 같아서는 뿌리 끝까지 성기를 넣고 정이수의 따뜻한 안을 휘젓고 싶었다. 마구잡이로 허리를 털고 싶었다. 한시도 떨어지지 않고 밤새 이수가 제 것을 품게 하고 싶었다.

유진우가 떠난 그날 이후, 얼마나 참았는지 모른다. 문득 눈이 마주칠 때마다, 셔츠를 입은 단정한 뒷목을 드러내고 제 앞으로 걸어갈 때마다, 제가 아닌 다른 사람을 향해 웃을 때마다 불쑥 솟는 욕정이 사람을 미치게 만들었다. 애써 무감하게 포장한 얼굴을 감추며 그간 욕구를 눌러야 했을 시훈도 원하는 바는 아니었다.

오피스텔 엘리베이터 앞에서 한 키스만으로 밤새 수음했다는 사실을 정이수가 알 리 없다. 제가 사 준 니트 안으로 머리를 들이밀고 작고 동그란 유두를 빨고 싶었다는 사실도, 길게 뻗은 다리를 감싼 바지를 당장에 벗겨 차 안에서 몰아붙이고 싶었다는 사실도, 걷는 내내 휘적휘적 앞뒤로 흔들리던 손을 잡고 싶었다는 사실도, 식사 내내 같잖은 이성을 붙들어 매느라 말이 없었다는 사실도 정이수가 알 리 없었다.

"흐으… 응…."

넣지 않고 구멍만 스칠 뿐인 시훈의 성기에 이토록 안달 낼 줄 몰랐다. 배꼽 아래 닿지 않는 그곳이 간지러워 이수가 잡을 곳 없는 테이블 위로 손톱을 세웠다.

시훈이 밀리지 않도록 이수의 골반을 단단히 틀어쥐었다. 시훈의 성기에서 흐른 프리컴이 빠끔거리는 이수의 구멍 사이를 적셨다. 번들거리는 귀두가 파고들듯 입구 주변을 맴돌고 기둥이 비껴가며 문질러졌다.

"후우…."

이수는 집 바닥에서 홀로 한 수음을 저절로 떠올렸다. 상상만으로 도저히 채워지지 않던 남자가 눈앞에 있었다. 이수는 시훈을 올려보았다. 반쯤 눈이 감긴 이수의 몸이 그가 허리를 쳐올릴 때마다 흔들렸다. 쿵쿵 치받는 힘에 데구루루 떨어진 식기가 바닥을 굴렀다. 이수가 사 온 음식들이 머리맡에서 흩어졌다.

시훈이 하반신을 갖다 붙이며 쥐고 있는 이수의 성기를 쭉쭉 쓸어 올려 자극을 줬다. 짜릿한 쾌감이 등줄기를 타고 찌르르 머리를 울렸다. 입술을 깨물었다. 신음을 참아 보려는 노력이 부질없었다.

"하… 아으… 흣…."

들쑤셔지지 않은 구멍이 시훈의 물건을 찾아 허리를 흔들었다. 서툴지만 유연하고 낭창하게 움직이는 몸은 야살스러웠다. 시훈은 힘줄이 부득 서 있는 손에 더욱 힘을 줘 빠르게 이수의 성기를 잡고 흔들었다. 이수가 벌린 다리 사이로 시훈의 손목을 구명줄이라도 되는 양 붙들었다. 그 작은 행동이 시훈에게 더없는 만족감을 주었다.

"나… 나올… 것……!"

달뜬 얼굴이었다. 이수가 드문드문 말을 토했다. 발등을 둥글게 말아 참아 보려 해도 사정 전 머리끝까지 치닫는 쾌감은 어쩔 도리가 없었다. 이수의 눈이 질끈 감겼다. 허리가 크게 휘었다. 쏟아지는 흥분을 삼킨 몸이 부르르 떨렸다. 시훈의 손에 의해 사정한 정액이 배 위로 흩뿌려졌다.

"…아…! 아… 읏…!"

여운을 매단 얼굴 위로 올라온 시훈의 손이 이마를 타고 내려와 뺨을 감쌌다. 벌린 아랫입술을 가만히 누르자 이수의 혀가 딸려 나왔다. 호흡마저 제대로 갈무리하지 못한 채 감겨 오는 혀는 뜨거웠다.

여태껏 이수의 매끈한 구멍 사이를 비비던 시훈의 성기도 한계에 달했다. 제 물건을 잡고 손을 털었다. 탈력감에 늘어진 이수의 숨소리마저 자극적이었다. 동그랗고 예쁜 둔부를 잡아 벌어진 구멍 사이를 굽어본 시훈은 사정이 가까워지자 제 귀두 끝을 빠금 벌린 구멍에 맞췄다. 꽉 쥐고 허리를 밀어붙였다.

"읏…!"

벌어지지 않은 구멍이 간신히 정액을 쏘는 끝과 맞붙은 채였다. 뜨거운 정액이 덜컥 쏟아지는 순간 시훈의 요도 끝을 머금고 싶어

안달인 양 엉덩이에 잘게 경련이 일었다. 들어가지 못한 정액이 골을 타고 바닥에 뚝뚝 흘렀다. 엉겨 붙은 정액에 미끄러진 시훈의 성기는 여전히 단단했다.

"하아··· 하···."

가쁜 숨소리가, 서로를 향한 눈빛과 작은 몸짓이 정염을 일으켰다. 짙은 어둠 속 서로를 더듬어 가는 길이 오늘만큼은 어렵지 않았다. 바짝바짝 애가 탄 두 사람 사이에 일어난 불씨가 방향을 알렸다. 내가 바로 여기에 있다고.

어깨를 내린 시훈이 겨드랑이 아래에 손을 넣어 이수를 일으켜 앉혔다. 이수는 뒤로 한 손을 짚고 막무가내로 밀고 들어오는 혀를 빨았다. 그리고 시훈의 어깨에 조심스레 손을 올렸다. 서로의 옷을 벗겨 내는 동안 입술은 잠시도 떨어지지 않았다. 욕실까지 가는 길목에 두 사람의 셔츠와 바지가 널브러졌다.

이수가 욕실 벽에 등을 대고 섰다. 시훈이 이수의 왼쪽 다리를 끌어 올려 허리에 감았다. 손가락은 거품이 묻은 허벅지를 지나 봉긋한 엉덩이 사이를 파고들었다.

"으···."

구멍 안으로 들어온 시훈의 손가락이 부드럽게 안을 쑤셨다. 이수가 어깨에 묻은 이마를 비볐다. 샤워기에서 떨어지는 물줄기가 하염없이 몸을 적셨다. 욕실을 가득 메운 수증기만큼 열락이 피어올랐다. 시훈은 가볍게 귀를 빨고 입술을 관자놀이에 붙였다. 이윽고 손가락이 빠진 자리에 뭉툭한 귀두 끝이 닿았다. 천천히 삽입된 성기가 빽빽한 내부를 꾸역꾸역 밀고 들어오자 낮은 신음이 터졌다.

"하아… 읏…."

끝까지 들어차는 감각에 바닥을 지탱하던 발뒤꿈치가 들렸다. 중심을 잃을까 걱정할 틈도 없이 감고 있는 허벅지를 단단히 틀어쥔 시훈이 가볍게 허리를 움직였다. 고개를 모로 기울여 이수의 입술 사이로 혀를 넣었다. 뜨거운 입술은 여러 번 각도를 비틀어 이수의 호흡을 앗아 가기도 제 호흡을 불어 넣기도 했다.

뿌옇게 수증기가 서린 욕실에서는 모든 것이 희미했다. 비틀어진 관계도 정확한 실체를 알 수 없는 감정들도 그랬다. 다만 까만 눈동자가 자신을 보고 있다는 사실만은 분명했다. 이수는 피하지 않고 남자를 응시했다. 이마를 마주한 아래 손가락 한 마디만 한 거리를 두고 시훈의 눈동자에 맺힌 제 얼굴이 보였다.

"…흑, 아… 윽…."

천천히 입구까지 빠져나간 귀두를 다시 안으로 넣을 때마다 그에 맞춰 이수가 허리를 움직였다. 시훈의 호흡이 뺨으로 쏟아졌다.

"하아…."

시훈이 바닥에 딛고 있는 나머지 다리를 단숨에 들어 올렸다. 공중에 붕 뜨게 된 몸이 벽과 시훈의 사이에 밀착됐다. 허리를 감아 발목을 교차해 걸자 굵은 성기가 깊숙이 삽입됐다.

"아…!"

파르르 몸이 떨렸다. 음습하고 습유한 곳을 스치는 쾌감이 머리를 쭈뼛 서게 만들었다. 시훈과 몸을 섞지 않은 지난날 어떻게 참았는지 모를 정도로 쩍 달라붙은 내벽이 게걸스럽게 삽입한 성기를 빨아

당겼다. 곧게 발기한 이수의 성기가 시훈의 복근에 쓸렸다. 손을 뻗어 만질 수 없는 아쉬움과 별개로 시훈의 성기가 찔러 오는 족족 이수의 내벽이 꿈틀대며 반응했다.

젖은 머리와 눈이며 뺨에까지 시훈이 입술을 묻고 비볐다. 속눈썹에 대롱대롱 매달린 물방울을 모두 핥고 나면 달아오른 귓불을 빨았다. 이시훈은 귓가에 소리 없는 밀어를 끊임없이 속삭였다.

이수는 엉덩이가 패도록 성기가 꿰뚫은 구멍을 조였다.

"하으… 윽… 읏…."

느리지만 분명하게 같은 곳을 찧어 올리는 시훈의 몸짓은 다정하지만 결정적인 순간 거셌다. 이수도 그게 좋았다. 철썩철썩 사타구니가 맞붙는 물기 어린 소리가 욕실 안을 울렸다.

"오늘… 나한테 왜 왔어요, 왜…."

시훈이 쳐올리는 움직임에 맞춰 벽에 쑥 밀려 올라간 몸이 바들바들 떨렸다. 쾌감에 숨을 삼키는 이수를 보며 시훈은 집요하게 물었다.

"응? 대답해 봐요, 왜…."

어르고 달래는 부드러운 목소리와 달리 다시 한번 쾅! 위로 찧어 올리자 이번에는 참은 신음이 팍 터져 나왔다.

"…아흑!"

재촉해 봐도 굳게 다문 입술은 좀처럼 열리지 않는다. 기묘한 희망과 절망이 시소처럼 시훈을 저울질했다. 상대가 내리면 끝나 버릴 놀이는 얄궂기만 했다. 단 한 마디라도 듣고 싶었다. 제게 의지해 매달린 이수를 독촉하는 시훈의 물음에는 다급함이 묻어 있었다.

"…말해요."

아랫입술에 이를 박은 이수를 내려 봤다. 절박함이 초조하게 시훈의 머리를 달궜다. 눈가가 불그스름한 이수의 눈동자를 따라가며 느릿하게 뺀 성기를 쳐올렸다.

"…읏!"

안쪽에 삽입한 성기의 모양대로 길이 난 착각이 일었다. 아랫배가 훅 들어가며 허리를 죄고 있던 허벅지가 파들파들 떨렸다. 허벅지와 둔부를 단단히 받친 시훈 역시 머리가 하얗게 비워지는 것 같은 쾌감에 욕심껏 들어갈 곳도 없는 이수를 밀어붙였다.

"흐… 으…!"

그 순간 이수의 젖은 속눈썹이 들리며 툭. 아롱진 물방울이 떨어졌다. 이수가 목에 감고 있는 손을 뻗어 젖어 흐트러진 시훈의 머리카락을 넘겼다. 잘게 떨리는 엄지손가락이 반듯한 이마를 지나 코, 그리고 인중과 입술에 닿았다. 다물린 입술이 열리며 이수의 손가락을 훑어 냈다. 쪽. 빨아낸 손가락을 턱으로 떨어트린 이수가 가만히 시훈을 응시했다.

살짝 들린 턱 위의 붉은 입술이 조심히 열리며 다가왔다. 시훈의 아랫입술을 머금고 뒤로 무른 입술은 다시금 부드럽게 입속을 침범했다. 몽글몽글 명치끝에서 기포가 되어 올라오는 감정은 정이수 때문일 것이다. 머리끝까지 차오른 정이수가 호흡을 앗아 갔다. 이수를 다그친 시훈의 물음은 답 없이 순식간에 휩쓸려 버렸다.

긴 입맞춤을 끝낸 두 사람 사이에 더 이상의 대화는 없었다. 거칠게 추삽질하는 몸이 한 치의 틈 없이 감겼다. 시훈은 잔뜩 힘이 들어간 허벅지를 단단히 끌어안고, 성기에 뚫린 이수의 몸은 제 것이 아닌 것처럼 몸부림쳤다. 딱딱한 벽이 아닌 시훈의 어깨에 이마와 뺨을 비볐다.

"하… 읏! 아… 윽…! 아…!"

참지 못한 신음이 터져 나왔다. 얼마 지나지 않아 이수의 성기가 정액을 쏟아 냈다. 허벅지를 잔뜩 조이기 무섭게 틈을 비집고 들어온 시훈이 크게 몸을 쳐올렸다.

"윽…!"

뜨거운 정액이 몸 안 깊숙이 쏟아졌다. 상체를 살짝 떼어 내자 여전히 꼿꼿한 성기가 빠지며 바닥에 후드득 정액이 떨어졌다. 간신히 바닥에 내린 다리는 힘이 풀려 제대로 서지 못했다. 시훈이 이수를 부축했다. 세면대에 엉덩이를 기댄 이수의 몸 위로 수건을 둘러 주었다.

"괜찮아요?"

이수는 대답 대신 시훈의 가슴팍에 머리를 묻고 고개를 저었다. 머리카락 끝에서 눈물처럼 뚝뚝 물방울이 떨어졌다.

"…아니."

아니, 아니, 아니, 아니, 아니… 들리지 않을 정도의 작은 소리였다. 이수는 몇 번이나 끊임없이 입술을 달싹였다.

고통의 싹이 솟았다. 저를 향한 이시훈의 눈빛을, 행동을 자양분 삼아 이수의 가슴속에 어느새 무성한 잎을 드리우고 있었다. 두 뺨을 감싼 손에 눈을 감고 얼굴을 비비자 정수리 위로 시훈이 입술을 묻었다.

발 한 발자국 딛지 않고 침실로 이동한 이수는 침대에 몸을 뉘자마자 시훈에게 손을 뻗었다. 시훈이 몸을 겹쳤다. 이수는 그가 들어올 수 있도록 순순히 다리를 벌렸다.

"……읏…."

시훈이 제 안을 깊숙이 파고들었다. 몸도 마음도 이수조차 몰랐던 공간에 발을 들인 것이다. 누구의 발길도 닿은 적 없는 그곳은 끝도 없이 까마득하여 두렵고 낯설기만 했다.

모호하고 추상적인 감정들이 이수를 괴롭게 만들었다. 어쩌면, 만약에, 혹시. 하는 가정들이 내내 머리를 맴돌았다. 이시훈이 그러도록 만들었다. 밀어내야 하지만 그럴 수가 없었다. 이수는 이를 악물고 시훈을 받아들였다.

뒤돌아 누운 이수가 베개에 얼굴을 묻었다. 파도처럼 덮쳐 오는 시훈의 가슴 아래 이수의 몸은 보이지 않을 정도였다. 가슴과 등을 틈도 없이 맞붙인 상태로 시훈이 허리를 쳐올렸다. 숨 막힐 듯 갇혀 있는 뜨거운 온기가, 숨길 수 없는 시훈의 호흡이 귓전에 적나라하게 느껴지는 지금이 너무 좋았다. 그래서 겁이 나고 무서웠다.

"흡…!"

허리를 틀어 보자 단박에 턱을 감싸 쥔 시훈이 이수의 입술을 삼켰다. 질척하게 감기는 키스는 아름답지 않았다. 다만 본능에 충실할 뿐. 말 한마디 하지 않는 정사에 신음 소리와 사타구니가 맞붙는 소리만 가득했다. 시훈이 이수의 허리 아래 손을 넣어 빳빳하게 올라붙은 성기를 쥐었다. 젖은 귀두를 문지르자 사정하고 싶은 욕구에 뒤틀린 자세 그대로 시훈이 성기를 욱여넣을 것처럼 콱 내리박았다.

"아… 흑, 흐, 아! 아!"

짧은 신음이 무게를 실어 박힐 때마다 터졌다.

깊이 더 깊이, 시훈이 이수를 가르며 들어왔다. 깊이 더 깊이, 머리 위로 정이수가 찰랑이고 있었다.

* * *

엎드려 누운 시훈이 몸을 뒤척였다. 몸은 덮은 이불이 허리께까지 내려가며 단단한 등 근육이 드러났다. 반쯤 내려간 블라인드 사이로 푸른 새벽빛이 들어왔다. 피곤을 이기지 못한 시훈은 고개만 옆으로 돌려 침실 소파에 앉은 존재를 더듬었다. 실오라기 하나 걸치지 않은 정이수는 한쪽 다리를 소파 위에 접어 올린 채로 창밖을 바라보고 있었다. 부스럭거리는 기척에 돌아본 이수가 시훈과 눈을 맞췄다.

시훈이 말없이 손을 뻗자 천천히 몸을 일으킨 이수가 이불을 들추고 옆자리에 몸을 뉘었다.

시훈은 이수의 허리를 끌어안고 다리를 얽었다. 체온을 느끼며 마주 본 이수의 가슴 사이로 얼굴을 묻었다. 간밤 오래도록 괴롭혀 퉁퉁 부어 있는 유두를 코끝과 입술로 가벼이 스쳤다. 시훈은 그 근처에 가만히 귀를 댔다. 쿵. 쿵. 쿵. 선명하게 뛰는 심장 소리가 들렸다.

긴 숨을 내쉬자 머리맡에서 가만히 속삭이는 목소리가 들렸다. 더 자요. 느릿느릿 감기는 눈 위에 손이 닿았다. 나긋한 손길과 여전히 혼몽한 정신은 시훈을 훌쩍 과거로 이끌었다. 그때도 이렇게… 그때…, 그때 형이 뭐라고 했더라.

'시훈아.'

고등학교 3학년, 모의고사를 앞둔 늦은 밤이었다. 새벽 2시. 시험 때문에 긴장한 탓인지 잠들지 못했다. S대 경영학과에 진학하고 싶지는 않았지만 저번 달 치른 모의고사 성적으로는 조금 아슬아슬했다. 부모님 몰래 과외 날짜를 바꿔 가며 민준 형의 작업실에 놀러 갔기 때문인지 긴장이 풀려 있었다. 결국 침대에서 몸을 일으킨 시훈이 정원으로 나왔을 때 뜻밖에 구석에 서 있는 시영과 마주쳤다. 시영은 담배를 피우며 하늘을 보는 중이었다. 흡연 사실을 몰랐던 시훈이 놀란 표정을 짓자 시영은 푸흐흐 웃어 보였다. 이렇게 웃는 얼굴은 너무 오랜만이었다.

'가끔. 민준이가 놓고 가길래. 피워 볼래?'

시영이 건네주는 담배를 받아 들고 시훈은 망설였다. 어린 시절부터 시영을 누구보다 잘 따랐지만 불쑥 권하는 담배는 도통 믿음이 안 갔다. 시영은 손에서 타기만 하는 담배를 도로 가져갔다. 시영이 '아' 입을 벌리자 따라 벌린 시훈의 입에 곧 담배가 물렸다. 한번 빨아들이자 매캐한 담배 연기에 목이 역했다. 시훈은 코와 입에서 연기를 풀풀 날리며 연신 기침을 했다.

'…이거 뭐야. 으웩.'

시영이 콧잔등을 찌푸리며 웃었다.

'왜 안 자고 나왔어?'

'…그냥.'

잠 못 드는 이유를 시영은 단번에 알아챘다.

'시험 좀 못 보면 어때. 긴장 풀어.'

'일등 할 건데?'

'그러시든가.'

최근 형과 웃으며 대화한 일이 까마득했다. 형은, 시영은 시훈에게 우상이었다. 정이 많고 감수성이 남다른 시영은 공부도 잘하고 재주도 많았다. 올곧은 시영은 부모님의 자랑이자 기대 역시 한 몸에 받았지만 흔히들 말하는 재벌가의 자제들과는 어린 시절부터 다른 면이 많았다. 덕분에 시훈은 시영을 통해 자전거를 배웠고, 비가 오는 날 정원을 뒹굴고, 달걀을 부화시켜 병아리가 태어나는 장면을 봤다.

시영은 고등학교에 진학한 뒤에는 하루 종일 책상에 앉아 공부만 하는 줄 알았더니 받은 용돈 대부분을 돌고래를 방사하는 단체에 기부한다든가, 구호 단체나 분쟁 지역에 보내는 것으로 소소한 행복을 느낀다 했다. 논술 준비를 핑계로 매달 구독하는 잡지는 형이 가장 기다리는 것 중 하나였다. 형은 잡지를 읽으며 오려 낸 사진들을 방 한쪽 벽에 빼곡히 붙여 놨다. 그중에 이과수 폭포는 형이 가장 좋아하고 가고 싶어 하는 곳이었다.

밤바람에 시영의 셔츠가 훌쩍 날렸다. 그 때문에 깡마른 몸이 고스란히 실루엣을 드러냈다. 몇 년 전만 해도 이러지 않았는데…. 씁쓸함을 삼킨 시훈이 시선을 떨궜다. 시영이 반강제로 집에 틀어박혀 지낸 지가 3년. 우울증을 이유로 정신과 상담을 다닌 지는 1년쯤 되었다.

'대학 준비는 다시 안 해?'

'아마 안 할걸.'

'그럼 뭐 할 거야?'

담배꽁초를 바닥에 비벼 끈 시영이 시훈의 질문에 씨익 웃었다.

'여행.'

'어디로?'

'몰라. 어디로든.'

뜬구름 잡는 계획에 시훈은 심드렁하게 입을 열었다.

'아버지가 싫어하실 거 같은데.'

'아마… 평생 좋아하실 수 없을 것 같아. 그치?'

자랑스러운 맏아들 노릇은 수능까지가 마지막이었다. 부모님의 열망에 걸맞은 점수였다. 형은 대학을 가지 않겠다고 하며 독립을 선언했다. 여행을 가겠다는 계획에 아버지는 불같이 화를 냈다. 아직 미래를 알 수 없어 세상을 경험하겠다는 형과 정해진 미래를 차 버린 자식을 이해하지 못한 아버지 사이의 간극은 더없이 벌어졌다. 그 뒤는 매일이 반복이었다. 윽박지르다 싸우고 달래고 어머니의 눈물 바람으로 끝이 났다.

반강제로 집에 묶인 형은 입과 귀를 닫았다. 다만 모두가 잠든 새벽, 시훈이 방문을 두드리면 형은 매번 시훈에게 책과 음악을 권했다. 대입에는 상관없는 것들이었지만 즐겁고 행복했다.

'아직도 우울해?'

하늘을 올려 보던 시영이 눈을 맞췄다.

'시훈아, 심장이 엔진이라면 말이야. 나는 껍데기만 멀쩡한 박제된 자동차 같아. 엔진이 멈췄어.'

들어 봐. 시영이 가슴을 내밀자 시훈이 쭈뼛거리며 귀를 댔다. 쿵. 쿵. 쿵. 분명히 뛰고 있었다. 머리 위에서 시영이 말했다.

'시훈아, 너는 이렇게 살면 안 돼.'

머리를 쓰다듬는 손이 차가웠다.

'모의고사 끝나면 영화 보러 갈래? 내가 잘 말해 볼게.'

'고작 영화를 보려고 탈출을 감행할 순 없지.'

심장에 귀를 대고 있는 시훈과 눈을 맞춘 시영은 소리 없이 웃었다. 그날 형은 오래도록 하늘을 보았다. 별도 없는 하늘을. 몇 달 뒤, 말 그대로 탈출을 감행한 형은 인터넷 기사 속에 있었다. 한국계 미국 국적의 청년이 이과수 폭포에 뛰어든 것으로 추측된다. 사고인지 자살인지 분명하지 않으나 유서는 없었고 시신은 찾지 못했다.

시영은 없는 아들이 됐다. 아무도 묻지 않았고, 말하지 않았다. 그저 타국 유학 생활 중 병으로 사망했다, 라는 단신이 며칠 뒤 조간신문 부고란에 짧게 실렸다.

형의 엽서가 도착한 건 수능을 한 달 앞둔 어느 날이었다. 결심을 하고 난 뒤 폭포로 향하기 전 엽서를 적어 보냈으리라. 시훈은 형을 이해할 수 없었다. 다만 폭포에 뛰어든 이유만은 어림짐작할 뿐이다. 삶에 있어 본인이 결정할 수 있는 건 그뿐이라고, 그런 생각이 머릿속에 박혀 버렸을 테다. 그쯤엔.

시훈은 형이 죽었다고 생각하지 않았다. 시신을 찾지 못했고, 죽은 시점은 특정할 수 없었다. 그러니 바다로 흘러 원하는 곳곳을 누비고 있으리라 믿기로 했다. 시간도 경계도 없는 그곳에서.

'우리 그때 재밌었는데… 비 오는 날 진흙에 막 뒹굴었을 때. 형은 그냥 그렇게 살고 싶어.'

그날 밤 말은 새벽 내음을 여전히 기억한다. 시간을 건너뛰어 원서를 내러 가던 버스 안에서 본 큰 옥외 광고도 사진처럼 여전히 기억에 남아 있었다. 꿈속에서 형은 아직 살아 있다. 가묘에 절을 하는 모습을 보면 형은 아마 소리 내어 웃을 것 같다. 내가 지금 큰 바다를 얼마나 자유롭게 헤엄치고 있는지 아느냐고 잡지 말라고 매어 놓지 말라고 멀리 달아날 것 같다.

형이 살고 싶어 한 삶을 그대로 살 수는 없다. 다만 스무 살, 시훈은 시영이 독립을 선언한 나이가 됐을 때 형처럼 제 인생을 살겠다고 결심했다. 집을 나오며 아버지에게 말했다. 원하는 대로 살아도, 하고 싶은 걸 하며 살아도 잘살 수 있다고. 그렇게 증명하겠다고. 시훈이 형을 위할 수 있는 유일한 방법이었다.

그 이후부터 단 하루도 열심히 살지 않은 날이 없었다. 알아주려나. 나중에 형을 다시 만나면 웃어 줄까. 고생했다고 머리를 쓰다듬어 줄까….

흐릿한 옛 기억이 아스라이 의식 너머로 사라질 때쯤 시훈은 가늘게 뜨인 눈을 힘겹게 들어 올렸다. 습관적으로 협탁 위의 시계를 확인했다. 아침 9시가 막 지난 시각이었다. 팔을 뻗어 옆을 더듬어 본다.

"아…."

짧은 탄식과 함께 침대에서 다리를 내고 몸을 일으켜 앉았다. 한 손으로 얼굴을 쓸어내리고 몽롱한 정신을 깨웠다. 손에 쥐고 있었는데 사라진 정이수는 마치 신기루 같았다. 새벽까지 분명 온기를 느꼈다. 대체 얼마나 몰아붙였는지, 시트 위의 체액이 눈을 돌리는 족족 보였다. 바지를 꿰어 입은 시훈이 심란한 마음을 다잡고 방을 나섰다.

"…일어났어요?"

뜻밖에 정이수가 식탁 의자에 앉아 있었다. 마치 시훈이 나오기를 기다린 사람처럼 의자를 밀어내고 몸을 일으킨다. 일찍이 씻고 단정하게 옷을 입은 이수가 재킷을 팔에 걸고 시훈을 바라봤다. 예상하지 못한 탓에 시훈이 부스스한 머리카락을 넘겨 짚다 문득 이수의 안색을 살폈다.

"잠… 못 잤나 봐요."

붙잡아 놓고 밀어붙인 사람이 할 말은 아니었지만 붉어진 눈매와 희미하게 한쪽에 선을 그은 눈꺼풀을 보자니 자연스럽게 흘러나온 말이었다.

쉽게 다가갈 수 없는 거리를 두고 이수가 눈을 내렸다. 드러난 시훈의 어깻죽지에 손톱으로 빨갛게 긁은 흔적이 남았다. 내리깐 긴 속눈썹 아래로 곤란한 듯 눈이 굴렀다.

"저는… 이만 가려구요."

이수가 밤과 아침을 구분 짓고 슬며시 낮은 담을 세웠다. 아무 말 없이 갈 수 있었을 테다. 그런데 해가 뜨고 자신이 일어나기를 기다린 이수를 보고 아침 식사를 하고 가라거나 아니면 잠깐 쉬고 가라는 말을 차마 뱉을 수 없었다.

"…잠깐 기다려요. 데려다줄 테니까."

"혼자 갈게요. 좀 더 쉬어요."

이수가 테이블을 돌아 나오며 거절했다. 거리를 좁힌 시훈은 이수가 팔에 걸어 놓은 외투를 들어 의자 위로 옮겨 놓았다.

"앉아 있어요."

어깨를 감싸 쥔 손이 등을 따라 내려갔다. 허리를 살짝 감싸 안고 떨어진 손길에는 진득한 아쉬움이 남아 있었다.

잠시 후 외투와 키를 든 시훈을 따라 이수가 집을 나섰다. 이제는 아침저녁으로 날이 쌀쌀했다. 조수석에 이수가 올라타자 때맞춰 히터를 튼 차 내부가 따뜻한 온기로 훈훈해졌다. 준비는 모두 끝났지만 시훈은 바로 출발하지 않았다. 가만한 엔진 소리가 울리는 차 안에서 시훈도 이수도 어젯밤 수놓인 순간을 각자의 방식으로 헤아리고 있었다. 얼마나 지났을까. 핸들을 느긋하게 잡은 손에 힘을 준 시훈이 언뜻 미간에 주름을 만들었다.

"나는… 우리가."

"……."

짧은 침묵이 이어졌다. 이내 시훈이 나머지 말을 이었다.

"조건 없이 보면 좋겠어요."

혼란스러운 말을 남기고 시훈은 액셀을 밟았다. 주말 아침 한가한 도로를 달리는 차 안은 침묵이었다. 태풍이 지난 후 잔잔한 바다 같기도 했고, 한편으로는 사람은 없고 잔해만 남은 마을 같기도 했다.

오피스텔 앞에 당도한 차 안에서는 여전히 정적이 이어졌다. 아마도 복잡한 심경일 이수를 다그치고 싶지는 않았다. 그러나 조바심이 들었다. 어젯밤 왜 왔느냐 몇 번이나 묻는 시훈에게 이수는 끝끝내 답을 주지 않았다. 그동안 이어 온 관계를 가위로 잘라 놓고 이제부터 다시 시작이라고 정의 내릴 수도 없는 문제였다. 풀어야 할 일이 너무 많았다. 그리고 그건 반대쪽 끈을 붙잡은 이수의 허락이 떨어져야 비로소 가능했다. 밤을 넘기고 아침을 맞이한 이수는 둘 사이에 연장선을 긋고 있었다.

흐릿하지만 쉬이 넘을 수가 없다. 입을 꾹 다문 이수가 안전벨트를 풀어내고 문손잡이를 그러쥘 때였다. 시훈이 마른 입술을 훑고 조심스럽게 입을 뗐다.

"왜, 아무 말도 안 해요?"

나지막한 시훈의 물음은 초조한 기색을 담고 있었다. 시트에서 등을 뗀 몸이 원래대로 돌아왔다. 문을 쥔 이수의 손 역시 다시금 무릎 위에 가지런히 놓였다. 내내 침묵한 조금 전과 달리 뜸을 들인 이수가 차분히 운을 뗐다.

"시계요."

"……."

이수가 전하는 이야기는 시훈의 예상과 전혀 다른 내용이었다.

"…이 팀장님 시계. 제가 가지고 있어요. 일전에 회사 주차장에서 저랑 실랑이하는 바람에 떨어져서."

종종 피곤할 때면 책상 위나 차에도 시계를 풀어 두니 어딘가에 있겠거니 딱히 찾아볼 생각을 안 했다.

"전에 돌려주려고 했는데…."

좀처럼 맺는 말이 단단하지 못했다. 시훈은 이수가 상황과 어울리지 않는 말을 구구절절 늘어놓는 이유를 짐작해 봤다. 에둘러 즉답을 피하는 것이라. 머리끝까지 벽을 둘러 치는 대신 다행히 낮은 담을 세웠으나 혼란함을 지우려 애쓰는 모습이 역력했다. 무턱대고 상대를 재촉할 수 없었다. 이수의 얼굴에 언뜻 씁쓸한 미소가 번지다 금세 사라졌다.

"……."

"여하튼 그게 고장이 나서 수리를 맡겼는데 시간이 제법 걸린대요."

"그런가요."

시훈의 순순한 대답이 떨어졌다.

"별로… 중요한 물건은 아니었나 봐요."

왜 서러움이 덜컥 밀려왔는지 이수 자신도 모를 일이었다. 속삭이는 목소리는 숨겨 둔 서운함을 전하지 못했다. 문득 떠올린 기억에 어슴푸레했던 미소가 흔적 없이 사라졌다. 관계가 어긋나기 시작한 그날도 이렇게 분명하게 말했더라면 어땠을까. 그럼 이시훈 당신은 지금처럼 흔쾌히 제 말을 긍정했을까. 그런 우스운 가정들. 말을 마친 이수가 외투를 손에 들고 운전석에 앉은 시훈을 흘깃 돌아봤다.

"그럼 회사에서 뵐게요."

한결 가벼운 목소리였으나 환한 얼굴은 보여 주지 않았다. 엘리베이터가 도착해 안으로 발을 들일 때까지 이수는 시훈을 돌아보지 않았다.

버튼을 누르고 발을 물린 이수가 양쪽 벽에 걸린 거울 속 제 모습을 훑었다. 그리고 어젯밤 시훈의 질문을 떠올렸다. 왜 갔냐면, 왜 갔냐면…. 거울 안 수십 명의 정이수가 끝도 없이 서 있었다. 갈피를 잡지 못해 수십 개로 갈라진 마음만큼이나 낯선 얼굴들이었다.

* * *

쌀쌀한 바람이 불었다. 손가락에 걸린 불붙은 담배 끝 재가 바람에 날렸다. 흐트러진 머리카락을 넘기며 빌딩 아래를 내려 봤다. 지나는 사람도 자동차도 지나치게 작아 보여 현실감이 없었다.

이수는 지난 주말 시훈의 집에서 돌아온 이후부터 계속 심란했다. 최근 그나마 나아진 불면증이 도질까 봐 겁이 났다. 잠들기 전 이수의 머릿속을 떠다니는 인물은 이시훈이었다. 그동안 미처 신경 쓰지 않은 시훈의 행동들을 하나하나 되짚어 보느라 쉽게 잠들 수 없었다.

전시회, 아이스 아메리카노, 옷, 앞서 걸어가 일부러 활짝 열어 두던 문, 등에 닿는 손, 주 실장과의 해프닝, 술, 담배, 눈빛, 입술, 키스, 섹스. 어쩌면 이전부터 눈치채지 못한 소소한 행동들과 그리고,

'나는 우리가 조건 없이 보면 좋겠어요.'

깊게 빨아들인 담배 연기가 입새로 흘러나와 공중에 흩어졌다.

시계. 시훈은 기억조차 못 하는 걸 보면 그에게 중요한 일은 아니었나 보다. 그날 차 안에서 이수가 몰래 잡은 손처럼 모른 척 지나갔으면 이렇게까지 되지도 않았을 텐데. 씁쓸했다. 아마 제가 인사이트를 다니는 이상 추문은 잊히지 않을 테다. 버티고 버텨 공적을 쌓고 승진을 한다 해도 이수는 흠집 난 트로피를 가질 뿐이었다. 그리고 유진우의 망령이 여전히 주위를 맴돌고, 이시훈이 드리운 그림자로 인해 제 빛은 또다시 가려질 것이다. 그 모든 걸 다시 이길 수 있을까. 이런 고민들은 매년 결심만 하고 끊지 못하는 담배 같았다.

"……."

언제나 그렇듯 사실 답은 알고 있다. 이수는 몇 번 피우지 않은 담배를 재떨이에 버리고 엘리베이터를 탔다. 바로 아래층부터 사람이 차기 시작하더니 두어 층 내려갔을 무렵 문이 열렸다. 곧 이수가 작게 고개를 숙였다.

시훈이 제작실 사람들과 이동 중이었다. 네다섯 명이 한꺼번에 올라타자 쉽게 움직일 수 없이 엘리베이터가 꽉 들어찼다. 그 와중에 시훈이 공교롭게 이수의 뒤편에 자리한 탓에 괜히 작은 움직임마저 신경이 쓰였다.

이수는 층 표시기를 올려 보며 내려가는 층수를 바라보는 중이었다. 문득 왼쪽 벽에 어깨가 닿을 정도로 붙어 선 이수의 허리에 낯선 손길이 느껴졌다. 보지 않아도 그것이 시훈의 손이라는 건 단번에 알 수 있었다. 살짝 제 쪽으로 끌어당겨 날개 뼈가 가슴팍에 닿도록 유도하는 행동은 부드럽지만 단호했다.

이수의 시선이 바닥으로 떨어졌다. 표정은 감춰도 귀는 벌겋게 달아올랐을 게 분명했다. 좌우를 둘러볼 여유조차 없는 공간에서 모두 핸드폰을 보거나 내려가는 층수만을 응시하는 줄 알면서도 이수의 가슴이 세차게 뛰었다.

꿈지럭 팔을 올려 허리를 감고 있는 시훈의 손을 붙잡았다. 은근히 버티는 힘과 씨름한 이수가 시훈의 손을 힘주어 잡아 내렸다. 민망함에 곁눈질로 시훈을 살폈다. 여상한 얼굴로 정면만 바라보던 눈길이 잠깐 이수에게 떨어지다 말았다. 한눈에 봐도 몸을 잔뜩 굳힌 모습을 시훈이 모를 리 없었다.

"……."

이수의 손등에 시훈의 손바닥이 닿은 건 그때였다. 토닥토닥. 그리고 아프지 않을 만큼 손을 쥐고 떨어졌다. 마치 안심하라고 다독이는 것처럼.

"이 팀장님, 프로덕션에서 지금 참조로 메일 보냈대요."

"네. 자리 가면 확인할게요."

도착 알림음이 울렸다. 소회의실이 있는 층에서 시훈과 제작팀 넷 사람이 한 번에 내릴 준비를 했다.

실례합니다. 잠시만요. 사람들을 가르고 앞으로 서는 구영모 팀장

뒤로 시훈이 모로 비틀어 섰다. 이수를 가린 채였다. 그에 굽은 제 어깨를 신경 쓸 겨를도 없이 시훈이 내리기 전 이수의 등을 쓸어내렸다.

묘한 친밀감이 습자지 같은 셔츠를 뚫고 밀려들었다. 심장까지 닿은 소소한 행동들은 이수의 가슴에 싹을 틔운 고통에 또 다른 자양분이 되었다.

9시가 넘은 시각. 자료를 서치 중인 고우재가 기지개를 켰다. 핸드폰 앱을 켜고 찰칵, 사진을 찍은 뒤 SNS에 업로드한 사진 밑으로 해시태그를 잔뜩 달았다.

#광고회사 #인사이트 #인턴 #야근 #커피만한가득 #AE #일단퇴근 …

고우재가 가방을 챙기고 업무 중인 이수의 자리로 다가갔다.

"팀장님. 들어가 보겠습니다."

"그래요. 고생했어요."

가방을 훌쩍 둘러멘 고우재가 곧 넙죽 허리를 숙이고 퇴근을 했다. 적막한 사무실이 한눈에 들어왔다. 가을, 본격적인 비딩 시즌이 시작되기 전 숨을 고르듯 오늘따라 야근을 하는 인원도 없었다. 반대편 1팀의 사무실은 시훈의 책상 위에만 조명이 켜져 있었다. 늦은 오후부터 보이지 않았으니 외근 후 곧바로 퇴근을 했나 보다. 마른 입술을 축이려고 습관적으로 뻗은 손에는 얼음이 녹아 버린 밍밍한 커피만 잡혔다.

탕비실로 들어간 이수가 한쪽에 쌓여 있는 생수 뚜껑을 열었다.

바 테이블에 몸을 기대고 뒤를 돌아보자 창문 너머 블라인드 사이로 이시훈의 자리가 보였다. 그리고 파티션에 붙여 놓은 작은 엽서도.

'떨어졌는데, 사고인지 아니면 자살인지… 아무도 몰라요. 뛰어내린 장면을 본 사람이 없으니까. 자리에는 가방 하나만 덩그러니 남겨 놓구요. …얼마 뒤에 제 이름 앞으로 엽서 하나가 도착했어요. 다른 말은 없고 시 하나가 적혀 있더라구요.'

그날 밤, 시훈은 잠들기 전 숨겨 둔 과거를 들려주었다.

'…그러니까 어딘가에 있다고 믿고 싶은데, 그럴 틈을 안 줘요. 누구도.'

입이 말랐다. 도련님이 편한 세상을 살아왔다 쉽게 단정했다. 가족을 잃은 아픔을 누구보다 잘 알고 있었다. 시훈은 치유되지 못한 상처를 끌어안고 있었다. 그 밤, 이수는 어떤 식으로든 위로해 주고 싶었다. …위로. 위로. 위로. 이 소란한 마음이 그 한 단어로 설명이 될까. 입안에서 마뜩잖은 단어가 구르기만 할 때, 달칵 문이 열렸다. …시훈이었다. 몸을 돌린 이수가 헛도는 뚜껑을 쥐고 급히 입을 열었다.

"퇴근 안 하셨네요."

반면 열린 문을 닫은 시훈은 놀란 기색조차 없었다.

"근처에서 고객사 미팅이요."

이수를 지나 생수 하나를 집어 든 시훈에게서 향수와 익숙한 담배 냄새가 날렸다. 오랜 시간 이어진 회의에 지쳤는지 단추를 풀어낸 차림새가 조금 흐트러져 있었다. 달리 할 말을 찾지 못한 이수를 두고 시훈이 출입문을 등졌다.

"퇴근해요?"

"네."

"난 아직 일이 남아서요."

드문드문 말과 말 사이에 어색한 공기가 들어찼다. 시훈이 마신 물병을 테이블 위에 올려놓고 이수를 가로질렀다. 탕비실 창문에 걸린 블라인드 사이를 열어 슬쩍 밖을 내다본 그가 손을 떼자 휘어 있던 날개가 튕겨졌다.

"다들 퇴근했네요."

평이하게 읊조린 이시훈이 블라인드 줄을 당겼다. 당연하게 벌어진 날개 사이가 촘촘히 메워졌다.

"먼저… 가 볼게요."

부산스럽게 눈을 굴린 이수가 걸음을 옮겼다. 문 앞에 서자 어느새 등 뒤로 시훈이 바투 섰다. 어쩔 줄 모르는 저와 달리 상대의 행동은 한가하고 느긋하기만 하다. 졸지에 문과 시훈의 사이에 갇힌 이수가 몸을 굳혔다. 시훈이 손을 뻗어 달칵 출입문을 잠갔다.

"오늘은 보내 줄 테니까… 잠깐 여기 봐요."

목 아래서 울리는 낮은 웃음소리와 함께 부탁을 해 오자 망설임의 발로처럼 서서히 몸을 돌린 이수가 이윽고 시훈과 마주 섰다. 시훈이 시선을 외면하는 이수를 가만히 응시했다.

"…여기 회산데요."

입술을 붙이려 들자 이수가 살포시 고개를 외로 돌렸다. 완곡한 거절에도 불쾌한 기색은 없었다. 다만 시훈은 이수의 턱을 가볍게 잡아 부드럽게 당겨 올 뿐이었다.

"그래서 참잖아요."

살짝 닿았다 떨어진 입술 뒤로 뜨거운 혀가 사이를 가르고 들어왔다. 타액이 섞였고 호흡을 나눠 가졌다. 살짝살짝 턱이 들리면 반드시 찾아와 입술을 맞붙였다. 마지막으로 입술 끝에 가볍게 입맞춤하고 난 후에야 시훈이 고개를 물렸다.

뒷머리를 받친 손이 미끄러져 이수의 드러난 목을 거치고 떨어졌다. 시훈의 손길에는 아쉬움이 묻어 있었다. 뒷목이 뜨끈할 정도로 뺨을 붉게 물들인 이수가 한 팔로 시훈의 가슴을 살짝 밀었다.

"…거리요. 지키세요."

목덜미에 손을 올린 이수의 눈동자가 바닥으로 떨어지며 힘없이 흔들렸다. 시훈은 키스의 여운보다 불안한 기색이 역력한 상대를 더 밀어붙일 수가 없었다. 때마침 시훈의 재킷 주머니에서 핸드폰 진동 소리가 울렸다.

입은 맞췄지만 다소 냉랭한 반응에 시훈은 아쉬운 기색을 누르고 거리를 벌렸다. 닫혀 있는 문을 밀었다.

"늦었네요. 가요, 이만."

담백하고 다정한 어조였다. 이수는 마치 때를 기다린 사람 같다. 열린 문을 향해 매정하게 몸을 돌린 상대를 보며 시훈은 남은 미련을 애써 걷어 내려 했다. 그런데 한 걸음도 떼지 않고 멈춰 선 이수가 망설이듯 시훈을 향해 돌아섰다.

"……."

마른 입술을 적신 이수가 손을 뻗었다. 가슴 앞에서 주춤한 손이 안쪽으로 말린 시훈의 셔츠 깃을 바르게 매만졌다.

"옷이…."

변명처럼 덧붙인 말 뒤로 바지에 내려 붙인 손끝이 떨렸다. 머리 위의 시선을 느낀 이수는 이내 몸을 돌렸다. 뒷모습을 바라보는 시훈이 눈을 내리감고 숨을 삼켰다. 인내심이 바닥을 보였다.

그때였다. 재빨리 걸음을 옮기는 이수의 앞으로 누군가 불쑥 모습을 드러냈다.

"시훈아. 왜 이렇게 전화를…."

"…안녕하십니까."

여민준 본부장이었다.

"…어, 정 팀… 이제 퇴근해?"

"네."

탕비실 밖으로 삐쭉 나온 시훈의 발끝부터 위를 훑은 여 본부장이 이수 쪽으로 눈을 굴렸다. 시훈이 이맛살을 구기며 턱을 비틀었다.

"…들어가 봐요, 그럼."

등을 쭉 펴고 선 여 본부장의 낮은 침음이 적막한 공간을 울렸다. 자리에서 옷을 챙긴 이수가 사무실을 나서는 순간까지 여 본부장의 시선이 줄곧 따라붙었다. 이윽고 존재가 사라지자 단박에 눈초리는 시훈을 향한다. 할 말을 부러 꺼내지 않고 주시하는 이유를 두 사람 모두 짐작한 바였다.

"계약서."

침묵 뒤 가지고 온 서류를 건넨 여 본부장은 자리로 이동하는 시훈의 뒤를 천천히 밟았다. 곧 책상 위에 계약서를 올리고 재킷을 벗을 때까지 말 한마디 없이 삐딱하게 노려보는 여 본부장에게 시훈의 퉁명스러운 물음이 떨어졌다.

"왜요."

피어난 의심이 퍼즐처럼 끼워 맞춰졌다. 가능성을 점치며 설마 그럴 리가 없다고 넘겨 버린 지난날을 빠르게 곱씹어 봤다. 그래, 서른 넘어 룸살롱에 갈 수 있고, 양주병 쥐고 자작하는 게 싫을 수 있다. 뭐, 주현탁 실장의 입을 꿰매고 싶은 건 저도 매한가지라 술로 조져 버린 회식 날 쌤통이다 싶었다. 가능성이 한 칸 한 칸 차오를 때마다 부정해 봐도 아귀가 맞지 않았다. 정도를 벗어나면 광고주도 치받는 놈이 머리 굴려 가며 에둘러치는 것 자체가 이시훈답지 않았다. 결국, 정이수를 길목에 기워 넣지 않고는 설명이 안 됐다.

"내가 지금 너한테 실수할까 봐 입 다물고 있는데…."

조금 전 탕비실에서 나오는 둘을 보고 덜컥 심장이 내려앉은 것도 그 때문이었다. 뒷골이 쌔했다. 여 본부장의 감은 틀린 적이 없었다.

"뭘요."

기가 찬 여민준이 입술을 삐뚜름하게 만들었다. 평소 유하게 시훈을 달래던 모습과 달리 오늘만큼은 쉽게 물러설 기미가 보이지 않았다.

"너 좋아하는 계단 밟아 가는 건 좋은데, 안 굴러떨어지게 조심해. 팀장 자리 하나 보고 온 거 아니잖아."

"……."

"핏줄이랍시고 나대지 말래서 너 하자는 대로 맞춰 주고 있으니까 너도 나한테 최소한 성의는 보이자."

이제 시훈이 인사이트에 자리 잡은 지도 1년. 실적은 더할 나위 없이 잘 쌓아 가고 있건만, 시훈과 아버지인 정산 그룹 회장님 사이에 좁혀지지 않은 골은 여전히 문제였다. 제아무리 회장님 아들이라 한들 추문이 터진다면 그 또한 미래에 걸림돌이 될 건 분명했다. 시훈을 데리고 온 여민준 역시 운명 공동체로서 역사의 뒤안길로 사라질 것이다.

"나 하나만 말할게. 너 문제 생기면 나도 옷 벗는 거야."

싸늘한 여 본부장의 경고 아닌 경고가 떨어졌다.

"들어가세요. 형수님 기다리셔."

"너, 진짜…! 어휴."

확 열이 받쳤다. 이 이상 말해 봤자 들을 위인도 아니었다. 여 본부장은 시훈을 노려보다 빠르게 사무실을 나갔다.

홀로 남은 사무실에서 올라온 보고서를 확인하던 시훈이 마우스를 거칠게 밀어냈다. 힘이 쭉 빠져 의자 등받이에 털썩 몸을 기대고 뻑뻑한 눈을 지르감았다. 예기치 못한 여 본부장의 등장이 피로를 안겨 줬다.

"후우…."

의자를 빙글 돌렸다. 빌딩이 수놓은 야경을 배경으로 창에 비친 제 모습과 마주했다. 문득 손을 올려 바르게 정리된 셔츠 깃을 슬그머니 잡아당겼다. 기분이 한결 나아진 시훈의 입술이 잔잔한 호선을 그렸다.

* * *

점심 식사를 예약했다는 시훈의 통보 아닌 통보에 회사 근처 한

정식집으로 발을 들인 건 점심시간이 끝날 무렵이었다. 오늘따라 회의도 올릴 보고도 없었다. 그런고로 거절할 만한 이유를 대지 못한 이수는 결국 시훈을 따라나섰다.

식당에 막 들어설 때였다. 요란하게 진동하는 핸드폰 액정에 요양보호사라는 이름이 떴다. 이수는 시훈에게 양해를 구하고 재빨리 통화 버튼을 눌렀다. 멀찌감치 떨어져 목소리를 낮춰 물었다.

“네, 무슨 일 있으세요?”

-안녕하세요. 통화 괜찮아요?

“네, 그럼요.”

통화 중인 이수를 기다리며 시훈은 담배를 빼 무는 중이었다. 그 모습을 흘깃 바라본 이수가 핸드폰에 귀를 기울였다.

-어머님께서 아들 목소리가 듣고 싶다고 여러 번 말씀하셔서요. 맑은 정신은 아니신 거 같은데… 그래도 통화를 하고 싶어 하세요.

“네, 바꿔 주세요.”

-잠시만요. 여사님. 말씀하세요. 아드님이에요.

“엄마.”

-이수니?

기운은 없지만 다급한 목소리였다.

“응, 밥은 먹었어?”

-엄마가…, 엄마가 찾은 거 같아. 그… 작은아버지 있잖아. 어디 있는지.

핸드폰 너머로 떨림이 느껴졌다.

“…엄마. 이제 안 찾아도 괜찮아.”

이수가 달래 보아도 내내 같은 말만 되풀이한다.

-그래도… 그래도….

제자리를 맴도는 말에 요양 보호사가 핸드폰을 넘겨받는지 부스럭거리는 소리가 들렸다.

-이제 곧 낮잠 주무실 시간이라 이만 끊을게요.

"…네, 고맙습니다. 조만간 찾아갈게요."

일주일 전에도 업무 시간 중 난데없이 걸려 온 전화에 속을 끓였다. 작은아버지의 행방을 찾았다는 소식이었다. 다행히 요즘 들어 밖으로 뛰쳐나가지는 않는다지만 몇 주 전 요양원을 방문했을 때 엄마는 이수를 알아보지 못했다. 여름, 등나무 아래서 이수를 쓰다듬은 손은 다시 시트 위에 늘어졌고, 눈에는 생기가 없었다. 핸드폰을 주머니에 넣으며 조만간 찾아갈 날을 헤아려 보았다. 날이 추우니 내의도 몇 벌 더 챙겨야 할 테고, 도톰한 이불도 한 채 가져가야겠다. 운이 좋으면 단풍을 같이 보면 좋겠다. 이수가 생각에 잠겨 있을 때, 어느새 이시훈이 거리를 좁혀 서 있었다.

"어머니예요?"

"…어떻게. 들렸어요?"

표정을 구분할 정도는 되지만 통화 내용이 들릴 만한 거리였을까.

"아니요. 분위기상. 저도 어머니한테 전화 오면 딱 그 얼굴이라…. 어머니는 지방에 계세요?"

곤란한 듯 입매를 굳힌 이수가 입술을 달싹거렸다.

"아프세요, 좀…. 그래서 요양원에 계세요."

이수의 오피스텔에서 본 사진을 떠올린 시훈은 왜 액자를 세워 두지 않았는지 이유를 짐작해 봤다. 시훈은 말도 없이 앞서 걸어가는 이수의 뒤를 따랐다.

복도식으로 방이 나열된 한식당에 들어가자 예약을 확인한 직원이 두 사람을 안내했다. 늦된 시간에 식당은 한가했다. 잠시만요. 문 열어 드릴게요. 그때 좁은 대청마루 위를 올라간 직원 뒤에 대기한 두 사람 앞으로 옆방 미닫이문이 열렸다.

"정 팀장?"

타이밍이 참으로 공교로웠다. 문이 열린 옆방에서 여민준 본부장, 주현탁 실장이 식사를 하는 중이었다. 시훈과 이수가 나란히 인사를 올렸다. 그 뒤로 합석하시겠냐는 직원의 물음에 누군가 그러겠다 하는 바람에 다음부터는 내내 불편한 시간이 이어졌다.

"식사를 늦게들 하네?"

"네, 좀 늦었습니다. 두 분도 늦으셨네요."

시훈이 주현탁 실장에게 눈도 마주치지 않고 건성으로 답을 했다.

"정 팀은 왜 안 먹어. 먹어."

"네, 먹고 있습니다."

네 사람이 둘러앉은 테이블 위로 묘한 분위기가 흘렀다. 시훈을 옆자리에 앉힌 여민준 본부장이 눈알을 굴렸다. 하필이면 이렇게 만나냐. 답답한 마음에 대작하는 상대도 없이 반주를 비웠다. 맞은편에 앉은 주 실장의 시선이 부지런히 돌아갔다. 영 달갑지 않은 예감이 들었다. 여 본부장이 짐짓 과장하여 화제를 전환했다.

"정산 주요 보직들 하나둘씩 물갈이되는 모양인데…. 브랜드전략실도 새로 온 실장이 대행사 출신이래요. 해외에서 영입한 모양인데 애가 좀 마이 웨이인가 봐. 국내에 연줄이 없어 그런가 막 날뛴대요. 예민하고 까다롭기도 보통 아니고."

"그래요?"

주현탁 실장이 젓가락으로 음식을 집으며 심드렁한 맞장구를 쳤다. 그리고 시훈을 향해 슬쩍 턱을 올렸다.

"유행인가…. 요즘 대행사 출신 광고주가 많네. 안 그래, 이 팀장?"

너도 정산으로 적당히 빠지면 좀 좋아. 이런 뉘앙스였다.

"그런가요."

합석했을 때부터 표정을 굳힌 시훈은 그에 걸맞은 단답을 내놓았다. 눈치를 살핀 여 본부장이 자연스럽게 뒤를 이어 수습했다. 되도록 불똥이 안 튀게 고만고만한 주제로 대화를 풀어놓고 얼른 자리를 정리해야지 싶었다.

"조만간에 자리 한번 만들까 싶어요. 아무래도 내년도부터는 1본부에서 정산 쪽 캠페인만 전담하지 싶은데."

업무 관련한 의미 없는 대화가 여 본부장과 주 실장 사이를 오고 가는 동안 각각의 옆자리에 앉은 두 사람은 식사를 먹느니 마느니 한다. 주 실장은 여 본부장의 말은 안중에도 없는 모양새였다. 대신 젓가락으로 앞 접시에 담긴 무조림을 쿡쿡 찔러 보며 이시훈과 정이수 두 사람에게로 시선을 돌렸다.

"근데,"

주 실장의 젓가락 방향이 이수와 시훈을 번갈아 가리킨다.

"두 사람 친해?"

정말이지 예의라고는 찾아볼 수 없는 행동에 시훈이 짧은 한숨을 쉬었다. 그 바람에 여 본부장은 심장이 졸아드는 듯했다. 최근 주 실장이 임원 회의 때마다 삐뚜름하게 구는 일이 잦았다. 일전 시훈과 크게 마찰이 있었던 업체를 들먹이지 않나, 사사건건 로열패밀리 운운하는 바람에 매번 쌩한 찬바람이 들었다. 쳐 내고 싶어도 때를 기다릴 수밖에 없는 상황이라 주 실장을 달랠 요량으로 마련한 식사 자리였다. 그런데 하필이면 두 사람과 맞닥뜨릴 게 뭐람. 내심 혀를 찬 여 본부장이 재빨리 대답을 가로챘다.

"같은 본부인데…, 당연하지. 뭘 그런 걸 물어요. 열두 살짜리 애들도 아니구."

"아니, 우리 정 팀장이 회사 사람하고 밥 먹는 꼴을 본 적이 없어서… 좀 신기하네."

"에이, 한 잔 드셔요."

눈치로 따지면 뱀 같은 주 실장 역시 여 본부장 못지않았다. 그걸 알고 있으니 여 본부장 속이 바짝 타들어 갔다. 오늘 주 실장은 작정을 했는지 채운 잔을 들이켜지 않고, 뜬금없이 이수를 향해 고개를 돌렸다.

"…아니다. 유진우 본부장하고는 제법 먹었잖아. 유 본이 이 근처 맛집 잘 알거든."

수저를 들고 있는 이수의 손이 멈췄다. 맞은편에 앉아 그 모습을 지켜본 시훈 역시 미간이 티 나게 좁아 들었다.

"유 본이 요전번에 연락을 해 왔는데 아주 죽겠대요. 손발 맞는 사람이 없다나."

이수와 시훈을 향해 눈초리를 돌린 주현탁 실장이 실실 쪼갰다.

"해외 지사 근무하면 다 그렇죠."

얼추 맞장구를 쳐 준 여민준을 가볍게 지나친 화살이 이수를 향했다.

"우리 정 팀하고 일할 때는 훨훨 날아다녔는데 말이야. 정 팀장은 유 본하고 연락해?"

이수가 숟가락을 고쳐 잡았다.

"아니요."

도저히 눈을 들지 못하겠다. 난감했고, 유진우가 아닌 다른 존재를 의식한 마음에 무거운 돌덩이가 내려앉았다.

"그렇게 일을 오래 했는데… 참, 정 없이 군다. 아직 서운하지? 그렇게 가 버려서."

주 실장의 손이 이수의 어깨 위로 올라왔다. 손길은 노골적으로 이수의 목덜미를 쓰다듬으며 주물렀다. 언뜻 보면 막역한 사이에서나 할 법한 스킨십은 다분히 의도적이었다.

"아닙니다. 죄송하지만, 실장님…"

목덜미에 올라간 손에서 몸을 빼는 이수의 말을 가르고 시훈이 무겁게 입을 열었다.

"주현탁 실장님, 한 잔 하시죠."

비우지 않은 주 실장의 잔 위로 시훈이 술을 내밀었다. 한눈에 봐도 불만 가득한 인상이었다. 능글맞은 주 실장이 시훈을 흘겨보고 보란 듯이 이수의 어깨를 툭툭 감싸 쥔다.

"이 팀장. 요즘 내가 정 팀장하고 말 좀 섞으려면 왜 이렇게 심지가 서? 내가 정 팀장 괴롭혀? 못 할 말 해?"

"주 실장님, 손 내려 주…"

이수가 불편한 기색을 토로한 순간이었다.

"성희롱입니다. 하시는 행동."

시훈의 낮고 단호한 음성이 방 안을 한순간 정적으로 만들었다.

"뭐어?"

"이 팀장!"

붉으락푸르락 얼굴이 달아오른 주 실장이 씩씩댔다. 여 본부장은 경악하며 입을 벌렸다. 놀란 건 이수 역시 마찬가지였다. 동공이 크게 흔들렸다. 이수는 재빨리 평정심을 붙들고 두 주먹을 꽉 쥐었다. 한순간 밀려든 수치를 이런 자리에서 들추고 싶지 않았다.

"보기 불편합니다."

시훈이 주 실장을 노려보았다. 제아무리 회장 아들이라도 주 실장의 캐릭터상 바짝 자세를 낮춰 가며 손을 비빌 인간은 아니었다.

"보자 보자 하니까!"

금방이라도 멱살을 잡으려는 행동에 여 본부장이 다급하게 중재를 하고 나섰다. 반쯤 몸을 일으켜 주 실장 쪽을 잡고 선 여 본부장이 이수를 다그쳤다.

"정 팀장, 뭐 해! 이 팀장하고 먼저 나가요!"

시훈이 벌떡 자리에서 일어났다. 그 뒤로 이수 역시 다급하게 식당을 빠져나갔다.

밖으로 나오자마자 시훈은 담배를 꺼내 물었다. 욕을 짓씹는 소리가 막 식당을 나온 이수에게 들렸다. 그 모습을 잠자코 바라본 이수가 인사도 없이 곁을 지났다.

"왜요."

팔목이 잡혔다. 돌아선 이수가 싸늘한 얼굴로 상대를 올려 봤다. 영문을 모르겠다는 표정이었다. 고집스럽게 다물려 있던 이수의 입이 열렸다.

"내가 뭐가 돼요."

"뭐가 되냐니."

시훈이 눈썹을 날카롭게 치켜올렸다. 성마른 채근 뒤에 시훈의 손을 뿌리친 이수의 시선은 날이 서 있었다.

"바른말 하고 나니까 속 시원해요? 지금 주 실장이 일부러…! 하아…."

주 실장은 뱃속에 구렁이가 열 마리는 들어 있는 사람이었다. 여러 사람 둘러앉은 흐지부지 묻힐 만한 회식 자리도 아니고, 눈만 돌리면 순식간에 바뀌는 표정이 낱낱이 보일 만한 거리였다. 시훈이 어떻게 반응할지 확인하고 싶어서 유진우를 끌어들이고 일부러 저를 만진 게 분명했다.

"하지 말라는데 계속하잖아. 그리고 정 팀장님 아니라 누구라도 그랬어요."

이수 눈에도 참고 있는 시훈의 모습이 보였다. 주 실장에게 술을 권했을 시점이 인내심의 마지노선이었다는 것도. 하지만 그보다도 이시훈 앞에서 그런 꼴을 보인 것 자체가 수치스러웠다.

"…그래요. 그랬겠죠."

최소한 당사자인 저에게 먼저 기회를 줬어야 했다. 싫은 티를 내는 일도, 그만두라는 말도. 흠집 난 자존심이 따끔하게 아팠고, 그다음은 무력감이 밀려왔다. 일이 어그러지면 매번 입에 오르내리는 쪽은 이수였다. 그저 지나가고 잊히면 좋으련만 언젠가 부메랑처럼 다시 돌아올지 모를 막막한 현실이 두려웠다. 유진우가 떠난 뒤 그나마 잠잠해진 지금에 이르기까지 지난했던 세월이 머리를 스쳤다. 제 위치를 상기한 이수의 착잡함이 가시지를 않았다. 엉망이 된 식사 자리와 너저분한 감정만 남은 대화는 더 이상 무의미했다. 침음한 이수가 나지막이 시훈을 향해 입을 열었다.

“사람 하찮게 만들지 말아요. 결정하고 행하는 행동은 내가 해요. 그러니까 우리가 무슨….”

이수가 머리를 쓸어 올리며 질끈 눈을 감았다 떴다. 맺지 못한 말이 공허하게 흩어졌다.

“우리가 뭐.”

뱉지 않은 말미를 기어코 들으려는 시훈이 이수의 팔꿈치를 잡아끌었다. 불안이 똬리를 튼 남자의 초조함이 잔뜩 힘을 준 손끝에 모여 있었다. 다소 거칠게 돌아간 몸이 휘청거리다 중심을 잡았다. 잠시 시훈의 손을 내려 본 이수가 차갑게 눈을 치켜떴다.

“이 팀장님은….”

“…….”

“이 팀장님은 아니겠지만, 이런 행동도 나한테는 소문이고 추문이 돼요. 거리 지켜 달라는 거… 그거 어려운 부탁이었어요?”

이수가 딱 잘라 내뱉은 말에 시훈의 말문이 막혔다. 그래, 자신이 알고 있는 이시훈이라면 제가 아니라 누구에게든 그럴 사람인 건 알고 있다. 그리고 뒷감당을 할 만한 자신이 있다는 것도. 근데 난 아니잖아. 두 사람의 시선이 복잡하게 얽혔다. 좁힌 거리가 다시 멀어지고 있었다.

시훈이 쥐고 있던 손을 말없이 떨어트렸다. 한데 뭉그러진 감정이 뜨겁게 속을 달궜다. 화가 났다가 서운했다가 이제는 속이 상했다. 분노에 눈이 돌아가 상대의 처지를 이해하지 못한 자책감이 폐부를 깊숙이 파고들었다.

"……."

"먼저 갈게요."

미련 없이 몸을 돌리는 이수를 바라보는 수밖에 도리가 없었다.

* * *

"M사는 아직도 꽉꽉 감추고 일하네. 핸드폰이 이제 새로울 것도 없잖아. 제안은 죄다 까 대구 말이야…. 얘네 온 에어 일정은 차질 없죠? 그리고 다른 이슈 사항은?"

"일정대로 진행되고 있구요. 병가였던 임순정 대리가 곧 복귀할 것 같습니다."

잘됐네. 업무 보고는 끝났지만 여 본부장이 무턱대고 시간을 죽였다. 곧 서류를 훑는 그가 문득 입을 뗐다.

"정이수 팀장은 누구 만나는 사람 있어요?"

"네?"

뜬금없는 질문이었다. 주제에 어긋난 사적인 질문은 처음이라 당황해서 튀어나온 반문에 여 본부장이 보던 서류를 테이블 위로 툭 던졌다.

"아니, 뭐…, 주변에 좋은 사람 있으면 소개시켜 주고 싶어서."

두 사람 사이에 전혀 어울리지 않는 주제였다. 당황스럽기만 할까. 그간의 소문을 모르는 척 시치미를 잡아떼는 여 본부장의 태도에 이수가 잠시 넋을 뺐다.

"시훈이도 그렇고…. 아, 정 팀장 몰랐죠? 시훈이랑 내가 같은 집안 사람이에요."

내가 사촌 형. 이번에는 입이 벌어지다 다물렸다. 막역하다는 인상은 받았지만 핏줄인 사실은 미처 몰랐다. 이수가 짐짓 당황한 기색을 감췄다.

"…그러셨습니까. 몰랐습니다."

"그래도 시훈이가 회장님 자제인 건 알고 있었죠?"

"……."

달리 할 말이 없었다.

"정 팀장."

여 본부장의 몸이 앞으로 기울었다.

"누울 자리 보고 다리 뻗으라는 말 알죠?"

"……."

"한 번은 그럴 수 있어요. 사회생활 하다 보면 힘들고 지쳐서 누구든 붙잡고 싶었을 테고, 다들 라인 만들고 무리 지어 다니는데 정 팀장이라고 안 그럴 수 없지."

어설프게 몸을 사린 과거가 다시 한번 드러났다. 여 본부장은 가만가만 풀어내는 말 한 마디 한 마디마다 이수의 치부를 들추기 바빴다. 모멸이 명치를 찌를수록 이수의 눈빛이 날카로워졌다.

"무슨 말씀을… 하고 싶으신 겁니까?"

"내가 하고자 하는 말은,"

이수는 턱이 아릴 정도로 이를 사리물었다.

"……."

"이시훈은 안 돼. 이거 하나예요."

허벅지 위의 두 주먹을 꽉 쥐었다. 이렇게까지 까발려진 마당에 더 이상 참고 말고 할 이유는 없었다. 머리털이 곤두설 만큼 분노했지만 이성만큼은 또렷했다.

"본부장님."

이수는 흔들림 없이 여민준 본부장과 눈을 맞췄다.

"한때 제가 유진우 본부장님… 마음에 품었던 거 사실입니다. 잘못된 행동이었고, 누구보다 후회하고 있습니다. 혹여 이 때문에 도의적인 책임을 져야 한다면, 지겠습니다. 하지만 생각하시는 것처럼 선 넘은 적 없고, 단 한 번도 사적인 감정 이용해서 업무 수행한 적도 없습니다. 또 그런 이유로 유진우 본부장님을 이용한 일도 이득을 취해 본 일도 없구요. 제가 팀장 자리 못 얻을 만큼… 일 못했다고 생각하지 않습니다. 저 충분히 회사에 기여했고, 제 커리어에 대한 자신도 있습니다."

이수가 조목조목 반박했다. 예상외의 반응에 여 본부장이 인상을 구겼다.

"거기까지는 알고 싶지 않고…."

"아니요, 아셔야죠."

단호한 이수의 음성은 얼음장처럼 차갑다.

"하… 참. 그럼, 지금 시훈이하고는 대체 뭐라는 건데?"

여 본부장이 혀를 차며 물었다. 단번에 치워 버릴 생각이었는데 변명이라고 치부하기에 정이수의 말은 헛수가 아닌 듯 힘이 실려 있었다. 정이수는 공격적이었지만 냉정을 잃지는 않았다.

"이시훈 팀장과 저 사이의 일은 본부장님이 관여하실 일…, 아닙니다."

"정 팀장, 지금…."

황당함에 여 본부장의 말허리가 잘렸다. 시훈이가 약점이라도 잡혔나. 오만 가지 상상이 더해졌다. 여태껏 숨죽인 정이수가 꺼낸 발언 하나하나가 치명적이었다.

"소문이 무서우세요? 이시훈 팀장이, 정산 그룹 회장님 아들이 정이수하고 붙어먹는다더라. 그런 소문이요."

"말이면 다야?"

언뜻 악에 받친 고집이 비쳤다. 정이수의 입술 새로 사실일지 소문일지 짐작도 못 할 말들이 튀어나오는 동안 여 본부장은 입이 바싹 말랐다. 정이수는 칼을 쥐고 상대를 찌르면 제 손에 생채기가 날 줄 뻔히 알면서 상관 않는 무지렁이처럼 보였다.

"저야 이미 검댕 묻은 사람이라 뭐 하나 더 묻는다고 티도 안 나겠지만, 이 팀장님은 아니겠죠. 본부장님은 그게 싫으신 거구요."

여 본부장이 기가 찬 헛웃음을 쳤다. 뒤통수를 한 대 세게 얻어맞은 얼얼함에 뒷목이 뻐근할 지경이었다. 연애를 한다는 가정은 애초부터 해당 사항에 없었다. 그러면 한 가지밖에 없지 않나. 여 본부장은 유진우 자리에 시훈을 대입해 봤다. 말이 되나. 시훈이가. 팔은 안으로 굽는다고 무슨 사정이 있겠거니 싶다가도 머리가 아팠다. 도무지 이시훈답지 않았다. 단순히 정이수의 몸만 취한다 하기에 이 녀석 하는 짓거리가 가볍지만은 않은 탓이었다.

“그리고 궁금하시면 이시훈 팀장한테 여쭈세요. 저 같은 사람 들쑤시지 마시구요.”

대학을 졸업하고 거의 10년을 몸 바쳐 일한 회사에서 받는 대우가 형편없었다. 누구 하나 진실을 묻지 않고 따지지 않고 결론을 내린다. 다른 건 몰라도… 일은, 일만큼은 누구보다 자신 있었다. 그러면 누구 하나 알아주겠지. 과거에 그런 일이 있었다더라 하는 해프닝쯤으로 치부될 날을 기다리며 절치부심하여 스스로를 담금질했다. 아마 마지막 남은 순수함이 있다면 그 정도였을 테다. 미련하게.

이만 가 보겠습니다. 바지에 양손을 붙여 머리를 숙였다. 살벌하게 되받아친 사람으로 여겨지지 않을 만큼 예의를 갖춘 자세였다. 여 본부장의 시름이 깊어졌다.

점심시간이 지난 카페테리아는 한산했다. 제작팀과 의견을 조율하는 과정은 생각보다 긴 시간이 소요됐다.

“일전에 저희가 컬러 콘티로 가져갔을 때도 광고주가 이해를 못 했어요. 요즘은 애니메틱을 대부분 선호하니까요. …의미가 없죠. 예산 문제는 일단 차치하구요, 네. 다시 논의하시죠.”

여전히 미적지근한 제작팀 태도에 진이 빠졌다. 결국은 시간과 예산 문제였다. 설득과 설득이 이어진다. 치열해서 가슴을 뛰게 한 일들이 요즘 들어 버거웠다.

"팀장님."

생각에 잠긴 이수가 곁에 선 이를 올려 봤다. 고우재가 커피를 들고 서 있었다.

"제 거 주문하면서 같이 샀어요."

뜨거워요. 아메리카노가 이수 앞에 놓였다.

"고마워요. 리플릿?"

"네, 방금 인쇄소에서 가지고 왔대요. 이것도 뜨끈뜨끈해요."

뿌듯해 보이는 고우재의 표정이 고무되어 있었다. 업무 때문에 미뤄지고 미뤄지더니 간신히 마무리 지었나 보다.

"벌써 SNS에도 올리고?"

"앗, 네."

화면이 꺼지지 않은 고우재의 개인 SNS에 업로드된 인사이트 리플릿이 보였다. 한 귀퉁이만 겨우 보이는 정도였지만 배포 전이라 조심할 필요는 있었다.

"구영모 팀장님은 확인하시고요?"

"아직…."

"뭐가 그렇게 급해서요. 사적인 영역이니까 터치는 안 하겠지만 이런 건 조심해야죠."

"넵. 조심하겠습니다."

들뜬 마음에 태그를 잔뜩 붙여 올린 사진이 민망했다. 고우재의 난처한 낯을 본 이수가 당황한 기색을 덜어 주려 리플릿을 펼쳤다. 제작팀이 바쁘게 돌아가는 바람에 한참 뒤에나 인쇄한 리플릿은 고심한 만큼 깔끔하게 완성되었다. 구 팀장에게 전해 들은 바로는 제작팀 인턴보다 더 인쇄소를 들들 볶아 댔다 들었다. 옛날 고우재처럼 인쇄소며 프로덕션 녹음실까지 발바닥에 땀이 나도록 쫓아다닌 기억에 이수의 얼굴 위로 미소가 피어올랐다.

"고생했네요."

"팀장님 덕분이에요."

첫 단추를 끼울 구멍은 잘 찾은 것 같다더니 차차 꿰어 가는 손놀림이 좋았다. 이어 고우재가 인쇄소에서 있었던 자잘한 에피소드를 늘어놓는 중 문득 이수의 앞으로 아이스 아메리카노 한 잔이 놓였다.

"…어, 팀장님. 안녕하십니까."

어설프게 몸을 일으킨 고우재가 인사를 대신 했다. 이수 앞에는 고우재가 내민 따뜻한 아메리카노와 시훈이 내민 아이스 아메리카노 두 잔이 놓였다. 호의라고 생각하면 편했을 일이지만 딱 잘라 생각되지 않았다. 뜻밖에 시훈이 비어 있는 고우재의 옆자리에 의자를 빼고 앉자 반쯤 기마 자세였던 고우재 역시 착석했다.

"통화 중이던데요. 여러 번 전화했는데."

고우재는 안중에도 없는지 시훈이 뚫어져라 이수를 바라봤다. 일하는 사이에 거리낄 것 하나 없는 말에도 난감한 쪽은 이수뿐이다. 작정하고 앉은 건 알겠는데 고우재까지 있으니 더 입을 떼기가 어려웠고 싶었다.

"몰랐네요."

부재중 목록이 남아 있을 핸드폰은 보지도 않았다. 막막한 적막이 흘렀다.

지난 며칠 동안 복도에서 마주치면 겨우 묵례를 했다. 같은 회의에 들어가도 냉랭한 기운이 두 사람 사이를 감돌았다. 차갑고 무감한 이수의 태도에 하루에 두어 번 식사니 커피니 이시훈이 메시지를 보냈지만 이수는 읽고 답을 하지 않았다. 식당에서의 일뿐 아니라 여민준 본부장과의 대화도 이수에게 쉬이 걷힐 수 없는 여파를 남겼다.

둘 사이 묘한 분위기를 느낀 고우재가 얼른 눈치를 살폈다. 낄 때 끼고 빠질 때는 빠지자. 마음에 콕 새겨 놓은 말이 저절로 떠올랐다.

“…저… 그럼 저는 먼저 가 보겠습니다.”

두 사람을 향해 머리를 숙이고 의자를 물렸다. 할 말이 없는 이수 역시 고우재를 따라 몸을 일으켰다. 자연스럽게 따뜻한 아메리카노만 들고 테이블을 돌아 나가는 순간 등받이에 털썩 등을 기댄 시훈이 발길을 잡았다.

“정 팀장님. 저 아직 용건이 남았는데… 많이 바빠요?”

“이 팀장님.”

낮게 가라앉은 경고가 떨어졌다. 삽시간에 일그러진 표정이 제어가 안 됐다. 그걸 아는지 모르는지 시훈이 테이블 위에 손가락을 세웠다. 톡톡. 규칙적인 소리를 내는 손끝에는 불만이 가득했다. 이수가 찌푸린 눈살을 펴고 의아한 표정의 고우재를 향해 입을 뗐다.

“고우재 씨, 먼저 가요.”

고우재가 카페테리아를 나선 뒤 시훈이 여태 서 있는 이수의 앞으로 손도 대지 않은 아이스 아메리카노를 밀어 놓았다.

"뜨거운 커피 안 마시잖아요."

"일부러 그래요? 인턴까지 있는…,"

느릿하게 감겼다 뜨인 시훈의 눈 위로 날선 눈썹이 들렸다.

"어린애가 뭘 오해하겠어요. 잠깐 앉아요. 길게 이야기하진 않을 테니까."

어이가 없어 웃음도 안 나왔다. 지끈 머리가 아팠다. 넘기지 못한 앞머리를 그러쥔 이수가 천장을 바라보다 한숨을 내쉬었다. 체념한 기색으로 의자에 엉덩이를 붙이고 앉았다. 정작 사람을 붙들어 놓고 시훈은 말이 없었다.

오후 햇살이 통유리 창 너머로 길게 드리워졌다. 시훈이 조심스럽게 침묵을 갈랐다.

"얼마 전 식사 자리에서… 주 실장과 있었던 일. 난 후회하지는 않아요."

이시훈다웠다. 그러나 침착을 망각하고 인내심을 컨트롤하지 못한 건 그답지 않았다. 짧은 정적 이후 그가 말을 이었다.

"다만…, 곤란하게 했다면 미안합니다."

이수가 고개를 모로 돌렸다. 예상치 못한 사과였다. 뭐라고 대꾸를 해야 좋을지 좀처럼 쉽게 입이 열리지 않았다. 그런 이수를 바라본 시훈이 테이블 위에 올려놓은 자신의 손을 가만히 주먹 쥐었다.

"내가,"

"……."

"뭘 어떻게 하면 좋겠어요."

미간에 잡힌 주름과 달리 한층 누그러진 목소리였다. 뭘, 어떻게.

막연한 물음이 품은 함의는 분명했다. 조건 없이 보자는 제안은 여전히 유효한지 시훈은 한 발 물러나 이수에게 선택권을 넘겨주었다. 입을 다문 이수를 바라보는 낯에 언뜻 초조함이 비쳤다. 주먹 쥔 손이 다시금 테이블을 소리 없이 두드렸다.

"…시간. 필요해요?"

"……."

마뜩잖은 기색을 애써 숨기며 시훈은 애꿎은 주먹을 다시 말아 쥐어 본다. 이수를 흘깃 바라본 시훈이 다물린 입을 확인했다. 이 자리에서 절대 열리지 않을 테다. 억지로 앉혔으니 반발심만 더했으리라.

"대답… 기다릴게요."

"……."

여기까지였다. 머리를 굽힌 자존심이 정수리를 보일 즈음 시훈이 자리에서 일어났다.

2주간 사무실과 복도, 회의실에서 이수는 시훈을 만났지만 미묘한 거리를 두었다. 빈 공간에 우연히 두 사람만 있게 되면 번번이 시훈을 덩그러니 홀로 남겨 둔 채 자리를 떴다. 시선을 마주하면 역시 먼저 눈을 돌렸다. 그럼에도 시훈은 이수를 잡거나 다그치지 않았다. 거리를 지켜 달라는 이수의 부탁에 시훈은 제자리를 지켰다. 이수가 한 발 물러난 거리만큼 앞으로 두 발 성큼 다가올 것이라 믿었다. 함께 나눠 가진 밤들은 꿈이 아니었으므로.

#실수 #대형사고 #징계 #해고각 #퇴사각 …

줄줄이 달린 해시태그를 김민주 대리가 썼다 지웠다 반복했다. 답이 나올 리 없었다. 세상 사는 일도 컨트롤 제트를 누르고 재생 버튼을 왼쪽으로 드래그해 옮길 수 있다면 얼마나 좋을까. 김민주 대리가 머리를 쥐어 싸매며 삭제된 고우재의 SNS 계정을 노려보다 핸드폰을 뒤집어 내려놨다.

"나 년아… 죽자… 죽어."

어젯밤, 자정을 앞둔 시간 M사의 광고주로부터 다급한 연락이 왔다. 출시 대기 중인 제품 스펙이 떠돌고 있는데 어떻게 된 거냐, 지금 SNS상에서 캡처된 이미지가 있는데 이게 인사이트 직원의 계정이 맞느냐 묻는 두 가지 질문이었다. 메신저로 전달된 이미지를 보는 순간 머리가 새하얘졌다. 야근하는 책상을 찍은 사진이었는데, 고우재의 모니터 위로 핸드폰 제품명과 스펙이 떠 있는 창이 보였다. 언뜻 텀블러에 가려 있어도 확대해 보면 유추해 볼 정도는 되었다.

김민주 대리는 그 즉시 고우재와 정이수 팀장에게 전화를 걸었다. 눈앞이 캄캄하고 심장이 바닥으로 떨어졌다. 그리고 날이 밝은 오늘, 정이수 팀장은 내내 자리를 비웠다.

* * *

"참, 나…."

여민준 본부장과 정이수를 앞에 두고 김지학 전무가 헛웃음을 쳤다. 집무 책상 위로 던져 놓은 태블릿 PC 위에 M사의 주가와 실시간 검색어 순위가 띄워져 있었다.

"뭐래요, 그쪽에서."

"본사 들어갔을 때 법무팀까지 대동하지는 않았고, 수습부터 하자고 합니다."

이수는 김 대리의 전화를 받고 새벽 급히 회사로 호출돼 여 본부장과 대응 방안을 논의했다. 둘은 날이 밝자마자 광고주 사옥으로 이동했다. 참담한 심정으로 마주한 고객사와의 자리에서 이 사달의 원인 규명과 재발 방지, 공식적인 사과와 더불어 계약 재검토라는 요구를 받아들일 수밖에 없었다. 이 정도 수위로 마무리된 게 다행이었다.

"그래서."

"일단 정이수 팀장이 대응 전략을 간략하게 설명했고 다행히 광고주 쪽에서 받아들인 상황입니다."

모바일 기기의 경우 시장 초기와 다르게 디자인이나 기능적인 면에서 혁신은 줄어들고 소비자 관심이 현저하게 떨어진 상황이었다. 그런데 의도한 바는 아니지만 유출된 스펙은 밤새 인터넷을 돌아다니며 국내뿐 아니라 해외 유명 IT 전문 업체의 온라인 매체에까지 포스팅됐고, 결론적으로 돈 한 푼 안 들이고 대대적인 홍보가 됐다. 이럴 경우 주가에 따라 고객사 반응이 달라지기 마련이었다. 장이 열린 9시, M사의 주가는 가파르게 우상향했다. 김지학 전무가 이수를 흘깃 바라봤다. 듣자 하니 일부러 장이 열리는 시각까지 버텼다고 들었다. 미팅을 한결 매끄럽게 마무리 지으려는 의도였다.

"회의 언제야."

"대회의실에서 15분 후에 시작합니다."

"나가 봐요. 회의실에서 봅시다."

주요 팀이 소집된 회의 분위기는 무거웠으나 경위에 관한 비난은 오가지 않았다. 위기가 닥쳤을 때 지양해야 할 비생산적인 일이었다. 리스크는 언제든 발생할 수 있다. 위기를 극복할 방향은 구체적이고 일관돼야 했다. 이수는 오전 중으로 취합한 리포트를 내밀며 새벽 내내 여민준 본부장과 새로이 수립한 방향을 제시했다.

출시일 전까지 공개되지 않은 제품의 스펙 및 디자인을 점진적으로 노출하여 이슈를 확대 재생산 시키는 방안이었다. 노이즈 마케팅의 일환인 유출 마케팅은 M사가 근 20년 동안 제품 공개일까지 보안에 철통을 가한 과거와 확연히 다른 전략이었다. 그러나 전작들의 연이은 실패가 뼈아픈 M사로서는 단 하루 동안 불러 모은 관심을 받아들일 수밖에 없었을 것이었다. 지표를 들이민 후에는 더욱이 납득할 수밖에 없는, 현재로서는 가장 합당한 전략이었다.

결정은 군더더기 없이 이루어졌다. 손바닥을 뒤집듯 새로운 판이 깔렸지만 어느 누구도 토를 달지 않았다. 눈앞에 놓인 위기를 각자의 자리에서 헤쳐 갈 뿐이었다.

대회의실에서 우르르 쏟아지는 사람들 한편에 바삐 걸음을 옮기는 여민준 본부장의 뒤로 이수가 따라붙었다. 자연스럽게 집무실까지 함께 이동하며 급하게 몇몇 사항을 검토했다.

"정 팀, 데일리로 리포트 올라가야 하지 싶은데."

"네, 물론입니다."

문을 닫고 들어서자 집무 책상에 곧장 앉은 여 본부장이 손에 든 서류를 훑었다.

"그리고 인턴 있죠."

"…네."

"금주 내로 업무 정리하라고 하세요. 뭣하면 내일부터 안 나와도 상관없고."

무감한 통보였다.

"본부장님. 제 관리가 소홀해서 일어난 일입니다."

다급한 목소리가 조금 떨렸다. 손에 들고 있는 서류를 급히 넘기며 여 본부장이 이수를 흘깃 올려 봤다.

"인턴은 정식 직원 아니잖아. 그러니까 정이수 팀장이 책임질 일은 없어요. 현재 상황에 집중해서 리스크 관리나 제대로 합시다."

"본부장님. 다시 한번… 재고해 주시면 안 되겠습니까. 그 친구…."

이수가 재차 여민준 본부장을 향해 머리를 숙였다. 해가 뜨기도 전에 출근한 고우재는 해맑던 얼굴은 온데간데없이 새하얗게 질린 채 사무실에 앉아 있었다.

'곧 죽을 얼굴이요. 그나저나 인턴십 이대로 끝나면 대미지가 클 것 같은데…. 아무래도 잘리겠죠? 사유는… 어디 가서 말할 수도 없을 테구….'

이수가 고객사로 이동하던 중 핸드폰 너머로 상황을 전하던 김민주 대리의 목소리에는 걱정이 가득했다. 사회생활을 시작하는 첫발부터 창창해야 할 앞길에 가시밭이 드리워졌다.

다시 한번 부탁이 떨어지기 전에 여민준 본부장이 이마를 찡그리며 한숨을 푹 쉬었다.

"책임자 따지고 들면 어디까지 올라가. 나까지 멱살 잡고 끌고 가?"

여 본부장은 김지학 전무 라인이 아니니 일이 잘못 수습될 경우 입지가 위태로울 수 있었다. 여전히 쉽게 수긍하지 않는 이수를 보며 여 본부장은 가슴을 크게 부풀려 숨을 내쉬었다.

"터놓고 말합시다. 내가 지금 좋아서 정 팀 방패막이 돼 준 거 같아요?"

여 본부장으로서는 이수의 징계를 막는 것만으로도 쉽지 않았을 테다.

"……."

"이봐요, 정 팀장."

"…네. 본부장님."

"폭탄 끌어안는 심정. 알아요? 언제 터질지, 뭐가 터질지 모르는데… 일단 안고 간다잖아요."

리스크 관리는 상급자가 지녀야 할 중요한 능력이었다. 지난 새벽 머리를 맞댄 여민준 본부장은 정이수가 사태를 수습하는 과정을 지켜보며 고민에 빠졌다. 일 머리나 아이디어, 상황을 판단하는 능력이 기막혔다. 광고주와의 미팅 전까지 현 상황과 대응 가능한 전략을 뒷받침할 사례를 줄줄 읊었다. 잠자코 듣고 있던 여 본부장이 키 방향을 달리한 것도 그 때문이었다. 정이수를 내치기 딱 좋은 타이밍이었다. 툭 밀기만 해도 와르르 무너지지 싶었는데 묻힌 땅 아래 견고한 아랫돌이 정이수를 받치고 있었다.

막말로 사람은 미운데 정이수를 단번에 내치기에는 좀… 아까웠다. 결국 고객사를 방문하기 전 급하게 대면한 김지학 전무 및 대표에게 이번 M사의 일이 틀어질 경우 여 본부장 자신 역시 각오를 하겠다는 취지로 정이수의 징계 철회를 설득한 참이었다.

기억하기로 인사이트에 임원으로 자리를 틀기 전 타사 재직 시 유진우와 비딩에서 만난 일이 몇 번 있었다. 초반 평이했던 유진우의 기획이 승승장구하며 두각을 나타낸 시점을 거슬러 보면 아마도 정이수가 팀에 합류한 때일까. 색안경을 벗고 보니 새로 보이는 것도 있더라, 이건데…. 그 때문에 머리가 아팠다.

한때는 그 역시 같은 직군의 실무자였다. 산전수전 겪으며 헤쳐 온 지난날을 그려 보면 오늘 같은 사고는 뼈아프지만 인간적으로 공감하고 이해하는 바가 있었다. 이 건으로 정이수에게 트집을 잡을 수는 있지만 댐이 무너지는 마당에 구멍을 막을 손 하나가 절실했다. 그러니 자를 수 있는 꼬리는 자르고 로스를 막는 데 집중했다. 개인적인 감정을 최대한 배제하고 고심하여 내린 결정이었다.

"나도… 적잖이 고민한 거라고."

복잡한 감정이 한데 엉킨 목소리가 이수 앞으로 떨어졌다. 후우… 나가 봐요. 집무 의자에 털썩 앉은 여 본부장은 더 이상 대화하고 싶지 않다는 듯 의자를 돌려 앉았다.

"……."

이수가 묵례를 올린 후 집무실을 나섰다. 얼마 전 시훈의 문제로 각을 세웠고, 대화는 두 사람 모두에게 불쾌함만 남겼다. 그러니 울며 겨자 먹는 심정으로 자신을 끌어안은 여 본부장을 더 설득하기란 불가능했다. 이수가 가진 한계는 너무도 명확했다.

여민준 본부장의 집무실을 나와 이수는 좀처럼 이동하지 않는 엘리베이터 버튼을 재차 눌렀다.

“이게…, 왜….”

신경질적으로 버튼을 누른 이수가 결국 비상계단 출입문을 열었다. 옥상으로 오르는 계단을 단 한 번도 쉬지 않고 올라가 문을 열었다. 죄어 오는 느낌을 참을 수가 없어 넥타이를 헐겁게 잡아 내리고 급하게 셔츠 위 단추를 두어 개 풀어냈다. 세찬 바람이 온몸 구석구석 들이닥쳤다. 난간 앞에 바투 선 이수는 뭍으로 막 나온 사람처럼 파앗 숨을 내쉬었다.

“하아… 하아….”

핏발 선 두 눈이 빽빽한 빌딩 숲과 길 위로 지나는 사람들을 어지럽게 훑었다. 엉망이 된 머리카락도 셔츠를 뚫고 들어오는 찬 바람도 느껴지지 않았다. 가쁜 숨을 내쉰 이수가 손등에 입술을 비볐다. 느리게 눈을 감았다 뜨자 잔상 같던 풍경도 차츰 또렷해졌다.

“…….”

숨을 고른 이수가 재킷 안주머니에서 담뱃갑을 꺼냈다. 언제 다 피웠는지 마지막 한 개비만 덜렁 남아 있었다. 불을 붙이지 않은 담배를 입술 사이에 물고 시선을 내리깔았다. 칼 같은 찬 바람이 가슴 속에 작게 불을 지핀 감정을 도려냈다. 싸늘하게 식은 이수의 눈빛이 눈 아래 모든 것을 살폈다.

…역시 작다. 시선 아래로 사람들과 빠르게 지나는 차들 그리고 집마저도 장난감처럼 하찮고 작아 보여 도무지 현실 같지 않았다. 이 세상에 사는 저 역시도 한낱 미물에 불과했다.

그 순간, 이수는 그런 생각이 들었다. 때로는 흐르는 시간이 적당한 때를 알려 주는 것 같다는 생각이. 어쩌면 지금이 그런 때라고.

복잡한 속내가 말했다. 답을 말하라고. 알고 있으니 행하기만 하면 된다고.

이건 좋은 기회였다. 답에 대한 변명을 덧붙이지 않아도 긴 설명을 할 필요도 없었다. 혼란한 감정을 열거할 필요도 상대를 설득할 이유도 없는 어쩌면 가장 완벽한 기회였다. 씁쓸한 탄성이 입술 새로 흘러나왔다.

"…아…."

그리고 약속처럼 주머니 속의 핸드폰이 진동했다. 화면에는 익숙한 이름과 직함이 떠 있다. 이시훈 팀장. 손바닥 한 뼘 정도의 아슬아슬한 난간 위에 핸드폰을 올려놓은 이수는 긴 시간 동안 그 이름을 외면했다. 이윽고 부재중 기록을 남긴 액정 화면의 불빛이 죽은 듯 꺼졌다. 마천루 사이로 노을마저 자취를 감추고 공허한 밤하늘이 맨얼굴을 드러냈다.

물고 있던 담배를 손으로 옮겨 쥔 이수가 툭 허리를 분질렀다.

"…정말 끊어야겠네. 이제…."

허탈한 웃음이었다. 두 동강 난 담배를 내버리자 빌딩 아래 그 어딘가로 흔적 없이 자취를 감췄다. 아, 저렇게… 저렇게 순식간에 지나갔으면 좋겠다.

이수가 다시금 계단을 밟아 내려가며 흐트러진 매무새를 정리했다. 그리고 몇 층일지 모를 층계참에 우뚝 발을 멈췄다. 그 상태로 몇 걸음 걷지 못한 이수는 벽에 이마를 대고 눈을 감았다. 시나리오를 그려 봤다. 좋은 구실이 제 입에 붙을 수 있도록 프레젠테이션을 앞둔 리허설처럼 여러 번 읊조렸다.

눈을 뜨고 시선을 흘깃 돌려 보자 내려가는 계단에 슬라이드처럼 지나간 장면들이 그려졌다. 벌써부터 가슴이 먹먹해져 큰일이었다.

* * *

-시간 괜찮아요?

시훈은 외근으로 종일 자리를 비운 탓에 회사로 복귀한 저녁에서야 난장판이 된 2팀 상황을 전해 들었다. 비어 있는 이수의 자리를 보고 전화와 메시지를 남겼다. 회신은 없었지만 충분히 이해하고도 남을 상황이었다. 그런데 퇴근을 앞두고 도착한 뜻밖의 메시지에 시훈이 지하 주차장으로 급히 걸음을 옮겼다.

밤 10시가 넘은 시각이었다. 서늘한 주차장 한편에 시훈의 차 옆으로 이수가 비켜서 있었다.

"일단 차에 타요."

날이 추웠다. 조수석에 탄 이수를 두고 시훈이 차 온도를 높였다. 단 하루 사이에 외꺼풀진 눈과 한눈에 봐도 핼쑥한 얼굴이 말도 못하게 피곤해 보였다.

"전해 듣기는 했어요, 고생이네요. 식사 못 했죠?"

손을 뻗은 시훈이 이수의 턱을 제 쪽으로 돌렸다. 좀처럼 눈을 맞추지 않는 이수가 시훈의 손을 가만히 잡아 내렸다. 다른 할 말이라도 있는 걸까. 감정을 드러내지 않는 묘한 분위기의 이수를 두고 시훈은 애써 벌어진 거리를 무시했다. 밥 먹을 시간은 없고, 커피는 지겹도록 마셨을 테다.

손등으로 가볍게 뺨을 쓸어내리자 이수는 슬그머니 조수석 창 쪽으로 고개를 돌리고 만다.

"안색이 안 좋아 보여요."

"……."

"30분이라도 눈 붙여요. 깨워 줄 테니까."

조수석 각도를 조정하려 버튼을 누르는 시훈을 향해 이수가 가만히 입을 열었다.

"이 팀장님. 인턴…, 고우재 씨."

목구멍이 막혀 차마 말이 나오지 않았다. 결국 한 박자 숨을 고른 이수가 사무적인 투로 말을 이었다.

"기회가 필요합니다. 여 본부장님께서 완강하세요."

"……."

"고우재 씨 인턴십 마칠 수 있게 이 팀장님께서 의견 전달해 주셨으면 합니다."

시훈이 혼란스러운 기색으로 이수를 바라봤다. 부탁이었다. 아마 관계를 엮어 온 지난날 정이수에게 단 한 번도 들어 본 적 없는. 제 커리어를 뺏기든 말든 성희롱을 당하든 말든 안중에도 없던 정이수가 고작 인턴 때문에…. 시훈은 한동안 말을 잇지 못했다. 흔들리는 눈빛이 사방을 배회했다. 곧 느릿느릿 낮은 물음이 입새로 흘러나왔다.

"지금… 그 문제 때문에 보자고 했어요?"

"…네."

눈 한번 맞추지 않은 정이수는 고개를 숙이고 제 허벅지에 시선을 고정한 채였다. 이수를 향해 앉아 있던 시훈 역시 시트에 등을 대고 정면을 바라봤다. 이제 두 사람 모두 서로를 바라보지 않았다. 시훈은 짐짓 무너지는 감정을 다잡아 본다.

"배우는 게 있겠죠. 미안하지만 부탁 못 들어줍니다. 들어주고 싶지도 않고. 그리고…."

"……."

얼굴이 멋대로 뒤틀리는 것 같았다. 웃고 있는 것 같기도 하고, 찡그린 것도, 아니, 실망한 것 같기도 한 제 모습을 시훈은 통제할 수가 없었다.

"나한테… 안 되죠, 이러면."

부정했다. 너무 절박해서 저에게 털어놓은 것뿐이라고. 그러니까 이 정도로 정리하면 넘어갈 생각이었다.

"…이 팀장님."

"근처에서 잠깐 커피라도…."

차 시동을 켜고 핸들을 잡은 시훈에게 절망이 떨어진 건 직후였다.

"호텔… 예약했습니다."

시훈의 손등에 핏줄이 불거졌다. 순간 힘이 들어간 턱은 아플 정도였다. 그러니까 부탁을 하고 응당한 대가를 주겠다는 뜻이었다. 처음 약속한 대로. 믿을 수가 없었다. 온몸의 피가 삽시간에 빠져나가는 기분이었다. 손끝은 차갑고 이미 귓전에 닿은 말을 무를 수도 없었다. 시훈이 더없이 가라앉은 목소리로 읊조렸다.

"…그만해요. 못 들은 걸로 할 테니까."

처음 자세 그대로 앉아 있는 정이수의 얼굴은 머리카락에 가려 잘 보이지 않았다. 핏기 하나 없는 얼굴에 걸린 마른 입술로 건조하고 단조롭게 전하는 말들은 하나같이 시훈의 가슴에 구멍을 내었다.

"저는 지금 이시훈 팀장님에게 부탁을 해야 하는 사람이에요. 이 팀장님은 그걸 해 줄 수 있구요. …미안하지만, 이 팀장님이 원하는 관계는 우리 사이에 안 어울려요."

차라리 뺨을 맞는 게 나았을 테다. 머리가 새하얗게 되어 아무 생각도 들지 않았다. 처음 이수가 제 책상 앞으로 걸어와 프로젝트를 거절해 달라는 부탁을 했을 때만 해도 분노 이상의 감정을 느끼지는 않았다. 자신을 배경으로 재단하고, 당연하게 체계마저 무시할 만한 재벌가 자제쯤으로 여긴 정이수에게 화가 났다. 유진우와의 추문은 차치하고 적어도 정이수를 직급자로서 존중했던 데서 오는 실망이었다. 하지만 이건 그때와는 전혀 달랐다. 밑바닥부터 피어오르는 감정은 모멸과 배신이었다. 함께 나눈 밤과, 뜨거운 온기, 같은 속도로 서로의 가슴을 울린 박동 소리도 모두 재가 되어 바스러졌다.

"인턴 하나 살려 보겠다고…."

"전에 물었잖아요. 원하고 바라는 거 없느냐고. 필요하면 하지 말래도 부탁하겠다고 했어요. 지금… 난, 이걸 원해요."

또박또박 말을 뱉는 이수에게서 망설임 따위는 보이지 않았다. 이수가 준비한 말들을 줄줄 내보내는 동안 입안으로 혀를 굴린 시훈이 툭 고개를 떨궜다. 하. 체념 섞인 헛웃음이 튀어나왔다. 뭘 기대했을까. 정이수에게 무슨 말을 듣고 싶어서. 모든 예상이 빗나가며 정이수를 품에 안은 그날처럼 다시 그는 훌쩍 등을 돌리고 있었다.

불공정하고 불공평한 정이수와의 관계를 곱씹어 보던 시훈이 서늘한 질문을 던졌다.

"그러니까… 이게 답이에요?"

"…네."

"……."

차 시동이 꺼졌다. 미미한 엔진 소리마저 들리지 않았다. 침울한 적요만이 공간을 내리눌렀다.

"호텔까지 가기 싫으면 여기에서…,"

"…가."

한숨처럼 무거운 목소리가 말을 잘라 냈다. 한쪽 손목을 핸들 윗머리에 올린 시훈은 미간을 찌푸린 상태로 눈을 감고 있었다. 주먹을 쥔 손이 작게 떨렸다.

"……."

"사람… 바닥까지 끌어 내리지 말고… 그냥 가."

이내 문이 열리고 굳게 닫혔다. 답을 기다린 질문은 막다른 벽에 가로막혀 시훈의 발치에 돌아와 있었다.

"실수는 누구나 해요."

이수가 말했다.

낯빛이 하얗게 질린 고우재의 입술이 파들파들 떨렸다. 할 말도 할 수 있는 말도 없었다. 고개를 푹 숙인 고우재가 울지 않기 위해 안간힘을 썼다.

"……."

"아직 고우재 씨는 배우는 사람이고, 책임은 윗사람들이 지는 겁니다."

"……."

바보 같았다. 김민주 대리가 같이 진행해 보자고 공유해 준 업무에 잔뜩 들떠 있었다. 그동안 자료를 찾거나 서포트하는 업무만 하다 한 발 더 나아간 기분에 감히 우쭐댔다. SNS에 야근이니 회의니 늘어놓은 푸념마저 사실은 은근한 자랑이라는 걸 알고 있었다. 동기나 후배들이 이마저도 부럽다는 댓글을 달 때는 괜히 입꼬리가 올라갔다. 그러다 사리 분별 못 하고 저지른 실수가 대형 사고가 될 줄은 상상도 못 했다.

한밤중 김민주 대리의 전화를 받고 그 즉시 계정을 삭제했지만 이미 포털이며 커뮤니티에 너무 많은 게시물이 떠돌고 있었다. 밤새 핸드폰을 쥐고 있을 수도 안 볼 수도 없어 피가 마르는 심정으로 아침 해를 맞았다. 초토화된 사무실에서 제 자리를 찾아 앉았지만 고작 인턴이 할 수 있는 일은 아무것도 없었다.

"저는… 제가 이렇게 멍청한 놈인 줄 몰랐어요…. 허세만 가득해서는…. 한심해서… 견딜 수가 없어요."

고우재가 아랫입술을 깨물었다. 옹송그린 어깨가 더욱 굽었다. 스스로를 잘 알고 있다 여겼으니 실망도 클 테다. 바닥끝까지 떨어진 자존감이 한눈에 보였다.

"…저는… 인턴십 잘리는 거죠?"

이번에는 이수가 쉬이 말을 꺼낼 수 없었다. 인사이트를 희망한다 했다. 그리고 광고인을 꿈꾼다고 했고, 첫 단추를 잘 꿰고 싶다 했다.

"아직 결정된 바 없어요."

"…아마, 신입 사원… 지원도 못 하겠죠? 아닙니다…. 이런 때 그런 걱정이나 하고…. 죄송해요."

고우재가 스스로도 어이가 없는지 씁쓸하게 웃던 입술을 질끈 깨물었다. 이수는 절망하는 고우재를 바라봤다.

이수는 녀석을 처음 보았을 때부터 일부러 보려 하지 않아도 고우재에게 제 신입 시절을 대입하는 일이 잦았다. CM송이 재밌어서 광고를 시작했다는 계기나 차고 넘치는 열정과 아이디어가 즐겁고 벅차서 매일매일 설레 하던 모습도, 욕심껏 좇아다니며 일을 배우던 모습까지도 비슷했다. 그래서 마음이 더 갔을지 모르겠다. 그래서 녀석이 첫 단추가 잘 꿰어진 옷을 입고 인사이트를 휘젓고 다니는 상상을 했더랬다.

"밥은 먹었어요?"

고우재는 말이 없었다. 물은 한 모금이나 마셨으려나. 이수의 핸드폰이 울렸다. 업무에 관한 짧은 통화를 마칠 때쯤 고우재가 이수를 불렀다.

"…팀장님."

"네, 고우재 씨."

고우재가 마른침을 삼키고 이수를 향해 조심스럽게 입을 열었다.

"…저 지금 당장 나가라고 하셔도 할 말 없지만…, 뭐라도 맡겨주시면 할 수 있는 건 뭐든 다 할게요. 다시 한번… 정말… 정말 죄송합니다."

책상 위로 머리가 닿을 때까지 고우재는 꾸벅 고개를 숙였다. 괜찮다는 말 외에는 딱히 떠오르지 않았다.

"고우재 씨."

다만 이수 역시 고우재에게 용서를 빌고 싶었다.

"나도… 나도, 미안하게 생각합니다."

당치도 않은 사과를 받은 고우재가 세차게 고개를 좌우로 흔들었다.

"아닙니다. 저… 어떤 결과든 받아들일게요."

"……."

이수가 전한 사과의 의미를 모르는 고우재가 희미한 미소를 보였다.

고우재가 허리를 한껏 숙이고 소회의실을 나섰다. 문밖으로 나선 녀석이 두 손으로 제 얼굴을 가볍게 내쳤다. 정신 차리자 스스로를 깨우는 의식이었다. 이내 고우재는 제자리로 돌아가 김민주 대리와 짧은 대화를 나누었다. 멀리서 일을 하는 팀원들이 분주했다. 이수는 밖이 훤히 보이는 투명한 유리벽 너머로 그 모습을 물끄러미 바라보았다.

고개를 돌려 홀로 앉아 있는 테이블 위 그 어딘가에 시선을 고정하고 있던 이수의 어깨가 미약하게 주저앉은 건 한순간이었다.

책상 위로 모아 올린 손바닥에 손톱이 박혔다. 주체할 수 없이 잘게 떨리는 몸이 무너져 흔들리는 감정을 대신 토로하고 있었다. 흐느낌 같은 한숨이 어쩔 수 없이 흘러나왔다.

"…아흑…."

제게 주어진 문제지는 익숙하지 않았다. 사랑에 휘둘려 당하기만 한 이수에게 남겨진 질문은 전부 풀어 보지 못한 문제였다. 결국 답을 고민하며 매일을 지새웠다.

시훈으로 인해 차곡차곡 쌓인 감정들은 정리해 두지 않고 한편에 가득 쌓아 놓은 물건 같았다. 어디부터 어떻게 손대야 할지 모르고, 대체 어떤 감정이 한데 뭉쳐 있는지 정확히 알지 못했다. 사이사이 진득한 감정이 파고들수록 현실은 수렁에 빠졌다. 인사이트, 유진우, 여민준 본부장, 주현탁 실장 등등… 가혹했던 과거와 한데 묶여 덩치를 키워 갔다.

그런 자신에게 답을 써 달라 막상 펜을 들려 주자 그곳에는 눈을 굴리는 겁쟁이가 넝마가 된 욕심을 들고 서 있었다.

오늘 이수는 대회의실에서 저를 마주한 사람들의 눈빛을 보았다. 유진우의 누군가가 아닌 팀장 정이수, 기획자 정이수로서 바라보는 시선들을. 직속 상사인 여민준 본부장과 밤새 의견을 조율하며 몰두한 시간과 팀원을 위한 좋은 선배이자 리더로서의 역할까지. 이수가 바란 대로였다. 모든 것이 제대로 흘러가고 있었다.

하지만 그때 묘한 기시감과 불안을 느낀 이유는 아마도 과거의 정이수를 떠올렸기 때문이리라. 선택에는 대가가 따랐다. 이수는 일찍이 그걸 경험해 봤다. 반짝이는 청춘을 바쳐 사랑을 했지만 빛은 상대를 비추었을 뿐 제 몸이 녹아 문드러지는 줄도 몰랐다. 눈을 피하며 누군가를 사랑하는 일에 지쳤고, 언젠가 드러나면 얼룩이 남을 사람은 저뿐인 것도 불 보듯 뻔했다. 다시는 그런 불안함에 휩쓸리고 싶지 않았다. 남은 상처들과 오해 역시 무턱대고 덮어 놓을 수가 없었다.

아마도 여태 갈리지 못한 마지막 자존심이었다. 그러니 고우재는 상대를 기만하기 좋은 구실이자 시훈의 열망을 꺼트릴 수 있는 냉혹한 핑계가 됐다.

“…흐…….”

차마 두 손 위에 얼굴을 묻을 수 없어 고개만 숙인 이수가 아프도록 이를 사리물었다. 명치가 견딜 수 없을 만큼 아파 왔다. 수만 갈래로 갈라진 마음이 종내에는 찢겨 피를 흘리고 있는지 모를 일이었다. 상처받은 시훈을 감히 바라볼 수 없어 몇 번이고 되뇌어 연습한 말만을 기계처럼 늘어놨다. 고우재, 인턴, 부탁, 호텔. 그런 말들. 이시훈은 저 같은 겁쟁이가 아니었다. 그래서 호텔과 섹스를 운운하며 모욕을 줬다.

언제나 사랑받고 싶었지만 온전하지 않았다. 이번이라고 다를까. 우리 사이가 어떻게 시작됐는데…. 결국 이수는 홀로 남기를 택했다. 그런데…, 그런데 왜 이토록 가슴이 미어질까.

똑똑.

“팀장님. 지금, 어… 괜찮으세요…?”

급하게 반쯤 문을 연 김민주 대리가 어깨를 굽힌 이수를 보고 놀랐다. 눈꼬리가 발간 이수의 낯은 상황을 모르는 김 대리에게는 피로의 잔재처럼 보이는지 많이 피곤하시냐 묻는다.

“…괜찮습니다. 그런데, 무슨 일로.”

눈을 감았다 뜬 이수가 김 대리를 마주했다.

“지금 위에서 전화가 와서요. 그리고 미디어팀하고 바로 회의요.”

이수가 자리 앞에 놓인 서류를 한데 갈무리하며 습기가 묻은 목소리를 가다듬었다.

“네, 지금 가죠.”

손을 얼마나 세게 쥐었는지 손바닥에 손톱자국이 선명했다. 아프지 않았다. 그럴 만한 자격도 없었다.

소회의실 문을 열었다. 언제나처럼 소름 끼치도록 밝은 형광등이 사무실을 밝히고 있었다.

* * *

피를 말리는 시간이었다. M사의 제품은 론칭 행사 직후 단 하루만에 기록적인 판매고를 세웠다. 이슈 역시 현재까지 뒤를 따랐다. 인사이트 내에서 준비한 ATL(Above the line, TV, 라디오, 신문, 잡지 등) 기획은 수정이 불가피했으나 시행된 마케팅에 발맞춰 순차적으로 온 에어 되었다.

론칭 행사를 앞둔 며칠 전 웃지 못할 기사가 실리기도 했는데 실상 신제품 스펙 유출은 의도적인 마케팅이 아니었느냐는 의혹이 담긴 기사였다. 2030을 메인 타깃으로 설정한 마케팅의 일환으로 규정하여 고우재의 신분을 인턴으로 섭외된 인플루언서로 둔갑시키기도 했다. 이에 기사 말미에는 M사의 마케팅을 담당하는 대행사 인사이트가 언급되었고, M사에서 뚜렷한 답을 얻지 못한 기자들에게서 후속 기사를 싣기 위해 사실 여부를 묻는 전화와 메일이 도착하기도 했다.

전화위복이라는 말이 꼭 맞았다. 벼랑 끝까지 몰렸던 2팀의 선전으로 인사이트는 업계의 주목을 받게 됐다. 인사팀의 계약 종료 승인만 기다리던 인턴 고우재에게도 운이 따랐다. 일련의 기사들로 인턴으로 둔갑한 인플루언서의 존재를 확인하고 싶어 하는 온라인 커뮤니티 글이 화제가 되었고, 이를 인지한 윗선에서 고우재의 잘못을 묻어 두기로 한 것이다.

인본주의를 경영 철학의 한 축으로 삼고 청년 실업을 타파하는 데 일조하겠다는 문동현 대표의 최근 대학 강의와 부합했지만, 실상은 결과 중심주의의 산물로서 고우재의 거취가 그렇게 결정됐다.

여민준 본부장에게 M사와 구두로 오간 재계약 건 보고를 마친 이수가 인사팀에 들렀다. 몇 가지 서류를 제출하고 난 후 사무실을 나서는 인사팀장과 나란히 복도를 걸었다.

“임순정 대리 다음 주 복귀죠? 인턴십도 곧 마무리되고요.”

“네.”

“정 팀장님. 근데… 나간다는 사람 붙잡고, 나가야 할 사람 잡아두면… 안 힘들어요?”

최근 잦은 면담으로 지친 인사팀장은 다소 무겁게 입을 열었다. 감정이 실리지는 않았지만 전자는 임순정 대리를 후자는 인턴인 고우재를 빗대고 있었다.

“인턴. 지금이라도 다른 부서로 돌리지 그래요.”

인사팀장이 이수의 의중을 떠본다.

“팀 내부적으로 잘 봉합됐어요. 걱정해 주셔서 고맙습니다.”

“난, 정 팀이 이렇게 무른 타입인 줄 몰랐는데….”

“제가… 그랬나요?”

인사이트 내에서 이수에 대한 평은 대체로 그랬다. 퇴근길에 마주친 사람들과 맥주 한잔을 기울인 건 아마 대리로 진급하기 전이 마지막이었을 테다. 그때쯤 입사 동기들 몇몇이 견디지 못하고 이직과

퇴직을 했고, 자신은 유진우와 엮이고 일 때문에 미쳐 돌아가던 때였으니까. 그래서 정이 없는 축이라고 여겼나 보다.

이수의 멋쩍은 웃음에 오히려 인사팀장이 두 눈썹을 들썩였다. 아마도 이수의 말갛게 웃는 모습이 낯설어서였다. 좀처럼 못 보는 얼굴이었다.

"어쨌든, 잘 마무리돼서 다행이에요. 사실… 일 커지는 줄 알고 우리도 긴장했거든요."

"고생 많으셨습니다."

"제가 무슨…. 원래 그렇잖아요. 결과가 좋으면 과거는 잊고 영광만 남을 뿐이죠."

그럼 수고하세요. 앞서가는 인사팀장이 코너를 돌자 아무도 없는 긴 복도에 홀로 남았다. 과거는 잊고 영광만 남는다, 라…. 과연 제게도 그럴까. 습관처럼 외꺼풀진 눈을 이수가 손바닥으로 꾹꾹 눌렀다.

"졸작은 얼추 마무리됐는데… 브로슈어 때문에 단체 사진을 찍어야 한대서요."

오후, 엘리베이터에 나란히 탄 고우재가 내일로 예정된 반차의 사정을 설명했다. 지난 몇 주간 고우재는 겉으로는 여전히 밝고 씩씩했지만 철들기 시작한 사춘기 아이처럼 때때로 몸을 사렸다. 치기와 열정만으로 뛰어들기에 사회와 회사는 훨씬 냉혹하다는 사실을 깨달은 듯 보였다. 그리고 다시 한번 주어진 기회에 대한 송구함과 감사 역시 잊지 않았다.

이수는 고우재를 가능한 팀 내 모든 회의에 참석시키고 김민주 대리에게 되도록 구체적인 업무를 내리도록 주문했다. 사람이 손을 놓고 있으면 잡생각이 많아지기 십상이라 이수가 내린 처방이었다. 기가 죽은 신입은 의견을 묻어 두고 행동에 제약이 따른다. 고우재는 그런 신입이 되어서는 안 됐다. 다행히 타고난 성정 때문인지 기운을 차린 얼굴이 요전 날부터 맑게 개었다.

"벌써 시즌이 그러네요."

이수가 쌍꺼풀진 한쪽 눈을 손바닥으로 꾹 눌렀다. 곧 한 해의 마지막 달이 코앞이었다. M사의 일이 성과를 보여 안도하자 다음 비딩을 준비하는 일정이 이어졌다. 여민준 본부장이 직접 이수에게 하달하는 일이 많아졌고, 예산 책정과 업무 보고 및 제안서를 확인하는 과정이 무리 없이 이어졌다.

"저희 졸작 사이트 오픈하기는 했어요. 티징이긴 하지만."

"시각디자인과라고 했죠? 광고 만들었어요?"

알림음과 함께 엘리베이터 문이 열렸다. 뜻밖에 이시훈이 서 있었다. 최근 이시훈 역시 비딩으로 눈코 뜰 새 없이 바빠 사무실에서 마주칠 일이 거의 없었다. 열린 문을 사이에 두고 짧게 눈이 마주쳤다. 무표정하게 고개를 숙인 시훈에게 이수 역시 간신히 예를 차렸다. 이어 고우재가 깍듯이 머리를 숙였다. 그런 고우재에게 한동안 시선을 고정하던 시훈이 버튼을 누르고 이수의 뒤편으로 한 발자국 비켜섰다.

껄끄러웠으나 감정이 드러날 정도는 아니었다. 문이 닫히고 층을 이동하자 핸드폰을 꺼낸 고우재가 이수 쪽으로 액정 화면을 내밀었다. 오픈 날짜를 공지한 사이트의 메인 화면을 올리는 손이 부지런하게 움직였다.

"이게 저희 사이트거든요. 이벤트도 해요. SNS에 공유하기 하면 저희가 추첨해서…"

그 순간, 시훈이 말을 자르고 고우재를 불렀다.

"고우재 씨."

"넵. 팀장님."

갑작스러운 부름에 고우재가 재빨리 핸드폰을 내리고 몸을 돌렸다. 감흥 없는 표정으로 층 표시기의 층수를 올려 보는 시훈이 서늘한 충고를 전한다.

"회사에서 업무만 하세요. SNS 그런 거 하지 말고."

따끔했다. 아니, 따끔하다 못해 가슴을 훅 후벼 파는 주의에 고우재가 크게 당황하며 핸드폰을 얼른 바지 주머니에 넣었다.

"네… 죄송합니다. 주의하겠습니다."

적막이 흘렀다. 고우재는 의기소침해져 입을 다물었고, 이수는 티 나지 않게 아랫입술을 깨물었다. 차마 내쉬지 못한 한숨이 가슴속에 꽉 들어차 답답했다. 자료실에 당도한 엘리베이터 문이 열리자 고우재가 두 팀장에게 꾸벅 머리를 숙이고 조용히 내렸다. 간신히 기운을 차린 고우재는 뾰족한 충고에 다시 기가 팍 죽어 있었다.

"굳이 그렇게까지… 말할 필요 있어요?"

문이 닫히고 둘만 남게 되자 이수가 나지막이 입을 열었다. 고우재의 잘못은 모르는 바 아니나 직속 상사가 있는 자리에서 타 팀의 팀장이 할 발언으로는 적절하지 않았다.

"회사 들어먹을 뻔했는데 이 정도 충고는 감사하게 받아야죠."

등 뒤에서 싸늘한 대답이 돌아왔다.

"…사감으로 대하지 말아요."

둘 사이의 일 때문에 불똥이 튀게 하고 싶지는 않았다. 그런데도 되받아치는 이수의 말들은 하나같이 힘이 없었다. 불편함이 주변을 맴돌았다. 밑질 것 하나 없었던 전과 달리 마음의 무게가 버거울 지경이었다.

"누굴 감싸요, 지금."

"……."

"일말의 예의 같은 거 없어요?"

시훈이 머리카락을 넘기며 고개를 비틀었다. 문에 비친 이수를 삐딱하게 바라본 시훈이 내려가는 층수로 시선을 돌렸다. 그가 무심하게 혼잣말을 뇌까렸다.

"아, 혹시 이것도 부탁… 뭐, 그런 거예요?"

"…이 팀장님."

감았다 뜬 눈이 파르르 떨렸다. 이수가 메마른 아랫입술을 한껏 깨물었다.

"그런데 나는 이제 흥미가 없는데… 이거 상황이 영 안 맞네."

빈정대는 시훈의 어조에는 날이 서 있었다.

"그만… 그만하죠."

한숨처럼 중얼거린 소리가 입 밖으로 간신히 흘러나왔다.

고우재를 구실 삼아 시훈에게 가한 상처는 부메랑이 되어 서로를 끊임없이 내치고 있었다. 처음은 시훈이 이수에게, 다시 이수가 시훈에게. 뫼비우스 띠에 올라탄 상처가 돌고 돌았다.

그날 이후, 이시훈은 식사를 같이하자는 제안도 하지 않았고 몸을 요구하지도 않았다. 성립되지 못한 조건 속에 엉망이 된 관계는 진창을 굴러 어디를 향하는지 두 사람 다 알지 못했다. 복도나 사무실에서 눈이 마주치면 인사를 하고 업무로 말을 섞을 때면 여상하게 대화를 이어 갔지만 미묘하게 틀어진 말투와 눈빛들이 달라진 상황을 말해 줬다.

사람이 타지 않는 층에서 엘리베이터 문이 두어 번 열리는 동안 등 뒤에 선 시훈의 핸드폰에서 메신저 알림음이 여러 번 울렸다. 의식하지 않으려 해도 옅은 담배와 향수 냄새가 코끝에 닿았다. 그건 시훈에게 안겼을 때 또 그를 끌어안았을 때를 떠올리게 만들었다.

"……."

기억에 침전하지 않으려 가까스로 붙잡은 이수의 신경이 툭 끊어진 건 메시지를 확인하던 시훈이 이수의 옆으로 팔을 뻗을 때였다.

"…아…."

순간적으로 반응한 몸이 본능적으로 눈에 띄게 움츠러들었다. 눌린 층을 취소하고 로비 버튼을 누른 시훈의 손이 아무렇지 않게 제자리로 돌아갔다.

외로 돌아간 이수의 얼굴이 벌겋게 달아올랐다. 흔들리는 눈동자가 흘깃 문에 비친 시훈에게 닿았다. 아는지 모르는지 시훈은 자신과 달리 별다른 동요 없이 핸드폰에 메시지를 입력하는 중이었다. 홧홧한 얼굴은 좀체 가라앉지 못하고 뛰는 가슴 역시 도무지 진정되지 않았다. 내린 얼굴을 들 수가 없었다. 이상야릇한 침묵이 이어졌다. 그때 여전히 화면에 시선을 고정 중인 시훈이 무신경한 말투로 입을 뗐다. 얼핏 냉랭하게 느껴지기도 했다.

"정 팀장님. 운동하세요."

"……."

맥락 없이 떨어진 말을 이해하지 못한 이수 앞으로 로비에 다다른 엘리베이터 문이 열렸다.

"원래 체력이 약하면 사람이 쉽게 예민해지거든요."

카운슬링처럼 어조는 담백하고 진지했다. 이수를 지나 밖으로 내린 시훈이 이내 뒤를 돌아보았다.

"뭐 한 것도 없는데 자꾸 의식하지 말죠. 서로 민망하잖아요."

시훈이 헛웃음과 함께 낮은 목소리로 읊조렸다. 여전히 볼이 상기된 이수의 얼굴에 그늘이 졌다. 넋을 빼고 있는 이수를 향해 바깥에 선 시훈이 로비 쪽으로 턱짓을 했다.

"안 내려요?"

"……."

상처로 갈아 낸 긴 송곳이 불시에 이수를 향했다. 뒤죽박죽 섞인 기묘한 위화감이 이수를 죄어들었다. 그러니까… 가벼웠다. 이시훈답지 않게 이수를 대하는 모든 것이 그랬다. 과거 회식 자리에서 내쏘던 충고나 술에 취한 자신을 집에 바래다주며 속을 긁던 때와는 확연히 다른 무게감이 훌쩍 멀어진 사이를 가늠케 했다.

이 팀장님, 여기요! 멀리서 이시훈을 부르는 소리가 로비를 가로질러 울렸다. 문을 잡은 손이 떠나며 이시훈과 이수 사이에 벽이 드리웠다. 버튼을 누르지 않은 엘리베이터는 지하를 향한다. 이수의 마음처럼 별 한 줌 없는 곳이었다.

* * *

오후 회의에 들어가기 전 여민준 본부장은 옥상에서 담배를 태우고 있는 시훈을 발견했다. 곁에 선 여 본부장의 어깨가 추운 바깥 온도에 절로 움츠러들었다.

“늦게까지 마셨어?”

어제 회사 근처에서 고객과 저녁 식사를 하고 나서는 길이었다. 우연히 바에서 홀로 술을 마시는 시훈을 만났더랬다.

“적당히.”

시훈이 태우는 담배 연기가 찬 바람에 이는 입김과 함께 순식간에 날려 사라졌다. 여 본부장이 알기로 시훈은 홀로 술을 마시는 타입은 아니었다. 의아하기는 했어도 고객을 대동하고 지나가는 길이라 눈인사만 하고 말았다. 그런데 몰골을 보아 하니 한 잔 정도로 끝나지 않았나 보다. 한 대만. 여 본부장이 안주머니에서 전자 담배를 꺼내다 말고 시훈에게 연초를 빌렸다. 오랜만에 태우는 연초에 깊게 숨을 들이쉰 그가 가볍게 질문을 날렸다.

“이 프로. 너 요즘 왜 그러냐?”

“뭘요.”

“몸 갈리는 거 한순간이야. 하루 종일 일하고 남는 시간에는 쉬어야지, 무슨 술이야… 술은.”

하는 말마다 따박따박 말대꾸를 하던 입은 묵묵부답이고 나오는 건 담배 연기뿐이다. 여 본부장은 곁눈질로 시훈을 바라보다 저 혼자만 알도록 작게 혀를 찼다. 근래 들어 둘의 분위기가 묘하게 달라졌지 싶은 게 차라리 아무것도 모를 때가 나았다. 알고 나니 눈에 보이고, 그 뒤에는 심란함이 뒤따랐다. 두 사람을 대동하고 회의에 참석할 때나 우연히 탕비실에서 마주칠 때면 쌩하게 찬바람이 불었다. 시훈이 어차피 충고를 들어 먹을 녀석은 아니었다. 만약 그렇다고 해도 제 충고를 따라 몸을 사린다기에는 지나치게 경직된 말투나 시선들이 예전 같지 않았다.

"시훈아. 거… 내가 궁금해서 그러는데, …딱 하나만 물어보자."

담배를 깊게 빨아들인 여 본부장이 혀로 입술을 축였다.

"둘이… 그러니까 너하고 정 팀하고…. 이걸 뭐라 그래야 돼…."

딱 집어 입에 올리지를 못하겠다. 자칫 선을 넘을까, 한편으로는 예상보다 더 깊게 알게 될까 두렵기도 했다. 그렇다고 눈치만 볼 수는 없지 않나. M사의 프로젝트를 수습한 이후 자의든 타의든 정이수는 여 본부장 사이드로 분류됐다. 그런데 두 사람 다 입을 닫고 있으니 여 본부장만 속이 탔다.

"뭘 알아야 나도 대응을 하지. 너 저번에 주현탁한테 깽판 쳐서 그날 수습하느라고 속 터지는 줄 알았어."

에이, 쯧. 존심 상하게 말이야. 한정식집에서 노발대발하던 주 실장을 생각하니 담배 맛이 똑 떨어졌다. 그 뒤로 무슨 작정을 했는지 사사건건 걸고넘어지는 통에 만날 때마다 신경이 서 있는 참이었다.

어제 엘리베이터에서 흠칫 몸을 움츠린 이수가 조각난 파편처럼 떠올랐다. 아마도 그게 지금 정이수와 저와의 거리, 혹은 사이를 설명할 수 있는 단편적인 장면일 테다. 시훈이 손끝으로 길게 재가 핀 담배를 가볍게 튕겼다.

"정의 내리는…."

거리낄 것 없다 생각하고 쉽게 털어 버리려고 해도 한순간 답이 목에 걸려 나오지 못했다.

"…그런 사이 아니야."

씁쓸함이 혀끝에서 떨어지질 않았다. 아리송한 대답에 여 본부장이 눈살을 찌푸렸다. …뭐 있네, 진짜.

"그럼 뭔데. 어? 둘이 뭐 어뜩하다가… 어휴… 씨."

공식에 대입해 봐도 좀처럼 답이 없는 수학 문제를 둔 심정이었다. 깔끔하게 넘긴 머리카락을 벅벅 긁어 댄 여 본부장의 핸드폰 알림이 요란하게 울렸다. 발신자를 확인하고 급히 통화 버튼을 누른 그가 손짓으로 먼저 가겠다 제스처를 취한다.

홀로 남은 시훈은 담배를 깊게 빨아들였다. 어떻게 이렇게 됐는지…

"모르지… 시발. 그걸 알면…."

조소도 뭣도 아닌 미소에 턱이 비틀렸다. 형편없는 답이었다. 어쩌면 비겁했을까. 정이수에게 주도권을 줬지만, 결국 오만한 기대로 빚은 선심일 뿐 머릿속에 답을 정해 놓고 시기를 가늠할 뿐이었다. 너는 그래, 무조건 나를 따라올 거야, 그럴 수밖에 없다고. 여기에서 네 곁에 있는 건 나뿐이라고.

시훈의 지난 연애는 정도를 벗어난 적이 없었다. 사람을 만났고 나쁘지 않았고 바쁘다는 핑계와 시들해진 상대를 비난하다 그저 멀어졌다. 그 정도가 연애의 마지노선이었다. 감정은 소비될 뿐, 본인 혹은 상대의 감정을 공유하고 가지고 싶다는 생각을 해 본 적은 없었다.

정이수에게 거절당한 후에도 솟구친 맹렬한 욕구는 생소하기만 했다. 생소하여 제대로 컨트롤하지 못했다. 치기 어린 저열한 감정이 불쑥불쑥 저를 옭아맨다. 아무렇지 않게 사무실을 지나고 복도를 지나고 일을 하는 정이수를 볼 때면 과거의 그날처럼 바닥까지 무너져 저에게 먼저 손을 뻗기를 갈망했다. 상대의 불행을 기도한다. 그게 지금 시훈의 조악해 마지않는 바람이었다.

관계 사이에 필요악이 돼 버린 '조건'이 상황을 이렇게 만들었다. 버리면 정이수를 잡을 수 없고, 가지고 있다 한들 엉망인 관계는 곪을 뿐이었다. 허울뿐인 관계를 붙잡아야 하는 사실이 지독히도 모순적이었다.

서른이 넘으면 일이든 사랑이든 뭐든 하나 정도는 궤도에 오르리라 막연한 기대를 했다. 긴 시간 어른인 체하고 어른처럼 구는 생활이 익숙해질 때쯤 불쑥 제 삶에 뛰어든 존재가 그 모든 노력을 와르르 무너트렸다.

시훈이 필터까지 욱여 피운 담배꽁초를 내버렸다. 씁쓸함만 남은 손이 얼굴을 쓸어내렸다.

"전에는 이보다 적은 예산 가지고도 진행했잖아요."

외부 사업 건을 주로 다루는 주현탁 실장의 회의 참석은 드문 일이었다. 그리고 회의 내내 여민준 본부장과 각을 세우는 상황 역시 좀처럼 없는 일이었다. 김지하 전무가 회의 도중 외부 일정으로 먼저 자리를 뜨자 회의 말미 주 실장이 뜬금없는 사업 건을 들이민 것이다. 이맘때쯤 김 전무가 연례행사처럼 치르는 업무 의뢰였다. 돈

안 되고, 고생만 좆 빠지는.

“그때는 그때고요. 연말에 사이즈 큰 비딩들 줄줄이 엮여 있는데 뻔히 알면서 끌고 오면 어떡합니까. 거참….”

답답해서 주먹으로 가슴을 치고 싶은 심정일 여 본부장이 예의를 차려 설득하기를 몇 번. 결국 의자를 홱 돌려 앉기까지 했다. 그 때문에 당장에 논의해야 할 연말 일정은 답보 상태였다. 두 사람의 기싸움에 다들 말 한마디 못 하고 냉랭한 분위기가 지속됐다.

“아니, 전무님하고 말 다 맞춰 놨다니까 그러시네. 딱 보면 몰라요, 당장 영업 이익이 중요한 게 아니에요. 포텐이 있어요, 얘네가.”

새로운 미래 사업을 구상하는 전략실에서 고민할 사안은 맞으나 ATL을 중심으로 기획하는 기획 1본부와는 결이 다른 문제였다. 신규 팀이나 TF를 꾸려야 할 판에 자꾸 억지를 부리니 여 본부장은 짜증이 났다.

“다른 업체 리스트 넘겨 드릴 테니까 직접 컨택하셔요. 아니면 다른 본부하고 상의하시든가. 우리 말고 다른 본부도 역량이 훌륭해요들.”

“왜 이렇게 자빡을 대시나…. 2팀 안 돼요? 정이수 팀장 요새 타율 좋던데. 넘어져도 떡함지에 넘어지신다며.”

“주 실장님.”

“것도 안 되면… 여기 1팀은.”

그에 세 사람의 얼굴이 굳었다. 1, 2팀장을 제외하고 그 외의 팀장들까지 있는 중에 두 팀만 꼭 집어 말하는 모양새가 불안불안했다. 시훈이 손에 쥔 펜을 던져 놓듯 떨구자 데구루루 펜 구르는 소리가 조용한 회의실을 울렸다. 그 모습을 보고 미간에 심지를 세운 여 본부장이 짧은 한숨을 내쉬었다.

“주 실장님. 저희 본부 업무는 본부장인 제가, 승인을 하여서, 제 입으로, 하달합니다. 저희 회의해야 됩니다. 더 하실 말씀 있으시면 회의 끝나고 차 한잔하세요.”

도가 넘는 참견에 여 본부장의 심기가 불편해지다 못해 불쾌해졌다. 주현탁 실장이 바퀴 달린 의자를 밀고 일어났다. 뒤로 밀린 의자가 회의실에서 외떨어졌다.

“아이구… 무서워서 제안을 못 드리겠네.”

주 실장이 나간 뒤에도 냉한 분위기가 여전히 회의실을 맴돌았다. 여 본부장은 시훈과 정이수를 눈동자만 굴려 흘깃 바라본다. 금세 낯을 바꾼 여 본부장이 심란한 분위기를 잘라 냈다.

“자, 정 팀장.”

“네.”

“일정, 이슈 브리핑하지.”

이수가 브리핑을 하기 전 잠시 숨을 골랐다. 유진우 본부장 밑에 있을 때는 어떻게 상황을 헤쳐 나가야 할지 고민하는 사람이 저 하나였다. 직속 상사는 있으나 마나 한 존재였고, 매번 고립되어 섬 같던 과거와 지금은 확연히 달랐다. 여전히 저를 향한 여민준 본부장의 시선이 곱지는 않았다. 하지만 적어도 산하의 팀장으로서 소속감이 느껴졌다. 그 사실만으로도 이수는 숨을 고를 수 있었다.

연말 비딩의 경우 내년 매출액을 결정짓는 연간 단위 계약이 많다. 그만큼 중요도를 따질 수 없는 비딩이 스케줄 표를 빈틈없이 메우고 있었다. 유독 시간이 금과 같은 때라 회의는 짧고 굵게 진행됐다.

"그럼 정리되는 대로 다시 보고 올리시고, 회의 여기서 마칩시다."

여 본부장이 회의 종료를 알리자 각 팀장들이 분주히 자리를 정리하고 일어났다. 멀찌감치 떨어져 앉은 시훈과 이수 역시 출입문 쪽으로 걸음을 옮길 때였다. 뒤늦게 일러둘 사항이 기억나 이수를 불러 세운 여민준 본부장이 황급히 핸드폰을 받아 들었다.

"예. 전무님. 아… 그게 아니라, …아닙니다. 오해가 있으신… 네. 제가 10여 분 내로 집무실로 찾아뵙겠습니다."

대답만으로 내용을 간단히 유추할 수 있었다. 주현탁 실장이 김지학 전무에게 득달같이 상황을 전달했을 테다. 매년마다 기획팀을 괴롭히는 버릇을 끝끝내 포기 못 한 모양이다.

"거… 고약하네."

여 본부장이 통화가 끊긴 핸드폰을 주머니에 찔러 넣고 이수에게 못다 건넨 지시 사항을 열거했다.

"이거 예산 좀 더 채워요. 걔네한테는 깎일 거 생각하고 버짓을 크게 잡아 넣어야 된다고. 그리고 정산 그룹 말이야. 말 돌아서 알겠지만 새로 앉은 브랜드전략실장이 외국물 먹은 대행사 출신인데 하나부터 열까지 다 챙기려 들더라고. 지 밑의 책임급하고도 손발이 안 맞는지 부담스럽게 OT까지 들어오구 말이야…. 저번에 2본부에서 미팅 들어갔다가 신나게 깨지고 왔다 그러더라고."

모기업인 정산 그룹의 하반기 인사이동이 대체로 파격적이었다 들었다. 아마도 이중건 회장의 삼녀를 중심으로 승계 작업이 물밑에서 진행되는 탓이었다. 2본부 마 팀장에게 지나는 소리로 듣자 하니 책임급들 공석이 많아 미팅 때마다 애를 먹는다 했었다.

“요는, 내년 상반기에 1팀이든 2팀이든 정산은 우리 본부에서 잡고 들어가야 할 거 아냐.”

“네, 맞습니다.”

“이 팀한테는 언질 줘 놨으니까 정 팀도 미리 케이스들 봐 둬요.”

“알겠습니다.”

“그리고 E사 광고주도 대행사 출신이라네. 뭐 좀 안다고 까다로운 모양인데 적당히 장단 맞추면서, 일단 수긍해 주고 다음에 제안 들어가게끔.”

마케팅팀 만들어서 직접 굴리느라고 애들 쓴다. 광고는 결국 기획하고 크리에이티브 싸움 아니야? 예산 줄여 보려고 근시안적으로다가… 필드에서 뛰는 애들 다 빼 가구 말이야. 돈을 아끼면 쓰냐고. 으휴….

연말을 앞두고 영업 이익에 예민할 수밖에 없는 여 본부장의 두서없는 푸념이 이어졌다.

“아무튼 무슨 말인지 알죠?”

“네.”

말을 마친 여 본부장이 여전히 곁을 지키고 서 있는 이수를 보며 눈썹을 들어 올렸다.

“왜, 뭐 할 말 있어요?”

“저… 주 실장님이 말씀하신 업무 말입니다. 곤란하시면 다른 업체 붙여서 초반 핸들링까지는 가능할 것 같습니다.”

회의 테이블에서 서류를 챙긴 여 본부장이 잘라 대답했다.

“안 곤란해요.”

“네?”

“까놓구 말해서 뭐, 유진우 본부장이야 김 전무 라인이었으니까 예의 차렸다 치지만… 난 아니잖아.”

무심하게 여민준 본부장이 과거를 되짚는다. 딱히 이수를 감싸는 건 아니었다. 그럼에도 직속 상사의 시의적절한 개입에 마음이 한결 가벼워졌다. 마땅히 당연한 것들이었다.

“그리고 오늘 팀 회식이죠?”

임순정 대리가 금주 월요일부터 복귀를 했고, 고우재는 오늘이 인턴십 마지막 날이었다.

“네. 혹시 참석 가능하십니까?”

“됐어요. 젊은 애들 사이에서 치이는 거 싫어.”

핸드폰으로 들어오는 메시지를 확인하는 여 본부장은 심드렁한 태도로 일관한다. 모를 때는 그러려니 한 행동이 문득 이시훈과 비슷한 모습으로 비쳐졌다. 갑시다. 이수가 여 본부장의 뒤를 따랐다. 복도를 지나 멈춘 두 사람이 곧 도착한 엘리베이터에 올라탈 때였다. 닫힌 문이 다시 열리고 시훈이 그 앞에 서 있었다.

“이 프로. 아직 안 갔어?”

“구 팀장하고 잠깐 이야기하느라요.”

바깥쪽에서 열어 놓고 꾸역꾸역 대답만 하고 있자 여민준 본부장이 비켜서며 자리를 만들어 주었다.

“뭐 해, 타. 얼른.”

“…….”

시훈의 시선이 여 본부장 어깨 너머의 정이수에게 잠시 닿았다 떨어졌다. 의도적으로 눈을 피한 이수가 고개를 떨궜다. 이내 스윽

발을 물린 시훈이 버튼에서 손을 뗐다.

"먼저 내려가세요. 회의실에 문서를 놓고 와서."

가볍게 묵례를 하는 모습은 문이 닫히며 사라졌다. 여 본부장이 엄지손가락으로 이마를 긁었다.

"…정 팀장."

"네."

"내가 요즘 일 때문이 아니라 사람 때문에 지친다. 그, 둘이 말이야…."

"……."

"…아니다…. 됐다, 됐어…."

그나마 참고 참은 말에도 뼈가 있었다. 후우… 속에 쌓인 말은 많은데 차마 내뱉을 수가 없는 여 본부장이 습관처럼 한숨을 내쉬었다. 지난 주말 여민준 본부장은 한남동에 다녀왔다. 집에서 조촐하게 식사나 하자는 초대에 찾아갔더니 자리가 마무리될 때쯤 이중건 회장이 에둘러 시훈의 회사 생활은 어떤지 물었다. 질문은 언뜻 싱거워 보였으나 의도는 명확했다.

최근 회사가 굴러가는 상황을 보면 그때 정이수를 내치지 않은 건 잘한 선택이었다. 그런데 시훈이를 생각하면 옳은 결정이었는지 확신을 못 하겠다. 여 본부장이 긴 숨을 토해 냈다.

* * *

2팀의 저녁 회식은 오랜만이었다. 오늘 회식은 팀으로서 의미가 깊었다. 복귀한 임순정 대리와 인턴십을 마무리하는 고우재 때문이기도 했고, 최근 쉽지 않은 비딩에서 성공을 거둔 2팀에 여민준 본부장이 법인 카드를 쥐여 준 것이다.

예약한 횟집에 자리를 잡고 앉자 준비된 음식이 세팅되었다. 제철을 맞은 신선한 회에 간단히 술을 들기로 했다. 건배를 하기 전 팀원들이 인턴십을 종료하는 고우재에게 준비한 선물을 건넸다. 사무실에서 자리를 정리하고 발급된 사원증을 인사팀에 반납하고 돌아올 때도 씩씩했던 고우재는 상자를 끌어안고 입을 꾹 다물었다. 가만 보니 곧 울 것처럼 눈이 새빨갰다.

"고우재 씨, 한마디 해요."

고우재의 사수인 김민주 대리가 소감을 권했다. 와락 터질 듯한 울음을 간신히 참아 낸 고우재가 떨리는 목소리로 입을 열었다.

"저… 진짜… 사고만 치고… 그런데도 이렇게 보듬어 주셔서 정말, 정말… 고맙습니다. 저… 격려해 주셨던 마음 안고 더 열심히, 더 잘해서 좋은 광고인이 될게요. 선배님들, 정말 죄송하고, 감사… 감사했습니다… 으… 흡…."

"울면 이거 찍어서 SNS에 다 퍼트릴 거예요."

김민주 대리의 사진 찍는 시늉에 와르르 한바탕 웃음이 쏟아졌다. 고우재가 쏘아 올리고 이수와 팀원들이 수습한 M사와는 내년도 연간 계약까지 끝마쳤다. 선회한 전략이 주요했고, 현재까지 후속 광고가 제작, 온 에어 되는 중이었다. 이제는 웃으며 말한다지만 당시에 얼마나 애를 썼는지. 큰 고비를 함께 헤쳐 나간 팀에는 단단한 결속력이 생겼다.

이수가 그동안 꿈꿨던 순간이었다. 온전히 능력으로 인정받고, 마음껏 일할 수 있는 배경과 구성원 모두의 톱니바퀴가 맞아 돌아가는.

그러니까 순조로웠다. 아마… 저 하나만 빼고. 잠자리에 들면 가지런히 오와 열을 맞춰 놓은 감정이 기다렸다는 듯 사방으로 흩어졌다. 통통 튀는 구슬처럼 온 마음을 부산하게 굴러다녔다. 의식 속에 불쑥 찾아들어 구슬을 헤집는 이가 누구인지 알고 있지만 매일 밤 부러 모른 체했다. 결국 사방으로 퍼진 구슬을 한 번에 잡을 수 없으니 쫓다가 밤을 지새웠다. 다시 불면이 시작됐다.

"임순정 대리는 술 괜찮아요?"

식사 중 이수가 옆자리에 앉은 임순정 대리를 돌아봤다.

"네, 맥주 한두 잔 정도는 괜찮습니다."

"그럼 한잔할래요?"

임 대리가 이수의 술잔을 채우고 잔을 받들었다.

"팀장님."

"네."

"그때…, 잡아 주셔서 감사해요. 쉬면서 생각해 보니까 당시에 제가 너무 매몰됐던 것 같아요. 저한테 기회 주셔서 고맙습니다. 저 앞으로 팀장님 밑에서 재밌게 일할게요. 그리고 전부터 말씀드리고 싶었는데… 승진하시고 축하 인사도 제대로 못 드렸어요. 앞으로 인사이트에서 본부장, 전무로 승진하실 때는 제가 꼭 거하게 축하 인사 올릴게요."

병가 전 이수를 향해 지친 얼굴로 울먹이던 임 대리의 모습은 찾아볼 수 없었다. 임순정 대리는 이수와 가장 오랜 시간 동안 함께한 이였다. 아마 유진우와의 추문 역시 다 알고 있었을 테지만 임 대리만은 이수에게 그런 티를 내지 않았다. 홀로 식사를 챙기거나 야근하는 이수에게 쭈뼛 인사를 건넨 이도 임 대리 하나뿐이었다. 팀장을 달고 나서부터 좌우 살피지 못하고 매몰된 사람은 임 대리뿐만이 아니었다. 이수의 가슴이 빠듯하게 저려 왔다.

"다시 와 줘서 고마워요."

이수와 임 대리가 마주 보고 싱긋 웃었다.

"팀장님, 거국적으로 건배사 한번 하시죠!"

김민주 대리가 다들 잔을 채웠는지 확인하고 이수에게 건배사를 제의했다. 당황한 낯도 잠시 이수가 잔을 들자 모두 이수를 따라 잔을 올렸다. 따뜻하고 열의에 찬 시선들이 이수를 향했다.

"오늘… 참 기쁘네요. 모두 열심히 해 줘서 고맙습니다. 앞으로도 우리 잘해 봅시다."

네! 환하게 웃는 얼굴들이 이수에게 귀를 기울였다.

"건배."

건배! 한 사람 한 사람 이수는 자신을 향해 술잔을 기울이는 팀원들과 눈을 맞췄다. 그동안 서로에게 드리웠던 장막이 한 꺼풀 벗겨진 듯 홀가분했다.

기분 좋게 잔을 비우고 임 대리와 두런두런 이야기를 나누었다. 쉬는 동안 무얼 하며 지냈는지, 심리 상담이 지치지는 않았는지 등등. 소란한 대화들이 오가며 본격적인 회식이 시작되려는데 옆방과 경계를 나누어 놓은 미닫이문이 벌컥 열렸다.

아이구, 죄송…

"어? 여기서 회식하세요?"

1팀의 신동윤 대리였다. 신 대리의 뒤로 이제 막 세팅된 테이블이 보였다. 1팀의 팀원들이 자리에 앉으려다 말고 엉거주춤 인사를 했다. 김민주, 임순정 대리와 동기인 신 대리가 붙임성 좋게 2팀 팀원들과 몇 마디 주고받는 사이 막 신발을 벗은 이시훈이 들어오고 있었다.

"테이블 붙여 드려요?"

서빙하는 직원이 대답도 전에 허리를 숙여 테이블 귀퉁이부터 잡았다. 두 팀장의 의중을 살피는 팀원들은 하나같이 합석을 기대하는 표정이다. 여민준 본부장 아래 작년 의례적으로 치른 회식 이후로 두 팀이 함께한 자리는 처음이라 다들 상기된 분위기였다. 시훈도 이수도 딱히 거절할 만한 이유가 떠오르지 않았다.

침묵을 긍정의 의미로 받아들인 신 대리가 직원을 도와 테이블을 딱 붙여 놓았다. 어느새 길게 늘어진 테이블에서 각 팀 대리들의 주도로 1팀과 2팀이 섞여 앉았다.

이제 인턴십 과정을 끝마친 고우재는 자신의 죄를 실토하며 울다 웃기를 반복하면서 선배들에게 예쁨과 지나간 원망을 듣는 중이었고, 평소 조용한 사원들도 긴장을 풀고 왁자지껄 떠들며 술잔을 기울였다.

"팀장님. 제가 한 잔 따라 드릴게요."

잔을 비운 이수 곁에 어느새 바투 앉은 고우재가 술병을 기울였다.

"아쉬워요?"

"…네에… 엄청요. 아마 못 잊을 거 같아요. 팀장님 덕분에…. 고맙습니다."

"내 덕분은 아니고…. 열심히 해요."

씁쓸함이 입안을 맴돌았다. 이수가 잔을 기울이며 맞은편에 앉은 존재에 시선을 가져갔다. 이시훈은 막 소주를 입속에 털어 넣는 중이었다. 조민희 대리가 하는 말에 고개를 끄덕인 시훈은 잔이 채워지자 또다시 단번에 술을 넘겼다. 짧은 시간 동안 대체 얼마나 마셨는지 시훈과 조 대리의 앞에는 빈 소주병이 줄을 서 있었다. 두 사람이 술을 주고받는 속도가 좀처럼 줄지 않았다.

너 나 할 것 없이 꺾어 마신 빈 술병이 테이블 위에 차고 넘쳤다. 왁자지껄한 회식 분위기가 무르익을 때쯤 쾌활한 김민주 대리가 이시훈을 향해 느닷없는 질문을 던졌다.

"이 팀장님은 만나는 분 없으세요?"

얼큰하게 취한 김 대리의 잔을 받은 시훈의 낯은 평소와 달리 술기운에 헤 풀어져 있었다.

"…왜요?"

시훈이 테이블 위로 팔꿈치를 세웠다. 담뱃갑에서 담배를 빼 들고 느른하게 되묻자 김 대리가 토끼 같은 앞니를 드러내며 씨익 웃었다.

"소개해 드릴까요?"

술자리를 빌려 운을 뗐지만, 본인이 무슨 질문을 했는지도 모를 만큼 김 대리는 취해 있었다.

"…제 취향이 좀 까다로워요. 김 대리가 맞출 수 있으려나 모르겠네."

관자놀이에 손가락을 붙여 기댄 시훈이 슬쩍 웃으며 중얼거렸다. 그에 김 대리가 자신 있게 말씀해 보시라 종용한다. 가볍게 흘려 넘기기 딱 좋은 분위기였다. 불을 붙이지 못한 담배를 테이블 위에 올려놓은 시훈이 몇 번 헛손질하는 모습에 이수가 애써 붙들리는 시선을 떨어트렸다. 그닥지 않게 취한 모습이 역력했다.

정작 질문을 던진 김 대리의 신경이 어느새 곁에 앉아 울먹이는 고우재에게 얼렁뚱땅 넘어갔다. 그걸 알면서도 시훈은 누구를 향하는지 모를 말을 이었다.

"그런데… 우리 나이에 사람 만나려면 이것저것 따지게 돼서…."

빈 잔에 스스로 소주를 채워 든 시훈이 이수를 향해 팔을 뻗었다.

"안 그래요, 정 팀장님?"

난장인 테이블 위로 정확하게 두 사람의 시선이 얽혔다.

"…글쎄요."

잔은 부딪쳤지만, 술은 마시지 않았다. 이수는 영양가 없는 대답을 남겼다.

"난 그러던데…."

읊조린 입술 위로 잔을 댄 시훈이 뚫어져라 이수를 바라봤다. 술을 비우는 짧은 시간 동안 마주친 눈빛이 정제되지 않았다. 누가 귀를 막기라도 했는지 소음이 가렸다. 이내 이수의 시선이 바닥으로 떨어졌다.

"……."

단번에 술을 털어 넘긴 시훈이 테이블에 빈 잔을 내려놓고 일어났다. 시끄러운 룸을 뒤로하고 문을 연 시훈은 잠시 벽을 짚고 멈춰 섰다. 훅 올라온 술기운이 만만찮았다. 정신을 차릴 만한 찬 바람이 필요했다.

한 주가 끝나 가는 목요일의 골목은 시끄럽다 못해 어지러웠다. 네온사인이 번쩍이는 간판 아래 한데 뭉그러져 길을 걷는 사람들을 지나쳤다. 좁은 골목길 가로등 아래에서 시훈은 담배를 입에 물었다. 헛손질이 문제인지 아니면 가스가 닳았는지 좀처럼 켜지지 않는 라이터를 흔드는 시훈의 앞에 불쑥 불 켜진 라이터가 나타났다. 정이수였다.

입에 문 담배를 갖다 대는 대신 시훈은 말썽인 라이터로 다시 불을 켜길 시도했다. 단번에 불붙은 담배를 머금자 정이수가 라이터를 들고 있는 손을 거뒀다.

"불도 켜 주시려고…. 서비스 좋네요."

길게 연기를 내뿜은 시훈이 픽 웃음을 흘렸다. 술에 찌든 몸이 흐물거렸다. 전봇대에 한쪽 팔을 뻗어 짚은 시훈이 마주 서 있는 이수를 슬쩍 올려 봤다. 모멸감에 치가 떨릴 법한데 정이수는 기분이 상한 기색조차 없었다.

"이 팀장님, 많이 취했어요."

"……."

시훈은 말없이 고개를 떨궜다.

"안에서 자리 정리하고 2차 갈 모양인데… 오늘은 그만 마시고 이만 들어가세요."

내내 대꾸가 없던 시훈이 바닥을 구두로 쓸어 냈다.

"정 팀장님."

"……."

시훈이 굽어 있는 어깨를 펴고 정이수를 바로 봤다. 한쪽만 올라간 입술 사이로 나른한 질타가 쏟아졌다.

"정 팀장님이 뭔데 나한테 이래라저래라 해요? 당신은 그럴 자격 없잖아."

"……."

비틀어 호선을 그린 시훈의 입매가 뚝 떨어졌다. 담배를 끼운 손가락 끝이 이수와 자신을 차례로 가리켰다. 참으로 지리멸렬했다.

"그럴 자격은… 나만 있어. 당신하고 나, 우리 사이에."

정이수를 향한 분풀이였다. 상대를 자극하고 무슨 말이라도 듣고 싶어서 내는 생채기. 이토록 무심한 정이수의 낯을 마주할 때면 못난 말이 튀어나왔다. 나는 이렇게 속이 뒤집히는데 잘 살고, 잘 해내고, 무던하게 살고 있다니 울화가 치밀었다. 원망도 미움도 한 끗 차이였다. 널뛰는 마음이, 혼탁한 시야와 좁고 어두운 내면이 점점 늪을 만들었다.

"택시 부를게요. 운전 못 할 거 같은데."

속을 바득바득 긁는 시훈의 말에, 상대는 외면하기를 택했다. 핸드폰을 손에 든 이수를 보고 시훈은 쓴웃음을 흘리며 투덜댔다.

"함부로 친절하다는 게 이럴 때 쓰는 말이었네."

"고깝게 듣지 말구요, 이 팀장님 아니어도 이렇게 했어요."

술에 취한 사람을 두고 회식 중인 식당 앞에서 실랑이를 벌이고 싶지 않았다. 입술을 포개다 만 이수가 감정 한 줌 없이 비꼬는 시훈을 무덤덤하게 바라봤다.

“나… 아니어도…?”

“…….”

시훈이 전봇대에 기댄 팔을 내렸다. 숙인 고개가 훌쩍 들리며 이수를 응시한다.

“밤새 같이 있어 달라고 하면… 그것도 그래? 키스는, 섹스는… 그냥 막 펴 줘?”

낮은 목소리로 함께 보낸 밤들을 되새긴 비난 속에는 초조함이 고여 있었다. 속눈썹을 아래로 길게 늘어뜨린 이수는 한동안 말이 없었다. 이내 무심하게 정돈된 시선이 시훈을 향했다.

“그날 힘들어 보였고… 또 위로가 필요해 보였어요. 나라도….”

요란하게 번쩍이는 네온사인 불빛이 시훈의 얼굴 위로 덧씌워졌다. 색이 다른 불빛이 덧입혀질 때마다 이시훈답지 않게 복잡한 심경이 만면에 드러났다.

“거기서….”

낮고 음산한 목소리가 짓씹듯 말을 잘랐다.

“…한마디만 더 해.”

이를 갈아 낸 시훈이 눈을 감았다. 이수에게 유치하고 매몰차게 던진 말들은 방향을 바꿔 제 상처만 들춘 꼴이었다. 손가락 사이에 끼운 담배가 찬 바람에 필터까지 타올랐다. 외투도 입지 않은 정이수의 재킷이 훌쩍 날렸다. 정이수는 닿지 않는 거리를 벌려 놓고 시훈을 목도하고 있었다.

시훈이 담배를 끼운 손으로 미간 사이를 짚었다. 상처받은 얼굴이 거울처럼 서로를 비췄다. 그게 자신인지 아니면 상대인지 따져 볼 겨를도 없이 한숨 같은 말이 흘러나왔다.

"사람 흔들어 놓고, 동정이니 위로니… 그런 말로 끊어 내면… 다야?"

시끄러운 골목의 소음 속 쓰디쓴 감정을 삼킨 나직한 목소리였다. 다만 중간중간 깃든 원망과 혼란만은 감출 수가 없었다.

"……."

잠잠했다. 답하기 싫은 걸까, 아니면 정말 동정이니 위로 같은 한낱 일회성 감정을 기꺼이 나누었을 뿐일까. 적어도 그깟 단어로 정의하고 싶지는 않았다. 비참함에 구겨진 자존심과 신의가 바닥을 쳤다.

"신 대리한테 부축해 달라고 전달할게요. 대리 기사라도 불러요. …읏!"

몸을 돌리던 이수의 손목이 붙잡혔다. 얼마나 세게 잡았는지 단번에 잡아챈 손목에 중심을 잃은 몸이 시훈의 바로 앞까지 끌려갔다. 손가락에 끼워져 있던 담배가 바닥을 나뒹굴었다.

"…아…!"

"……."

당황한 것도 잠시 이수가 고개를 돌려 시훈을 외면했다.

"…놓죠, 이거."

가로등 불빛을 등진 시훈의 얼굴이 잘 보이지 않았다. 불안과 고민을 떠안은 침묵이 이어졌다. 곧 눈을 지르감은 시훈의 입이 싸늘하게 열렸다.

"회사, 그만둬."

이수의 눈이 크게 뜨였다. 권유가 아닌 명령에 가까웠다. 거부는 본능처럼 튀어나왔다.

"싫어."

단박에 내놓은 이수의 답은 들을 생각조차 없어 보인다. 낮게 가라앉은 목소리는 일방적이었고 다급했다. 화를 참아 내듯 짓씹은 말들이 서늘하게 귀에 꽂혔다.

"싫어? 설마하니 뭣 같은 애사심 때문에 붙어 있는 거 아니잖아."

이수의 입장은 안중에 없었다. 오직 뒤틀린 관계를 잘라 버리고 싶은 생각밖에는. 둘 중 한 사람이 인사이트를 나가면 조건이고 뭐고 이미 너절해져 형체조차 없는 관계가 자연스럽게 종지부를 찍는다. 정이수와 거기서부터 다시 시작하면 됐다. 아무 조건도 없는 관계 말이다. 억지스럽고 절박한 소망이 날것 그대로 이수를 쑤석였다.

"…이 팀… 하!"

"……."

손목을 당겨 빼는 이수를 단단히 붙들어 가로등 불빛이 닿지 않는 골목 틈으로 밀어 넣었다. 둔탁한 벽에 이수의 등이 닿았다. 충격에 등이 튕기기 무섭게 시훈이 어깨를 밀어 도망갈 수 없도록 이수를 고정했다.

"…읏…!"

아슬아슬하게 코끝이 스쳤다. 서로의 입김이 얽혔다. 숨을 고르는 이수에게 얼굴을 들이민 시훈이 쓴물을 삼키듯 이내 참아 낸 말을 기어코 끄집어냈다. 이를 깨물어 소리를 죽인 말끝 하나하나에 차마 이기지 못한 투정과 이기가 들러붙어 있었다.

"내가… 얼마든지 그렇게 만들 수 있어. 그렇게 할 거야. 그러니까 기회 줄 때…!"

그 순간 이수의 손이 시훈의 가슴팍에 닿았다. 시훈은 말을 맺지 못했다. 밀어내지 않았으나 단호한 의지를 담고 있는 행동은 날아간 이성에 제동을 걸었다.

"아니…."

이수의 입술이 달싹였다. 골목 너머 소음을 뒤로한 고요가 두 사람 사이에 놓였다. 느리게 천천히 고개를 저어 부정하는 이수의 몸짓은 어딘가 애처로워 보였다. 드리운 속눈썹 아래로 긴 그림자가 졌다. 엷게 호선을 그린 입술 사이로 흘러나온 질책은 힘없이 보드라웠다.

"…이시훈 씨는 그런 일 하는 사람 아니잖아. 그렇게 해서도 안 되구요."

"뭐가 그런 일 하는 사람이 아닌데."

계약이니 상납이니 하는 관계를 받아들인 당사자였다. 그런데도 정이수를 견주어 비난하고 고결한 인간인 척 굴었다. 어쩌면 정이수의 도발은 좋은 핑계였을지도 모르겠다. 뛰어들어 판을 벌여 놓은 건 누구지? 도무지 시작점을 잡을 수가 없었다. 가만한 목소리가 달래듯 나지막하게 속삭였다.

"나는 이 팀장님한테 실수고…, 예외고…, 그렇게 해요. 아무도 몰라요, 나만 눈감으면."

"자꾸 말 돌리지 마."

시훈의 얼굴이 일그러졌다. 손목을 틀어쥔 시훈의 손이 미약하게 떨렸다. 놔주지 않으리라…. 거센 욕망이었다. 얼마나 손에 힘을 주고 있는지 그조차도 알지 못했다.

"말 돌리는 거 아니야. 그날… 이 팀장님이 말해 줬어요."

담담하게 읊조린 이수가 눈을 들고 시훈을 마주 봤다. 그의 말처럼 원한다면 그는 자신을 인사이트에서 내쫓을 수 있었다. 하지만 시훈에게는 쉽게 저버려서는 안 될 사람이 있었다. 감히 내내 지켜온 믿음에 상처를 내고 싶지 않았다.

"……."

얼음장처럼 차가운 시훈의 손등 위로 온기가 더해졌다. 이수가 시훈의 손을 감쌌다.

"그러니까 고작 나 때문에… 신념 버리지 말아요."

"……."

"사람이…."

이수가 고개를 아래로 풀썩 떨구었다가 이내 시훈을 향해 겸연쩍은 미소를 지어 보였다.

"멋…, 없어지잖아요, 그러면."

내려앉은 손가락이 어색하게 손등 위를 두드렸다. 다독이는 의미였는데… 이해할는지 잘 모르겠다. 저는 그랬었는데…. 찬 바람이 골목을 지났다. 바닥을 도르르 구른 전단들. 점멸하는 가로등 아래 정이수의 외꺼풀진 눈을 바라본다.

"……."

시훈이 아랫입술을 지그시 깨물었다. 이수의 손목을 잡은 손을 떨구고 그대로 제 얼굴을 쓸어내렸다. 돌아온 이성이 조금 전 이수에게 가한 말과 행동을 돌아 살폈다.

"많이 취했어요. 들어가요, 이만."

조용하게 타이르는 이수의 목소리가 닿았다. 외투도 없이 겨울바람에 코끝과 귓불이 발개진 이수의 몰골이 그제야 시훈의 눈에 들어왔다.

"……."

시훈의 시선이 갈피를 잃었다. 입술은 굳게 다물렸다. 인사는 없었다. 훌쩍 몸을 돌려 그가 멀어졌다.

시훈의 모습이 사라지고 이수의 허리가 앞으로 꺾였다. 아릿한 고통에 가슴께를 손바닥으로 꾹 눌렀다.

일과 삶의 균형은 언제쯤 맞춰질까. 불행과 행복이, 안정과 불안이 매번 저울질하며 중심을 잡아 보라 시험하는 것 같다. 나태해지지 말라, 안심하지 말라. 부산물들에 쉽게 잠들지 못한 눈이 뻑뻑했다. 아마도 주름이 져 있을 한쪽 눈꺼풀을 손바닥으로 꾹 눌러 본다. 어둠 속, 비틀거리며 걷던 시훈의 등이 선명하게 떠올랐다.

이수가 좁은 골목을 빠져나오자 식당에서 나온 무리가 맞은편 거리에서 손을 흔들었다.

정 팀장님! 같이 가실 거죠?

웃어 보려고 해도 쉽게 되지 않았다. 이수는 그냥 고개를 주억거렸다.

* * *

늦은 오후, 이수가 카페테리아 한편에서 통화가 끊긴 핸드폰 화면을 뒤집었다. 아들이 보고 싶다고 하셔서 전화했다는 요양 보호사의 말은 온데간데없고 엄마는 또 작은아버지 타령이었다. 어디 있는지 알았으니 가 봐야겠다느니, 이번에야말로 기필코 찾아낼 거라는 소리에 내내 미덥지 못한 대답을 하고 전화를 끊었다.

심란한 마음을 털어 내려 습관처럼 마른세수를 하고 난 이수의 시야에 저 멀리 타 기획 본부 팀장과 대화 중인 주현탁 실장이 보였다. 오늘 오전에도 어김없이 여민준 본부장과 각을 세웠다는 소리를 전해 들었다. 마주쳐 봤자 기분 좋을 리 없는 상대였다.

그때 주문한 커피를 들고 자리를 피하려는 이수를 주 실장이 발견했다. 멀리서 손을 든 주 실장이 어느덧 거리를 좁혔다.

"안녕하십니까."

"요즘 많이 바쁜가 보네."

하루 정도는 그냥 지나치면 좋으련만 눈동자가 이수를 위아래로 빠르게 훑어 냈다.

"연말이라서요."

주 실장이 피곤하겠다느니 밥은 챙겨 먹냐느니 되지도 않는 걱정을 늘어놓는 사이 2본부 마 팀장이 인사를 하고 카페테리아를 나섰다. 오늘은 날이 궂다. 그치? 시시한 날씨 이야기나 하자고 이수를 붙들어 놓을 사람은 아니었다. 주 실장과 나란히 선 이수가 구름이 잔뜩 낀 겨울 하늘을 확인했다. 곧 눈이라도 내릴 것 같은 날씨였다. 주 실장이 커피를 후룩 삼켰다. 솟아 있는 마천루 어딘가를 바라보며 그가 불쑥 이수를 향해 몸을 틀었다.

"1본부, 여 본이 정산 그룹 신경 많이 쓰나 봐? 내년 상반기부터 벼르는 모양인데."

"네. 우선순위요."

말을 섞지 않으려 짧게 답하는 이수를 두고 주 실장은 주저리주저리 할 말이 많았다.

"지금 2본부 말이야. 마 팀장이 정산 일 진행하는데, 쓰읍… 돌아버리나 봐. 까다롭기도 까다롭고… 부서 사람들 죄다 물갈이됐는데 새로 온 실장이 일일이 사람을 골라 뽑는다나. 어렵게 모시고 와서 누가 건드리지도 못하나 보지? 인사팀하고도 큰소리 몇 번 냈대고. 대행사 출신들이 마케팅 부서 광고주가 되면 이런 게 귀찮아. 좀 안다고 말이야, 이래라저래라…. 뭐, 그러니 이시훈이도 혈연 이런 거로 못 비비지 싶은데…. 여 본 발등에 불 떨어졌지. 정산 계열 대행사라고 몰아주지도 않는 모양인데, 수주를 못 한다? 쯧… 쪽팔리지."

이수를 곁눈질로 살피는 주 실장은 쉼 없이 말을 이었다.

"전 같으면 여 본이 뒷구멍으로 이시훈이가 누군지 언질이라도 주면 게임 끝인데, 근데 쉽지가 않다. 그지?"

"모르겠습니다. 저는."

표정을 감춘 이수가 딱 잘라 답하자 주 실장의 눈썹이 휘었다. 유진우가 떠나고 한눈에 봐도 혼란 속에 허덕이던 정이수가 요즘 들어 단단한 갑옷을 꿰입은 양 도통 틈을 보이지 않았다. 일만 하던 숙맥이 사회생활 해 보겠다고 회식 자리에서 꼬박꼬박 술잔 들이밀던 때가 편하기는 했다. 무슨 조화인지는 몰라도 한바탕 난리가 난 M사 일 이후로 어민준이 제 수족처럼 정이수를 회의마다 데리고 다니는 꼴도 영 같잖았다. 그 와중에 이시훈과는…. 머리를 굴리던 주 실장이 이수 쪽으로 어깨를 붙였다.

"그러니까 내 말은-"

"……."

"정 팀장도 상황을 보라는 말이야. 유진우한테 당하고도 몰라? 잡는 라인마다 정 팀장이 복이 없다. 응?"

이수가 입술을 꽉 깨물었다.

"주 실장님. 저 사내 정치 같은 거 관심 없습니다. 이런 말씀 저에게 왜 하시는지 잘 모르겠습니다."

화를 누르고 꼭꼭 씹어 낸 말이 차분한 목소리에 실렸다. 주 실장이 작게 코웃음을 쳤다.

"아이, 참··· 나 서운하려 그런다. 이시훈이 정체 알려 준 게 누군데···."

이수가 인상을 확 찌푸렸다. 무슨 꿍꿍이인지 몰라도 라인이니, 이시훈의 정체를 운운하는 주 실장의 태도는 결코 좋은 징조가 아니었다. 불행하게도 여민준 본부장이 눈치챘다면 주현탁 실장 역시 분명하지 않지만, 추측까지는 할 수 있었을 테다. 이수에게 돌아가는 상황을 알려 주는 척 떠보는 것일 테고.

"그냥 그렇다는 거지, 뭐···. 근데 말이야, 내 이야기 허투루 듣지 말고. 길게 보면 다 피가 되고 살이 돼요."

그럼 수고해. 주 실장이 남긴 말이 뱀처럼 목덜미를 훑고 지나갔다.

드문드문 사람이 남아 있는 카페테리아에서 이수가 피곤을 죽이듯 손 위에 얼굴을 묻었다. 회식 이후 시훈은 달리 이수의 행동을 걸고넘어지지 않았다. 무심했고, 우연히 시선이 얽히면 먼저 고개를 돌리는 쪽은 시훈이었다. 팀원들을 대동한 회의에서 업무로 말을 섞을 때면 때때로 풀어지는 분위기에 웃기도 했지만, 이수에게 보이는 미소는 아니었다. 그러니까 이제 저만 잘하면 되는데….

산 넘어 산이었다. 꼬리는 잡히지 않고, 끊어지지도 않았다.

바람이 세차게 부는 날이었다. 어제저녁 날린 첫눈은 보지도 못하고 녹아 버렸다. 출근하며 입은 두툼한 코트가 이수의 자리에 걸렸다.

올해 마지막 비딩을 앞두고 어젯밤에도 사무실에 남은 이수가 눈을 붙인 시간은 2시간에 불과했다. 지긋지긋한 불면증에는 피로도 소용없었다.

"…하아…."

점심 식사 후 먹은 두통약이 약발이 다했나 보다. 지끈대는 머리와 눈가로 몰린 열기에 이수는 결국 머리에 손을 짚었다.

미디어월은 이번 달 삼십 날까지는 설치된다 그러니까요…

"팀장님, 괜찮으세요?"

"…미안해요. 뭐라고 했죠?"

요 며칠 함께 철야를 강행한 임순정 대리가 한눈에 봐도 파리한 안색의 이수를 살폈다.

"이거 제작실하고 확인만 하면 되는 거라서요. 오늘은 일찍 들어가 보시는 게 어떠세요? 방금 퇴근 시간 지났어요."

저도 모르게 아니라는 말 대신 신음이 흘러나왔다. 불규칙한 수면과 식사, 스트레스까지 겹친 몸은 탈이 나기 일보 직전이었다.

"…그럼 이 건만 부탁해요. 다른 이슈 생기면 메시지 보내구요."

"그럼요. 걱정 마세요."

프레젠테이션하는 날 쓰러지면 핑계도 못 댄다. 컨디션 조절도 능력의 일부분이라. 메신저와 메일을 재빨리 확인하고 회신 가능한 내용은 간단히 처리했다. 올해 마지막 비딩일 A사 업무는 복귀한 임순정 대리가 주도적으로 이끌어 갔다. 다행히 업무 적응도 빨랐고, 과거 손발 맞춰 일했던 때처럼 이수와의 합도 좋았다. 이수가 팀의 전반적인 스케줄과 업무 진행 상황을 체크하면 실무선에서 임 대리가 굵직한 틀을 잡아 준 덕분에 제안서 준비가 훨씬 수월했다.

모니터를 끄고 당부의 말을 남긴 이수가 사무실을 나설 때였다. 천근만근 무거운 몸은 움직이기도 힘들었다. 그저 쉬고 싶었다.

"후우…."

긴 한숨과 함께 엘리베이터 버튼을 누르려는 순간이었다. 이수의 손에 들린 핸드폰에서 단조로운 벨 소리가 울렸다.

'요양 보호사'.

지난주 없는 시간을 쪼개 겨울 이불과 도톰한 내의 몇 벌을 가지고 엄마에게 얼굴만 보이고 왔다. 오늘도 작은아버지의 행방을 알겠다는 전화일까. 짧은 신음을 목구멍으로 삼킨 이수가 통화 버튼을 누르자마자 비명 같은 고함이 들려왔다.

-이수 씨! 어휴, 어떡해. 어머니가 지금 사라지셔서…! 경찰에 신고는 했는데…!

"…네? 그게 무슨 말씀…."

점심 식사 후에 누워 계셔서 주무시는 줄로만 알고 내내 확인을 하지 못했다고 했다. 석식 시간에 맞춰 침상으로 다가가니 이불만 둘둘 말려 있었다고. 경찰에 곧장 신고는 했는데 아직 행방을 알 수 없다는 말에 이수의 발이 얼어붙었다. 드문드문 엮인 말들을 도통 이해할 수 없어 머릿속이 새하얗게 날아갔다.

"제가…, 제가… 일단 그쪽으로 지금 갈게요."

다급한 손길이 미친 듯이 엘리베이터 버튼을 눌렀다. 결국 비상구로 뛰어간 이수가 속도를 높여 계단을 내려갔다. 가쁜 호흡에 제대로 돌아가지 않는 머리가 상황 판단을 더디게 만들었다. 차를 탔다가 무턱대고 내리면, 혹시 사고라도 당하면, 나쁜 사람들한테 해코지라도 당하면. 정신이 온전치 못한 엄마에 대한 죄책감이 불안을 곱하여 나쁜 상상을 더해 갔다.

"아흑…!"

바쁘다 핑계 대지 말고 뵈러 갔을 때 이야기를 들어 줘야 했다. 마음에 병이 있는 걸 뻔히 알면서 사는 게 힘들다고 다음에… 다음에… 하며 미뤘다. 처음도 아니었다. 어릴 적 이수에게 그런 것처럼 문을 잠그는 버릇도, 요양원 어귀까지 걸어 나간 일도 한두 번이 아니었는데 왜 이다지도 안일했을까. 그러지 말걸…. 잠깐 바깥 구경이라도 같이 했으면 좋았을걸. 후회가 밀려왔다.

발에 감각이 없었다. 계단을 밝힌 비상구 표시등이 얄궂게 느껴졌다. 내려가도 내려가도 출입구가 나오지 않았다. 이수는 속이 타다 못해 손이 벌벌 떨렸다.

"하아…! 윽…!"

코너를 돌다 층계참 벽에 어깨를 부딪쳤을 때 들고 있던 핸드폰이 바닥에 떨어졌다. 액정 화면이 번쩍였다. 요란한 벨 소리가 소름 끼치도록 조용한 비상계단을 울렸다. 아픈 어깨를 쥘 여유조차 없는 이수가 발신인을 확인하지 못 하고 핸드폰을 받아 들었다.

"나중에…! 전화드리겠습니다. 죄송…"

-이시훈입니다.

"나중에요, 나중에…"

-지금 정 팀장님 어머님, 저하고 같이 계세요.

"…아…."

무릎에 힘이 풀린 이수가 간신히 벽에 등을 기대섰다.

-듣고 있어요?

"…어떻게… 거기… 거기가 어디예요?"

깜박이는 형광등에 불이 들어온 것처럼 간신히 정신을 차린 이수가 더듬거렸다. 낮고 가만한 음성이 장소를 말한다. 고개를 끄덕인 이수가 빠르게 계단을 내려갔다.

* * *

어둠이 내린 거리를 달려 카페에 도착한 이수는 매장 안쪽에서 이시훈의 뒷모습을 발견했다. 숨을 몰아쉬며 테이블 사이를 지나는 다리가 후들거렸다. 두 사람이 앉아 있는 테이블 앞에 다가서자 감색 코트를 어깨에 두른 엄마가 머그잔을 쥐고 있었다.

"…엄마."

스스럼없이 다정한 이수의 목소리가 엄마를 불렀다. 평이하게 골라낸 목소리엔 떨림이 묻어났다.

"이수야…!"

낯선 사람 앞에서 기가 죽은 엄마는 이수를 보자 반색했다. 의자를 끌어다 바짝 붙어 앉은 이수가 부지런히 상태를 확인하다 테이블 아래를 내려 봤다. 슬리퍼만 신은 발을 꽁꽁 감싼 담요부터 눈에 들어왔다. 속상한 마음에 이수의 목구멍이 아려 왔다.

"발… 안 추웠어?"

정신이 온전치 않은 엄마에게 어떻게 여기까지 왔느냐, 혹은 왜 이런 행동을 했느냐 묻는 게 무슨 소용일까. 차마 원망할 수도 없어 놀란 속을 감춘 이수에게 엄마가 눈을 번뜩였다.

"이수야, 작은아버지…! 작은아버지 있잖아. 엄마가 어디 있는지 알아."

"…엄마."

"이거 봐라. 여기 있어. 내가 이제야 이걸 찾아서는…!"

주먹 쥔 손안에 빼꼼 끝이 드러난 종이 한 장을 이수에게로 내민다. 얼마나 쥐고 있었는지 구깃구깃한 종이를 펴 보자 뜻밖에 익숙한 명함 한 장이 모습을 보였다.

[인사이트

기획 1본부 기획 1팀 사원 정이수]

"여기 있는 거 맞겠지? 서울로 간다 그랬거든. 예전에 이수 네가 줬는데 그걸 잊어버리고 말이야…!"

"……."

이수가 두 입술을 포갰다. 인사이트에 입사하고 난 후 받은 첫 명함이었다. 아… 그때도 그랬지.

"엄마…."

이수의 손을 꽉 붙든 엄마 얼굴에 뿌듯한 미소가 걸렸다. 차마 그 얼굴을 보고 입이 떨어지지 않았다. 아니라고 해야 하는데…. 명함을 쥐고 있는 손에 잔뜩 힘이 들어갔다.

"내가… 한번 가 볼게. 있겠지…. 걱정하지 마."

이시훈 역시 내보이지 않지만 이쯤이면 엄마가 아픈 곳이 몸뿐 아니라는 사실을 알았을 테다. 왜 또 하필 그일까. 왜 이런 모습까지 보여야 하지. 이시훈이 엄마를 발견해서 그나마 다행인 걸까. 동정이나 연민을 느끼지는 않았으면 좋겠다. 지금 이 순간만큼은 세상 사람들이 모두 다 안대도 이시훈에게 드러난 치부가 못내 밉고 싫었다. 착잡한 심정을 갈무리한 이수가 시훈을 향해 물었다.

"…근데 어떻게…."

"회사 로비에서 실랑이하고 계셨어요. 전에…, 오피스텔에서 사진으로 뵀구요."

외근하고 돌아오는 길이었다. 회사 로비에서 슬리퍼를 신고 외투조차 제대로 입지 않은 중년 여성이 보안업체 직원과 실랑이를 하고 있었다. 막무가내로 들어가겠다는 여성과 막아서는 직원 사이에 이목이 쏠릴 무렵이었다. 여성의 얼굴을 확인한 시훈은 이수의 오피스텔에서 보았던 사진을 기억해 냈다. 분명 교복을 입은 정이수와 나란히 웃고 있던 그의 어머니가 확실했다. 손에 꼭 쥐고 있는 명함과 앞뒤가 좀체 맞지 않는 이야기에 이수가 액자를 엎어 놓은 것도, 어머니를 언급하고 싶지 않아 한 이유도 어림짐작되었다.

고개를 푹 숙인 이수는 눈도 마주치지 못했다. 기어들어 가는 목소리 끝이 갈라져 있었다.

"…죄송해요. 바쁠 텐데 먼저 가세요."

짧은 순간 얼마나 놀랐는지 한눈에 그려질 정도로 이수의 얼굴은 여전히 혈색이 없었다. 카페 밖으로 작은 눈발이 날리고 있었다. 퇴근 시간과 맞물려 도로로 쏟아진 차들은 어느새 가다 서기를 반복하고 있었다. 이수가 카페에 들어왔을 때부터 허전한 목덜미에 시훈의 시선이 닿아 있었다. 곧 눈길을 거둔 시훈이 사무적으로 입을 열었다.

"요양원으로 모셔야 하면 지금 내 차로 이동해요."

"택시 부를게요."

거절을 표하는 이수에게 시훈이 상황을 정리해 설명했다.

"밖에 눈 쌓여 있어요. 오늘 같은 날, 더구나 이 시간에 시 외곽이면 가려고 하지도 않을 거구요. …그러니까 고집 피우지 말죠."

집으로 엄마를 데려갈 수 없었다. 밤을 향해 가는 시각에 거절은 쉽지 않았다. 이수가 망설이며 피로와 추위에 축 처진 엄마를 물끄러미 바라보았다.

"…그럼 부탁드릴게요."

고개를 끄덕인 이수를 두고 시훈이 차를 가지러 자리를 떴다. 엄마의 어깨 위에는 이시훈의 코트가 여전히 남아 있는 채였다.

요양원에 도착해 신고를 접수한 관할 경찰과 신원 확인을 마치고, 죄송하다는 말밖에 할 말이 없다는 요양원 측에 적잖은 화를 냈다. 마지막으로 잠든 엄마를 죄스러운 마음으로 보고 나오는 길, 하늘에서는 얼음 같은 눈이 비처럼 내리고 있었다. 날리는 눈이 이수의 머리며 어깨 위로 떨어지기 무섭게 녹아 버렸다.

"하아…."

저도 모르게 튀어나온 한숨에 하얀 입김이 공기 중에 날려 사라졌다. 그리고 시선을 내리자 주차장 한편 희미한 가로등 불빛 아래서 시훈이 담배를 피우고 있었다. 자갈이 깔린 길을 지날 때마다 데굴데굴 발바닥 아래 밟히는 소리가 불편한 제 속마음 같다.

"코트요."

시훈이 담배를 끄고 이수가 내민 코트를 건네받았다.

"주무세요?"

"…네. 저기… 오늘요, 이 팀장님."

이렇게 당치도 않은 신세를 질 줄은 상상도 못 했다. 목구멍이 뜨거워 쉬이 말이 나오질 않았다. 시훈이 훌쩍 뒤로 돌았다.

"서울까지 시간 좀 걸릴 것 같은데… 차에 타서 말해요. 할 말 있으면."

서울로 올라가는 길은 어둡고 긴 터널처럼 느껴졌다. 사위는 조용했고, 날리는 눈발이 차창에 부딪히는 것 외에는 지나치게 적막했다. 타이밍을 놓친 이수는 침묵했다. 운전만 하는 시훈과 조수석 밖으로 시선을 돌린 이수 사이에 대화는 없었다.

얼마나 지났을까. 피로로 엉망인 컨디션이 엄마의 실종으로 모습을 감췄다가 긴장이 풀리자 다시 느껴졌다. 가물가물 눈이 감겼다. 잠들기 전 시훈이 괜찮으냐 묻는 목소리가 아득하게 귓전에 닿았다. 무거운 눈꺼풀 아래로 소실점을 그린 길을 더듬어 본다. 눈동자를 굴려 여전히 운전 중인 시훈의 옆모습을 눈에 담았다. 바람이건대,

이수는 이 길이 차라리 끝나지 않았으면 좋겠다고 생각했다.

어렴풋이 눈을 뜨자 익숙한 천장이 보였다. 이수는 아픈 머리를 부여잡고 핸드폰으로 시간을 확인했다. 자정이 가까운 시간이었다. 집까지 제 발로 걸어온 기억은 없었다. 가로등 불빛 하나 없이 달린 어두운 길과 자라는 낮은 목소리가 까무룩 눈을 감기 전 이수가 마지막으로 기억한 것들이었다.

작게 열린 문 사이로 텔레비전 불빛이 화면에 따라 번쩍였다. 이마를 짚고 거실로 발을 내디딘 이수가 작게 신음을 흘렸다.

"…아…."

시훈이 소파에 가로누워 눈을 감고 있었다. 이시훈 역시 연말 내내 저 못지않게 야근과 철야를 했다. 거기다 예기치 않은 조우로 장거리 운전까지 한 상황이니 말도 못 하게 피곤했을 테다. 헐겁게 잡아 내린 넥타이나 단추를 풀어 놓은 셔츠가 피로를 방증했다.

이수는 핸드폰을 조용히 테이블 위로 올려놓고, 천천히 시훈이 누운 소파로 다가갔다.

"…이 팀장님."

…….

"…이시훈 팀장님."

…….

"…이시훈…."

목소리가 커지기는커녕 얼버무리고 말았다. 결국에는 이름만 간신히 부르다 머리맡 소파 밑으로 엉덩이를 붙이고 앉았다. 한쪽만 세운 무릎을 감싼 두 손 위로 턱을 괴었다. 그렇게 잠든 시훈을 바라보았다.

이마를 가린 손 아래로 진실한 눈과 곧고 길게 뻗은 코, 그리고 매번 천국과 지옥을 오가게 만든 입술이 주홍빛 불빛 아래 자리하고 있었다. 조심스럽게 손을 뻗어 흐트러진 머리카락을 살살 넘겨 줘도 깊이 잠든 모양인지 시훈은 미동조차 없었다.

쇠약해진 몸은 마음마저 갉아먹는다. 기대고 싶고 안기고 싶고 혹은 남자에게 뺨을 비비고 싶은 충동이 일었다. 달리는 차에서, 우리 두 사람만 있는 차에서 느낀 기이한 안정감은 이시훈 때문이라는 사실을 잘 알고 있었다. 너무 깊이 들어와 버린 이시훈이 제 가슴속을 멋대로 유영하고 있었다. 너무 깊었다. 너무. 걱정과 시름을 먹고 자라난 나무가 멋대로 가지를 뻗어 댔다. 잘라 내야 하는데 바람이 불면 살랑거려 방향을 일러 주고, 뜨거운 해가 비치면 그늘을 만들어 주는 탓에 이수는 여전히 나무를 자르지 못했다.

"……."

이수가 무릎을 바닥에 딛고 천천히 몸을 일으켰다. 부드럽게 넘어간 머리카락을 가만히 쓰다듬으며 이수는 언젠가 시훈이 그랬던 것처럼 조심스럽게 남자의 심장에 귀를 가져갔다. 무게를 싣지 못한 머리는 미약하게 들리는 심장 소리를 제대로 잡아내지 못했다. 얇은 머리카락이 한쪽으로 넘어가며 이수의 감은 눈을 가렸다.

"지금 뭐 하는데."

싸늘한 목소리에 심장이 뚝 떨어졌다. 퍼뜩 눈을 뜨자 자세 그대로 천천히 눈을 감았다 뜬 시훈이 이수를 깔아 보고 있었다. 감정한 점 없는 얼굴이 서늘하게 경계를 그었다.

"무슨 의미든 뭐가 됐든 하지 말아요."

"……."

몸을 물리기 무섭게 시훈은 단번에 소파에서 일어난다. 그가 목덜미에 손을 올리고 가볍게 고개를 털어 냈다.

"피곤했는지 정 팀장님이 일어나지를 못했어요. 혹시나 해서 기다렸던 거고. 괜한 오해 하지 말아요."

마땅히 눈 둘 곳을 찾지 못한 이수의 두 눈이 바닥으로 떨어졌다. 시훈을 거부하고 밀어내 놓고 힘들고 지친 마음을 기대려 했다. 남자의 힐난에 마치 벌을 받는 심정이 됐다.

"…미안합니다."

"뭐가요."

"……."

얼굴이 벌겋게 달아올랐다. 민망했고, 시훈에게 더없는 무례였다.

"설마 기사 노릇 한 대가는 아닐 테고."

시훈은 식탁 의자에 걸쳐 놓은 코트를 입는 중이었다.

"그런 거 아니에요, …미안해요. 나는 그냥…."

민망함을 감추려는 미소가 이수 얼굴에 소리 없이 번졌다. 왜 그랬는지 설명할 수가 없었다. 충동이라는 변명은 지나치게 우습고 가벼웠다. 입 앞에서 맴돌기만 할 뿐 이성과 감정 사이에서 갈팡질팡하는 자신의 심정을 설명할 수 없었다.

"설명할 필요는 없구요."

시훈에게는 빈정대거나 무안을 주려는 의도는 없어 보였다. 작년,

이맘때와 같았다. 그는 여전히 친절했고 봉해 놓은 가정사까지 드러낸 이수를 별달리 궁금해하지도 않았다. 아무런 감정적 교류도 없이 서로를 모를 때처럼 의미 없는 질책이었다. 코트의 매무새를 가다듬은 시훈이 단호하게 경고했다.

"그렇다고 해도 내 몸에 함부로 손대지 말아요."

"…이 팀장님."

"나 역시 정 팀장이 필요할 때, 그때 찾을 테니까."

"……."

울컥 서러움이 치밀었다. 뜨거운 기운을 목구멍으로 꾸역꾸역 삼킬 때마다 불덩이가 가슴속에 차곡차곡 쌓였다. 이러다가 정말 까맣게 타 버리겠구나. 그런 바보 같은 생각이 들었다. 더 이상 보일 바닥이 없는 줄 알았는데 기어이 땅까지 파서 밑천을 드러냈다. 흔들리는 사람은 이시훈이 아니었다. 바로 저였지.

시훈이 걸음을 옮겨 현관에 다다르자 머리 위로 등이 켜졌다. 더는 미룰 수가 없었다. 이제는 인정해야 했다. 관계에 대한 제 몫의 책임을 지고 서로의 사이에 물려 있는 쐐기를 빼내야 했다. 그동안 운 좋게 유예 기간을 벌었을 뿐 자연스럽고 합당한 결정이었다.

문고리를 잡은 시훈은 인사를 하지 않았다. 달칵. 문이 닫히고 현관 위의 등 역시 새까맣게 꺼졌다.

온기가 없는 집 안을 둘러보았다. 언제 보아도 삭막하고 버석한 제 책상 같은 집이었다. 천천히 소파에 올라앉은 이수가 텔레비전을 멍하니 바라보았다.

"……."

휙휙 넘어가는 광고를 하나하나 모니터링했다. 2팀에서 진행한 광고가, 이수가 기획했던 광고가 온 에어 될 때 어렴풋한 기억이 파노라마처럼 우르르 딸려 나왔다. 이수의 얼굴에 어슴푸레하게 미소가 떠올랐다. 올해가 얼마 남지 않은 밤. 잠 못 들던 어제와 달리 오늘만은 아쉬움에 잠들고 싶지 않았다.

* * *

거리에 크리스마스 장식이 걸렸다. 겨울이면 익숙한 풍경이었다. 인사이트 로비 중앙에도 큰 트리가 우뚝 섰다. 연이틀 함박눈이 내린 서울 시내에는 변덕처럼 비가 왔고 소담하게 쌓인 눈들은 어느새 녹아 질척이고 지저분해졌다. 겨울이 오면 매번 업무에 치여서 눈이 오는지 비가 오는지 모를 하늘이 요즘따라 변화무쌍해 보였다.

맑았으면 좋겠는데… 아니면 눈이 오거나. 비가 오거나 우중충한 하늘 아래에 서 있는 상상만으로 담배를 태우고 싶었다. 창밖을 바라보던 이수가 하등 쓸데없는 생각을 뒤로하고 자신의 집무 책상을 제 어깨 너머로 흘깃 바라보았다. 아무래도 단출했다.

어제까지 늦은 야근을 한 팀원들이 오랜만에 정시 퇴근을 준비하는 중이었다. 이수의 자리에 내선 전화가 울렸다. 주현탁 실장의 호출이었다. 집무실로 올라오라는 부름에 다른 용건은 없었다. 문을 두드리자 안쪽에서 들어오라는 주 실장의 목소리가 들렸다.

"앉아. 차 줘?"

"아니요. 괜찮습니다."

접대용 테이블을 사이에 두고 주 실장과 마주 앉았다. 김이 오르는 커피를 놓고 주현탁 실장은 급히 걸려 온 전화를 받았다. 뉴욕 지사에 관한 내용이 주를 이뤘고, 길지 않은 통화가 이어졌다. 곧 통화를 마친 주 실장이 느리게 커피를 마시며 이수를 슬쩍 바라봤다. 시선을 의식하지 못한 이수가 노곤한 얼굴로 시간만 재고 있을 때 테이블 위로 잔과 함께 뜬금없는 질문이 놓였다.

"정 팀장. 뉴욕 갈래?"

영문 모를 제안에 이수가 눈을 동그랗게 뜨고 보자 주 실장이 씨익 웃으며 본색을 드러냈다.

"이시훈이 나한테 길길이 날뛰는 이유가 뭘까… 내가 내내 생각을 해 봤단 말이야. 확률은 반반이긴 한데… 생각해 보면 뭐 상관없나 싶기도 하고. 유진우하고도 우리가 뭘 봐서 말 나온 건 아니잖아."

이수의 얼굴이 점차 굳어 갔다.

"……."

의자 등받이에서 등을 뗀 주 실장이 눈을 가늘게 뜨고 이수 앞으로 몸을 기울였다.

"둘이 빨아 먹고 빨아 주고… 난 그런 건 상관없고, 백년해로할 사이는 아니잖어. 그럼 좀 영리하게 굴자고."

"실장님…!"

이수가 목소리를 높였다. 주 실장은 눈 하나 깜빡하지 않는다. 건조한 사무실의 공기가 꽉 막혀 어지러울 지경이었다. 실실대는 주현탁 실장이 웃음을 거뒀다. 차가운 침묵을 가른 본론이 이수 앞에 떨어졌다.

"이시훈하고 사이 인정해. 위력에 의한 추행 정도로 가자구. 그러면 정 팀 뉴욕으로 보낼 명분은 충분하지."

"넘겨짚지 마세요."

"그쪽에서는 서울하고 브리지가 필요한 상황이라 정 팀장 정도면 믿고 일 맡길 수 있지 싶은데. 당장 인사이트급 대행사로 이직하기 힘든 건 본인이 더 잘 알잖아. 뉴욕 다녀와. 시간이나 경력 쌓이면 다 잊혀."

유진우가, 그리고 제가 만든 결과였다. 그렇다고 해도 주 실장에게 목줄을 쥐여 주고 싶지는 않았다. 느슨하게 풀려 있던 주먹에 힘이 들어갔다.

"…저한테 이러시는 이유가 뭡니까."

"정리."

"……."

"굴러온 돌이 박힌 돌 빼내면 되겠어? 다 정해진 자리가 있는 건데. 내가 띠동갑 차이 나는 상사 모시고 회사 생활 하기는 좀…."

"……."

"생각 잘해 봐. 기회는 있을 때 잡는 거야. 지나면 후회뿐이지. 안 그래?"

헛웃음이 나왔다. 치욕과 모욕을 감당하는 일은 제법 익숙해졌다고 생각했다. 그런데 좆같은 상황이 들이닥칠 때마다 메운 상처에 또 흠이 패었다. 저는 지치고 지겨운데 남들은 그렇지 않은가 보다.

"…주 실장님."

"시기만 정하자. 신년에 터트리자고."

사람 목줄 잡고 흔들고 싶다는 거지? 이수의 머리가 차갑게 식어갔다. 꼬박 새운 지난밤을 그렸다. 어차피 막다른 길이었다.

한쪽 입술 끝을 끌어 올린 주 실장은 퍽 여유로워 보였다. 생각에 잠긴 이수가 상대와 눈을 맞췄다.

"뭘요."

느리지도 빠르지도 않은 말소리는 더없이 냉랭했다.

"뭐?"

황당한 주 실장은 잘못 들었나 싶어 고개를 기울였다. 이수는 단호했다. 픽 새는 웃음이 나왔다. 실장님도 참…. 고개를 돌린 뒤 이수가 나긋한 혼잣말을 내뱉었다. 주저함도 없이 의자가 드르륵 뒤로 밀렸다. 자리에서 일어난 이수가 주 실장을 깔아 봤다.

"이시훈 팀장하고 엮지 마세요. 증명하고 싶으시면 증거 가져오시구요. 소문내고 싶으시면… 그렇게 하세요."

"…허."

얼빠져 구겨진 얼굴이 이수를 올려 보았다.

"저도 주현탁 실장님과의 비공식적인 미팅이며 외근 다니면서 여기저기 드나들었다고 떠들 겁니다. 법인 카드로 옷이며 접대 자리 긁으셨잖아요. 백화점 명품관에서 옷 사 주셔서… 제가 좀 설렜어요, 그날. 저한테 문자도 보내셨잖아요. 룸살롱 위치까지 박아서. 아시죠? 주 실장님하고 저하고 직접적인 업무 연관 없는 거. 부재중 전화도 어찌나 여러 번 남기셨는지…. 유진우 본부장은 개인 카드로 긁기라도 했는데 실장님은 그것도 아까우셨나 봐요. 그리고 회식 자리에서 저 주무른 건 다 알잖아요, 사람들이. 제가 유부남이 취향이라고 말하면 그게 더 설득력 있지 않겠어요?"

어떤 관계에도 물리적인 증거는 없었다. 하지만 소문이란 오해와 의심을 먹고 입에서 입으로 전해진다.

"너 막갱이처럼 굴래?"

"누가 막갱이예요. 사모님하고 자식까지 있으신데 꼭 봉변을 당하셔야겠어요?"

씩씩대는 얼굴이 볼만했다.

"너 지금 기회 차 버리는 거야. 잠 오겠어?"

"네. 잠 잘- 잡니다."

몸을 사리던 과거와는 판이하게 다른 모습이었다. 무슨 정신으로 따박따박 대꾸를 하는지 어이가 없었다.

"실장님. 예의는 여기까지 차릴게요. 협박하지 마세요. 그리고 한 번만 더 제 몸에 손대시면 이제는 인사과 아니라 경찰에 신고하겠습니다."

의자를 걷어차듯 밀어낸 이수가 집무실 문고리를 잡았을 때였다.

"야, 너 지금 막가자는 거야? 뭐 믿고 이래?"

성질을 참지 못하고 높인 언성에 복도에 사람이 있었다면 들여다볼 정도였다. 문득 이수가 행동을 멈췄다. 체념하듯 흘러나온 말소리는 재미없는 농담 같았다.

"아무도 안 믿어요. 믿을 게 없으니까… 막가죠."

하… 참. 주 실장은 붉으락푸르락 시시각각 얼굴색을 달리하며 좀처럼 진정을 못 했다. 곧 넘어갈 사람인 양 입만 어어 벌리는 꼴이 가관이었다.

“주 실장님. 제가 진흙탕에 굴러 봐서 아는데요. 생각보다 오래가요, 자국이.”

“야!”

하찮았다. 폭탄을 내돌릴 생각만 했지, 그게 발밑에서 터질 줄 생각도 못 했겠지.

“자리보전하시는 데 도움 못 돼서 죄송합니다. 가 보겠습니다.”

벌어진 재킷을 단정하게 정리한 이수가 깍듯이 고개를 숙였다. 이수가 집무실을 나서자 문 뒤로 요란한 소리가 들렸다. 아마도 핸드폰이 바닥에 깨지는 소리였다. 이수는 조금도 동요하지 않았다. 다진 각오가 더욱 단단해졌다.

“요즘 여민준하고 주현탁하고 둘이 왜 그래? 못 잡아먹어서 안달이던데.”

“모르겠네. 빽하면 회의 들어가서 걸고넘어진다는데. 이번에 그것 때문에 김 전무도 한 소리 했다는데? 부대표까지 싫은 소리 해 댄대고.”

“아이 씨, 올해는 연차도 다 못 쓰겠다. 며칠 안 남았는데.”

멀어지는 말소리가 모퉁이 너머로 들려왔다. 걸음을 멈춘 여민준 본부장의 한숨에 바닥까지 꺼질 지경이었다. 반보 뒤에 선 이수 역시 내보이지 못할 한숨을 삼켰다.

이수와 회의를 마치고 돌아온 여민준 본부장이 창문 앞에서 전자담배를 빼 물었다. 뿌연 수증기가 답답한 요즘 같았다. 주현탁 실장과 대립하며 지난 몇 주간 회의는 엉망이 되고 업무 효율은 뚝 떨어졌다. 사사건건 딴지를 거는 주 실장과의 설전이 결국 윗선까지 올라갔다. 김지학 전무는 일방적으로 주 실장의 편에서 여 본부장을 압박해 왔다. 정황상 최근 물어 온 업무를 거절한 데 따른 보복성 문책이었지만 불안함이 엄습했다. 라인인 부대표는 설전의 연유를 쉽게 납득하지 못했고 여 본부장 역시 정이수와 이시훈, 그리고 그들 사이에서 돌아가는 상황을 설명할 수 없었다.

지난 주말 여민준은 이중건 회장이 재차 초대한 저녁 자리에 결코 가벼운 마음으로 참석할 수 없었다. 일전 시훈의 회사 생활을 짧게 언급했던 날과는 분위기가 달랐다. 이 회장은 인사이트 내부의 크고 작은 완력 싸움을 아는 눈치였다.

'정산의 브랜드전략실장이 만만치가 않아. 계열사라고 일감 몰아주기니 그런 기대는 꿈도 꾸지 마.'

결국 대화의 말미에 흘리듯 인사 발령에 관한 언질을 받고서 저택을 나섰다.

시훈은 제 형의 죽음을 계기로 오랜 기간 가족과 관계를 단절했고, 아버지에게 제 삶을 증명해 보이려 치열하게 살았다. 여민준은 그 모든 걸 지켜본 사람이었다. 이중건 회장이 최근 들어 여 본부장을 두 차례나 불러들인 걸 보면 모르기는 몰라도 자식 이기는 부모는 없다는 말이 맞지 싶었다.

그러니까 이 판국에 딱 하나 꼬이는 지점이 있다면…. 모든 화살이 한 사람을 향했다. 저 하나야 눈감고 모른 척하면 끝이지만 인사이트 내에 적이 너무 많았다. 서로를 위해서도 파국에 이르지 않을 적절한 타협안을 고심해야 했다.

"…정 팀장. 후우…."

안으로 들어서자 여 본부장이 이수에게 앉으라 자리를 권했다. 업무에 관한 질문이나 보고가 이어져야 했지만, 머리가 복잡했다. 막상 사람을 불러 놓고 등을 보인 채로 하염없이 창밖만 보고 있는 여 본부장의 침묵이 이어졌다. 창 너머에는 해가 없는 짙은 회색 하늘이 펼쳐져 있었다. 이리저리 판을 짜 봐도 내키지 않았다. 예전처럼 정이수가 유진우 밑에라도 있었으면 감정 한 톨 없었을 테다. 1본부 본부장을 맡으며 나중에 찢어 놓기 좋게 제 밑으로 넣은 수가 패단이었다. 좋든 싫든 제 사이드라 생각하니 쉽사리 말이 나오지 않았다. 애써 머리를 털어 버린 여 본부장이 차마 내비치지 못한 속내를 감췄다. 이놈의 잔정이 문제였다.

"…아니다. 얼마 안 남았죠, A사 비딩?"

"네. 올해 말일입니다."

"잘돼 가요? 올려 둔 거 봤는데 어수선해 보이는 것만 어떻게 정리해 보면 좋겠어."

전자 담배를 내려놓은 여 본부장이 이상하게 잠잠한 이수를 올려보았다.

"본부장님."

"어, 왜."

"말씀 중에 죄송하지만, 드릴 말씀이 있습니다. 그리고 드릴 부탁도 있구요."

맞은편에 앉은 여 본부장에게 전한 내용은 어렵지도 복잡하지도 길지도 않았다. 이수가 근래에 정리한 생각이 차례로 열거되었다.

정적 후 이수는 여 본부장에게 올해 마지막 비딩에 관한 브리핑을 했고, 스케줄을 보고했다. 자연스럽게 여 본부장 역시 알겠다는 답을 하며 모든 대화가 마무리됐다. 침묵이 긍정의 의미라는 사실을 서로가 받아들였다. 새해를 일주일 앞둔 평범한 월요일 오후였다.

* * *

올해의 마지막 날, 2팀의 마지막 비딩이 예정된 날이기도 했다. 아침 8시가 조금 넘은 시각이 되자 열린 사무실 문으로 임순정 대리가 정장을 입고 들어섰다.

"타이 컬러 맞췄네요?"

이수의 눈이 휘어졌다.

"네. 물론입니다."

김민주 대리도 같은 컬러 셔츠 입는다구요. 브랜드 심벌 컬러였다. 두 사람 모두 이수를 도와 밤새 제안서를 검토했다. 주축이 된 세 사람 모두 제안서 내용을 달달 외울 지경이었으니 지난 한 달여 동안 얼마나 지독한 시간을 보냈는지 부러 설명할 필요는 없었다. 어쩌면 별것 아닐지 모르지만 이런 소소한 정성에 광고주들의 마음이 기울기도 한다. 주님이라 일컫지만 결국 그들도 인정에 끌리는 사람이었다.

"팀장님도 준비하셔야죠."

"그래요. 움직이기 전에 본부장님 뵙고 가죠."

"네, 준비해 놓겠습니다."

며칠간 제대로 된 잠을 자지 못했다. 업무에만 매진하기에도 빠듯한 시간이었다. 완전히 일에 파묻혀 다른 건 머릿속에 들어오지 않았다. 아이러니하게도 이수는 묘한 안정감을 느꼈다. 꽤 오랜만에 겪는 기분이었다. 꽉 막힌 것 같다가 갑자기 눈앞에 새로운 길이 나타났다. 동시에 두세 가지 일을 처리해도 머릿속 회로가 제대로 돌아갔다. 몸이 저절로 순서를 기억하고 하나하나씩 해결될 때의 쾌감, 모든 퍼즐이 맞아떨어지는 짜릿함 속에 이수가 있었다. 결과는 따라올 뿐 이수가 인사이트에서 수행한 일들이 모두 그러했다.

고객사의 사옥에서 진행된 올해 마지막 비딩은 굵직한 대행사들이 입찰에 참여했다. 발표는 순조로웠고, 까다롭고 허를 찌르는 질문에도 이수는 막힘없었다. 발표장을 나오며 세 사람 모두 결과를 짐작했다. 아마도 2팀의 승리로 끝나리라.

끼니를 거른 세 사람이 근처 식당에 자리를 잡았다. 창가에 때가 지난 크리스마스 장식이 여전히 걸려 있었다. 이수는 그제야 생일이 지난 사실을 깨달았다. 엄마한테 전화라도 했으면 좋았을걸.

"팀장님, 뭐 드실래요?"

김민주 대리가 메뉴판을 내밀었다.

"내가 살게요. 제일 비싼 걸로 먹어요. 고생했는데."

식사하는 동안 시시콜콜한 이야기가 주제에 올랐다. 신년 계획이나 못다 이룬 올 계획이 우스갯소리처럼 테이블 위를 이리저리 굴렀다. 긴장이 풀어지고 두 사람이 한바탕 수다를 떨었다. 곁에서 잠자코 대화를 듣던 이수 역시 몇 번 웃음을 터트렸다. 식사를 마치고 식당을 나온 세 사람이 헤어지기 전이었다.

"…어? 눈 와요. 와… 올해는 눈이 참 예쁘게 내리는 거 같아요."

김 대리가 눈을 보며 짧은 감상을 흘렸다. 끔벅끔벅 눈이 감기는 모습에 이러다가 길에 쓰러져 잠들 기세였다. 이수는 피곤으로 몽롱한 두 사람을 먼저 택시에 태우고 코트 깃을 여몄다. 팀장님! 잘 쉬시고 월요일에 봬요! 임순정 대리가 택시 뒷좌석 창문을 열고 머리를 숙였다. 이수가 가만히 손을 들어 화답했다. 곧 택시는 빠르게 도로에 섞여 들었다.

한 해의 마지막 날이라 거리에는 어딜 가도 사람이 많았다. 거리 너머에는 새해 타종을 위한 행사 준비가 한창이었다. 이리저리 사람들이 바쁘게 걸어가는 인도 한복판에 선 이수가 무심코 하늘을 올려봤다. 콧잔등과 뺨으로 떨어진 눈송이가 차가웠다. 이수는 한참을 그렇게 서 있었다.

이수가 해가 다 저문 느지막한 시간 사무실로 돌아왔을 때 비딩으로 초토화된 2팀의 자리는 일찍이 모두 빈 채였다. 건너편 1팀 역시 마지막 휴가를 몰아 쓴 직원들의 빈 책상만 남아 있었다. 그리고 아직 퇴근하지 않은 시훈의 집무 책상 위 스탠드가 덩그러니 빛을 내고 있었다. 자리를 물끄러미 바라본 이수가 모니터로 시선을 돌렸다. 빈 화면에 깜박이는 커서 옆으로 일반적이고 상투적인 글귀가 한 자 한 자 자리를 메꾸었다.

손목시계 속 시침은 자정을 향해 가고 있었다. 올해가 얼마 남지 않은 시각이었다. 최종 PPM에 관한 조율이 길어진 탓에 시훈은 온종일 회의에 붙들려 있었다. 무사히 임원 보고까지 마친 후 프로덕션에서 이뤄진 시사에 하루가 길었다. 올 한 해의 마지막 날이라는 자각도 못 했다. 하루가, 일주일이, 한 달이 어떻게 지나는지 모를 요즘이었다. 메마른 가슴은 바짝 타 갈라지고 매일 목이 말랐다. 그런 건조한 삶이 재미없었다.

엘리베이터에서 내리자 복도부터 사무실까지 소등된 껌껌한 어둠이 시훈을 반겼다. 익숙하게 엘리베이터 불빛에 의지해 희미하게 불을 밝힌 사무실 출입구를 열고 시훈은 잠시 걸음을 멈췄다.

정면으로 보이는 제 집무 책상 뒤로 등을 진 정이수가 창밖을 바라보는 중이었다. 마치 시훈을 기다리기라도 한 것처럼.

저벅저벅 걸음을 옮겨 제 자리로 이동하는 동안 시훈은 복잡한 속내를 애써 감췄다. 창에 비친 존재를 알아챈 이수가 어깨를 돌려 시훈을 마주했다.

"늦으셨네요."

"내 자리에서 뭐 해요?"

이수를 지나 코트와 재킷을 벗은 시훈이 의자에 앉으며 싸늘하게 물었다. 앉은 시훈의 뒤로 창밖으로 시선을 돌린 이수가 덤덤하게 입을 열었다.

"궁금해서요. 이 팀장님 자리에서 제 자리가 어떻게 보이는지… 어떻게 보였는지."

"겨우 그것 때문에 이 시간까지 있어요?"

의자를 당겨 앉으며 되받아치자 이수의 음성이 자리 뒤쪽에서 전해졌다.

"기다렸어요. 사실은."

"……."

시훈의 입이 다물렸다. 발밑으로 정이수가 다시금 밀물과 썰물처럼 밀려오다 다시 멀어지기를 반복하는 듯했다. 단둘만 있는 사무실에 정적이 흘렀다. 이수는 시훈이 내쏘는 말에도 자리를 지키고 있었다.

"그냥… 오늘이 올해 마지막 날이라 인사를 하고 싶어서요."

특별할 것도 없었다. 해가 바뀐다 해도 평범한 날 중 하나였고 그동안 이수 역시 큰 감흥을 느낀 적은 없었다.

"굳이 왜요."

시훈의 가라앉은 목소리가 차갑게 반문한다. 그에 모로 서 있던 이수가 멋쩍은 시선을 떨구며 작게 미소 지었다. 이수는 보이지 않는 시선 아래 차가운 손을 가만히 쥐었다 펴기를 반복했다. 자꾸만 빠져나가는 용기를 이렇게나마 붙들어 보았다.

"보기 싫어도 자비를 베풀어 주면 좋겠는데… 연말에는 다들 그러잖아요."

후우… 이미 느슨하게 풀어진 타이를 재차 끌어 내린 시훈이 느른하게 등받이에 몸을 기댔다. 이상한 굴레 속에 갇힌 관계는 피로감을 안겨 주었다. 매번 결론지을 수 없는 의문이 파문을 일으켰다. 파동은 마치 진자 추 같아서 멈추지 않았다.

"적선이라도 해요?"

"…네, 이를테면."

의례적인 말 한마디, 눈길 한번 주지 않는 시훈에게 이수는 딱히 기분 나쁜 기색을 보이지 않았다. 오히려 자리를 박차고 나가지 않는 상대의 모습에 기꺼워 보였다.

헛웃음 터트린 시훈이 담뱃갑을 책상 위로 툭 던져 놓고 눈을 감았다. 미간에 깊은 주름이 패었다. 손을 내어 주지도 않으면서, 품에 안겨 들지도 않으면서…. 세 살 어린애 같은 원망이 지친 시훈의 몸과 마음을 들쑤셨다. 그러면서 곁에 느껴지는 정이수를 좇지 않으려 인내하는 자신이 우습고 가련하기까지 했다. 양극으로 치닫는 감정은 최근 정이수를 마주할 때마다 겪는 일이었다.

창밖으로 눈이 내리고 있었다. 어느새 함박눈으로 변한 눈송이들이 마천루 사이를 스쳐 지났다. 그 모습을 물끄러미 내다보는 이수에게 싸늘한 물음이 떨어졌다.

"인사, 안 끝났어요?"

팔걸이에 팔꿈치를 기대 있는 시훈이 한 손으로 피곤한 눈을 덮어 가렸다. 차라리 보지 않는 편이 나았다. 더 이상 정이수로 인해 흔들리거나 여지를 남기고 싶지 않았다.

"……."

두어 걸음 다가온 발소리가 시훈의 뒤로 멈춰 섰다. 어둠에 가린 시야에 다른 모든 감각이 예민하게 정이수를 더듬었다. 가만한 목소리였다.

"오늘 꼭… 이 말을 해 주고 싶었어요."

"……."

그때도 눈이 왔었나… 가물가물했다. 기억이 나는 건 추웠던 바람, 매년 실패하는 금연 계획에도 담배를 사지 않아 텅 빈 호주머니의 감촉과 예기치 않은 어색한 인사, 모퉁이 너머 저를 비난하는 무리를 흠씬 짓씹던 욕. 동그랗게 피어오른 담뱃불. 바람에 순식간에 날린 매캐한 담배 연기와 휘어진 눈썹. 통명스러운 위로. 눈을 내리깔며 웃던 얼굴. 온전히 기억에 남아 있는 그림은 모두 이시훈뿐이었다.

"이시훈 팀장님."

시훈의 두 어깨를 감싸듯 이수의 손이 살포시 내려앉았다. 차마 내치지 못할 만큼 조심스럽고 따뜻한 온기가 셔츠 한 장을 사이에 두고 느껴졌다. 책상 위 스탠드 조명에서 산란한 빛들이 서로를 비추어 옅은 그림자를 엮어 놓았다. 시훈이 아랫입술을 깨물며 자비를 허락한 자신을 책망하는 사이 뺨 가까이 이수가 허리를 숙였다. 멈춘 호흡과 짧은 정적을 뒤로하고 마른 입술이 귓가에 작은 목소리로 속삭였다.

"…새해 복 많이 받으세요."

불면에도 차마 읊조릴 수 없었다. 그러면 안 될 것 같아서. 의미를 알지 못할 시훈에게 일일이 설명할 필요는 없었다. 한 해의 마지막 날이었고, 누구에게나 해도 좋을 만한 적당한 인사였다. 우리 사이가 뭐가 됐든 이 정도로는 미움을 사지 않을 테니까. 사뿐하게 내려앉은 인사는 다정했다.

허리를 세운 이수가 시훈의 책상을 돌아 나갔다. 얼굴을 가린 손을 내리고 시훈은 약속처럼 의자를 반대로 돌려 앉았다. 유리창에 두 사람의 형상이 비쳤지만, 서로를 마주 보지는 못했다. 허상을 좇는 사람들처럼 창에 비친 서로의 형체를 겨우 더듬었을 뿐이다.

엘리베이터에서 내린 이수의 구둣발 소리가 고요한 로비를 가로질렀다. 때가 지난 트리를 올려 보니 첨단에 걸린 별이 반짝였다. 시선을 틀어 보자 로비에 걸린 시계는 이제 막 자정을 지났다.

"……."

소망한다. 부디 나 없이, 그대 없이 평안하길.

새해 1월 첫째 주 월요일. 인사이트.

출근으로 분주했던 로비가 한산하게 비었다. 엘리베이터 역시 각층의 자리를 지키고, 사무실에서는 맑게 갠 겨울 하늘보다 환한 형광등이 빛을 밝히고 있었다. 각자의 자리에서 업무를 준비하며 새해 덕담과 시답잖은 대화를 이어 가는 인사이트는 여느 때와 같았다. 누군가가 방금 출근하고도 오늘의 퇴근 시간을 가늠해 보려 흘깃 시간을 확인할 무렵 숫자가 바뀌고 각각의 PC와 핸드폰으로 알림이 도착했다.

9시 정각. 인사이트 그룹웨어에 인사 발령 공지가 게시되었다.

[인사발령공고] 제2021-00001

-제목 : 인사발령

-발령 일자 : 2021년 1월 10일

기획 1본부 본부장 여민준 ▶ 전무 여민준

기획 1본부 기획 1팀 팀장 이시훈 ▶ 기획 1본부 본부장 이시훈

.

.

.

기획 1본부 기획 2팀 팀장 정이수 ▶ 퇴사

위와 같이 인사발령 되었음을 공고함. 끝.

Part 5. Abend

파티션을 사이에 두고 사무실을 공유하는 1, 2팀에 정적이 흘렀다. 책상에 묶인 사람들처럼 다들 얼빠진 얼굴로 공고를 재차 확인했다. 누구 하나 먼저 입을 열지 못했다. 출근 후 자리를 비운 정이수 팀장 대신 이시훈 팀장에게 모든 시선이 쏠렸다.

얼마 지나지 않아 시훈이 의자를 박차고 일어났다. 걸음은 다급했으며 열린 문을 나서는 얼굴은 당혹감을 감추지 못한 채였다.

엘리베이터가 아닌 계단을 통해 여민준의 집무실에 도착한 시훈은 노크도 없이 벌컥 문을 열었다. 비어 있는 사무실을 확인하고 핸드폰을 꺼내는 그때 문을 열고 여 본부장이 들어왔다.

인사 대신 시훈을 스쳐 지나간 여민준이 소파에 털썩 엉덩이를 붙이고 앉았다. 각오는 되어 있으니 할 말이 있으면 하라는 식이었다.

"이거 뭔데."

"너 승진? 아니면 정 팀장."

여 본부장의 어조는 일상적이다.

"둘 다."

눈썹을 찌푸린 시훈의 턱에 힘이 잔뜩 들어갔다.

"일단 네 문제는, 요즘 30대에 임원 다는 일 생각보다 흔해."

"혹시 아버지 입김이야?"

"아니라고는 말 못 해."

일말의 망설임조차 없는 대답이었다. 열이 뻗친 시훈이 입을 떼는 순간이었다.

"지금…!"

"광고주부터 마케팅, 디자인 총괄 담당들 연령대가 다 삼사십 대야. 인사이트 임원들 평균 연령이 사오십 대고. 입장 바꿔 생각해 보자. 너 같으면 일 맡겨? 성과와 역량 기반해서 젊은 감각으로 개편하겠다는 건데 괜히 오버해서 생각하지 마. 크리에이티브 다루는 회사에서 타당해. 그리고 내 자리까지 싸잡아 말하지 말고. 나도 너 못지않게 현장에서 바닥부터 다지고 올라왔어. 놀고먹으면서 여기 앉아 있던 거 아니라고."

여 본부장이 작정한 사람처럼 말을 쏟아 냈다. 설득을 위한 설득만은 아니었다.

"게다가 김 전무며, 주 실장 애먼 짓 하는 거 다 알고 계셔도 여

타 관여 없이 납득 가능한 범위 내에서 인사이동 된 거야. 마음 같아서는 너 불러다가 지분이며 뭐든 떼서 주실 수도 있는 걸 미등기 임원으로 임명만 한 거라고. 너 말이야, 인사이트 들어와서 반년간 팀장 대행했을 때 남들 같으면 쪽팔려서 회사 뛰쳐나갔어. 근데 너 버텼잖아. 실적으로 증명했고. 이유가 뭔데…. 회장님하고 기 싸움 한 거잖아, 너도."

시훈이 거칠게 머리를 넘겼다. 못마땅해도 여민준의 말에 반박할 수 없었다. 무슨 날이라도 잡은 모양이다.

"한마디로 회장님이 한 수 접고 가시는 거야. 당신이 졌다고, 네 손 들어 주시는 거라고. 젊은 네가 보기에는 마음에 안 들겠지만 어르신 방식까지 걸고넘어지지는 말자."

하, 숨이 터졌다. 입을 다문 시훈도 모르지 않았을 테다. 인사이트로 이직을 결심했을 때 예상한 시나리오 중 하나였다. 여 본부장의 설명을 납득할 수밖에 없었다.

"…그러니까 왜 지금인데…!"

"그러니까 너는 승진했는데 정 팀장은 왜 회사 나가냐고?"

"……."

서로 더 감출 것도 더 짐작할 필요도 없었다.

"저번 달에 와서 사의 표했고, 비딩 남아 있어서 숨겨 달라고 하더라. 팀원들 동요한다고."

"본인 선택이라고? 형은 그냥 알겠다고… 하아…."

퇴직을 종용한 시훈에게 분명 싫다고 했다. 여기까지 얼마나 힘들게 왔는지 당신을 모를 거라 저를 바라보는 눈빛이 그랬다. 포기할 수 없다고 놓지 않을 거라고 쉽게 떠날 수 없다고. 미간을 좁힌 여 본부장이 덤덤하게 사실을 읊는다.

"나중에라도 오해 살까 봐 말하는데 내가 예전에 정 팀장 불러서 너하고 관계 추궁했던 건 사실이야. 근데, 무슨 조화인지… 곧바로 M사 일 터지고 수습하면서 정이수 팀장 내 사이드로 불러 놓은 것도 사실이고. 네가 무슨 생각 하는지 알겠는데, 정 팀장이 퇴사하겠다고 밝혔을 때 옳다구나, 내보낼 마음 없었다고 말해 주는 거야."

시기를 거슬러 올라간 시훈의 눈동자가 더없이 흔들렸다.

"……."

조각이 맞춰진 순간 기가 찼다. 입에서 거칠게 한숨이 쏟아졌다. 묘하게 거리를 두고 자신을 피하는 태도에 서운함을 느낀 것도 그쯤이었다. 기다리겠다고 무턱대고 답을 요구한 저는 이수에게 짐이 됐을 테다. 다시 한번 온몸으로 부딪쳐 오는 파도를 버티기에 정이수의 과거는 모질기만 했다. 어중간한 태도가 독이라는 사실도 깨달았을 테고. 그때… 인턴인 고우재에게 기회를 달라, 부탁한 이수가 느꼈을 치욕은 적어도 저보다 덜하지 않았을 것이다.

"나한테 물으면 됐잖아. 왜…! 하아…."

아무것도 모르고 이수를 다그쳤다. 차마 숨을 쉴 수 없을 만큼 속이 꽉 막혔다.

"본인 결정이야. 퇴사는 통보고."

"잡는 시늉이라도 했었어야지. 나한테 말은 해 줬어야지…!"

노기에 낮은 목소리가 떨리며 더없이 가라앉았다. 여민준 본부장의 시선이 시훈에게 오래도록 머물렀다.

"너 이럴까 봐 말 안 했어."

"뭐?"

어이가 없어 헛웃음도 안 나왔다. 어느 때보다도 시훈에게 분명하게 말해 줄 필요가 있었다. 앞뒤 분간 못 하는 모습에 따끔하게 호통이라도 치고 싶은 심정을 여 본부장은 간신히 내리눌렀다.

"정이수 팀장. 유진우가 내버린 오물들 죄다 치워 놨어. 본인이 일 잘 수습해 놨고, 팀 잘 꾸려 놓고. 알겠지만 너나 나한테도 쉬운 일 아니야, 이거."

"……."

"너 내가 무슨 말 하는지 모르지?"

어그러진 마음이 시훈의 시야를 좁혀 놓았을 게 분명했다. 퇴사를 통보한 정이수는 누구보다 편안해 보였다.

"지금 사내에서 정 팀장 추문 들먹이는 사람 있어? 수군대는 인간들 말이야."

시훈의 눈이 뚝 떨어졌다.

"잡을 생각 하지 마. 이성 잃고 정 팀 퇴사 문제로 여기저기 엎어 놓을 생각도 하지 말고."

"……."

잔뜩 힘이 들어간 어깨며 목에 순간적으로 맥이 풀렸다. 이어 씁쓸함을 삼킨 여 본부장이 남긴 마지막 말은 시훈의 머릿속을 하얗게 만들었다.

"정이수 팀장. 품위 지켜 줘."

달칵. 문이 열렸다. 자리에 우두커니 선 시훈이 조용히 집무실을 빠져나갔다.

인사팀과 면담을 마치고 돌아온 이수에게 임순정 대리가 부리나케 뛰어왔다.

"팀장님. 이거 공지 잘못 뜬 거 맞죠?"

이수는 사무실 내 제게 쏠린 시선을 느꼈다. 임 대리와 눈을 맞춘 이수가 엷게 미소 지었다.

"미안합니다. 알리지 못해서. 제 사정이 여의치가 않아서 그렇게 됐어요."

"아…."

임 대리는 울상이 됐다. 신입 때부터 보아 온 정이수 팀장은 무책임하게 팀을 버린다거나 사직서를 제출할 사람은 아니었다. 공지가 잘못 뜨지도 않았으니 확인 사살을 받은 셈이었다.

"팀원들 모두 괜찮으면 오늘 점심 같이 먹을까요. 할 말도 있구요. 임 대리가 메신저로 공지 띄워 줄래요?"

오전 시간은 순식간에 지났다. 공고를 확인한 타 본부 팀장들과 제작실에서 줄줄이 이수를 찾았고, 이수 역시 두런두런 사정을 설명하기 바빴다. 이어진 점심시간에는 둘러앉은 테이블에서 놀라고 당황했을 직원들을 다독였다. 조만간 세부적인 조직 개편이 이루어지면 지금보다 업무 효율이 훨씬 나아질 테고, A사 비딩 결과에 따라 고생한 만큼 그만한 보상 역시 주어질 것이라 소식을 전했다.

사무실로 돌아온 후에는 업무 인수인계를 위해 대리급들을 소회의실로 불러 모았다. 이동하는 중간 비어 있는 이시훈의 자리를 흘깃 넘겨봤다. 단 이틀 만에 바뀐 해처럼 그에게 평안을 바란 자리가 낯설어 보였다.

광고주 미팅이나 회의가 아닌 때에 일대일로 회사 사람들과 이야기를 하게 될 줄은 몰랐다. 사직 사유나 이직 여부를 묻는 질문에 대충 답을 얼버무리는 일은 꽤 고단했다. 식탁에 걸터앉아 물 한 병을 단번에 비웠다. 켜 둔 텔레비전에서 온 에어 되는 광고에 시선을 고정하고 매번 앉는 소파에 쓰러지듯 몸을 뉘었다. 하체는 앉고 상체만 뉜 불편한 자세로 하릴없이 텔레비전을 보았다.

아… 벌써. 11시 뉴스를 알리는 시보였다. 2시간이 지나도록 그저 누워 있었다니 믿을 수가 없었다. 천근만근 무거운 몸을 일으킬 때 테이블 위에 올려 둔 핸드폰이 진동했다.

"아…."

화면을 확인하고 고민하는 사이 벨 소리는 끊기고 대신 메시지가 도착했다.

-오피스텔 앞이에요. 잠깐 나와요.

창 너머 대로변에 익숙한 SUV 한 대가 주차되어 있었다. 운전석에서 내린 인영이 보닛 앞을 돌아 나왔다. 고개를 들어 아마도 제가 있을 창가를 올려 본 남자를 이수가 묵묵히 지켜보았다. 망설임이 미련처럼 들러붙어서는 안 됐다. 식탁 의자에 걸어 놓은 코트를 입은 이수가 드레스 룸에 들어가 상자 하나를 챙겨 집을 나섰다. 이시훈을 만나야 했다.

이수는 느리지도 빠르지도 않게 거리를 좁혔다. 곧 조수석 차량 문에 기대 있던 시훈이 이수를 발견하고 등을 세워 바로 섰다. 전화를 받지 않아 단념하다시피 보낸 메시지였다. 집까지 찾아가 무턱대고 문을 두드리기는 싫었고, 불 켜진 오피스텔을 바라보는 중이었다. 눈앞에 이수를 두고 초조함의 발로처럼 태우던 담뱃불이 힘없이 바닥으로 떨어졌다.

"…전해 줄 게 있어서요."

이수의 입에서 하얀 입김이 새어 나왔다. 잠시 시선을 떨군 이수가 손에 든 상자를 내밀었다. 다른 말 없이 상자를 받아 열어 본 시훈은 그제야 한동안 잊고 있었던 시계를 기억해 냈다. 전에도 이수가 말했었지. 저 때문에 고장 난 시계를 수리 중이라고.

"잊고 있었어요."

"늦어서 미안해요. 바쁘고, 정신이 없어서."

시훈의 이마에 옅게 골이 패었다. 시계 따위가 뭐라고…. 없어도 되는 걸. 그보다는 묻고 싶은 것들이 너무 많았다.

"지금 이게 중요한 건 아니니까…"

"…있죠. 오래 걸렸어요. 이거 주는 데…. 이렇게 간단한 걸…. 이렇게 쉬운 걸."

시훈의 말을 자르고 공허하게 올라간 입매가 이수의 얼굴 위에 걸렸다. 지난 일이라고 다짐해도 물꼬를 트기는 여전히 쉽지 않았다. 이수가 마른 입술을 포개다 말고 덤덤하게 입을 열었다.

"그날이요. 우리 두 사람 상납이니 뭐니 그런 말 하던 날. 그날, 내가 차에서 이시훈 씨 손을 잡았고… 아직 돌아가지 않았으면 시계 가지고 가지 않겠냐고 메시지를 보냈는데… 거기서부터 꼬였던 것 같아요."

"……."

"아닌가…. 그날 유진우 따라 팀 회식에 참석했으면 이 팀장님이 저 데려다줄 일도 없었을 텐데…. 아니, 그 전에… 아니면 그 전에…."

기억을 더듬어 근원을 찾고자 한 이수가 의미 없이 웃고 만다. 지금 와서 이게 다 무슨 소용이라고.

"뭐가 됐든, 아마 지금처럼 시계만 돌려줬으면 참 쉬웠을 텐데…. 몰래 손잡은 걸 들킨 것도… 메시지 하나가 대단한 유혹처럼 보인 것도 자존심이 상했어요. 그래서 분에 못 이겨서 멋대로 지껄였고 적당히 끊어 줄 거라고 안일하게 생각했어요. 그동안 그랬던 것처럼 가라느니… 그만하라느니 이 팀장님은 매번 그랬으니까."

"……."

차가운 겨울 밤공기를 가르는 목소리는 차분했다. 이수는 짧은 숨을 들이쉬고 긴 호흡을 내뱉었다. 말을 하는 내내 먹먹한 가슴이 아렸다.

"근데… 나 유진우한테 몸 로비 해서 팀장 자리 얻은 거 아니에요. 이용하지도 않았고. 알겠지만… 많이 좋아했어요. 처음에는 이혼했다고 했는데, 그다음에는 이혼 중이라고 했고… 마지막에는 재결합한다고. 사실은… 좋아한다는 고백도 못 해 봤어요. 그 사람은 나에게 항상 모호했거든요."

내심 알았던 것 같다. 다 알았는데, 입 밖으로 꺼내면 다 망가질 것 같아서… 이 지경이 될 때까지 버틴 저에게 너무 실망할 거 같아서 아무 말도 못 했었다. 좋아한다느니, 아니면 이혼은 했냐느니… 묻는 그런 말.

말을 꺼내는 내내 이수의 시선은 시훈을 외면했다. 각오는 했지만 치부를 고스란히 드러내는 지금이 못 견디게 수치스러웠다.

"……."

"마지막, 그러니까… 팀장으로 승진하던 날. 호텔까지 따라갔어요. 데이트라고 해서. 식사 자리에서 뜸을 많이 들이길래 내가 착각했어요. 기대했고 설렜어요. 그런데… 그만하재요. 우리는 아무것도 시작한 게 없는데…. 그때쯤 이미 영국으로 갈 생각이었겠죠? 팀이야 누가 끌든 상관없었을 테니까… 뒤치다꺼리 잘하는 저한테 감투도 씌워 주고."

"정 팀장님."

시훈은 울컥 치미는 괴로움에 목이 막혀 다음 말을 이을 수가 없었다. 과거에 이수에게 던진 말들이 얼마나 상처를 주었을지 짐작이 안 됐다. 미안하고, 속상하고, 자신을 향한 분노와 혐오가 뒤죽박죽 뒤섞인 속이 새까맣게 타올랐다.

"이 팀장님, 내 말은…."

이수가 말간 눈동자를 드러냈다.

"이 팀장님한테 무슨 자리나 대가 같은 거 바란 적 없었다고 말하고 싶었어요. 그날, 내가 손잡은 건 미안했어요. 다른 건 사과 안 할게요. 시계 돌려주려다가 꽃뱀 취급 받았잖아."

홀가분한 마음에 얼굴 위로 잔잔한 미소가 고였다. 짓궂은 장난처럼 내뱉은 말에 시훈의 가슴이 어릿했다.

"근데 나는 뭐 잘했나…. 오기로 이 팀장님 잡았고, 나 역시 곤란하게 했어요. 누구 잘못도 아니고… 우리 그냥… 상관없잖아요, 이제. 뭐가 됐든."

"……."

큰 탑처럼 차곡차곡 쌓아 둔 응어리가 녹아내렸다. 발아래 웅덩이를 만들었지만, 이 또한 언젠가 흔적 없이 말라 사라질 것이다. 이수의 얼굴에서 서서히 사라진 미소는 마치 모래성 같았다. 바람이 불거나 파도가 덮치면 흔적도 없이 사라질.

유진우와 무슨 사이였건 의미는 없었다. 위태로운 정이수를 보면 위험하다는 경고가 사이렌을 울렸다. 자신을 자꾸만 안달 나고 흔들리게 해서였다. 구실을 만들려고 했을까. 무시할 수 있는 걸 부득부득 찾아가 젠체했다. 고결한 척 원칙을 들이대며 혼내고, 벌주고. 서툴렀다고 인정해야 했다. 더 이상의 변명은 의미가 없었다.

하얗게 부서진 입김이 자취를 감추고 맑은 밤하늘 아래 바람 한 점 없었다. 시훈은 고개를 들어 이수를 응시했다.

"…내가."

"……."

말갛게 자신을 마주 보고 있는 이수에게 시훈이 이윽고 변명 대신 사실을 고했다.

"내가 당신을 좋아하고 있어요."

이수가 작게 입을 벌렸다. 가슴속으로 시훈의 말과 차가운 공기가 뒤섞여 들어왔다. 떨리는 눈이 바닥으로 한순간 떨어졌다. 아슬아슬하게 유지한 평정이 순식간에 와르르 무너졌다. 아랫입술을 급히 깨물어 엉망이 된 표정을 지워 본다. 아무래도 방향을 상실했다. 여기까지는 예상에 없었고, 있어서도 안 됐다.

이수는 뒷걸음질 치며 고개를 저어 다급하게 부정했다.

"…아니, 우리 사이에… 애틋하고 구구절절한 서사 같은 거 부여하지 말자구요. …이상한 감정, 억지로 밀어 넣지 마요."

"이상한 감정이 뭔데요."

시훈은 물러나지 않았다. 매번 그랬다. 뿌리를 단단히 박고 서서 흔들리지 않았다. 눈가를 좁힌 시훈이 이수에게로 성큼 다가왔다. 그만큼 물러난 이수가 몸을 돌리며 허겁지겁 걸음을 뗐다.

"…이만 가요."

시훈은 치미는 감정을 주체할 수가 없었다. 충동은 매번 정이수를 매개체로 했다. 부채질했고 끊임없이 정이수를 향하게 만들었다.

뒤돌아가는 이수를 지나쳐 앞을 가로막은 시훈이 두 어깨를 붙들었다. 애달픈 고함이 사람 하나 지나지 않는 텅 빈 거리를 울렸다.

"말하면 되잖아. 그냥…!"

"…나는…… 힘들어…!"

억눌린 소리가 거세게 튀어나왔다. 참아 내려 억지로 크게 뜬 눈가가 발갛게 물들어 있었다. 아무리 입술을 짓이겨 보아도 터진 울분은 쉬이 진정되지 않았다. 맺힌 눈물이 기어코 후드득 떨어졌다. 그동안 어떻게 참았는지 모르겠다. 발개진 눈가에서 터진 눈물은 쉴 새 없이 볼 위를 흘렀다.

"이시훈 당신한테… 뭐 하나 굽히기 싫어서 몸이나 팔겠다는 그딴 말을 하고…! 그래, 이상한 감정… 그거 느꼈고, …흔들렸어. 근데… 거기까지 다 말해 버리면… 다… 말해 버리면…!"

울음 섞인 말들은 한 점 남아 있는 너절한 자존심처럼 볼품없었다.

인정하고 싶지 않았다. 비참한 관계를 맺은 이시훈에게 기대고 싶은 현실을, 초라한 제 품에 안긴 남자에게 흔들리는 마음을. 속절없이 무너지는 자신을 마주할 때마다 또다시 불행을 자초하는 제게 빚이 쌓였다. 이수는 절망했다.

"…이제 눈치 보고… 마음 졸이는 거 싫어."

이수의 몸에서 힘이 쭉 빠졌다.

"……나는… 잠깐이라도… 숨 쉴 틈이 필요해. 그러니까…."

눈물로 흥건한 얼굴이 희미한 가로등 불빛에 반짝였다. 아릴 정도로 이를 문 이수의 고개가 바닥으로 뚝 떨어졌다.

"…흐윽…."

이수의 뒷머리에 남자의 손이 닿았다. 시훈은 그대로 겨울 공기를 잔뜩 머금은 코트로 이수를 끌어당겼다. 이마가 시훈의 어깨 위에 간신히 닿았다. 가로등 불빛 아래 검은 그림자 두 개가 평행선을 그리고 있었다.

"…알았으니까… 이대로 잠시만 있어요."

안개가 걷히면 당신이 걸어온 발자국이 다 보일까. 어디부터 거슬러 올라가야 온전히 정이수 발아래 찍힌 발자국을 볼 수 있을까.

먼 곳에서 불어온 차가운 겨울바람이 맞붙지 못한 두 사람 사이를 지났다. 멀리 사람 하나 지나지 않는 어두운 거리를 바라보는 시훈의 눈빛이 흐릿했다. 길지 않은 시간이 흘렀다. 기댄 몸이, 이수를 품은 온기가 서로 발을 물렸다. 이수의 귓가에 속삭이듯 말을 남기고 시훈이 이수를 지나쳤다.

…들어가서 쉬어요.

엔진 소리가 들렸다. 곧 조용한 도로 위로 시훈의 차가 멀어졌다. 까만 밤이었다.

날이 참 좋았다. 아침 버스를 타고 매번 내리는 정류장에 발을 딛고 언제나 그렇듯 로비를 가로질렀다. 출입 태그를 찍고 엘리베이터에 올라 익숙한 층을 누르고 카페테리아에서 아이스 아메리카노를 주문했다. 커피는 여전히 맹맹하지만, 물처럼 커피를 마시는 쪽이었으니 오늘 역시 불평은 접어 두었다.

지나치게 깨끗하다 못해 허전한 책상에 앉아 형식상 작성해야 하는 업무 인수인계서를 마무리하고 미처 소식을 전하지 못한 고객사에 메일을 보냈다.

이후 직속 상사인 여민준 본부장의 집무실로 올라가 인사를 나누었다. 덕담은 짧지만 진솔했다. 시작은 썩 좋지 않았으나 아마도 이수에게 가장 상사의 면모를 보인 사람이었을 테다.

사무실로 내려와 자리에 앉아 창밖을 바라보았다. 멀리 건물 외벽의 멀티비전에서 재작년 이수가 진행한 고객사의 광고가 송출되고 있었다. 여성 모델이 태양을 향해 눈이 부실 정도로 하얀 이를 드러내며 웃는 장면으로 유명한 광고였다. 매출이 올랐다며 기뻐한 고객사로부터 극진한 식사 대접을 받았다. 한우는 맛있었지만 굽는 솜씨가 형편없었던 임순정 대리가 땀을 뻘뻘 흘렸던가….

"팀장님."

자신을 부르는 소리에 뒤를 돌아보자 2팀의 직원들이 이수의 자리 앞으로 모여 서 있었다. 그때 문이 열리고 멀리서 시훈이 사무실로 들어오는 모습에 시선을 빼앗겼다. 퇴사를 준비하는 일주일 동안 이시훈을 보지 못했다. 인사이동으로 인한 보고 회의가 온종일 이어졌고 이수 역시 인계되지 못한 업무로 격무에 시달렸다. 아니… 어쩌면 사실은 서로를 피했던 것 같다.

재빨리 감춘 시선이 김민주 대리가 이수에게 내민 작은 상자 하나에 머물렀다.

"별거 아니지만, 팀장님께 꼭 드리고 싶어서 저희가 준비했어요."

"……."

이수가 선물을 전해 받고 한참을 가만히 서 있자 김 대리와 임 대리가 풀어 보기를 소망한다. 망설임 없이 뜯은 포장지 속 상자 안에는 감청색 타이가 들어 있었다.

"고심해서 골랐는데 마음에 드실지 모르겠어요. 저하고 막내랑 정말 백번을 왔다 갔다 했어요."

고마워요. 잔잔한 미소가 걸렸다. 이수가 곧 제 목에 걸린 타이를 풀었다. 팀원들 앞에서 선물 받은 타이를 훌쩍 목에 두르고 익숙하게 노트를 만들었다. 누구도 예상하지 못한 사려 깊은 행동에 작은 감탄이 흘러나왔다.

"제가 좋아하는 색이에요. 잘 어울려요?"

"잘 어울리세요. 잊지 말고 꼭 매 주셔야 해요."

네. 고개를 끄덕인 이수가 잠시 입을 떼기를 주저했다. 타이 끝을 단정하게 정리한 손을 내리고 아쉬움이 묻은 인사를 전했다.

"…그동안 저 못지않게 힘들었을 텐데, 이탈 없이 함께 일해 줘서 제가 참 든든했어요. 앞으로 또 만날 날이 있겠죠."

"팀장님, 그동안 고생하셨어요. 그리고 감사했습니다."

눈가를 붉힌 임 대리가 대표로 화답했다.

"다들 건강해요."

재킷과 코트를 걸친 이수가 팀원들 한 사람 한 사람과 인사를 나누었다. 생각보다 무겁지 않고 슬프지 않은 즐거운 인사였다. 어느새 반대편 1팀의 팀원들이 이수를 향해 서자 안 돌아볼 수가 없게 됐다.

짧게 인사를 마치고 양쪽으로 선 사람들 사이를 거슬러 올라갔다. 그 끝에는 책상 어딘가에 시선을 돌린 이시훈이 있었다. 걸음을 옮겨 책상 앞에 당도하자 시훈이 천천히 의자에서 일어나 이수를 마주 보았다.

겨우 일주일. 제대로 보지 못한 얼굴은 날카롭게 살이 내렸다. 습관처럼 이지러진 눈썹을 보고 있자니 가슴이 저미어 왔다.

"……."

잠시간의 정적이 흘렀다. 힘껏 주먹을 쥔 시훈의 손이 시야에 들어왔다. 셔츠 아래로 익숙한 시계 초침이 돌아가고 있었다. 어떤 감정인지, 어떤 기분인지 생각해 볼 용기는 없었다.

"정해진 곳은… 있구요?"

"아직이요. …아마 일하다 보면 다시 볼 수도 있겠죠."

예의를 갖춘 희미한 미소였다.

"…기대해도 됩니까."

"…글쎄요."

"……."

침묵이 버겁지는 않았다. 다만 조금 슬펐을 뿐. 눈을 맞춘 이수가 이내 덤덤한 인사를 건넸다.

"그동안 감사했습니다. 그리고 승진 축하드립니다. 이시훈 본부장님."

팀장 나부랭이. 언젠가 정이수가 뱉은 말이었다. 같은 직급을 달고 있는 신분이나 위치를 꼬집은 단순한 조소라고만 여겼었다. 그게 무슨 의미인지도 모르고. 만약 이수가 인사이트에 남았다면 어떻게 됐을까. 지난 일주일간 시훈은 상상해 보았다. 결국 휘어지고 흔들렸을 테다. 초조함과 조바심 때문에 무너지고 있는 자신을 실감하는 중이었다.

회사를 그만두라 했고, 싫다는 이수를 몰아붙였다. 그런 자신이 실수하지 않게 잡아 준 이는 정이수였다. 그리고 지금은 권력을 손에 쥔 자신이 시시한 월권조차 행사할 수 없게 만들었다. 이수의 퇴사는 그런 의미였다.

시훈이 작게 고개를 숙였다.

"그동안… 고생 많으셨습니다."

모두와 악수를 했지만 이수는 시훈에게만은 손을 내밀지 않았다. 시선을 외면한 이시훈을 뒤로하고 이수가 몸을 돌렸다. 사무실 출입문 앞에는 조금 전 내려온 인사과 직원이 이수를 기다리고 있었다. 목에 걸고 있는 사원증을 뺐다. 그걸 직원의 손에 들려 주고 나자 무거운 어깨가 신기하리만큼 홀가분해졌다.

인사이트는 첫사랑 같은 곳이었다. 활활 타오르는 불꽃에 불나방처럼 뛰어들었고 온몸을 다 바쳤다. 처음 배정받은 자리, 제 손에 주어진 명함과 목에 건 사원증에 가슴이 두근거렸다. 지치고 힘들어 죽을 것 같다가도 온 에어 되는 광고를 보면 혈관을 바로잡아 피를 수혈받은 사람처럼 심장이 펄쩍 뛰었다. 아마도 그 희열에 중독되었다. 그러니 아쉬워서 자꾸 이별을 미뤘다.

사랑 역시 그랬다. 아둔하고 실패한 사랑은 남은 비난처럼 이수를 사지로 내몰았지만 제 몫이라 여기며 누군가를 비난하고 원망하지는 않았다. 죄를 갚을 수 있다면 말이다. 모든 것이 온전히 제자리로 돌아오기까지 너무 멀고 먼 길을 돌아왔다. 스물넷 그즈음. 처음 입사했을 때 긴장으로 마른침을 삼킨 그날도 이렇게 밖에서 긴 빌딩을 올려 봤었다.

그때에는 어딘가에 있을 제 자리를 그렸지만, 지금은 누군가의 자리를 셈해 본다.

길게 내쉰 한숨이 먹먹하게 아린 가슴을 달래 주었다. 폐부에 가득 찬 공기가 퇴사를 실감케 했다. 내뱉은 입김이 자취를 감추자 이수의 주머니에서 요란하게 핸드폰이 울렸다.

"네, 선배."

수화기 너머 카랑카랑한 목소리를 내는 사람은 백주홍이다.

-요즘 잘 지내?

일상적인 안부 전화였다. 잘 지내요. 대답 대신 이수가 인도 옆으로 줄을 선 택시를 바라보았다.

"저 지금 퇴근했는데. 점심 같이 드실래요? 갈게요. 그쪽으로."

-정말? 나야 좋지. 어서 오시라.

백주홍은 버선발로 마중 나올 기세였다. 이수에게서 그제야 환한 웃음이 터져 나왔다. 가벼운 발걸음을 재촉했다. 인사이트에서의 마지막 퇴근길이었다.

* * *

“엄청 바쁘지?”

“비슷해요.”

시훈의 입에서 나온 담배 연기가 공기 중에 흩어졌다. 여민준 역시 품에서 전자 담배를 빼 물었다. 절정인 한파가 한풀 꺾이고 쾌청한 겨울 하늘 아래 햇볕이 드리운 날이었다.

연초 인사이동에 인사이트 내부는 한동안 술렁였다. 그간 사내 분위기를 고려하면 파격적인 승진임은 분명했다. 주변에서 이를 두고 설왕설래 오고 가는 말들이 많았지만 당분간 1, 2팀 팀장을 겸직하여 업무를 수행하는 시훈은 평소와 같았다. 보다 못한 여민준이 늘어난 업무에 조정이 필요하지 않느냐 물었지만 내색 없이 일을 소화했다.

“조직 개편 새로 하면 좀 나을 거야. 그리고 AE 중에서 누구 하나 뉴욕 지사로 보낸다는데 팀장급으로 보내고 싶다나 봐. 1본부에도 혹시 지원자 있나 물어봐. 아이, 씨… 이거 주현탁이가 저질러 놓구 마무리를 안 해. 쯧….”

뉴욕 지사를 인수한 뒤로 연말에 사람을 보내야 하니 말아야 하니 난리를 치더니 말이 쏙 들어갔다. 생각만으로 짜증이 치밀었다.

"요즘 김지학하고 주현탁이 왜 이렇게 밖으로 도는지 몰라. 일도 내팽개치고 말이야… 하아…."

인사 공고 이후 김 전무나 주 실장은 도통 회사에 붙어 있지를 않았다. 둘이 무슨 작당 모의를 하는지 번갈아 가며 자리를 비우다가 한 번씩 마주치면 여전히 속을 뒤집어 놨다.

여민준이 별 반응 없는 시훈을 곁눈질했다. 바빠서인지 아니면 마음고생 탓인지 본래 타고난 성질머리 때문인지 시훈의 얼굴이 퍽 날카로워 보였다. 잠은 자고 밥은 챙겨 먹는지 모르겠다. 여민준이 헛기침을 했다. 그리고 뜸을 들이다 부러 가벼운 소리를 내었다.

"그나저나 연락해? 뭐… 어디로 간단 말은 없고?"

"……."

시훈에게서는 가타부타 답이 없이 없다. 여민준이 수증기 같은 연기를 뻐끔뻐끔 내뿜으며 데구루루 눈을 굴렸다.

"하긴, 좀 쉬겠지. 한 회사를 그렇게 오래 다니고 연말까지 바빴는데…."

"……."

재주가 없기는 했으나 위로라 하기에는 시훈의 표정이 여러모로 좋지 않았다. 씨알도 안 먹힐 말을 주절주절 잇는 갸륵한 정성은 잠시 후 단박에 막을 내렸다.

"근데 정 팀 정도면 어디든 잘…"

"연초 줘? 전자 담배 무슨 맛으로 피워."

불쑥 앞으로 내민 연초에 여민준은 그저 입을 다물었다. 겉보기에 괜찮아 보여도 속이 어떨지는 짐작이 안 됐다. 고인 감정이 많을수록 입을 다무는 버릇은 여전했다. 돌이켜 보면 제 형인 시영이 죽고 난 뒤에도 그랬다. 때마침 마땅히 할 말을 찾지 못한 여 전무의 핸드폰이 울렸다. 나 먼저 가야겠다. 여민준이 화면을 확인하고 먼저 자리를 떴다.

"후우…."

홀로 남은 시훈은 담배를 끼운 손으로 이마를 짚었다. 툭툭 짧게 이마를 두드려 정신을 가다듬어 본다. 단순한 피로 때문은 아니었다. 잠을 이루지 못하는 데다 퇴근은 늦고 출근은 일렀다. 침대에 누우면 밤마다 이수가 속삭인 말이 떠올랐다. '새해 복 많이 받으세요.'라고 전하던 목소리가.

'…나는… 잠깐이라도… 숨 쉴 틈이 필요해.'

당장 이수를 찾아가고 싶었다. 그러나 절규와 같은 눈물을 생각하면 차마 이수 앞에 쉽게 얼굴을 들이밀 수 없었다. 내 마음을 알아달라고 섣부른 투정을 부려서는 안 됐다. 시훈은 답을 구해야 했다. 허락을, 사랑을, 정이수를.

품을 파고드는 바람은 따뜻한 볕에도 여전히 차가웠다. 언제쯤 봄이 올까. 그때는 이수를 만날 수 있을까.

회의실 문을 열어 둔 채 막내 사원과 커피를 세팅 중이었다.

"와… 정 팀장님, 다시 봐도 대단하다. M사 데일리 리포트, 언제 이렇게 정리해 놓으셨지."

자리마다 놓인 페이퍼를 살핀 임 대리가 후루룩 종이를 넘겨 보았다. 퇴사하는 전날까지 야근하기에 빨리 들어가시라 말한 기억이 생생했다.

M사 쪽에서도 이수의 퇴직에 적잖이 당황하며 서운해했다 들었다. 그 바람에 당시 여 본부장까지 나서 고객사에 연락을 할 정도였으니 남아 있는 팀원들에게 최대한 도움이 되도록 나름대로 신경을 써 둔 것이다. 퇴사를 앞두고 이렇게 정리를 해 두는 사람이 얼마나 있을까. 당장 눈앞의 보고서만 봐도 그랬다. 김민주 대리가 턱을 괴고 임 대리를 올려 봤다.

“근데 정 팀장님 어디로 가시려나… 이야기 들은 거 없죠?”

임 대리는 고개부터 저었다.

“저번에 안부 인사 겸 연락드렸는데 이직 이야기 없으시던데…. 먼저 여쭙기도 뭐해서 그냥 말았어요.”

“저한테도 따로 말 없으시긴 했어요. 당분간 쉬려고 그러시나.”

“글세… 쉬는 거랑 팀장님이랑 안 어울리는데….”

임 대리가 아는 한 이수는 지독한 워커홀릭이었다. 일하는 걸 좋아하는 사람이 얼마나 있겠냐마는 정이수 팀장만은 무턱대고 쉴 만한 사람이 아니라는 판단이었다. 그때 김민주 대리가 꺼림칙한 표정으로 눈썹을 들어 올렸다.

“음… 혹시 그건 아니겠죠? 사규에 있기는 하잖아요. 1년 이내 동종업계 이직 금지.”

입사하고 계약서를 쓸 때와 신입 사원 OT 때 듣기는 했다. 업계에서 사람 돌려쓰는 거야 뻔한 일이건만 키워 놨다 싶으면 뜨내기처럼 훌쩍 떠나는 직원들 때문에 괜스레 강조하는 거라고, 그렇게만 알고 있었다.

"그냥 사규에만 있는 조항 아니에요?"

임 대리의 눈이 동그래졌다.

"기억 안 나요? 일전에 제작팀에서도 그거 때문에 인사팀이랑 큰 소리 난 거로 아는데…. 왜, 다른 대행사에서 스카웃 제의 받았다가."

지랄맞은 사규를 들먹이며 괘씸죄라는 죄명을 붙였다나.

"아… 맞다. 아오, 이놈의 회사는…."

임 대리가 얼굴을 찌푸리며 치를 떨고 있을 때 회의실 문 앞에서 싸늘한 목소리가 떨어졌다.

"잡담은 이만하죠."

시훈이 회의실 문을 닫았다.

"…네."

소회의실이 잠잠해졌다. 자리에 앉기 전 시훈이 복잡한 심경을 갈무리했다. 이수가 회사를 떠나고 난 일주일간은 부재를 실감하지 못했다. 긴 휴가를 갔다고 여기면 참을 만한 시간이었다. 든 자리는 몰라도 난 자리는 티가 난다 했던가. 회의하거나 보고서를 훑을 때나 고객사를 만나는 자리에서 때때로 이수의 이름이 튀어나왔다. 자료실에서 본 정이수의 역사처럼 남아 있는 흔적이 너무 많았다.

외부 일정을 마친 시훈은 백주홍의 사무실을 찾았다. 한번 찾아가겠다는 약속을 한 지 반년이 넘은 시점이었다.

'백주홍이 어제 연락 왔었어. 걔가 정 팀장 출신 대학 강사였대. 둘이 꽤 친했다네. 최근에도 몇 번 만났다는데… 알고 있었어? 백이 정이수 팀장 탐내는 것 같던데….'

출근길에 여민준이 전한 뜻밖의 소식에 시훈은 없는 시간을 쪼갰다. 갑작스러운 연락에도 마치 어제 만난 사람처럼 인사를 나눈 두 사람이 사무실에 들어섰다. 커피를 내어 준 백주홍이 창가를 가리켰다.

"화분 봐, 어찌나 잘 자라는지 나무 되겠어."

사무실 한구석에 가지를 드리운 화분은 추운 날에도 잎이 푸르렀다. 그동안의 안부와 며칠 전 통화한 여민준과의 회사 생활에 관한 이야기를 주고받던 백주홍이 불쑥 물었다.

"전에 이수도 다녀갔는데, 알고 있지?"

시훈이 마시던 커피 잔을 테이블에 도로 두었다. 튀어나온 이름에 커피를 넘기기는 어려울 것 같았다.

"네."

"민준이가 그러더라. 정 팀장 잘 챙겨 달라고."

지가 뭐라고. 웃겨, 진짜. 백주홍이 코웃음을 쳤다. 진한 과거가 있는 두 사람이라 주고받는 말에는 거침이 없었다. 이수의 거취가 궁금한 시훈이 뜸을 들였다. 그사이 먼저 말을 늘어놓는 쪽은 백주홍이다.

"퇴사했대서 내가 얼마나 놀랐는지."

연초 가벼운 안부 전화 한 통에 연남동까지 건너온 이수를 떠올렸다. 외근을 했냐 물었더니 퇴사를 했다기에 어안이 벙벙했다.

"너야 여민준 따라 제자리 찾아갔다지만, 나는 이수가 요전에 연락 올 때까지 인사이트 다니는 줄은 몰랐어. 보통 중간에 한 번 정도는 몸값 올려서 이직하잖아."

이수의 사정을 곱씹은 시훈은 대꾸할 말이 없었다. 아마도 작년 이맘때쯤 유진우의 방해만 없었다면 이직을 했을 테고, 그랬으면 지금 같은 고생도 없었을 걸 생각하니 심경이 복잡했다. 백주홍이 김이 오르는 머그잔을 두 손으로 감쌌다.

"출강할 때 이수가 4학년이었거든. 나를 잘 따랐어. 나도 잘 챙겨줬고. 졸업하고도 교수님이라고 부르길래 내가 선배 하라고 그랬지. 입사하고 난 뒤로 한 3년인가… 연락 주고받긴 했었는데, 어느 순간 끊겼다가 요전번에 다시 연락이 닿아서 말이야."

"바쁘잖아요. 삼사 년 차에는 회사에서 살다시피 하니까."

일 머리가 생길 때라 여기저기 불려 다니기 딱 좋은 연차였다. 수긍하며 가볍게 웃은 주홍이 지난 기억을 자연스럽게 되살려 냈다.

"정이수 학교 다닐 때 엄청 날렸는데. 과탑에, 나가는 공모전마다 줄줄이 입상하고. 인사이트 가서 걔가 기획한 거 보니까 역시가 역시인가 싶더라."

백주홍이 불편함을 눈치채지 못할 정도로 고개를 끄덕인 시훈이 여상하게 물었다.

"같이 일하기로 했어요?"

백주홍은 입에 댄 머그잔을 내리고 픽 웃기부터 했다. 몰랐나 보네?

"사실은 우리 쪽으로 모셔 오려고 했는데… 결론부터 말하자면 까였고, 지금 대기 상태."

여전히 미련을 못 버렸는지 콧잔등을 찌푸린 얼굴에서 진한 아쉬움이 읽혔다.

"무슨 뜻이에요?"

되묻는 시훈에게 백주홍은 그녀답지 않게 잠시 입을 다물었다. 정확한 이유를 말할 생각이 없어 보였다.

"방향을 좀 바꾼 것 같아. 얼마 전에 들으니까 이야기 오가는 데가 있는 모양인데… 너한테 말하기는 좀 그렇고."

눈을 굴리다 말고 슬쩍 눈치를 살핀 백주홍이 저버리지 못한 기대를 털어놓았다.

"안 되면 우리 쪽으로 오라고 했어. 예의상 하는 말이겠지만 이수도 긍정적으로 생각해 본대고."

시훈은 그저 고개를 끄덕였다. 전 직장 동료가 할 만한 적당한 반응이었다.

"잘할 거예요. 뭐든."

아, 맞다. 사정을 모르는 백주홍이 사무실 한편의 서랍장에서 박스 하나를 꺼냈다. 어느새 한결 높아진 목소리가 분위기를 환기했다.

"그만둔다고 해서 아쉬웠겠네? 너하고 친했다며."

백주홍의 성격이라면 이수에게도 지금처럼 물었을 공산이 컸다. 확신 후 던져 놓는 식 말이다.

"네, 뭐…."

떨떠름한 대답에 백주홍이 어깨를 으쓱였다. 상자 뚜껑을 열고 꺼낸 물건들은 제법 시간이 지난 것들이었다.

"왜, 팀장이라 무게 잡고 그랬어? 걔 놀리면 되게 재밌는데. 술 취하면 가끔 헤 풀어지고."

"그건 잘…."

시훈이 제 귓불을 가볍게 잡아당기며 답지 않게 말을 흐렸다. 요령 좋게 대답하기가 쉽지 않았다. 그나마 백주홍에게 오해를 사지 않은 이유는 관심 없는 상대에 대해서라면 딱 잘라 모른다, 가깝지 않다 말하는 시훈의 성격을 알기 때문이었다.

"전에 이수한테 주려다가 못 찾았거든."

이걸로 충전이 되려나…. 박스 안에서 꺼낸 구식 핸드폰을 배터리에 연결한 백주홍의 표정에 특유의 장난스러운 미소가 배어났다.

"얌전해 보이는데 유들유들한 데가 있어. 학교 다닐 때 걔만큼 부지런했던 애도 없지. 과대에, 동아리 회장에, 1년 내내 공모전이며 방학 때는 교수님 밑에서 아르바이트도 종종 했을 거야."

충전한 핸드폰 화면이 켜지고 사진첩 아이콘이 눌렸다.

"이거 볼래? 이게 언제야…."

시훈의 앞으로 핸드폰이 방향을 틀었다.

"이수 4학년 때. 공모전 대상 받았대서 내가 동아리 애들한테 술 한잔 사 줬거든?"

동영상 플레이어 안에서 정이수는 자료실에서 본 사진에서처럼 청바지에 하얀색 티셔츠를 입고 있었다. 그리고 지금보다 조금 더 긴 머리를 찰랑거리고 있었다. 무리가 연호하는 이름은 정이수였다.

'정이수! 정이수! 정이수! 정이수!'

'정이수 또, 15초짜리 CM송 부르기만 해 봐라!'

대학가에서 흔히 볼 법한 좁은 삼겹살집이었다. 열다섯 명은 족히 돼 보이는 사람들이 따닥따닥 궁둥이를 붙여 앉은 방 가운데 홀로 선 정이수의 손에는 소주병에 꽂힌 숟가락 마이크가 들려 있었다. 난감해서 딱 죽겠다는 표정이면서 만면에 웃음기가 서려 있었다.

'노래… 노래.'

취기에 홍조로 물든 뺨을 손바닥으로 쓱쓱 문지르며 배시시 웃는다.

'에이… 최소한 1절까지는 가 보자!'

백주홍이 웃는지 화면이 웃음소리와 함께 들썩이다 이내 잠잠해졌다.

'그러면…! 못하지만… 한번… 해 볼게요.'

사람들의 계속된 채근에 결국 눈을 질끈 감았다 뜬 이수가 노래를 시작했다. 두 손으로 소주병을 꽉 잡고 드문드문 입술을 깨물며 부끄러움을 애써 참아 본다. 여기저기서 호응과 잔잔한 박수가 터져 나왔다. 쑥스러워 노래 중간중간 흘리는 미소나 동기들과 눈을 맞춰 들썩이는 눈썹. 머리카락을 한 손으로 넘겨 짚는… 그런 작은 몸짓에 시훈의 가슴이 숨 쉴 수 없을 만큼 꽉 죄어 왔다. 한 번도 본 적 없는 이수의 모습에서 눈을 뗄 수 없었다. 화면 속 이수가 환한 웃음을 보일 때마다 그리움이 산처럼 쌓였다. 시훈의 한쪽 입매가 어설프게 이수의 미소를 훔쳤다.

노래가 후렴구에 다다르자 술에 거나하게 취한 모든 사람이 합창하기 시작했다.

'I love you, baby! …I need you, baby! …I love you, baby! …Oh, pretty baby!'

얼굴을 붉히고 목청이 떠나가라 노래를 부르는 정이수는 천진했다. 정이수는 모든 중심에 있었고, 티 없이 맑았다.

머리에 뭐라도 한 대 맞은 것처럼 화면 속 이수에게서 눈을 떼지 못하는 시훈을 백주홍이 깨웠다.

"보여 준 거 알면 싫어하려나? 내가 아는 이수는 그냥 웃고 말 텐데."

뚝 끊긴 영상을 밀어 놓고 백주홍이 웃었다. 얼떨떨한 기분이 가시지 않은 시훈의 앞에 폴라로이드 사진 두 장이 놓였다. 강의실로 보였다. 백 선배가 꽃다발을 들고 단체로 찍은 사진 한 장과 아무래도 잘못 찍힌 듯 이수가 멀거니 웃고 있는 초점 나간 사진이 다른 하나였다.

"둘이 만날 일 있으면 가져가서 전해 줘. 아무래도 오며 가며 만나기로는 네가 편하지."

백주홍이 박스 안에 도로 구형 핸드폰을 넣고 지나가듯 부탁했다.

"……."

시훈은 아무 말도 없이 사진 두 장이 담긴 봉투를 챙겼다. 백주홍과 인사를 나눈 뒤 터덜터덜 사무실을 내려온 시훈이 운전석에 올라탔다. 예정된 회의에 참석하려면 시간이 빠듯했다. 그러나 차는 한동안 출발하지 못했다. 시트에 머리를 기대 있던 시훈은 결국 조수석에 내려놓은 봉투를 열었다.

"……."

과거의 정이수가 지금의 정이수가 되기까지, 티 없이 웃던 얼굴이 조소로 바뀌기까지는 그리 오래 걸리지 않았을 테다. 냉대하는 세상에 발맞춰야 하고, 옆을 돌아볼 여유도 없었겠지….

아무렇지 않게 일을 하고, 밥을 먹고, 사람을 만나다 문득 넋을 놓는 자신을 발견하고는 한다. 그럴 때면 어느새 사방이 안개로 둘러싸인 공간에서 흐릿한 존재가 저보다 앞서 걷고 있다. 누구인지 알 수 없는 실루엣을 쫓는 시훈 앞에 한순간 안개가 걷히고 민낯의 정이수가 힐끗 뒤를 돌아본다. 웃고 있는지 아니면 울고 있는지 모를 상대를 향해 손을 뻗지만 잡히지 않았다. 지척에 두고도 손 한번 잡을 수 없는 현실에 무능한 바보가 된 것 같았다.

두 장의 사진 중 한 장은 봉투에 넣었다. 그리고 나머지 한 장을 한참 동안 바라본 시훈은 재킷 안주머니에 초점이 어긋난 사진을 넣었다. 미간에 미미한 골이 팼다.

"…흠."

시훈이 가라앉은 목을 풀고 시동을 걸 때였다. 후우…. 핸들을 잡은 손 위로 이마가 쿵 받혔다. 쿵, 쿵, 쿵 손등 위에 몇 번이나 이마가 닿는 동안 깊은 탄식이 흘렀다. 잘 지내고 있는지 궁금했다.

때때로 오피스텔 앞을 찾아가 불이 꺼진 창을 보거나 이수가 습관처럼 보고 있을 번쩍이는 텔레비전 불빛을 벗 삼아 줄창 담배를 피우며 시간을 죽였다. 유일한 낙이고, 위로였다.

시훈은 그저 이수가 보고 싶었다.

* * *

테이블 위로 포장된 음식이 먹기 좋게 놓였다. 이수가 수저를 엄마 쪽으로 가지런히 놓아 주었다.

"엄마, 그리고 내가 작은아버지 찾아서 돈 다 받았어. 걱정하지 마, 이제."

저번 주만 해도 영 서투른 거짓말에 반신반의하던 엄마가 반색하며 이수의 볼로 손을 뻗었다.

"정말? 아이, 고생했다. 우리 이수. 다행이다. 정말…!"

웃는 엄마 얼굴을 보고 이수도 입 끝을 끌어 올렸다.

인사이트를 퇴사한 후 일주일은 출근 시간이 되면 알람을 맞추지 않아도 저절로 눈이 뜨였다. 다음 날은 심지어 욕실에서 샤워 도중 퇴사를 자각했다. 오전에는 침대에서 눈을 감고라도 있었지만, 오후가 되면 아무것도 하지 않고 흐르는 시간이 오히려 답답했다.

그래서 두 번째 주부터는 부지런히 전시회를 보러 다녔다. 자주 가는 종로를 찾았지만 도드라진 기억에 금세 집으로 돌아오기 일쑤였다. 무심코 생각난 얼굴이 둥둥 천장을 떠다녀서 밤새워 뒤척였다. 시간이 더디게 흐르는 무료함에 하루는 집에서 밥을 차려 먹을 요량으로 장을 봤지만 2시간 동안 장조림 하나를 만들지 못하고 포기했다.

다음 날은 계란 한 판을 샀다. 계란 프라이로 시작해 3일째 계란 한 판을 투자하고서야 얼추 계란말이를 만드는 데 성공했다. 잠은 자면 잘수록 더 온다는 말도 실감했고, 온종일 예능 프로그램과 영화를 보면서 시간을 보내기도 했다.

규칙적인 회사 생활이 막을 내리자 시간이 마구 뒤섞였다. 이수 삶에 있어 가장 나태하고, 그 어느 때보다 여유로운 시간이었다.

"엄마, 밥 먹자. 근처에서 되게 유명한 집인데 몸에도 좋고 소화도 잘된대."

"너도 먹어. 혼자 밥은 잘 챙겨 먹는 거야?"

"응."

엄마는 숟가락을 이수 편에 들려 준다. 평일 오후, 요양원에서 보내는 한가로운 시간이었다.

같이 식사를 하고 엄마를 두꺼운 외투와 담요로 중무장시켜 짧게 정원을 산책했다. 엄마와의 대화는 여전히 막막했지만 조급하지는 않았다. 시간에 쫓기지 않으니 이미 지나서 소용없는 이야기도 끝까지 들어 주고 걱정을 덜어 줄 여유도 생겼다. 그러다 보면 어떤 날은 정신이 멀쩡하게 돌아와 이수의 손을 끌어 주기도 했다. 꼭 오늘처럼.

"근데… 저번에 같이 온 사람은 누구야?"

"어?"

흘러내린 목도리를 재차 고쳐 매 줄 때였다.

"보호사님이 그러더라. 밤이고… 눈 오는 날이라 운전하느라 고생했겠더라고. 친구야?"

하필 엄마의 기억에 남은 사람이 이시훈일 줄이야.

"친구는 아니고…."

"그럼?"

"그냥… 좋은 사람."

번지는 미소가 휠체어 뒤로 서자 일그러졌다.

'내가 당신을 좋아하고 있어요.'

아직도 서툴고 어설프기만 한 제게 솔직한 감정을 보인 이시훈은 여전히 한 발짝 앞서 걷는 사람이었다. 이미 뒤틀린 채로 시작된 관계였다. 그 속에서 자란 감정은 바람이 지나는 듯 스쳐 갔으면 했다. 그런데 예기치 않은 고백에 이수는 속절없이 무너졌다. 마지막까지 담담한 모습만 보여 주고 싶었는데 그러지 못했다.

고개를 풀썩 떨어트린 이수가 자세를 낮춰 엄마의 어깨에 얼굴을 묻었다.

"엄마, 나 사실은… 회사 관뒀어."

퇴사를 핑계로 소리를 죽인 목소리가 저미는 마음에 떨리고 말았다. 서른이 훌쩍 넘은 아들의 고백에 엄마는 마치 학교를 그만둔 아들을 보는 양 놀라서 왜냐고 괜찮은 거냐 되묻는다. 슬쩍 눈가가 발개진 이수가 눈꼬리에 맺힌 눈물을 닦아 흔적을 감추었다.

"…좀 속상했는데, 후회는 안 해."

아이러니하게도 주현탁의 제의가 결정을 도왔다. 주 실장이 선의랍시고 내민 뉴욕행 제안에 유진우가 저에게 씌워 준 팀장 자리가 떠올랐다. 아무리 노력한다 한들 지워지지 않고, 오해와 편견으로 빚어진 오물통에 몸담고 있을 뿐이라는 사실을 확인 사살처럼 자각했다. 양심마저 팔아 버리는 괴물이 되고 싶지는 않았다. 각오를 다진 것도 그 때문이었다. 이수는 단단해지고 싶었다. 그동안 버텨 온 10년이 헛되지 않으려면, 시훈에게 짐이 되지 않으려면 무력한 자신이 인사이트에서 할 수 있는 일은 거기까지였다.

긴 터널을 지나면 빛이 보일까. 잘은 모르지만 그렇게 믿고 싶었다. 그동안 앞만 보고 달린 저를 돌아볼 시간이 필요했다. 숨을 쉬고 주위를 둘러보고 온전히 나를 마주 볼 용기가. 그러자면 시훈을 놓아야 했다.

엄마를 부축해 베드 위에 눕히고 자리를 봐 드렸다. 이불 아래로 따뜻한 온기를 확인한 이수가 몸을 일으킬 무렵 때마침 벨 소리가 울렸다.

"네, 정이수입니다."

내용은 간결했다. 일시와 장소를 고지한 상대는 당일 로비에서 연락을 달라는 말로 끝을 맺었다. 통화를 마친 이수가 끊긴 전화를 내려 보며 잠시 생각에 잠겼다. 고단한 얼굴로 눈을 깜박인 엄마가 이수의 손을 가볍게 쥐었다.

"얼른 가. 날 추워져. 서울 가면 해 지겠다."

목까지 꼼꼼하게 재차 이불을 올려 준 이수가 고개를 끄덕였다.

"엄마, 다음 주에는 주말에 올게. 평일에 일이 있어서 준비를 좀 해야 해서."

"면접… 그런 거 가는 거야?"

응. 이수가 고개를 끄덕인다. 이수가 대학을 졸업할 즈음 엄마의 병환이 심해졌다. 그래서 엄마는 그때 이수가 서울을 오가며 취업을 준비하는 줄도 몰랐다. 그게 마음에 걸렸나 보다. 다 늦어 아들의 뒷바라지라도 하려는지 오히려 긴장하는 엄마 앞에서 이수의 입꼬리가 올라갔다.

"너두 참… 바쁘면 오지 마. 뭐라더라… 떨리면 청심환 같은 거 먹는다더라."

진지한 조언에 이수가 그만 웃음을 터트렸다.

"어. 너무 떨리면 사 먹을게."

가려는 이수를 붙잡은 엄마가 서랍 속에서 5만 원권 한 장을 손에 쥐여 주었다.

"가지고 가."

이수는 마다하지 않았다. 주머니에 접어 넣는 것까지 확인한 엄마와 인사를 나누고 다시 서울을 향했다.

버스에 올라타자 노을이 졌다. 황량한 늦겨울 들판에 드리운 한 줌 빛이 제법 따뜻해 보였다. 정말 엄마 말처럼 떨릴까. 이수의 머리가 천천히 창으로 기울었다.

요즘 불면은 나아졌지만, 가끔 꿈을 꾼다. 내용은 짧고 단편적이다. 깍지를 껴 잡고 있는 손이나 너른 어깨에 기댄 머리, 등에 이마를 대고 있는 제 모습이 조각조각 잘려 나왔다. 익숙한 담배 냄새와 목 아래로 웃는 소리가 지나치게 생생할 때는 잠결에 저도 모르게 품을 파고들었다. 그러다 상대가 누구인지 드러나려 할 때마다 현실을 일깨우듯 잠에서 깨어났다.

서른이 넘도록 서툴고 어려운 건 사랑뿐일까. 불쑥 찾아오는 그리움에 이수가 하릴없이 고개를 저었다.

"……."

아무래도 시훈이 보고 싶은 것 같다.

* * *

집에서 나올 때만 해도 날이 궂은 정도였다. 어둑어둑한 사위에 무심코 올려 본 하늘은 검은 구름이 잔뜩 껴 당장 비가 쏟아질 기세였다. 핸드폰으로 시간을 확인한 이수가 때마침 김민주 대리가 보낸 메시지를 확인하고 인사이트 사옥으로 발을 들였다. 퇴근 시간이 지난 로비는 한가했다.

-팀장님. 로비에 계시죠? 지금 내려갈게요!

연말 갑작스러운 퇴사에 미처 전달받지 못한 서류가 있었다. 정책상 꼭 서면으로 가져가야 한다기에 마침 근처에서 일을 마친 이수가 김 대리를 통해 서류를 전해 받기로 했다.

매일매일 10여 년간 드나든 곳이 게이트 하나를 사이에 두고 이

제 남의 집이 됐다. 로비 사이드에 쉼 없이 돌아가고 있는 멀티비전 앞에서 뻐근한 목을 늘이자 풀린 긴장이 일시에 어깨로 내려앉았다. 오늘은 오랜만에 입게 된 정장마저 무겁게 느껴지는 날이었다.

팀장님!

김 대리가 사원증을 달랑이며 뛰어오는 중이었다. 반가움에 손 따로 머리 따로 흔드는 모습이 귀여워 이수가 소리 없는 웃음을 지었다.

"많이 기다리셨죠? 갑자기 고객사에서 전화가 와서요."

"바쁜데 미안해요. 이런 부탁 해서."

"저는 좋은데요. 겸사겸사 얼굴도 뵙고."

김 대리가 재빨리 손사래를 쳤다. 웃는 얼굴을 보니 이수도 마음이 놓였다. 임순정 대리도 복귀하고, 좋은 일도 많았는데 그 후에 조금 더 같이 일했으면 좋았을 걸 아쉬움은 어쩔 수 없나 보다. 김 대리가 서류를 건네며 물었다.

"어? 근데 오늘 어디 다녀오셨어요? 복장이…."

대답 대신 조용히 웃어 보이자 김 대리의 목소리가 한 톤 더 높아졌다.

"혹시 면접…. 어디요? 어디로 가세요?"

화등잔만 하게 눈을 크게 뜬 김 대리가 재차 물었다. 이수는 고개를 저으며 말하기를 주저했다.

"어디라고 말하기 좀 그래요. 확실한 것도 아니고…."

소문대로였다. 면접관은 입사에 성공한다면 이수의 직속 상사가 될 사람이었다. 포트폴리오를 바탕으로 한 전반적인 마케팅, 최근 트렌드에 관한 물음은 까다로웠고, 면접 시간은 예상 시간을 훌쩍 넘겼다. 만반의 준비는 했지만, 광고주 앞에서 프레젠테이션을 하는 착각이 일 정도였다. 마무리 인사를 할 때쯤에는 목이 잠길 정도였으니 말이다. 위안이 있다면 핑퐁처럼 오가는 대화의 질이 나쁘지 않았다는 사실이다. 마지막으로 하고 싶은 말이 있냐는 의례적인 물음에,

'저는 오늘 나눈 대화가 즐거웠습니다.'라고 답했다.

'나도 귀한 시간 내서 만나 볼 정도는 됐어요. 레퍼런스 체크니, 인·적성이니… 사실 진부하고 쓸데없지. 흠.'

이미 공석인 자리를 채우기도 바쁠 텐데 상대는 신중했다. 인사과 개입을 최소로 본인 재량껏 채용을 한다고 하니 더 그럴 테다. 서류를 천천히 내려 보던 면접관이 과거 경력을 되짚으며 두 손을 깍지 껴 잡았다.

'혹시라도 입사하면 문제 되지 않겠어요? 한국은 일하는 방식이…, 그렇잖아요.'

'아니요. 일은 일로 대합니다.'

'확실해요? 나는 오늘 정이수 씨 이력서는 처음 봤어요. 연차하고 직무 관련 경력만 확인하고 들어온 거라 내가 이렇게 묻는 이유를 이해할 거라고 생각해요.'

답을 기다리는 시선이 매서웠다.

'답은 직접 보여 드리는 수밖에 없겠죠. 업무 능력으로 판단해 주시길 바라겠습니다.'

이미 도박 같은 도전이었다. 이수 입장에서는 아쉬울 것도 남을 후회도 없었다. 다만 이직이 처음이라 도대체가 결과를 가늠할 수 없을 뿐. 신입 사원으로 취업을 준비하던 때와는 또 다른 기분이었다.

"그나저나 여기도 공채 시즌이죠?"

로비 한쪽에 크게 걸린 포스터가 눈에 띄었다.

"네."

"고우재 씨도 입사할지 모르겠네."

빙긋 웃는 이수에게 김 대리가 소식을 전했다.

"그렇잖아도 고우재 씨한테 팀장님 퇴사하셨다고 하니까… 이거 좀 보세요."

메신저를 통해 주고받은 대화 아래 한 페이지가 넘어가도록 우는 이모티콘이 줄줄이 이어졌다. 설 명절에 답지 않게 얌전하게 안부 전화를 해서 무슨 일인가 했더니 이유가 있었다. 뜸을 들이며 좀체 말을 못 한 걸 보면 이수 쪽에서 퇴사에 관해 말해 주길 기다렸나 보다.

"뭐… 듣기로는 대행사는 인사이트하고 T 기획만 넣고, 나머지는 기업 마케팅 부서로 지원한다구요. 정산 브랜드전략도 넣는 것 같구…. 배짱 하나는 여전해요."

광고 시장은 경기가 나쁘면 기업이 가장 먼저 허리띠를 졸라매는 분야다. 요즘은 점점 채용 규모도 줄어 가는 추세라 신입이 지원할 곳이 마땅치 않았다. 다행히 고우재에게 인사이트에서 경험한 인턴 경력은 괜찮은 스펙이 될 테다. 잠시였지만 다 같이 일했을 때가 즐거웠다. 팀 분위기도 제일 좋았었는데…. 다 털어 버렸다고 생각해도 미운 정 고운 정이 들어 버린 회사 로비에서 함께 일한 팀원을 만나자 아쉬운 마음은 들었다.

"근데 정말 고우재 씨 앞에서 PT해야 하면 어떡해요?"

씁쓸한 마음을 다잡기도 전에 김 대리가 내뱉은 말에 두 사람 모두 와락 웃음을 터트렸다. 고우재가 참석한 첫 아이데이션 회의를 떠올린 탓이었다. 잠시 당시의 기억을 주고받는 동안 김 대리의 핸드폰이 울렸다. 고객사 연락일 게 분명했다.

"으… 팀장님. 저 가 봐야 할 것 같아요."

어쩌죠. 오랜만에 뵙는데 이래서. 울리는 전화벨 소리에 난감해하는 김 대리를 이수가 다독였다.

"전화 불난다. 가 봐요, 얼른."

"임 대리가 오늘 팀장님 오시는 줄 알았으면 외근 안 갔을 거라고, 다음에는 꼭 같이 뵙자구요."

"그래요, 그럼 다음에…."

인사를 하려는 이수의 위쪽으로 문득 김 대리가 시선을 가져갔다. 로비를 한눈에 내려 볼 수 있는 2층 난간 방향이었다.

"어?"

이어지는 묵례에 무슨 일인지 슬쩍 눈썹을 올린 이수에게 김 대리가 목소리를 죽였다.

"…본부장님이 위에 계셔서."

여민준 본부장… 으레 그렇게 짐작하고 어깨를 돌렸을 때 이수의 눈이 당황으로 흔들렸다.

"……."

아… 본부장 이시훈. 언제부터 보고 있었을까. 꼼짝없이 시선이 마주쳤다. 시훈이 이수를 향해 고개를 숙였다.

로비를 울리는 벨 소리는 끊길 기미가 없었다. 울상이 된 김 대리가 팀장님, 그럼 가 볼게요. 조심히 들어가세요. 인사를 남기고 게

이트를 향해 뛰어갔다. 멀어지는 뒷모습을 확인하고 위를 올려 보자 시훈은 여전히 그 자리에 서 있었다.

"……."

찰나의 시간이 영겁 같았다. 인사이트를 그만두고 만난 건 처음이었다. 치켜올린 눈썹과 그 아래로 꾹 다문 입술이 여전해서 이수는 저도 모르게 조각난 꿈들을 떠올렸다.

마음만 먹으면 당장에 로비로 이어진 계단을 내려올 수 있을 테지만 이시훈이 잠자코 있는 이유를 짐작해 보았다. 이제 함부로 친절을 베풀어서도 거리를 좁혀서도 안 되는 관계였다. 마치 강 하나를 사이에 두고 서로의 위치를 확인하며 나란히 길을 걷는 사람들처럼 어느 때보다도 조심스러웠다. 이수는 떠나올 때의 결심을 안고 무던하게 상대를 바라보았다.

때마침 천둥소리가 요란하게 사위를 울렸다. 얼마 지나지 않아 굵은 빗줄기가 창에 부딪치는 소리가 요란했다. 전면이 유리로 된 1층 사옥 외벽을 따라 흐른 빗물에 거리가 흐릿해 보였다.

무슨 생각을 하는지 여전히 같은 자리에서 자신을 내려 보고 있는 시훈을 향해 이수는 턱을 당겨 인사를 남겼다. 사옥을 빠져나오자 하늘에 구멍이라도 났는지 장대비가 쏟아지는 중이었다. 서 있는 택시는 없고 있었대도 비에 홀딱 젖을 게 뻔했다.

이수의 시선이 바닥을 빼곡히 메워 놓은 빗방울에 멍하니 멈췄다.

"……."

투둑. 홀리듯 뻗은 손바닥 위로 떨어진 차가운 빗물이 비로소 이수를 깨웠다. 손을 기울였다. 고인 빗물이 후드득 땅으로 떨어진다. …

타이밍 참 짓궂다. 입가에 머물던 쓴웃음이 금세 자취를 감췄다. 머리를 손으로 가리고 막 뛰쳐나갈 때였다. 누군가 이수를 불러 세웠다.

"실례합니다."

로비 1층을 담당하는 보안 요원이 장우산을 내밀었다. 생각지 못한 친절에 눈만 동그랗게 뜬 이수에게 보안 요원이 이유를 설명한다.

"이시훈 본부장님이 부탁하셔서요. 반납은 안 하셔도 됩니다."

"……."

떨리는 손이 우산을 받아 들었다. 그럼 조심히 들어가십시오. 인사를 마친 보안 요원이 사옥으로 되돌아갔다. 빗소리와 젖은 도로를 달리는 자동차 소리가 그제야 선명하게 이수의 귓속을 파고들었다.

* * *

장마 같은 비가 사나흘은 족히 내렸다. 비가 그친 후에는 두꺼운 코트가 얇아졌고, 종종 외근을 하며 지나가는 광화문 서점의 대형 간판에는 봄을 알리는 문구가 내걸렸다. 움트지 못한 꽃망울이 간신히 기지개를 켜는 계절이었다.

"2본부의 마 팀장 뉴욕 건 승인됐죠?"

시훈과 점심을 먹고 들어오는 길, 여민준 전무가 엘리베이터 앞에서 마주친 인사팀장에게 말을 붙였다.

"네."

"조정을 또 하게 생겼네. 조직 개편하는 데 머리 좀 아프게 됐어요. 그런데 지원자가 별로 없어서 그런지 쉽게 결정됐네. 그죠?"

팀장급 인사가 졸지에 셋이나 비게 된 터라 조직 개편에 이래저래 시일이 걸렸다. 인사팀장이 특유의 심드렁한 낯으로 입을 열었다.

"출국 기일도 촉박하고… 그리고 저는 내정자가 있는 줄 알았거든요."

"내정자?"

내정자라니 무슨 소리인가 싶다. 그런 두 사람 앞으로 더 뜻 모를 답이 이어졌다.

"정이수 팀장이요. 작년 말에 주 실장님이 이것저것 여쭤보셨거든요. 결격 사유는 없는지… 그런 거요."

당시 기획 본부장이었던 여민준도 금시초문인 이야기였다. 뜬금없이 뉴욕이라니. 갈 수만 있다면 좋은 기회기는 했지만, 거기에 정이수라니. 게다가 그걸 주 실장이 왜 물어? 여민준이 옆에 선 시훈을 올려 봤다. 표정을 보아 하니 역시 처음 듣는 눈치였다.

때마침 1층에 도착한 엘리베이터에는 뜻밖에 주현탁 실장이 타고 있었다. 삐딱하게 고개만 숙일 뿐 피차 생략한 인사가 불편한 사이를 가늠케 했다. 얼마 지나지 않아 인사팀장이 내린 공간에는 묘한 긴장감이 흘렀다.

전에는 넉살 좋게 안부를 묻던 여민준도 연말부터 난동과 같은 기괴한 딴지에 마음이 틀어졌다. 더군다나 인사이동 이후로는 더더욱 밑질 게 없다 싶은지 입을 꽉 다물었다. 그 가운데 침묵을 깬 사람은 주현탁이었다.

"요즘 이 본부장이 바쁘겠어."

"할 만합니다."

냉랭한 시훈의 대답에 주 실장이 고까운 티를 냈다.

“2팀까지 커버하려면 만만찮겠네. 얼른 조직 개편이 끝나야지, 원…. 정 팀이 그만둬서 이 본만 고생이다. 응?”

마음에도 없는 걱정은 꼭 상대의 속을 뒤집기 전에 하는 예고였다. 뻔히 알고 있지만, 귀를 틀어막을 수가 없어 미리부터 신경이 사나워졌다.

“…….”

“정이수 어디 들어갔대요? 나 아는 대행사들 물어보니까 아주 말이 없든데. 하긴…, 작은 회사 들어가서 보람 찾아, 워라밸 찾아 일하는 것도 나쁘지 않다고들 합디다.”

주 실장이 느물대며 성의 없는 불평을 늘어놓았다. 양쪽 바지 주머니에 손을 집어넣은 자세가 거만했다. 남은 뒤끝이 쇠심줄처럼 어찌나 질긴지 퇴사한 직원에게 심술을 부리는 주 실장이 시훈은 딱해 보일 지경이었다. 크게 숨을 몰아쉰 시훈이 입안으로 혀를 굴렸다.

“급 떨어지는 데로 들어가면 다시 올라오기가 영 힘들잖아요. 갑·을·병·정. 이 중에서 그러잖아도 을인데 병하고 정까지 밀려난다? 쯧쯧.”

“…….”

이러다가 주먹이라도 나가지 싶어 시훈이 바지 옆에 붙여 둔 주먹을 꽉 쥐었다.

“내가 어디 작은 기획사라도 소개해 주면 좋은데… 연락이 없네, 쓰읍.”

입을 나불대는 이유는 하나같이 유치하고 졸렬했다. 연초에 제대로 한 방을 맞은 후유증이 제법 길었다. 정이수의 퇴사와 여민준, 이시훈의 승진으로 계획은 어그러지고 김지학 전무와 더불어 사내 입지가 적잖이 좁아졌다. 힘이 실린 여민준 전무나 잘나가는 이시훈을 보자면 배알이 꼴렸다. 정이수가 뉴욕행 티켓만 잡았어도 입맛대로 돌아갔을 회사가 엉망진창이 됐다. 그러니 두고두고 아쉬울밖에.

"거참, 없는 사람 이야기를 왜 해요? 그만 좀 해요!"

여민준이 참지 못하고 목소리를 낮춰 다그쳤다. 그에 주 실장이 코를 찡그렸다. 불쑥불쑥 쳐들어오던 회의도 마다하며 조용히 지내기에 기가 죽었나 했더니만 이건 전보다 더하면 더했지 덜하지 않았다.

"걱정해 주는 걸 가지고 왜 혼을 내세요. 참."

곁눈질로 두 사람을 살피는 주 실장의 눈매가 가늘어졌다. 비틀린 입술은 비웃음이었다.

엘리베이터에서 내리자마자 여민준이 이를 콱 깨물었다. 이미 연말부터 사내에서 완력 다툼하는 거냐 양쪽에서 한 소리씩 들은 터라 더는 문제가 불거지는 것을 원치 않았다. 그런데 혼자만 그러면 뭘 하나. 말이 안 통하는 인간을 붙잡고 우리 한번 잘해 봅시다 내미는 손에 주 실장은 따귀를 때릴 놈이었다. 느물대는 행동이 하루 이틀도 아니건만 금세 꼬리를 내리는 모습이 탐탁잖았다.

"아… 영 째하네."

집무실로 들어오기 전만 해도 어깨가 들썩일 정도로 씩씩대던 여민준이 이마를 짚었다. 원래 업무상 외부로 도는 사람이긴 했지만, 연초에는 출근을 하는 둥 마는 둥 내내 밖으로 나돌다가 회사만 들어오면 얌전을 빼는 모습이 이상했다. 가만 보면 잊을 만하면 벙개를 외치던 김지학 전무 역시 잠잠했다.

잘 손질된 머리카락 사이에 손을 집어넣다 말고 여민준이 찜찜한 기분을 접어 뒀다. 뒤통수 맞아서 몸을 사리나 보다 정도로 정리를 해 둬야 뒤집힌 속이 그나마 가라앉았다. 곧 열린 문으로 뒤따라온 시훈을 돌아보며 애써 분위기를 환기했다.

"정산 OT, 곧이지?"

"네."

소파 깊숙이 몸을 묻은 여 전무가 짧은 한숨을 내쉬었다.

"마 팀장은 운이 좋네. 작년에 2본부 마 팀장이 진행한 정산 쪽 프로젝트 결과가 별로였어. 브랜드전략실 실장이 미팅할 때마다 뜯어 발기느라 마 팀장이 미치기 일보 직전이었나 봐."

업무 관련해서 딱히 잔소리하자고 부른 건 아니었다. 모기업인 데다 한 해 매출액을 보장하는 가장 큰 광고주이다 보니 돌아가는 분위기나 흐름을 짚어 줄 필요가 있었다.

"이번에 정산 브랜드전략실이 개편이 됐어. 힘 좀 실어 주나 보지? 전에도 말해서 알겠지만, 실장이 하나하나 사람을 가려 뽑았대. 담당자도 새로 들어오고 말이야. 원래 비딩해서 대행사 선정해야 한다고 난리였다가 비용도 그렇고, 무엇보다 중장기 프로젝트에 보안 유지 때문에 계열사인 우리한테 일 떨어진 거니까 신경 좀 쓰자."

"들었어요. 실장이 기획자 출신이라고."

"어, 정산 그룹 스카우트 아니었으면 한국 들어올 일 없었다나 봐. 이쪽에 연이 아무것도 없어서. 아무튼, 본부장까지 가는 건 좀 그렇긴 한데 실장도 참석하는 모양이니까 급은 맞춰 줘야지. 상견례 한다 생각하고 다녀와."

작년 여민준 전무가 식사 자리에서 주 실장과 푸념 섞인 불평을 늘어놓던 기억이 떠올랐다. 새로 임명된 실장이 어찌나 까다로운지 타 본부에서 맥을 못 춘다고 했던가.

"네."

여 전무가 다리를 꼬아 몸을 틀었다. 입술을 비죽이며 시훈에게 넋두리를 늘어놓는다.

"시훈이 네가 회장님하고 사이만 좋았어도 거기가 원래 네 자린데… 좀 아쉽다, 야. 정산으로 갔으면 좀 좋아. 그럼 우리가 김지학이나 주현탁 때문에 머리 아플 일도 없고."

"그런 말은 왜 해. 쓸데없이."

시훈이 냉랭하게 타박했다. 이미 정산 그룹은 작년부터 동생인 시연에게로 승계가 준비 중이었다. 애초부터 정산을 운영하는 데 관심이 없는 시훈과 달리 다행히 시연은 제 역할을 잘 알고 있는 녀석이었다. 그러니 곧 일선에서 물러날 이중건 회장의 입김이 인사이트까지 닿는 건 이번 승진이 마지막일 것이다. 여민준에게도 딱히 부름이 없는 걸 보면 이대로 지켜볼 생각이 분명했다.

"아무튼, 회장님 이겨 먹은 놈은 대한민국에 너밖에 없어. 너두 참…."

여 전무가 기가 질린 투로 입꼬리를 내렸다.

집무실을 나와 사무실에 당도한 시훈이 다음 주 미팅에 앞서 간단한 지시를 내리고 자신의 책상에 앉았다. 보고를 기다리는 서류들과 오늘 중으로 부러뜨려야 할 일들이 차곡차곡 쌓여 있었다. 늦은 오후의 사무실에서는 직원들이 각자의 위치에서 분주하게 업무를 보고 있었다. 키보드 소리와 간간이 울리는 전화 소리, 데시벨을 낮춘 통화 소리에 묘한 긴장이 흘렀다.

손가락으로 미간 사이를 문지른 시훈이 돌연 의자를 돌려 비어 있는 이수의 자리를 바라보았다. 뉴욕이라니. 대체 무슨 일이 있었던 걸까. 사안이 주 실장과 엮인 문제인 건 알고 있지만, 설마 이수가 가겠다고 했을까. 아프신 어머니를 두고? 아니면 그저 단순한 고민이었을까. 그럼 왜 퇴사를 했지…. 해소되지 않은 의문만 첩첩이 쌓였다.

시선을 끌어 내린 시훈은 파티션에 붙어 있는 엽서를 물끄러미 바라보았다. 매번 하루가 너무 길거나 짧게 느껴질 때 마음을 다잡는 익숙한 방법이지만 이번에는 조금 달랐다. 펜으로 엽서 끝을 들어 올리자 시영의 글씨로 쓰인 익숙한 글귀가 모습을 드러냈다.

"……."

시선은 글귀에 닿지 않았다. 시훈은 엽서 아래 감춰 붙여진 작은 폴라로이드 사진 하나를 응시했다. 초점이 나간 사진 속 정이수가 웃고 있었다.

당분간은 요양원을 방문하기 힘들지 싶어 필요한 물품도 넉넉하게 사 두고 온종일 시간을 보내고 왔다. 밤이 되어서야 집에 도착한 이수가 세탁소에 맡겨 놓은 옷을 찾아 식탁 의자에 걸어 놓는 동안 메시지 하나가 도착했다. 문자에 답을 하는 사이 요양 보호사 편에서 전화가 왔다.

-이수 씨, 늦은 시간에 연락해서 미안해요. 봉투를 이제야 확인해서…. 무슨 돈을 주고 갔어, 미안하게.

"얼마 안 돼요. 명절 때 드리려고 했는데 못 드렸어요. 앞으로도 어머니 잘 부탁드려요."

-어휴… 믿어 줘서 고마워요. 내가 더 신경 쓸게요.

창가로 걸음을 옮긴 이수가 드문드문 불 켜진 도시 전경을 훑었다. 서울로 돌아오는 도로 위의 차들이 거북이걸음이었다. 어느새 올려 본 하늘에는 손톱달이 걸려 있었다.

"그리고 다음 주부터는 제가 평일에 가기가 힘들어요."

익숙하게 블라인드 줄을 당기던 이수의 손이 순간 멈췄다.

-그래요?

"……."

차가 드문드문 지나는 거리를 내려 본 이수가 마른침을 삼켰다. 동시에 수화기 너머로 되묻는 목소리가 아득하게 멀어졌다.

-이수 씨.

"…앞으로 전처럼 주말에 갈게요."

-네, 알겠어요. 그럼 쉬어요.

떨리는 눈꺼풀이 마음을 다잡듯 아래를 향하다 서서히 뜨였다. 오피스텔 아래 어둠이 내린 황량한 도로 양쪽으로 셔터를 내린 가게가 줄지어 있었다. 그 가운데 조수석 문에 등을 기대선 시훈이 있었다. 희미한 가로등 불빛 아래서 손바닥에 담뱃갑을 두드린 그가 연초를 빼 무는 모습이 고스란히 보였다. 몇 번인가 제자리를 오가는 느릿한 걸음은 추를 매단 듯 무거워 보였다. 이내 담배를 태우다 이마를 문지른다. 곧 망설인 그가 핸드폰 버튼을 눌렀다. 이수는 그 모습을 빠짐없이 지켜보았다.

숨 쉴 여유조차 없이 이수의 핸드폰에 익숙한 이름이 떴다. 이시훈 팀장. 바꿔 적지 못한 직함을 자각하기도 전에 이름 석 자에 가슴이 시큰거렸다. 조용한 집을 울리는 핸드폰 벨 소리는 마치 애절하게 이수의 이름을 부르는 것 같다. 고민하던 이수가 통화 버튼을 눌렀다.

"…네."

전화를 받을 거라고 예상을 못 했는지 상대는 말이 없었다. 곧 나지막한 목소리가 들려왔다.

-…잘 지냈어요?

"네."

건조한 대답에 수화기 너머로 씁쓸함을 감춘 옅은 웃음소리가 들려왔다.

-나도 잘 지냈어요. 아무래도 묻지는 않을 것 같아서.

"……."

침묵에 상대는 발을 멈추고 잠시간 말을 골라 본다.

-당분간 내가 1, 2팀 팀장직도 겸직하고 있어요.

"저 때문에 고생 많으시네요."

문득문득 밀려오는 감정을 거세해 적당한 답을 하는 일이 쉽지 않았다. 아직 밤이 추운 계절, 조수석에 몸을 기대 있는 시훈이 길게 담배 연기를 내뿜었다.

-그런 뜻으로 말한 건 아니고…. 다들 정이수 팀장님 보고 싶어해요. 잘 지내는지 궁금해하기도 하고.

그런가요. 이수가 시선을 내려 바닥을 훑었다. 무심히 대하리라, 그럴 수 있다는 의지와 달리 자꾸 손바닥 안으로 손가락이 굽어 닿았다. 결국 애꿎은 손바닥에 꾹꾹 손톱을 세우던 손가락이 어쩔 수 없이 창을 더듬었다.

"……."

-왜, 백 선배 회사로 안 갔어요?

앞뒤 재지 않은 담백한 질문에 이수 역시 쉬이 답을 주었다.

"인사이트나 백기획이나 뭐가 다를까 싶어서요."

-같이 일할 거라고 생각했어요.

"다들 내 걱정 많이 하나 봐요."

-…….

이수가 웃음기 담아 냉소 없는 농담을 가볍게 흘렸다. 어쩐지 다음 말이 쉽게 떨어지지 않았다. 마른 입술을 훔친 이수가 창 위로 올라간 손가락을 세심하게 움직였다.

"회사 그만둘 때… 어중간한 마음으로 그만둔 거 아니에요."

느릿느릿 고백이 이어졌다. 인사이트를 나올 때 이수가 다진 결심은 유효했다. 자신을 위해 그리고 시훈을 위해 마음을 단단히 붙잡아야 했다. 몸을 돌려 차체에 팔을 뻗어 선 시훈이 고개를 떨궜다. 그리움과 절망이 시훈의 어깨 위로 무겁게 자리를 틀고 있었다. 보이지 않아도 그릴 수가 있었다. 그가 느끼는 절절한 마음을.

-…….

"그게 궁금했어요?"

느리게 움직인 이수의 손가락이 차가운 유리창 한 곳에 멈춰 섰다. 시훈이 발을 딛고 선 자리. 이수의 손이 손바닥보다 작아 보이는 시훈을 감싸고 있었다. …아직 날이 추우니까.

발아래로 다 태운 담배를 짓이긴 시훈이 잠시 한 손으로 얼굴을 쓸어내렸다. 이윽고 낮고 다정한 목소리가 수화기 너머로 전해졌다.

-그냥… 회사 왔을 때 쌍꺼풀 없는 걸 오랜만에 봐서요.

"……."

-생각해 봤는데 어느 쪽이었는지 기억이 잘 안 나서. 왼쪽이었는지, 오른쪽이었는지….

장난 같은 시훈의 실없는 말에 감출 수 없는 그리움이 이수를 짙게 물들였다. 대답을 기대하지 않았을 물음에 당연한 정적이 흘렀다. 시훈은 미동도 없었다. 깊은숨을 들이마시는 소리가 수화기 너머로 전해질 뿐. 포개어 힘을 준 입술이 형편없이 떨렸다.

"…끊을게요. 그리고…,"

눈을 감고 창 너머로 상대에게 덧씌운 손을 내렸다. 이어 가느다랗게 새어 나온 인사는 매정했고, 상대를 놀라게 하기에도 충분했다.

"…자꾸 오지 말구요."

블라인드를 내리는 순간 시훈이 통화 중인 귓가의 손을 떨어트리는 모습이 보였다. 급히 오피스텔을 올려 보는 그가 무슨 표정이었는지는 보지 못했다.

"…하…."

벽 뒤로 몸을 숨긴 이수가 참은 숨을 토해 내며 주르륵 바닥으로 미끄러졌다. 무릎 위에 묻은 얼굴이 얼마나 일그러졌는지 저조차도 알고 싶지 않았다.

* * *

알람을 5분 간격으로 세 번씩 맞춰 놓지만 대체로 첫 번째 알람에 자리를 털고 일어난다. 이불 위에서 비비적거리며 시간을 죽이면 몸만 무거웠다. 밤새 이루지 못한 잠에 잠시 침대에 걸터앉아 머리를 털었다. 상의를 벗은 몸이 익숙하게 냉장고를 열어 물을 마셨다. 간밤의 찬 기운이 남아 있는 거실을 둘러보다 해가 들어오는 집 안 한 귀퉁이를 눈으로 훑고는 욕실로 들어섰다.

머리를 감고 샤워를 하고 채 마르지 않은 머리 그대로 드레스 룸으로 걸어가 익숙하게 오늘 입을 옷을 꺼냈다. 중요한 미팅이 있으니 타이를 선택하는 일은 신중했다.

이제 완연한 봄이었다. 부드러운 바람에 재킷이 훌쩍 바람에 날렸다. 부지런히 하루를 시작하는 사람들 사이로 섞여 드는 하루는 여느 때와 같았다.

월요일 아침, 출근 후 익숙하게 사무실로 들어간 시훈이 입구를 통과하고 잠시 주춤했다. 조직 개편 후 주말 동안 자리 이동 및 재배치가 되었고, 시훈 역시 개인 집무실로 책상을 옮겼다. 정신을 어디에 놓고 다니는지 민망한 실수에 혀를 찼다. 익숙한 제 자리에는 1팀으로 발령된 팀장이 자리해 있었다.

"……."

"본부장님, 안녕하십니까."

신동윤 대리가 시훈에게 고개를 숙이고 머무는 시선을 따라갔다.

"오랜만에 자리 바꾸니까 새로워요. 팀장님도 새로 오시구요."

그동안 비어 있던 이수의 자리에는 새 주인의 화분이며 컬러풀한 피규어가 곳곳에 놓여 있다. 위치도 분위기도 완전히 탈바꿈됐다.

"네, 그러네요."

사무실을 들어올 때마다 이수의 자리를 확인하는 버릇은 주인이 떠난 뒤 알았다.

"정산 OT가 2시 반이니까, 오 팀장님하고 넉넉하게 1시간 전에 로비에서 대기할까요?"

"그렇게 하죠."

이수의 자리는 차라리 비어 있는 편이 나았다. 돌아올 수 있다는 헛된 희망이라도 품을 수 있으니. 멀리 2팀으로 발령된 팀장이 시훈을 발견하고 묵례를 했다. 인사를 남기고 사무실을 나오는 동안 씁쓸함이 가시지 않았다.

10여 년 전 현재 부지에 신사옥을 올린 정산 그룹 본사를 시훈은 처음 방문했다. 압도적인 규모와 고가의 미술품이 설치된 로비가 인상적이었다. 정산 사옥에 도착해 방문증을 받고 미팅 룸으로 올라가는 동안 긴장이 되는지 신동윤 대리의 발끝이 산만하게 바닥을 두드렸다. 곁에 선 오준희 팀장까지 눈치를 채고 시선을 따라 내렸다.

"신 대리."

시훈이 눈짓에 신 대리가 얼른 두 발을 붙여 섰다.

"아, 죄송합니다."

멋쩍어하는 상대를 다독인 시훈이 엘리베이터 문에 비친 제 모습을 바라보았다. 외부 미팅 때면 늘 갖춰 입는 정장이 오늘따라 왜 이리 답답하게 느껴지는지 OT가 끝나면 타이부터 풀어낼 생각이었다.

엘리베이터에서 내리자 미리 기다리고 있던 브랜드전략실 직원이 세 사람을 준비된 미팅 룸으로 안내했다. 전경이 내려다보이는 룸에는 오후의 긴 햇살이 바닥에 너른 창을 만들어 놓았다.

"죄송하지만 실장님께서 참석하신 회의가 길어져서요. 미팅 중간에 참석하시겠다고 하세요. 브리핑은 책임님께서 진행하실 겁니다."

"네."

미리 준비한 자료를 테이블 위에 올려놓은 시훈의 핸드폰이 울린 건 그때였다. 액정 화면에 '여민준 전무'의 이름이 떠 있었다. 전화를 받을 수 없는 타이밍에 거절 버튼을 누른 뒤로 부리나케 메시지가 들어왔다.

-지금 전화 못 받아?

이유를 확인할 길 없는 다급한 문자에 답문을 보내려는 사이 미팅 룸과 복도를 가른 불투명한 유리 벽 너머로 어렴풋한 실루엣이 멈춰 섰다. 들어서기 전 마주친 다른 이와 대화를 나누는지 가볍게 주고받는 말소리가 희미하게 들려왔다. 미팅 룸 내의 모니터를 세팅하는 직원이 고개를 빼고 밖을 확인했다.

"책임님 지금 오셨네요."

아마도 프로젝트를 진행하는 동안 1팀과 가장 많은 커뮤니케이션을 주고받을 사람이었다. 긴장한 신 대리가 말아 쥔 주먹 안에 몇 차례 헛기침을 했다. 곧 세 사람 모두 때를 맞춰 자리에서 일어났다.

열린 문으로 회색 정장에 감긴 다리가 경계를 넘었다. 모퉁이를 돌며 재킷을 여미는 손끝은 차분했다. 단정하게 매무새를 정리한 담당자는 감청색 타이를 매고 있었다. 긴 목과 귀 끝까지 올라간 턱선을 시훈의 시선이 홀린 듯 따라갔다.

공간 안에 발을 들인 이가 아래로 내린 고개를 끌어 올렸다. 여유 있고 군더더기 없는 움직임이었다. 하얀 바탕 위에 단정하게 그려 놓은 미려한 얼굴이 모습을 드러냈다. 이윽고 길게 늘어뜨린 속눈썹이 들리며 두 눈이 상대를 마주했을 때 찰나에 바뀐 공기가 모든 흐름을 바꾸어 놓았다. 사뿐히 내디딘 발이 소리도 없이 테이블 앞에 멈췄다.

그리고, 턱을 당겨 예의를 차린 그가 인사를 청했다.

"반갑습니다."

단조롭고 나지막한 목소리는 분명하게 제 소속을 말한다.

"정산 그룹 브랜드전략실 IMC 1팀, 정이수 책임입니다."

…….

머리부터 발끝까지 저릿한 감각이 한순간 시훈을 관통했다. 둥, 둥, 둥. 어디선가 불규칙하게 뛰는 맥박만이 물먹은 듯 먹먹한 귓전을 또렷하게 울렸다. 박동은 귓전에서 시작해 몸 전체를 울리고 있었다. 뒤죽박죽 섞인 혼란을 머금은 정적 속, 누가 쥐고 있었는지 모를 펜이 데구루루 테이블을 구르며 작은 소음을 만들었다.

"…팀, 아…."

신 대리의 턱이 밑으로 뚝 떨어졌다. 곧 자신도 모르게 흘러나온 실수를 인지하고 입을 다물었다.

인사이트에 있는 구성원 대부분이 정이수를 알고 있고 정이수의 능력을 의심하지 않는 현실이 됐다지만, 못 박힌 편견이 그를 제자리에 머물도록 만들었다. 정이수의 자리는 이쯤, 정이수가 오를 수 있는 위치는 저쯤이 끝이라고. 어차피 다 버릴 각오로 나온 거라면 끝까지 가 보고 싶었다. 모든 것을 다 바친 인사이트에 남은 미련은 없었다. 광고를 여전히 좋아했지만, 한계가 명확하다면 그 또한 버릴 각오가 필요했다.

부드럽게 눈을 휘어 신 대리와 오 팀장을 바라보는 정이수는 차분했다. 당황하거나 놀란 기색도 없었다. 인사이트에서 일할 때와 달리 쓸쓸함은 한 조각도 배어 있지 않았다. 오후의 햇살이 원래의 주인을 찾아든 것처럼 정이수를 향해 있었다.

"이렇게 뵈니 새롭네요."

침착한 눈동자가 바깥쪽에서 안쪽으로, 그리고 시훈을 향했다. 당황으로 눈을 찡그린 신 대리 입에서 작은 탄성이 터져 나왔다. 놀란 이들이 멍하게 눈만 뜨고 있는 사이 낮은 음성이 주위를 깨웠다.

"오랜만입니다."

"……."

"인사이트 기획 1본부 본부장 이시훈입니다."

세밀하게 자신을 응시하는 시선에 이수가 침착하게 표정을 가다듬었다. 갑과 을을 따지자면 이제는 두 사람의 위치가 뒤바뀌었다. 대행사와 광고주로 변모한 관계는 얄궂은 신의 장난 같았다. 이를 악물고 자신을 얼마나 담금질했을지 짐작조차 되지 않았다. 시훈은 어중간한 마음으로 그만두지 않았다는 이수의 말뜻을, 백주홍이 머뭇댄 이유를 그제야 이해했다.

'방향을 좀 바꾼 것 같아. 얼마 전에 들으니까 이야기 오가는 데

가 있는 모양인데… 너한테 말하기는 좀 그렇고.'

테이블 맞은편으로 서로가 명함을 주고받았다. 이어 이수가 훌쩍 고개를 들어 미팅을 주도했다.

"사적인 대화는 미팅 후에 할까요."

의자 등받이를 당겨 앉은 이수가 눈짓으로 인사이트 편에 편히 앉기를 주문한다.

"내용은 조유진 대리가 미리 공유해 드린 자료에 나와 있지만, 직접 설명하는 편이 이해가 쉽겠죠. 그럼 시작하겠습니다."

테이블 위에 공유한 자료와 미팅 룸 한편에 설치된 모니터를 보며 정이수는 능숙하고 막힘없이 브리핑을 시작했다.

새로운 회사, 새로운 직함, 새로운 자리에서 정이수는 위화감이 없었다. 다만 한 박자 늦게 미팅 내용을 메모하기 시작한 신 대리나 오 팀장, 그리고 시훈만이 생경한 상황에 제대로 집중하지 못했을 뿐이다.

"아시겠지만 B2B 기업들은 재료나 소재를 다루기 때문에 기본적으로 무겁고 친근한 이미지가 없습니다. 그래서 기업 브랜드 이미지 제고에도 목적이 있지만 젊고 유능한 핵심 인재 유치가 무엇보다 중요합니다. 그러자면 젊은 세대에 역량과 비전을 대외적으로 알려야 할 테고요. 한마디로 '일하고 싶은 회사'라는 이미지를 심어 주는 게 가장 큰 목적입니다. 단발성으로 끝날 마케팅이 아니라 지속적이고 장기적으로 브랜딩이 이루어져야 할 거고, 접근하는 매체 역시 꼭 ATL로 국한될 필요 없습니다. 지루하고 빤한 거 말고 재미있는 아이디어가 필요해요."

가끔 시선이 부딪쳤다. 짧았고, 감정을 읽을 수 없었다. 실무진인 오 팀장과 신 대리의 질문이 이어지고 그에 이수는 명료하게 답을 내어 준다.

OT가 진행되는 중간, 브랜드전략실 구원주 실장이 회의를 마치고 미팅에 합류했다. 간단한 인사 후 이수의 이야기를 보충하여 현재 기업 내에서 진행 중인 프로젝트와 보안의 중요성을 다시 한번 강조했고, 정확한 의견 피력을 위해 결정권자인 본인이 OT까지 올 수밖에 없었다며 양해를 구했다.

회의가 마무리되고 양쪽 모두 자료를 정리하는 동안 미팅 룸 밖에서는 구원주 실장과 시훈이 간단한 대화를 나누는 중이었다.

"나머지 자료는 메일로 전달드릴게요. 메일 주소는 그대로죠?"

이수가 눈웃음을 지어 오 팀장과 신 대리 편에 물었다. 회의 내내 광고주와 대행사 사이에 감돌던 긴장이 일시에 녹아내렸다. 신 대리가 가슴에 손을 올리고 그제야 편하게 숨을 쉬었다.

"네. 근데… 정말 깜짝 놀랐어요. 대체 언제 입사하신 거예요?"

들어올 때 심장이 발밑에 떨어지는 줄 알았다는 둥, 하마터면 팀장님이라고 부를 뻔했다는 너스레가 덧붙었다.

"얼마 안 돼요. 저도 오자마자 프로젝트 투입돼서 이렇게 빨리 다시 보게 될 줄은 몰랐어요."

출근하자마자 구원주 실장이 업무를 하달해서 거의 한 달을 정신없이 보냈다. 면접 시 까다롭고 어려운 질문만 골라 하던 구 실장은 막상 일을 하고 보니 업무 외의 영역에서는 유한 사람이었다. 입사 후 구 실장이 일대일로 청한 점심 식사 자리에서였다.

'뉴욕에서 일할 때 다 좋았는데, 내가 딱 하나 못 참았던 문제가 인종 차별이었어요. 내가 거기서 20년을 넘게 살았는데 아직도 아시아인한테는 무슨 잣대가 그렇게 까다로운지…. 그런데 피부색 같은 한국으로 들어왔더니 이번엔 학연, 지연이 말썽이네? 일만 하면 안 되나.'

학연, 지연, 혈연이라면 이수도 할 말이 없었다. 뭐 하나 가진 게 없었으니까. 구 실장이 면접 당시를 회상했다. 기존 구성원들이 대폭 물갈이되며 소위 제 사람으로 쓸 만한 사람을 뽑는 데 꽤 공을 들였노라고.

'내가 면접에서 왜 그렇게 물었는지 이해되죠? 입사하면 문제 되지 않겠냐고, 한국은 일하는 방식이 그렇잖냐고 물었잖아요.'

그나마 가진 이력이 정산 그룹 계열사인 인사이트에서 근무한 경력 하나인데 당시 한참 예민했던 구 실장은 그마저도 인맥이라 여겼다고 했다.

'네.'

'대답이 마음에 들었어요. 구구절절 변명이 없어서. 그리고 요즘 같은 때 한 대행사에서 10년을 일했으면… 뭐.'

기존 정산 그룹 브랜드전략실 구성원과 달리 자신처럼 대행사 AE 출신으로 같은 길을 걸어온 이수와 대화가 통했다는 점도 채용의 이유라고 했다.

미팅 룸 밖에서 대화를 마친 구 실장이 먼저 자리를 벗어났다. 이수는 층 로비까지 이시훈보다 앞서 걸으며 등 뒤로 꽂히는 시선을 느꼈다. 어쩐지 팔도 다리도 삐걱거리는 느낌에 조금 전 미팅을 어떻게 마쳤는지 스스로도 의문이었다.

엘리베이터 버튼을 누르고 제 팀의 직원과 나란히 선 이수가 인사이트 편에 고개를 숙였다.

“스케줄은 다시 한번 정리해서 공유 부탁드립니다.”

도착한 엘리베이터 문이 열리고 넉살 좋은 인사를 남긴 오 팀장과 신 대리가 올라탔다.

“저… 본부장님.”

엘리베이터에 타지 않고 박힌 듯 자리에 서 있는 시훈을 오 팀장이 불렀다.

“…….”

시훈이 이수를 돌아본 건 그때였다. 실무진에 모든 의사 진행을 미루어 놓고 브리프 내내 자리를 지킨 시훈은 회의 말미가 되어서는 초연해 보였다. 인사를 할 때 보인 당황한 낯은 흔적도 없이 사라져 있었다. 그리고 지금도 이렇게,

“정이수 책임님.”

“…….”

“오늘 뵙게 돼서… 기쁘네요.”

시훈이 손을 내밀었다. 인사이트를 나오던 마지막 날에도 하지 않은 악수였다. 이수는 잠시 망설였다. 하지만 물러날 기색이 전혀 없는 시훈의 뒤로 두 사람이 엘리베이터를 타고 있었고, 이수의 뒤에도 소속 직원이 기다리는 중이었다.

미팅 룸에서의 똑 부러진 정이수는 어디 가고 요동치는 감정이 이리저리 흔들렸다. 입가에 맴도는 인사를 건넬 만한 용기마저 건조

한 공기 중에 바스러져 사라졌다.

예의상 거절할 수 없는 악수에 이수가 시훈의 손을 맞잡았다. 따뜻하고 단단한 손바닥의 열기는 여전했다.

"……."

시훈의 엄지손가락이 힘을 주어 스치듯 손등 주위를 덧그렸다. 의미를 내포한 작은 움직임에 부득이 이수의 시선이 바닥으로 떨어졌다.

"…그럼."

묵례를 남긴 두 사람의 손이 각자의 바지 옆으로 떨어졌다. 엘리베이터에 올라탄 시훈은 틈이 사라질 때까지 이수를 향한 시선을 거두지 않았다.

이수는 하마터면 터질 뻔한 숨을 겨우 삼켰다. 남몰래 시훈과 맞잡은 손을 쥐었다 폈다. 손바닥 가득 전기가 흐르는 저릿한 감각이 사라지지 않았다.

"와… 이거 진짜, 저 귀신 본 기분이에요."

"그러게요. 생각도 못 했는데… 이거, 기분 이상하다…."

아직 충격에서 헤어 나오지 못한 두 사람을 뒤로하고 시훈은 보일 듯 말 듯 옅은 웃음을 지으며 작게 머리를 털었다. 종잡을 수 없고, 쉽게 잡을 수도, 단정할 수도 없는 정이수. 당신의 물길은 이제 어디를 향하고 있을까.

1층 로비에 도착한 시훈이 꺼 놓은 핸드폰을 켜자마자 밀린 전화와 메시지가 연달아 도착했다. 발신자는 여민준 전무였다. 급히 남긴 메시지들은 대체로 내용을 이해하기가 어려웠고, 전화를 했지만 상대는 도통 받지를 않았다.

잠시 후, 인사이트의 사옥에 도착할 무렵 겨우 여 전무와 전화가 연결됐다. 흥분했고, 다소 정신없어 보였다. 여 전무는 막 대표실에서 나오는 길이라고 했다.

-이 프로, 지금 어디야?

"지금 회사 앞이에요. 무슨 일이에요?"

땅이 꺼질 듯 한숨 소리가 거칠었다.

-하아… 씹. 김지학하고 주현탁이 사표 냈다. 둘이 회사를 차리는지, 다른 기획으로 옮기는지…! 아무튼 그만둔대. 시발… 기획자 몇하고 제작실 CD까지 데리고. 거기다가 재계약 앞둔 광고주들 만나고 다니면서 말 맞췄나 봐. 우리하고 재계약 안 하면 단가 낮춰서 지들이 광고 만들어 준다고.

수화기 너머로 잔뜩 화가 난 여민준 전무가 욕을 내질렀다.

"올라가서 봐요."

1층 로비에서부터 뒤숭숭한 기운이 한눈에 보였다. 김지학과 주현탁의 거취를 소리 죽여 수군대는 무리가 여기저기 한둘이 아니었다.

여민준의 집무실로 올라가니 김지학 전무와 독대 중이라고 했다. 복도를 나오자 때마침 제 집무실로 들어가던 주현탁 실장이 보란 듯이 시훈에게 조소를 날렸다. 문을 활짝 열어 놓은 집무실에서 주 실장은 느긋하게 상자에 물건을 담고 있었다.

"소식 빠르네. 퇴사 축하해 주러 왔어?"

허튼소리도 유분수지. 씨익 입꼬리를 올리며 웃는 얼굴이 기도 안 찼다. 이삿짐 싼다고 광고하는 것도 아니고…. 시훈이 열린 문을 닫고 주 실장의 집무실로 발을 들이며 뇌까렸다.

"사람이고 광고주고, 다 빼 가면 어떡합니까."

턱이 아릴 정도로 힘을 줘 이를 악문 시훈은 부릅뜬 눈으로 주 실장을 노려봤다. 주 실장이 손안의 펜을 성의 없이 상자에 던지고 비릿한 헛웃음을 쳤다.

"빼 가길 누가아- 결정을 내가 해? 본인들이, 고객사가 하는 거지."

꼭지가 돌아 버릴 분노에 시훈이 눈을 지르감았다. 주 실장을 향해 한 자 한 자 짓씹는 말소리는 더없이 서늘했다.

"꼭 그렇게… 나간다 상스럽게 티를 내셔야겠어요?"

보기 좋게 뒤통수를 쳤다 해도 주 실장의 밑바닥에서 부글부글 끓고 있는 열패감이 사라지지는 않았다. 그러니 이리 훌쩍 저리 훌쩍 뛰는 성질머리가 드러나는 건 순간이었다.

"상스러? 나이도 어린 놈이 말 막 하지? 하… 씹. 너나 정이수나 아주 그냥…"

"뭐?"

뜬금없이 튀어나온 이름에 시훈이 이맛살을 구겼다. 주 실장이 코웃음을 치며 눈을 치떴다.

"정이수 봐. 네가 정이수 건드린 건지 아니면 그 자식이 너한테 엉덩이를 흔들었는지 내 알 바는 아닌데, 정이수한테 너한테 당했다고 한마디만 하라니까 죽어도 입을 안 열어. 기회를 준대도… 내, 참. 다 내팽개치고 회사는 뛰쳐나가고 말이야. 어디서 뭘 하는지… 참, 나."

흥분을 감추지 못한 주 실장의 나불대는 입은 쉬이 그치지 않았다.

"회장 아들이라고 여기가 다 네 맘대로 될 거 같지? 너도 말이야, 적당히 고개 숙이고 처신 잘했으면… 지금 같은 회사 꼬라지는 안 됐을 거 아니야. 너도 정이수처럼 사표 쓸래? 고객사 영업 관리도 제대로 못 하는 게 무슨…."

피가 거꾸로 솟는 기분이었다. 머리가 새하얘졌다. 이성을 간신히 붙든 시훈의 음성이 낮게 가라앉았다.

"그러니까… 그따위로 협박해서… 뉴욕 보내 주겠다고 했어요?"

"지 복 지가 찼지."

모든 상황이 맞아떨어졌다. 시훈의 버석하게 마른 손이 제 얼굴을 쓸어내렸다. 이수가 느꼈을 모멸감은 짐작만으로도 고통스러웠다. …씨발. 짓이긴 욕이 거칠게 떨어졌다. 의기양양한 주 실장이 어깨를 으스댔다.

"대행사도 못 들어가, 어디서 노는 모양인데 정이수한테 연락 오면 전해 줘. 내가 작은 기획사라도 하나 소개해 준다고."

분노마저 싸늘하게 식어 버린 시훈이 긴 숨을 내쉬었다. 마음 같아서는 피떡이 될 때까지 주먹이라도 날리고 싶은 심정이었다. 어금니 안쪽으로 혀를 굴린 시훈이 자세를 바로 해 주 실장을 마주 보았다. 힘주어 한 마디, 한 마디 내뱉은 말들이 주 실장 앞에 날을 세웠다.

"매년 똑같은 광고 같아도 왜 그만한 돈 주고 만드는지 이해 못 하시죠? 그러니까 단가 후려쳐서 업계 사람들 쪽팔리게 만들고, 책임도 못 질 거 사람들 사표 쓰게 만들구요."

"뭐어? 쪽이 팔려?"

주 실장은 이게 문제였다. 뭐든 안다고 생각해서 모든 계획이 맞아떨어질 거라 과신하는 면 말이다. 그러니 상대가 반발하거나 계획이 틀어지면 쉽게 흥분을 했다.

"좋은 광고는, 좋은 광고주가 만들어요. 알 만한 분들로 잘 골라서 데리고 가셨을 거로 생각할게요. 다행이네요. 골칫거리를 솎아 낼 수는 없잖아요."

단가 후려쳐서 브랜드 캠페인 만들겠다고 결정한 광고주라면 안 봐도 훤했다. 서로에게 득이 될 수 없는 협력 관계가 분명했다. 시훈은 이 점이 두렵거나 걱정되지는 않았다. 지금에야말로 김지학과 주현탁이 부르짖던 당장의 영업 이익이 중요한 게 아니라 미래를 위한 과감한 결정이 필요했다.

시훈이 고개를 돌려 주 실장의 집무실을 천천히 훑었다.

"그리고 아시죠? 1년 내 동종업계 이직 금지."

"…야… 그걸 누가…."

"누구는 예의 있어요? 귀에 걸리고 코에 걸리면 얼마나 좆같은지 한번 보세요."

주 실장의 얼굴이 잔뜩 구겨졌다. 사납게 눈을 부라린 주 실장이 부득부득 이를 갈았다.

"지금 말이면 다야? 너…! 내가 여기 어떻게 굴러가나 지켜볼 거야…!"

걸음을 옮겨 집무 책상 앞으로 바투 선 시훈이 고개를 기울이며 나지막이 입을 뗐다.

"누가 누굴 걱정하는지 모르겠네…."

"……."

"인사이트나 제 걱정은 하지 마시구요."
시훈이 품 안에서 꺼낸 명함 한 장을 주 실장의 집무 책상 위로 밀어 놓았다.
"그리고, 회사 옮기시면 광고주 한번 잘 모셔 보세요."
명함을 내려 본 낯빛이 벌겋게 달아올랐다. 주 실장은 입만 뻐끔댔다.
[정산 그룹
브랜드전략실 IMC 1팀 정이수 책임]
고고하게 턱을 올려 내리깐 눈이 한 점 흐트러짐 없이 주현탁 실장을 응시했다.
"사람을 엿 먹이고 싶으면 좀 멀리 보세요. 눈앞에서 알짱대지 마시고."
뭐든 시작은 쉽다. 마무리하는 과정이야말로 사람의 진가를 보여주는 법이다. 살뜰하게 챙기지 못한 제 남은 흔적이 흉이 될까, 혹시 남은 이들에게 누가 될까 퇴사 직전까지 고민했을 한 사람을 생각하면 시훈의 억장이 무너졌다.
서늘하게 힘주어 내뱉은 한 마디 한 마디에 시훈의 진심과 결기가 실렸다.
"법무팀 동원해서, 끝까지 가자고 할 겁니다."
시훈이 등을 지고 나오는 주 실장의 집무실에는 이제 정적만이 맴돌았다.
아무도 없는 긴 복도를 걷던 시훈이 울컥 치미는 감정을 참을 수 없어 비상계단을 뛰쳐 올라갔다. 옥상 문을 벌컥 열고 난간에 가슴을 걸쳤다. 거친 숨이 한 번에 쏟아졌다.

"헉…."

그러니까, 정이수 때문에 아무래도 편히 숨을 쉴 수가 없었다.

* * *

회의가 소집되고 현 상황에 관한 설왕설래가 며칠간 오갔다. 제 라인이었지만 미처 두 사람의 돌출 행동을 감지 못 한 문동현 대표는 말을 아꼈고, 이하 다른 임원들 역시 당황하기는 마찬가지였다.

고객사도 아닌 광고 대행사 내에서 도떼기시장인 양 가격 흥정을 논한 작태부터가 문제였다. 쉬쉬해도 한동안 업계 내에서 충분히 쓴소리가 나올 법했다. 당사자가 인사이트 임원 출신이라면 더 말할 것도 없이.

때를 놓치지 않은 여민준은 시훈과 함께 강경하게 대응해야 한다는 입장을 밝혔다. 회의는 무거웠다. 단가 후려치기도 문제였지만 그보다 한목소리로 공감한 사안은 직원 빼내기 문제였다. 일괄적으로 제출한 사표에 업무는 제동이 걸렸고, 사내 분위기는 어수선하고 산만했다. 견고한 조직으로 보인 인사이트에 미세한 균열이 일기 시작한 것이다.

이에 대해 향후 인사이트 내 인력 유출 및 관리에 관한 별도의 논의가 필요하다는 충분한 공감대가 형성되었다.

"아… 쌔하다 했더니만 결국 이렇게 터지네."

"……."

목소리를 높인 여민준 역시 사태를 진화하느라 고됐는지 목덜미를 부여잡았다. 시훈 역시 사내외로 돌아가는 분위기나 본부 내의 어지러운 상황을 수습하느라 여념이 없었다. 간신히 오늘 회의로 방향은 잡았지만, 아직 해결 못 한 일들이 첩첩산중이었다.

엘리베이터를 기다리며 시훈의 표정을 살핀 여 전무가 김지학, 주현탁 문제와 더불어 내내 인사이트를 들썩이게 만든 뉴스를 슬쩍 던져 놓았다.

"…들었다."

"……."

"정산 브랜드전략실에 가 있다며, 정 팀장."

후우- 여민준이 복잡한 기분을 달랬다. 듣자 하니 블라인드 채용에 면접도 엄청나게 까다로웠다는데 그걸 뚫어 버리네. 하… 참. 놀랍고 당황한 마음과 별개로 묘한 씁쓸함이 맴돌았다. 말하자면 일종의 아쉬움…? 이미 지나서 소용도 없을 후회가 스멀스멀 피어올랐다.

"네."

지나치게 단답인 시훈을 올려 봤다. 회의실에서 나온 순간부터 녀석은 깊은 생각에 빠져 있는 듯했다.

"너, 괜찮아?"

회사 때문인가, 정이수 때문인가. 어느 쪽도 편할 리 없었다. 가라앉은 시훈은 어쩐지 평소 분위기와는 조금 달랐다. 일이 터진 시점부터 제대로 잠을 잤는지도 모르겠다.

"몸을 좀 아껴 가면서…"

시훈이 운을 떼는 여 전무의 말을 끊어 냈다.

"죄송한데 먼저 내려갈게요."

집무실로 내려온 시훈은 다른 생각 없이 밀려 있는 일을 처리했다. 확인하고 승인하고 회의하고…. 해가 기울어 이윽고 밤이 될 때까지 하루가 그렇게 흘렀다.

늦은 밤, 집무실 창 앞에 선 시훈이 타이를 풀어 집무 책상 위로 던져 놓았다. 뻐근한 목을 좌우로 늘리며 어두운 시내를 내려 본다. 도시는 외롭다. 아니, 그저 제 생각일 뿐이다. 이수가 인사이트를 그만두기 전에는 느끼지 못한 감정이었다. 괴롭고 아플지언정 고독이 폐부에 와닿지는 않았다. 유리창에 비친 집무실을 응시한 시훈은 씁쓸함을 삼켰다. 적막한 공간에는 이제 제 자리 하나뿐이었다.

시훈은 어느새 환멸이 이는 이곳에서 무의식중에 이수의 흔적을 찾고 있었다. 지하 주차장에서 엘리베이터로 연결되는 통로와 사무실로 이어지는 복도, 문을 열면 고개를 돌리지 않고도 보이던 이수의 자리, 혹은 이마를 대고 잠시 쉬었을 층계참. 멋없고 무드라고는 조금도 찾아볼 수 없는 칙칙한 회색의 공간에서 단 하나 색이 있다면 그건 정이수였다.

자정이 멀지 않은 시각, 시훈은 책상 위를 밝힌 전등을 끄고 며칠 만에 귀갓길을 재촉했다. 잠을 자고, 밥을 먹고, 깨끗한 옷을 챙길 필요가 있었다.

"책임님, 그럼 내일 뵙겠습니다!"

조 대리의 밝은 인사에 이수가 고개 숙여 화답했다. 이른 퇴근이었다. 해가 길어진 계절이었고 봄바람이 살랑거려 걷기 좋은 저녁이었다. 익숙하게 지하철역을 향한 발걸음이 충동적으로 역을 지났다. 퇴근 시간에 사람이 쏟아진 거리를 지나는 이수의 걸음은 어느새 대형 서점 앞에 다다라 있었다. 떨어지는 꽃잎에도 웃음을 터트릴 고등학생들이 삼삼오오 모여 수다를 떨고, 이제 막 걸음마를 시작한 아이가 넘어지지 않도록 엄마는 고사리 같은 손을 붙잡고 있었다.

노을이 지는 광장에서 이수는 서점에 걸린 대형 간판을 올려 보았다. 봄이구나. 의식의 흐름대로 흘러간 기억이 익숙한 시 구절 하나를 저절로 떠올렸다.

"……."

작년 가을과 이번 봄 사이의 겨울은 어느 때보다 혹독했다. 내 마음에는 봄이 왔나…. 한참 동안 자리에 머문 이수가 천천히 걸음을 옮겨 H 미술관에서 표를 끊었다. 폐관까지 시간이 빠듯했지만 전층을 둘러볼 생각이 아니라면 메인 전시관은 관람이 가능해 보였다. 에스컬레이터를 타고 내려가자 벽을 가득 채운 사진들이 걸린 전시회장이 보였다. 관람객은 거의 찾아볼 수 없었다.

창문 없이 조도가 낮은 전시회장 내부는 시공간을 초월한 다른 세계 같았다. 눈바람이 불어도, 백 년 정도 시간이 흐른대도 알아챌 수 없을 것 같은 적막이었다. 고요한 공간 속 이수가 발을 디딜 때마다 구둣발 소리가 텅 빈 전시회장을 조용히 울렸다.

쉬는 동안 전시회장을 자주 찾았다. 고요한 공간 속을 거닐며 그림이나 사진을 보면 복잡한 생각을 그나마 정리할 수 있었다.

해가 떠 있을 때 들어갔다가 해가 질 때쯤 거리를 나오면 같은 하늘인데도 생경하게 느껴져 한동안 그 자리에 멈춰 서 있었다. 한 번도 쉬어 본 적 없고, 그래야겠다 생각해 본 적도 없으니 모든 것이 어색했다.

사랑 역시 그랬을까. 주는 사랑만 알고 받는 사랑은 알지 못해 상대의 마음을 더듬어 보지 못했다. 직장이라는 좁은 우물 안에서 몸을 사리는 일이 어렵지는 않았다. 갑옷처럼 두른 정장이나 직함 아래 가면을 쓴 얼굴이 차라리 편했다. 그런데 아무 소속도 없는 정이수로 살아가는 동안 이수는 어둠 속에서 길을 헤매는 심정이었다.

"……."

자신과 일정한 거리를 두고 따라오는 발소리를 인지한 건 출구를 앞둔 마지막 코너에서였다. 유기적으로 연결된 전시장을 거닐던 이수의 걸음이 한쪽 벽면을 가득 채운 대형 흑백 사진 앞에 멈춰 섰다. 자신을 따라 모퉁이를 돌아 나온 발소리 역시 같았다. 멈춰 선 이수는 마치 시간과 공간이 박제된 사진 속을 거니는 사람이 된 것 같다. 길을 잃은 아이처럼 어떤 방향으로 가야 할지 알 수 없었다.

"……."

뒤를 돌아보지 않은 이수가 천천히 걸음을 옮겼다. 평이하게 전시회장을 빠져나와 미술관 앞 광장을 가로질렀다. 어둠이 내려앉은 번화가를 지나는 동안 도시의 불빛들이 하나둘씩 빛을 발했다.

경적을 울리는 자동차들, 열기를 내뿜는 버스와 바쁘게 퇴근길을 재촉하는 사람들 사이로 이수는 빠르지도 느리지도 않게 길을 걸었다. 횡단보도를 몇 차례 지났고, 저녁 장사를 시작하는 가게에서 들려오는 대화 소리를 뒤로했다. 목적지는 없었다. 그저 눈에 보이는 길을 따라 정처 없이 걸었다.

초등학교를 지나 고궁으로 연결되는 돌담길을 따라 걸으면 길 하나를 사이에 두고 주택가와 인접한 한가한 골목이 이어졌다. 어스름한 가로등 불빛이 드문드문 켜져 있는 그곳에서 이수의 걸음이 차차 느려졌다. 이윽고 가만히 두 발을 멈춘 그대로 그림자처럼 제 뒤를 밟는 상대를 향해 입을 열었다.

"그만 따라와요. 할 말 있으면… 빨리하구요."

열 걸음 남짓한 거리를 두고 남자의 걸음이 멈췄다. 이내 바닥으로 떨어진 시선을 들어 무심한 등을 바라보는 시훈이 예사롭게 사실을 고했다.

"주현탁 실장이 회사를 그만뒀어요."

"……."

이수는 그 이름이 나오는 순간 시훈이 전말을 알고 있으리라는 걸 본능적으로 알았다. 입술을 짓이긴 이수가 하늘을 올려 보며 짧은 숨을 내쉬었다. 언젠간 알더라도 스쳐 지나간 과거 일로 치부되기를 바랐다. 시간이 지나면 그럴 수 있을 테니까.

"나한테… 왜 말 안 했습니까."

이수는 떨리는 눈을 가만히 내렸다. 동요 없는 차분한 목소리가 조용한 골목을 지나 시훈에게 다다랐다.

"웃기잖아요, 애 같고. 일러바치는 거 같잖아. 그런 거 하나 스스로 해결을 못 해서…."

"혼자서 해결할 만한 일이 아니었잖아요."

안타까움이 고스란히 묻어난 탄식과 같은 책망이었다. 뒤돌아 서 있던 이수가 옆으로 몸을 돌리자 실루엣이 도드라졌다. 가볍게 치부

될 리 없건만 애써 그렇게 들어 달라 간청하듯 이수의 목소리는 봄바람 같은 공기를 머금고 있었다.

"우리…."

머뭇대는 이수의 입매가 옅은 호선을 그렸다.

"…참 이상해요. 나는 소파 승진 같은 소문에 치를 떨고, 이시훈 씨도 본인 신분이나 위치 이용해서 대가 주는 사람 아니잖아. 근데 우리가 서로에게 저지른 짓이 제일 모순됐어요."

골목길 바닥 위로 자잘하게 갈린 알갱이가 구둣발을 스치자 미세한 소음을 내었다. 애달프게 웃는 이수가 바닥 그 어딘가를 바라보며 가만히 입을 열었다.

"…뭐 하나 고백할까요."

담벼락 아래 깨진 화분에 핀 들꽃들이 밤중에도 선명한 색을 띠고 있었다. 꽃을 내려 본 이수의 목소리가 가늘게 떨렸다.

"내가 얼마나 구차하고 찌질한 짝사랑을 했는지, 내가 얼마나 불행한 가정사를 가졌는지…. 내 밑바닥을 전부 본 사람. 그거 당신, 이시훈 씨였어요. 얼마나… 창피했는지 몰라요. 숨을 수 있다면 그랬을 거예요. 근데… 그것보다 내가 더 견딜 수 없었던 건,"

아랫입술을 잠시 깨문 입에서 툭 남겨진 말이 떨어졌다.

"그런 나에게 가장 친절했던 사람이, …당신이었다는 거예요."

그래서 중심을 잃고 이성을 잃었다. 받아 본 적 없는 사랑을 밀어내고 상대의 진심을 난도질해 가며 제 상처를 기워 냈다.

지금의 이수는 큰 파고를 넘긴 잔잔한 바다 같았다.

"그러니까, 주 실장 일로 나에게 미안해할 필요 없어요. 내가 당신에게 해 줄 수 있는 유일한 일이었거든요."

말을 마친 이수가 시선을 내렸다. 담담해 보여도 가느다란 떨림마저 감출 수는 없었다. 가장 낮고 어두운 내면을 하나하나 열거하는 자신이 부끄러웠다.

"…있죠, 나는 세상이 나에게 얼마나 엄격한지 알고 있어요. 가질 수 없고, 할 수 없었던 일들이 너무 많아서 체념에 익숙하고 실패가 두려워요. 내가 가진 감정들이나… 이시훈 씨도 나에게 그런 존재예요."

"……."

한 번도 많은 선택지를 가져 본 적 없었다. 열심히 달려도 결국 막다른 길에 다다른 사람처럼 절박함에 매일을 버티며 살아왔다. 행복한 기억을 조금씩 나누어 남은 불행을 위로할 여유조차 없었다. 크기를 키워 온 제 안의 결핍이 진심 앞에 자꾸 뒷걸음질 치게 만들었다. 이수가 목구멍을 꽉 막고 있는 열감을 힘겹게 넘기며 어렵사리 입을 뗐다.

"난… 불안을 안고, 살고 싶지 않아요."

담을 따라 뭉근한 바람이 밀려왔다. 이제 고우재를 핑계 삼아 모진 말로 시훈을 끊어 내려는 머저리 같은 연기는 소용없었다. 나는 포기가 빠른 겁쟁이라고 고하고 나니 후련했다. 모든 걸 내려놓은 사람처럼 진솔하지만 애처로운 고백이 이어졌다.

"설마… 아직도 내가 좋아요?"

코웃음과 함께 실려 나온 물음은 다시 체념이었다. 제 주위로 뾰족하게 둘러놓은 담이었다. 평생을 이렇게 살아온 자신을 이해할 수 있을까. 뻔뻔하게 이타심을 기대할 수는 없었다.

어둠 속 빛이 닿지 않는 곳에 서 있는 시훈은 미동조차 없다. 두 발을 딛고 단 한 번 흔들림도 멈춤도 없이 이수의 말을 고스란히 다 듣고 난 뒤였다. 그것이 대답이리라. 더 가까워질 수 없고, 그래서도 안 됐다. 이쯤에서 이수 자신이 거리를 벌리는 편이 옳았다.

일하며 서로 마주치게 되더라도 그런대로 살아갈 수는 있을 테다. 시간은 모든 걸 잊게 하니까. 어설픈 미소가 걷히고 이수가 등을 돌렸을 때였다.

"언제쯤,"

낮고 다정한 음성이 등을 통과해 심장을 두드렸다.

"나한테 와 줄래요."

"……."

숨이 멎었다. 어느새 멀리서 들려오던 주변의 소음도 코끝을 지나는 봄밤의 공기도 일시에 사라졌다. 이수의 뒤로 새까만 어둠이 펼쳐져 있었다.

"나도 고백 하나 할까요."

그윽하고 평온한 말소리가 비워 낸 마음에 슬며시 찾아들었다.

"내가… 정이수 씨 당신 마음에 길을 만들었어요."

"……."

"당신이 문을 열고 걸어오면 길이 될 테고, 그렇지 않으면 풀이 자라 못쓰겠지만, 나는 기다릴 거예요. 내가 잡초 하나 자라지 못하게, 그 길이 없어지지 않게 주변에 있을게요."

이수의 눈이 크게 뜨였다. 속절없이 흔들리는 눈동자에 비친 골목

끝 어딘가가 희뿌옇게 보였다.

가을쯤, 함께 관람한 전시회에서 서로의 위치를 더듬어야 했던 아득함, 눈을 감으면 드넓은 암흑 속 매일 밤 떠오르던 단 한 사람. 저를 숨 막히게 한 까마득한 어둠이… 아, 사실은 우주였구나. 그래서 잴 수도, 감히 크기를 가늠할 수도 없는 그곳에서 오늘처럼 길을 잃었나 보다.

시훈의 진심이 담담히 전해졌다.

"길을 따라오기만 해요. 그러면 아무 말 하지 않아도… 내가 잘 알아챌게요."

아침에 일어나 가장 멋진 모습을 보여 주고 싶어서 머리부터 발끝까지 신경을 썼다. 이수의 곁에 어울리려면 그렇게 해야 했다. 마주 보게 될지 아니면 등을 돌릴지 알 수는 없지만 만나러 오는 길이 두렵지 않았다.

어떤 답을 주더라도 하고 싶은 말은 단 하나였다. 방향을 헤매고 있는 이수에게 당신이 걸을 수 있는 길이 있노라, 내가 그 이정표가 되겠노라고.

형편없이 떨리는 입술을 몇 번이나 고쳐 문 이수가 간신히 입을 뗐다.

"…이시훈 본부장님."

비겁했다. 그걸 알고 있으면서도 이수가 시훈을 끊어 내려 호칭을 힘주어 말했다. 이미 발갛게 달아오른 눈가에 눈물이 아롱졌다. 바들바들 떨리는 손끝이 손바닥을 파고들었다.

"그러니까 와요, 나한테. 내가 반드시 기다릴 테니까."

모든 고백에 시훈이 종지부를 찍었다. 곧게 뻗은 마음이 한 사람을 향했다.

"……."

오늘 우리가 기억해야 할 것은 이뿐이었다.

어둑한 골목길은 고요하다. 어스름한 달빛 아래 처연한 뒷모습이 모퉁이 너머로 사라졌다. 안아 주고 싶고 달래 주고 싶지만 시훈은 서두르지 않았다. 그동안 당신의 행동이 잘못되거나 섣부르지 않았다고, 당신의 선택은 언제나 옳았다는 격려와 확신을 주고 싶었다. 지금이 아니어도 괜찮다. 그러니 두려워하지 말라고.

이수가 떠난 골목에서 시훈은 그제야 담배를 꺼내 물었다. 내뿜은 담배 연기가 아스라이 공기 중으로 흩어졌다. 무심코 올려 본 하늘에는 어느 집 담장에서 넘어왔는지 모를 나뭇가지 끝에 이제 막 잎을 틔운 꽃봉오리가 맺혀 있었다. 옅은 미소가 배다 이내 사라진다.

"하…."

눈을 감고 긴 숨을 내쉬었다. 기다림을 견디는 이유는 하나였다.

정이수를 사랑하고 있었다.

Part 6. Dawn

"…어, 안녕하세요, 본부장님."

"안녕하세요, 좋은 아침입니다."

인사를 나눈 제작실 구영모 팀장의 삐딱한 자세가 시훈을 보고 바로 섰다. 승진 공고 후에도 구 팀장과는 딱히 불편하지는 않았다. 그런데 오늘따라 어깨가 굽은 구 팀장은 어쩐지 제 눈치를 보는 모양새다.

"야근했어요?"

"아… 네."

평소 같으면 물어보지 않아도 진행하는 프로젝트 건에 관해 푸념이라도 했을 사람이었다. 피곤해서 그러겠거니 애써 무시한 위화감은 반나절이 넘도록 이어졌다.

대부분 그랬다. 쑥덕거리거나 곁눈질하는 시선들은 카페테리아를 가거나 직원들의 보고를 받을 때 잠시 머물다 시훈과 눈이 마주치거나 사람들 사이를 지날 때면 순식간에 사라졌다.

회의가 끝난 느지막한 오후, 회의실에 신동윤 대리와 단둘이 남게 됐다. 같은 팀으로 1년 넘도록 손발 맞춰 오며 일했고, 나름 가깝다 느낀 사람이 쭈뼛대며 허둥지둥 자리를 정리하는 태도가 영 이상했다. 결국 시훈이 농담 같은 질문을 던졌다.

"신 대리, 오늘 회의가 왜 이렇게 재미없어요?"

회의는 평이했지만 결정적인 순간 흐름이 뚝뚝 끊겼다. 본부장으로 승진했다고 눈치를 볼 거면 타이밍이 늦어도 너무 늦었다. 어제만 해도 1팀 팀장이 시훈에게 제 의견을 더할 나위 없이 굳세게 밀어붙이지 않았던가.

"아… 글쎄요. 그냥… 음…."

신 대리는 시훈이 1팀 팀장이었을 당시 가장 편하게 대화를 주고받던 팀원이었다. 엄연히 1팀 팀장이 있건만 일부러 자신을 불러 묻는 이유를 신 대리 역시 모르지 않아 난감함에 눈을 굴렸다. 어색하게 말을 고르는 모습도 이상하고, 평소처럼 커피라도 한잔하시지 않겠냐고 곰살맞게 굴지도 않았다. 시훈이 멋쩍게 웃었다. 사회생활을 시작한 이래 느껴 본 적 없는 이상한 거리감이었다.

"바쁠 텐데 미안합니다. 쓸데없이."

의자에서 일어난 시훈이 신 대리를 스쳐 지날 때였다.

"그… 본부장님."

눈을 꼭 감았다 뜬 신 대리가 어두운 낯빛으로 시훈의 걸음을 멈춰 세웠다.

"……."

막상 뒤를 돌자 붙잡은 사람은 말 대신 핸드폰을 내민 엉거주춤한 자세다. 넘겨받은 핸드폰에는 사내 익명 게시판을 캡처한 사진이 띄워져 있었다. 불과 두세 줄에 불과한 게시글은 누가 봐도 시훈을 가리키고 있었다. 모회사 정산 그룹, 둘째 아들, 낙하산, 최근 승진한 AE. 추측 가능한 이니셜. 내용을 확인한 시훈이 혀를 찼다.

"팀장…, 책임님!"

임순정 대리와 김민주 대리가 사옥 앞 카페에서 이수를 맞이했다. 근처에서 외부 미팅을 마치는 시각이 마침 퇴근 시간이라 미뤘던 저녁 식사를 하기로 했다.

가까운 식당으로 이동해 음식을 주문한 뒤 제대로 서로의 안부를 물었다. 눈 아래 다크서클이 진 걸 보면 여전히 야근은 많은 모양이고, 커피가 질릴 정도면 봄이라 일이 끊이지 않는 탓일 테다.

"어, 타이 매셨다."

김 대리가 알아보고 반색했다. 그에 이수가 타이 노트 부분을 매만졌다. 사실 생각보다 복장에 대한 규정이 까다롭지 않아 타이를 매도 그만 매지 않아도 그만이지만 매게 되는 날에는 선물받은 타이에 자주 손이 갔다.

"자주 매요. 다들 잘 어울린대요."

"책임님한테는 뭐든요."

앞니를 드러내며 김 대리가 활짝 웃어 보였다. 이수는 못 들은 척 눈을 굴렸다. 사적인 대화를 많이 나눈 일이 없어 이럴 때는 웃고 말면 그만이건만 칭찬이 어색하기만 했다.

회사를 그만둔 후에 두 사람을 대하는 일이 오히려 편해졌다. 인사이트에서 가장 어두운 시절을 함께 보낸 전우애랄까. 아마도 그런 진한 감정들이 시간이 지난 뒤 좋은 기억으로 남게 됐다.

주문한 음식이 속속 나왔다. 음료를 한 모금 넘긴 임순정 대리가 눈을 동그랗게 떴다.

"아, 맞다. 그거 아세요?"

김지학이나 주현탁의 사표 문제일 거라는 짐작과 달리 임 대리가 뜻밖의 소식을 전했다.

"이시훈 본부장님이요."

목소리를 낮춰 꺼낸 이름에 이수의 손이 멈칫했다.

"……."

휘휘 주위를 둘러본 임 대리가 테이블 앞쪽으로 몸을 기울였다.

"정산 그룹 회장 아들이래요. 둘째 아들. 익명 게시판에 올라온 거 보구, 진짜… 저희 다 뒤집어졌잖아요."

이수의 입이 작게 벌어졌다. 맥주를 홀짝인 김민주 대리가 말을 이었다. 그녀 역시 테이블에 바짝 몸을 붙인 채였다.

"이 본부장님 승진이 좀 파격적이었잖아요. 나이도 젊은데… 그게 다 이유가…. 아무래도 그렇죠?"

방울토마토를 찌른 포크가 접시 끝에 놓였다. 이수 역시 그에게 물었었다. 왜 이런 고생을 자처하느냐, 실무 간 보는 거냐고. 하지만 이유를 알고 난 후에는 저 또한 시훈에게 얼마나 색안경을 끼고 있었는지를 깨달았다. 사람들은 각자의 사정을 너무도 쉽게 추측하고 판단했다. 이수가 굳은 표정을 지워 내며 부러 아무렇지 않은 척했다.

"…실력도 있고, 실적도 좋았잖아요. 이전에 T 기획에서 오랫동안 일하신 걸로 알아요. 요즘은 젊은 임원들도 많구요. 저희만 해도…."

저도 모르게 시훈을 거들고 나선 꼴이 됐다. 그 사실을 깨닫자마자 이수의 입이 다물렸다.

"…그렇긴 한데… 물고 태어난 수저가 다른 건 어쩔 수 없나 봐요."

김 대리가 맥이 풀린 투로 턱을 괴었다.

"곤란하겠어요… 이 본부장님."

이수가 테이블 위로 부산한 시선을 돌렸다. 한 귀로 듣고 흘려 보려 해도 자꾸만 두둔하고 만다. 임 대리가 음료에 꽂힌 빨대를 저으며 코를 찌푸렸다.

"대놓고 말하는 사람은 당연히 없는데… 갑자기 거리감?"

이수는 컵을 들어 목을 축였다. 입술이 바짝 말랐다. 종류는 달라도 시훈이 겪고 있을 곤란을 알고 있었다. 모든 이가 제 뒤통수만 보는 느낌. 복도를 돌아 나가면 우연히 마주친 시선에 상대가 불편해하며 어설프게 머리를 숙인다. 묻고 싶은 말들이 많아 입은 댓 발 나와 있으면서 정작 누구도 진실을 묻지는 않았다. 설령 누군가 묻는다고 해도 하나하나 일일이 열거하며 제 사정을 설명하기에는 이미 둘러진 벽이 너무 높았다. 사람은 그렇게 고립된다.

"사람들 줄줄이 그만두고… 아무튼 이래저래 회사 분위기가 좀 그래요. 꼭 나사 빠진 것처럼. 근데 퍽퍽하고… 또 주야장천 일은 하는데, 이래서 뭐 하나 싶기도 하고."

김 대리의 푸념이 이어졌다. 기운이 쭉 빠진 김 대리 편에 맥주 한 잔을 더 주문해 줬다. 테이블에 잠시 정적이 흘렀다.

인사이트를 다니는 두 사람의 얼굴에는 회의감이, 이수의 마음에는 한 사람이 떠올랐다.

"……."

일은 어떠세요? 순간적으로 화제를 바꿔 낸 김 대리의 눈이 다시금 초롱초롱했다. 이수가 굳은 입매를 끌어 올렸다. 두 사람 모두에게서 질문이 이어졌고, 새 회사에 관한 이야기를 하는 내내 이수는 두어 번 흐름을 놓쳤다.

"정산 쪽 일은 무리 없지? 정 책임이 까다로운가."

시훈을 제외하고 팀장급 선에서 두어 번 미팅이 오갔고, 정이수 책임이 만만찮다고 전해 들었다.

"잘 진행되고 있어요. 촬영지 수배 중이구요."

수월하지 않을 리가 있나. 누가 맡아서 하는 일인데. 시훈이 손에 든 담배를 입에 가져다 대려는 순간이었다. 모퉁이를 돌아 나온 소리가 귀에 닿았다.

'아니, 실무를 왜 뛴 거야? 대행은 6개월이나 하고 팀장은 꼴랑 1년 하고 그다음에 본부장? 이거 어떻게 이해해야 돼?'

목소리를 낮췄다고는 하나 비교적 말소리는 선명했다. 대체 몇 명이 모였는지 옥상 한구석에서 넘어오는 담배 연기가 뿌옇게 피어올랐다. 옆에 서 있던 여민준이 푸흡. 커피를 흘렸다. 안주머니에서 손수건을 꺼내 닦은 여민준이 이를 꽉 깨물었다.

"아이, 씨… 업무 시간에 일들 안 하고 말이야…."

이것들이 그냥. 노기를 추스르지 못한 여 전무가 발을 막 떼려는 그때 팔이 잡혔다.

"둬요, 그냥."

손안에서 라이터 휠이 의미 없이 돌았다. 시훈은 담배를 입술 끝에 물고만 있을 뿐이다.

그때 댓글 달린 거 보니까 T 기획에서도 다 몰랐다는데? 글쎄… 그 말이 믿겨? 난 잘 모르겠는데…. 하… 씨, 뭐가 됐든 좋겠다. 태어났더니 아빠가 재벌이야. 그럼 좋아, 안 좋아. 겁나 좋지. 부럽다. 얼마나 쉬워, 사는 게…. 아… 오늘 시간 진짜 안 간다. 날씨는 죽여주네.

그제야 시훈이 피식 웃음을 흘리며 혼잣말을 중얼거렸다.

"…이런 거네."

"어?"

여 전무가 반문하자 고개를 내젓는다. 별일 아니니 넘기라는 식이었다. 때마침 안쪽에서 소란스레 가십을 풀어낸 이들이 줄줄이 엮인 굴비처럼 좁은 틈을 빠져나왔다.

"…어, 안녕하십니까, 전무님. …아, 본부장님."

줄지어 나올 때만 해도 왁자지껄 말이 많더니 여민준에게 가려 있던 시훈을 발견하고 죄지은 사람처럼 머리나 뒷목을 긁는 모습들이 볼만했다.

"네."

시훈은 가볍게 고개를 숙일 뿐이다. 가 보세요, 업무 시간인데. 심드렁한 눈짓을 보내자 하나둘 눈치를 살피며 종종걸음으로 자리를 떠났다. 사람이 떠난 휑한 옥상을 둘러본 여 전무가 머리를 긁적였다.

"뭐… 쯧, 단속한다고 했는데… 인사팀에서 샜나."

김지학이나 주현탁이 사표를 쓰고 나가기 전 누군가에게 흘렸을지도 모르겠다. 전전긍긍하는 여 전무가 시훈의 눈치를 살폈지만 정작 당사자는 아무 말이 없었다.

"……."

…정이수는 더했겠지.

사람들이 저에 대해 뭐라고 떠들어 대든, 그저 시훈의 머릿속에 떠오른 생각은 한 가지뿐이었다. 쉽게 말하고 평가하고 재단한다. 시훈의 눈이 솟아 있는 마천루 어딘가를 응시했다.

세상은 변하는데 인사이트는 여전했다. 돈을 받고 일을 한다. 시간을 채우고 등 뒤에 달린 태엽이 멈추면 오늘 하루가 끝나는 것처럼.

이렇게 재미없는 회사가 광고를 만든다니…. 크리에이티브니 아이디어를 기대한다는 게 이렇게 우스울 수가 없었다. 물고 있던 담배를 손으로 부러트린 시훈이 고개를 절레절레 흔들었다. 고여 있는 물은 언제고 썩기 마련이었다.

"전무님."

전방을 주시하던 시훈이 입을 열었다. 쓴맛을 다시고 있던 여 전무의 대답이 늘어졌다.

"…어."

"이거 좀 아닌 거 같아요."

연말부터 바람 잘 날 없는 회사가 이제야 잠잠해졌나 했더니 하필 이 타이밍에 시훈의 정체가 드러날 건 뭐람. 언젠가 알려질 사실이지만 가십처럼 다뤄지지는 않았으면 했다. 꾸준히 자리를 다졌어야 할 시훈도, 같이 일하던 직원들도 껄끄러워졌다. 이직 온 과정이나 승진이 오롯이 재벌 3세가 낙하산을 타고 사뿐하게 내려온 거라 치부되는 현실이 씁쓸했다.

"뭐가아…."

"회사 말이에요."

시훈이 낮은 목소리로 중얼거렸다. 고개를 뚝 떨어트린 여 전무의 눈앞이 캄캄했다. 여기서 이 녀석까지 퇴사 운운하면 정말 골치였다. 자기 꼴리는 대로 사는 놈인 건 알지만 지금은 아니었다.

"…시훈아! 내가 형으로서…"

여 전무가 황급히 팔을 그러쥔다.

"퇴사 안 해요. 그러니까 나 도와주세요."

"…어?"

시훈이 기대 있던 몸을 바로 세웠다. 시선은 옥상 출구를 향해 있었다.

"이렇게 된 거 괜히 어설프게 틀어막지 말고, 좀 크게 보자구요."

진지했고, 그게 뭐가 됐든 물러날 기미는 없어 보였다. 도통 짐작 못 할 말을 남긴 시훈이 성큼 앞서 걸었다.

* * *

월요일, 이른 아침부터 시작된 임원 보고는 어딘가 맥이 풀려 있었다. 수습할 일들 천지였다. 윗선부터 혼란한 기운이 가시지 않아 회의실은 여전히 뒤숭숭했다.

대회의실에 시훈이 등장하자 불편한 시선들이 따랐다. 주요 임원들은 이미 알고 있던 사실이건만 대외적으로 밝혀진 사실이 부담스러운 모양이었다.

회의 말미였다. 의례적으로 보고 회의에 참석한 문동현 대표가 크게 회의실을 훑었다. 인력 유출 및 관리에 관한 대책을 강구하겠다 의견을 모은 지 시일이 지났지만 방안은 여전히 답보 상태였다. 회의 테이블에 깍지 낀 손을 올린 문 대표가 무겁게 입을 열었다.

"자, 다들 분위기 처져 있지 말고, 각자 생각이 있으면 허심탄회하게 논의해 봐요. 우리가 잘해 보자고 지금 하루가 멀다 하고 회의하는 거 아닙니까."

입을 걸어 잠근 이들이 답답한지 미간에 주름이 진 문 대표가 살짝 언성을 높일 때였다.

"대표님."

의자를 반쯤 돌려 앉아 있던 대표의 시선이 시훈에게로 돌아갔다.

"말해 봐요."

입을 떼기 전 시훈은 생각을 가다듬었다. 앞으로 피력할 의견들이 쉬운 주제는 아니었다. 저보다 이 세계에서 오랫동안 일해 온 사람들이다. 그러나 하극상이라 여겨 불쾌해한다 해도 이렇게 고여 있을 바에야 판을 흔들어 놓는 편이 나았다.

"인사이트 내의 직급과 호칭을 타파했으면 합니다. 그리고 투명·공정한 인사 원칙을 공개하고 회의와 보고 문화, 하다못해 회식 문화 개선 작업도 필요하다고 생각합니다."

처음부터 돌려 말할 생각은 없었다. 시훈의 의견에 회의실이 잠시 술렁였다. 문 대표가 눈썹을 찡그린다. 회의실의 임원들 역시 당혹스러운 표정으로 시훈에게 시선을 돌렸다.

"그래야 할 이유가 뭡니까."

턱을 느릿하게 매만지는 행동이 긍정적인 사인은 아니었다.

"비난의 화살을 한두 사람에게로 돌리는 편이 쉽다는 거 압니다. 그대로 유지해도 회사는 돌아가죠. 하지만 지금 우리는 반성이 필요하다고 봅니다."

잠시 숨을 고른 시훈이 회의실 내 사람들을 바라보며 침착하게 입을 열었다.

"우리는 광고를 만듭니다. 유행에 민감하고 도태되지 않기 위해서 매 순간 기민하게 촉을 세우죠. 각자의 아이디어를 쥐어짜 내고 그조차도 충분하지 않아 날을 세워 가며 회의를 합니다. 나와 동료, 나와 클라이언트, 소비자와의 커뮤니케이션을 위해서요. 그런데 우리 조직은 지나치게 보수적입니다. 정형화되어 있고 수직적인 상하 관계는 벽을 세워 경직된 조직을 만들었습니다. 그럼 지금까지 어떻게 탑티어를 유지할 수 있었는지 생각해 봐야 합니다."

낮고 단단한 음성이 회의실을 울렸다.

"우리는 운이 좋았습니다. 놀랍게도 능력과 실력 있는 실무진들이 헌신적으로 일하고 있었거든요. 그런 이들이 이제는 인사이트를 떠나고 있구요."

기획실뿐 아니라 제작실까지 최근 인사이트를 떠난 실무자들이 비일비재했다. 심지어 김지학과 주현탁의 꾐에 사표를 제출하지 않았나. 사유는 '개인 일신상의 이유'였지만 우리 모두 진실이 아님을 알고 있었다.

"조직이 개인의 희생을 발판 삼아 영광을 누려서는 안 됩니다. 실력 위에 다른 가치를 우선시해서도 안 되구요. 몸 갈아 일한 직원에게 보람과 의리로 버티라고 하기에는 너무 뻔뻔하지 않나요. 매년 신입 및 경력직 공개 채용을 통해 인재 영입에 만전을 기하면서 정작 회사를 위해 몸 바쳐 일한 직원들은 등한시했습니다. 네 노동을 단지 돈을 주고 샀다가 아니라, 우리가 같은 비전을 공유하고 향해 가고 있다는 확신을 심어 줘야 합니다. 그러자면 연령, 직급을 떠나 개인을 존중하고 존중받는 평등한 기업 문화를 구축해야 합니다."

회의실에는 침묵이 흘렀다. 그 원인과 이유를 모르지 않았다. 시훈은 담담했다. 이럴 때는 그저 단순해야 했다. 온갖 미사여구를 덧붙인다 한들 의미가 없었다.

"제 존재가 인사이트 내부의 소란을 가져온 것도 사실입니다. 이 점에 대해서는 이유 불문하고 사과드립니다. 직을 내려놓는 편이 합당하다고 하시면 군말 않고 받아들이겠습니다. 하지만 집안을 배경으로 쉽게 일할 생각은 추호도 없습니다. 이제껏 그렇게 살아왔구요. 의심하십시오. 그 부분은 제가 감당하고 앞으로 증명해 보이겠습니다."

강한 어조와 달리 말소리는 침착했다.

"마지막으로, 이런 말씀 드려서 꼴같잖고, 오만하다 하시겠죠. 하지만 인사이트에서 평직원이라면 문 걸어 잠근 회의실에 함부로 발을 들일 수도, 열려 있는 귀도 없으니, 어쩌면 제가 말씀드릴 수 있어서 다행이라고 생각합니다."

문 대표의 손가락 끝이 테이블 위를 두드렸다. 미간의 골은 더욱 깊이 팼고, 꾹 다문 입술은 말이 없었다.

"……."

의자를 물린 문 대표가 단 한마디 언급 없이 자리에서 일어났다. 그리고 달칵. 회의실 문이 열렸다. 밖을 나서려던 문 대표가 뒤를 돌아보며 나직이 말을 남겼다.

이시훈 본부장. 집무실에서 잠깐 봅시다.

싸늘하게 얼어붙은 회의실에서 사람들이 자리를 이탈하고 시훈과 여민준 두 사람만 남았다. 하고 싶은 말을 내뱉은 데에 후회는 없지만 후련하지만은 않았다.

"……."

끙 신음하며 자리에서 일어난 여 전무가 시훈의 어깨를 두드렸다.

"일단 대표님 뵙고 와. 나도 임원들 만나서 이야기해 볼 테니까."

머리를 쓸어 올린 여 전무가 회의실을 나섰다. 이제 텅 빈 회의실에는 덩그러니 시훈만이 홀로 남아 있었다.

-팀장님!

"고우재 씨."

밝은 목소리가 수화기 너머로 들려왔다. 이수는 주문한 커피를 들고 팀원들에게 먼저 가라 눈짓을 주었다. 이수가 핸드폰을 고쳐 들고 카페 한구석에 자리를 잡았다. 한낮의 해가 쏟아지고 있었다.

"취업 준비는 잘돼요?"

–곧 인사이트 면접이거든요. 그래서 매일 악몽을…. 팀장님께 죄를 사해받고자 전화드렸습니다.

"네 죄를 사하노라. 이러면 되나?"

아멘. 고우재의 능글맞은 대답에 저절로 웃음이 터졌다.

"인사이트는 면접이 까다로운 편은 아니에요. 올해도 지원자가 많아요?"

–면접도 걱정인데… 인사이트가 기업 문화 개선한다고 해서요. 지원자가 작년보다 더 늘었대요.

생소한 내용이라 의문을 가질 무렵 고우재가 말을 이었다.

–보도 자료하고 홈페이지에서 대대적으로 홍보 중이거든요. 그렇잖아도 김민주 대리님하고 얼마 전에 통화했는데, 지금 사내에서 호칭 공모한대요.

"호칭?"

–네. 직급 없애고 님, 프로, 영어 이름 같은 거요. 그래서 분위기가 좀 새롭다구 그러던데요?

"아… 그래요."

–이 팀장님… 아, 이시훈 본부장님이 강력하게 건의하셨다는 후문이…. 면접 때도 들어오시려나….

"……."

이시훈에게 단단히 미운털이 박혀 있다 생각하는 고우재가 그 뒤로 무슨 말을 했지만 귀에 들어오지 않았다. 팀장 자리를 이임한 지 얼마 되지 않았으니 아직 실무도 손에 쥐고 있을 테고, 본부장 위치는 일을 만들자면 끝도 없는 자리였다.

게다가 배경까지 까발려진 마당에 회사를 바꿔 보겠다고 결심하고 나선 정도면 대체 어디까지 일을 벌여 놓은 걸까. 아무 상관도 없는 제 머리가 지끈거릴 정도였다.

-근데 제가 이시훈 본부장님한테 시훈 님, 시훈 프로님, Sihoon? 이러면… 본부장님이 저 눈빛으로 말려 죽이시지 않을까요?

이수가 시답잖은 고민에 어설픈 웃음을 보였다.

"…무슨."

저처럼 참고만 사는 바보는 아닐 테니 걱정은 말아야지 하면서도 내심 임순정 대리와 김민주 대리를 만나 전해 들은 상황에 시훈이 겪고 있을 고생이 눈에 훤했다.

아무도 그 사람이 얼마나 치열하게 살아왔는지 모를 것이다. 그걸 이해할 수 있는 사람도, 위로나 격려를 해 주는 이도 없을 텐데.

-그럼 다음에 또 연락드릴게요. 수고하십시오!

전화를 끊은 이수가 카페 창밖으로 시선을 돌렸다. 마시지 못한 커피 잔 표면에 송골송골 물방울이 맺혔다. 얼음이 다 녹도록 이수는 쉽게 자리를 떠날 수가 없었다.

* * *

여민준이 시훈의 집무실을 두드렸다. 살짝 열린 문이나 집무 책상 위의 김이 오르는 커피를 보면 잠깐 자리를 비운 모양이었다.

"어휴…."

회의를 마친 이튿날, 불려 간 회의실에서 여민준 전무 앞으로 지시가 떨어졌다.

'무례했다면 죄송하다고 머리 숙여 사과하고 용서부터 구하던데요.'

'아… 네.'

'…….'

앞으로 놓인 서류를 확인한 문 대표가 무겁게 입을 열었다.

'여 전무가 도와서 컨설팅업체 선정하고, TF 맡아요. 시간 끌지 말고 할 거면 빨리합시다.'

TF 책임자 여민준 아래로 시훈과 선발된 핵심 인원을 주축으로 한 팀이 꾸려졌다. 본래 맡고 있는 기획 본부 업무만 해도 상당했다. 꼴을 보면 집에는 씻고 옷만 갈아입으러 다녀오는 것 같고, 잠은 자는지 마는지 모르겠다.

여 전무가 집무 책상 위에 공진단을 올려놨다. 그리고 시선이 벽에 붙은 엽서에 가닿았다. 시훈이가 제 자리에 항상 붙여 놓는 시영의 엽서였다. 시영이를 마지막으로 봤을 때 뭐라고 그랬더라…. 시훈이 잘 챙겨 달라고, 시연이 남자 친구 생기면 어떤 놈인지 꼭 봐 달라고 했었지. 아이… 자식. 괜히 복잡한 기분에 여 전무 손이 엽서에 닿았다.

"……."

달칵.

"안 갔어요? 뭐 해요?"

엽서가 내려가고 여 전무가 재빨리 보자기에 곱게 싸인 상자를 흔들어 보인다.

"이거. 와이프가 너 주란다. 고생한다고."

시훈은 대꾸도 없이 보자기를 풀었다. 그러고는 공진단 한 알을 사탕 먹듯 입안에 넣고 풀썩 의자에 앉았다. 눈을 감고 기계처럼 약을 씹는 시훈에게서 긴 한숨 소리가 새어 나왔다. 아무래도 기력이 달렸다. 연말부터 빡빡했던 비딩 일정에 감정 소모도 만만치 않았고, 사내에서 저를 두고 쑥덕대는 말들을 무시한다 해도 회사 생활이 유쾌할 리는 없었다. 가만히 눈을 뜬 시훈의 시선이 엽서에, 정확히는 그 너머의 사진에 닿았다.

"골자 잡혔으니까 오늘은 이만 들어가. 주말에는 좀 쉬고. 사람이 잠을 자야지."

"…그럴 거야…."

입을 벌리고 나온 답은 힘이 없다. 지친 기색이 역력한 시훈은 두통이 이는지 관자놀이를 비볐다. 익숙하게 첫 번째 서랍을 열어 아스피린과 물 한 모금을 가뿐히 넘기고는 책상에 팔꿈치를 기댔다.

"운전하고 다니냐?"

잘 보이는 위치에 던져 놓은 키가 보였다.

"네."

"진짜… 겁도 없이. 잠도 못 자면서 약 먹고 운전을 해. 쯧."

여 전무가 입술을 꽉 깨물었다. 나오는 한숨을 삼키자 답답한 가슴에 빈 공간이 하나도 없었다. 녀석을 인사이트에 데려올 때만 해도 이런 결과를 기대한 건 아니었다. 일말의 죄책감이 마음을 복잡하게 만들었다. 여민준이 이마를 긁적이다 잠시 자리를 비우고 돌아왔다.

"정산 광고 촬영일 언제야, 곧이지?"

"금요일이요."

"가 볼 거야?"

"가야 해요. 모델도 S급에 전략실 실장도 둘러볼 생각이라니까."

그래? 아무리 생각해도 일이 많다 못해 흘러넘칠 지경이었다. 스타일을 봐서 알지만, 시훈이 누구에게 일을 미루는 성미는 아니었다. 여전히 의자에 기대앉은 파리한 안색을 보고 여 전무가 일어나기를 종용한다.

"일어나, 가는 길에 떨궈 주게."

"그냥 가요. 쉬었다 갈게."

실랑이가 이어졌다. 결국 지금 가지 않으면 여민준 역시 소파에 몸을 뉘겠다는 말에 시훈이 자리를 털고 일어났다. 좀처럼 정신을 차리기 힘든지 고개를 젓는 모습에 문을 잡은 여민준이 한숨을 푹푹 내쉬었다. 엘리베이터에서 바에 엉덩이를 걸치고 있던 시훈은 조수석에 올라타고 얼마 뒤 잠이 들었다.

회사를 빠져나온 여 전무의 차가 시훈의 집 방향이 아닌 다른 길로 향했다. 잠시 뒤 너른 주차장에 차를 세운 여 전무가 시훈을 깨웠다.

"시훈아, 이시훈. 눈 좀 떠 봐."

어깨를 가볍게 흔들자 힘겹게 눈꺼풀을 들어 올린다. 느릿느릿 눈을 깜빡인 시훈이 시간을 확인하고 좌우를 살폈다. 대기 중인 구급차의 사이렌 불빛이 어른어른 자동차 앞 유리를 비추었다.

"올라가서 수액 맞고, 좀 자."

예약해 뒀다며 접수처에 이름을 말하면 안내해 줄 거란다. 시훈이 허리를 세워 바로 앉으며 짜증을 쏟아 냈다.

"가, 그냥. 뭐 하는 거야."

T 기획 시절 대리쯤이었나. 겹겹이 겹친 비딩에 당시 프로젝트팀장이 팀원을 반반씩 나누어 병원에서 수액을 맞고 오라 명한 일이 있었다. 6인용 병실에서 동기 하나가 어찌나 코를 고는지 잠은 다 달아났고, 혹시 몰라 챙겨 간 노트북으로 제안서만 주야장천 쓴 기억이 떠올랐다. 일을 두고 잠이 오나.

차를 타자마자 여민준이 하던 잔소리는 그랬다. 총대를 메도 총알받이 할 각오로 해서 되겠냐, 왜 아주 회사 그만둔다고 하지 그랬냐 등등. 뻔히 눈을 감은 줄 알면서 그동안 참은 말을 풀어놓았다.

"이러려고 그 잔소리를 했어?"

웬만하면 져 주는 사람이지만 오늘만큼은 억지로라도 끌고 갈 생각인지 안전벨트를 풀고 나섰다. 운전석에서 내리기 전 여 전무가 몸을 비틀고 인상을 확 구겼다. 뜸을 들인 그가 마음속에 있는 말을 푸념처럼 늘어놓았다.

"너… 솔직히 관둔다고 해도 내가 뭐라 그러겠냐. 할 말 없지."

"왜 이렇게 약한 소리를 해요. 안 어울려. 그리고 다시 말하는데 안 그만둬."

시훈은 지끈대는 머리를 부여잡았다. 습관처럼 찾은 담배는 돛대마저 없이 비어 있었다. 확답이었지만 여민준의 얼굴에는 개운함 대신 의문이 서렸다. 그러잖아도 피곤한 사람 붙잡고 왜냐고 묻지 못했다. 이내 조수석 밖으로 시선을 돌린 시훈이 중얼거렸다.

"…못 그만두지."

여민준은 부러 시훈을 닦달했다.

"…아무튼 말 들어. 주말에는 보고서 올라갈 것만 확인하면 돼. 네가 무슨 생각으로 지금 이러는지 아는데, 너 쓰러지면 꼴 우스워져."

"……."

운전석에서 내린 여민준이 보닛을 돌아 직접 조수석 문을 열어 준다. 터덜터덜 병원 입구까지 걸어가는 내내 혹시 어디로 샐까 싶어 팔을 부여잡은 손에 시훈이 결국 헛웃음을 터트렸다.

"알았으니까 놔요."

"수액, 잠, 밥, 화장실. 이 네 가지만 해. 병원 밥 먹기 싫으면 말하고. 뭐라도 사다 줄게."

시훈은 대답조차 귀찮은지 가라며 손을 휘휘 흔들었다. 입맛이 없어 죽도 안 넘길 표정이었다. 이러다가 진짜 쓰러지지 싶어 여민준의 표정이 자못 어두워졌다. 접수대에서 이름을 말하고 엘리베이터를 타는 것까지 확인한 여 전무가 '쉬어. 병원에 전화해 본다.' 말을 남기고 뒤를 돌았다.

"으이그… 어지간해야지."

한참을 주차된 차 앞을 서성이다 핸드폰에서 찾아낸 연락처를 두고 여민준은 한동안 망설였다.

'정이수 팀장'.

시훈이 저러는 건 처음 봤다. 누구를 언제 만나고 헤어졌는지 모르게 지난 연애들은 그늘과 흔적이 없었고, 스쳐 갈 뿐인 인연에 진심이었는지도 잘 모르겠다. 사무실에서 시훈이 부적처럼 모셔 둔 엽서 아래에 붙은 사진만 안 봤어도 애당초 고민은 안 했을 텐데….

업보다, 업보. 연락을 해, 말아.

"……."

슬쩍 눈을 치뜨자 병원 앞 불을 환하게 켠 약국에 붙은 문구가 한 눈에 들어왔다.

약은 약사에게.

그럼 이시훈은. 여민준이 아랫입술을 잘근잘근 씹어 대다 자판 위로 툭툭 손가락을 움직였다. 단문의 메시지를 적은 여민준이 눈을 질끈 감고 보내기 버튼을 눌렀다. 정이수에게.

저녁 회식 후 돌아온 집에서 커피를 내리는 중이었다. 아직 마르지 않은 머리카락을 털 때쯤 시침이 자정을 넘기고 있었다. 저녁쯤 배터리가 방전되어 충전 중인 핸드폰 액정이 때마침 번쩍였다. 달리 연락 올 곳이 없어 눈을 텔레비전에 고정한 상태로 무신경하게 메시지를 열었다. 그러다 가슴이 덜컥 내려앉았다.

-정 팀장. 오랜만이에요. 시훈이가 무리해서 지금 병원에 있어요. 밥이라도 한 끼 같이 먹어 줘요. E 병원 110병동 105실.

"손님, 다 왔습니다."

무슨 정신으로 여기까지 왔는지 잘 모르겠다. 정신을 차려 보니 택시 안이었고, 빨리 가 달라고 했던가.

룸 미러를 통해 뒷좌석을 살핀 택시 기사가 이번에는 고개를 빼고 뒤를 돌아봤다. 하얗게 질린 얼굴로 재촉을 하던 사람이 여태 엉덩이를 붙이고 앉았으니 의아해할 만했다.

"…아, 죄송합니다. 여기요."

이수가 황급히 카드를 내밀었다. 결제 알림음이 곧 이어졌다.

택시에서 내린 이수의 시야에 멀리 응급실로 들어가는 구급차 한 대가 보였다. 병원 로비에서 한동안 망설인 이수가 곧 걸음을 옮겼다. 새벽인 데다 1인실만 나열된 밤의 병동은 매우 조용했다. 가서 무슨 말을 해야 할지, 어떤 얼굴로 봐야 할지 복도를 걷는 내내 고민만 쌓였다.

지나는 동안 호수를 확인한 이수가 이윽고 '이*훈'이라 이름이 적힌 병실에 다다랐다. 채 닫지 못한 문틈으로 병실 안이 보였다. 누운 흔적만 있고 사람이 없어 머뭇대는 사이 소매가 둘둘 말린 환자복을 입은 그가 침상 위로 셔츠며 바지를 훌쩍 던져 놓았다.

그 모습을 보자마자 본능적으로 벽 뒤에 몸을 감췄다. 병실에서 새어 나오는 빛이 발 옆으로 경계처럼 길게 늘어져 있었다.

괜찮은가. 지금 나가려는 건가. 아프다면서 왜.

오만 가지 생각에 이수가 핸드폰에서 급히 번호를 찾아 눌렀다. 신호는 길지 않았다. 두어 번 울리기가 무섭게 전화가 연결됐다. 수화기 너머의 목소리는 선명했지만, 벽 하나를 사이에 둔 시훈의 목소리는 희미했다.

-아… 웬일이에요?

"…여민준 전무님이 연락하셔서요. 이시훈 씨… 병원이라고."

상대는 잠시 당황한 듯 말이 없다.

-별거 아니에요. 감기 기운 때문에 약만 처방받고 가는 길이에요.

짧은 침묵 뒤에 시훈은 뻔한 거짓말을 늘어놓았다. 이수가 병원까지 왔을 거라고는 짐작도 못 한 눈치였다.

-이런 거로 왜 그랬는지 모르겠네….

바닥으로 눈을 굴렸다. 시훈은 아무래도 내색하기 싫은 투다. 자존심인지 아니면 걱정을 끼치기 싫은 건지…. 망설인 이수가 병실로 향한 발끝을 돌렸다.

"사실은… 얼마 전에 임 대리하고 김 대리를 만났어요. …들었어요. 사람들이 이시훈 씨 관해서… 알게 됐다고."

가벼운 탄식이 터졌다.

-그렇게 됐어요.

별일 아닌 듯 가벼운 웃음과 함께였다.

"…곤란하죠? 그런…."

동료라는 핑계도 댈 수 없었다. 이수는 어설프게 단념한 문장 끝을 맺지 못했다. 불이 꺼진 어두운 복도 끝 창문 너머로 도시의 불빛이 간헐적으로 깜박였다. 정적을 덧그린 시간이 흐르고 수화기 너머로 전해진 잠잠한 목소리는 마치 시훈의 독백 같았다.

-…많이 힘들었겠다.

나긋했다. 이수에게 하는 말인지 아니면 혼잣말인지 모를 그 말이 가슴을 훅 파고들었다. 쥐어짜듯 심장이 아팠다. 아마도 옆에 있었다면 제 뺨을 쓰다듬거나 혹은 어깨 위로 따스한 손을 둘러 주었으리라.

-힘들었을 텐데 잘 버텨 줬구나. 미안하고 고맙고. 강한 사람이구나. 새삼 또 느꼈어요. …근데, 그런 사람이 묻어 두고 갔잖아. 본인 세월이며 노력이며 열정이며. 그럼 누군가는 알아주고 지켜 줘야죠. 그리고… 나 때문에 그런 거 아는데… 내팽개칠 수가 없어요.

자료실에 남아 있는 이수의 과거는 누군가가 다시 한번 짚어 주고 먼지를 닦아야 했다. 그에 어울리는 자리에서 빛나도록 말이다.

이수의 눈이 바닥으로 뚝 떨어졌다. 울컥 치미는 기분을 애써 삼켜 보려 해도 쉬이 갈무리되지 않았다. 그동안 열심히 살았다고 잘했다고 등을 다독여 주는 기분이 생소하기만 했다.

"…본인 몸이나 신경 써요."

결국 냉랭하게 내쏜 말에 시훈이 목 아래로 소리 죽여 웃었다.

-걱정해 주는 거예요? 이거… 기분 이상하다.

동그란 초침이 무심하게 한 바퀴를 도는 동안 이수의 마음에 수많은 감정이 흘렀다.

"……."

-며칠 뒤면 촬영일이네요. 업무 차질 없이 진행할 거예요. 걱정하지 말고 쉬어요.

시훈이 담담하게 대화를 마무리했다. 묻고 싶은 것도, 답지 않게 부리고 싶은 투정마저 모두 감출 수 있는 적절한 인사였다.

전화를 끊은 뒤 열린 문틈으로 남자의 뒷모습이 보였다. 환자복을 벗고 셔츠를 손에 쥔 그가 침상 위에 털썩 주저앉았다. 굽어 있는 너른 등과 처진 어깨 위로 얼마나 많은 짐이 쌓여 있는지 가늠되지 않았다. 얼굴을 쓸어내린 그는 한동안 그 자세 그대로 움직이지 않았다. 고독이 그림자처럼 시훈의 발아래에 고여 있었다.

깜깜한 복도를 걸어 나오며 이수는 벽에 손을 뻗었다. 우둘투둘한 표면이 손끝에 닿자 천천히 눈을 감았다. 보이지 않아도 그릴 수 있는 것들이 있었다. 촉각, 냄새, 귓전을 맴도는 목소리. 거리와 방향을 가늠해 발을 딛고 빛 한 점 없는 제 마음속에 손을 뻗었다. 그러면 아무런 가식 없이 실재를 마주할 수 있을 테다. 새벽이 머지않은 시간이었다.

* * *

간밤 긴 꿈을 꾸었다.

여섯 살쯤 CM송을 따라 부르며 과자를 먹고 있는 자신의 뒷모습이 첫 장면이었다. 만화 영화가 막 시작하려는 순간, 끼익- 바람 때문에 문이 열렸다. 매번 바깥에서 굳건하게 잠겨 있는 문이었다. 손에 잔뜩 묻은 과자 부스러기를 윗옷에 문질러 털고, 발가락이 튀어나오도록 슬리퍼를 신은 어린 이수가 조심히 문을 열었다. 계단을 따라 오르자 올라오는 길이 험한 만큼 신나게 뛰어 내려갈 수 있는 골목길이 한눈에 들어왔다.

'얘가 어딜 갔어….'

집에 돌아온 엄마와 반지하 창문 창살 사이로 눈이 마주쳤다.

'정이수!'

이름을 부른 엄마 목소리는 방아쇠가 되었다. 어린 이수가 한 걸음, 한 걸음, 발을 뗐다. 심장이 터질 듯 빠르게 뛰었다. 골목을 따라 신나게 내달려 동네 어귀에 있는 놀이터에 도착했다. 그네가 하늘까지 닿도록 발을 힘껏 굴리고, 정글짐의 맨 꼭대기까지 차근차근 오르고 내려왔다.

어린 이수는 여전히 내리막인 긴 골목을 내려가 정류장에 다다랐다. 그리고 막 도착한 버스에 훌쩍 몸을 실었다. 그러자 거짓말처럼 교복을 입은 정이수가 있었다. 집과 거리가 먼 학교에 지각하지 않을까 전전긍긍한 이수가 교문을 지나 교실까지 숨을 헐떡대며 도착했다. 친구들과 인사를 나누고 훌쩍 자란 몸에 손목까지 올라온 소매를 습관처럼 내렸다.

수업을 마치고 운동장에서 축구를 하는 무리를 지났다. 아르바이트에 늦지 않으려고 도착한 버스에 간신히 뛰어올랐다. 열린 창문 틈으로 들어오는 봄바람이 어찌나 노곤한지…. 잠깐 존 것 같은데 버스에서 내린 이수는 어느새 대학생이 되었다.

'공모전 마감 얼마 안 남았어. 졸업 과제도 해야 하는데, 죽겠다… 진짜.'

친구의 푸념이 이어질 때쯤 이대로 가다가는 수업에 늦지 싶어 무조건 뛰었다. 늦은 밤 야작을 하고 집으로 돌아가는 길, 큰 빌딩을 올려 보니 늦은 시간에도 불이 켜진 창가를 누군가 지났다. 깜박 눈을 감자 사무실 한구석에서 머리를 싸매고 있는 정이수가 보였다. 지치고 피로한 모습은 놀이터를 향해 신나게 달리던 때와는 달랐다.

마지막으로 아무도 없는 사무실의 불을 끄고 퇴근길을 재촉했다. 가로등만 총총 켜 있는 길을 터덜터덜 걷는 제 마음은 마치 큰 구멍이 뚫려 있는 듯했다. 지나는 세찬 바람이 텅 빈 속을 할퀴었다. 시선을 들어 보니 멀리서 이수가 타야 할 버스가 오는 중이다. 놓칠까 봐 초조함에 막 발을 떼려는 그때, 뒤에서 누군가 이수의 손을 맞잡았다. 따뜻한 손바닥을 비벼 온기를 나누어 준 사람이 제 옆에 나란히 섰다.

'…….'

손을 내려 본 이수가 서서히 고개를 들어 남자를 확인했다. 매번 제 꿈속에서 조각조각 잘려 나오던 그가 온전한 모습으로 곁에 서 있었다.

'같이 가요. 나하고.'

'…….'

'우리, 좀 걷죠.'

웃었나. 고개를 끄덕였는데 눈이 뜨였다.

"……."

침대에서 몸을 일으킨 이수가 발을 내렸다. 꿈속에서 불이 나도록 내달린 발바닥이 건조한 촉감을 느끼고야 현실임을 깨닫는다. 걸음을 옮겨 거실로 나온 이수는 거실 창 너머 부유스름히 떠오른 여명을 바라보았다. 해가 뜨면 제 마음까지 당도할 빛이었다.

이른 아침부터 촬영이 시작됐다. 세팅하는 데만 오전을 보내고 오후가 되어서 리허설이 진행됐다. 촬영지를 수배하느라 애를 먹었다더니 영상과 사진으로 본 것보다 실제로 보는 풍경이 훨씬 아름다웠다. 길게 이어진 강가의 모래톱이 햇살에 부딪쳐 반짝였다.

하루 안에 TVC와 온라인 매체에 올라갈 바이럴까지 촬영해야 할 형편이라 시간이 촉박했다. 밤샘 촬영이 예고된바 해가 뜨면 하루를 기다렸다가 추가 촬영을 해야 하니 촬영장 스태프부터 광고주, 대행사까지 긴장하지 않을 수 없었다.

네, 지금 보이세요? 안쪽으로 조금만 더 들어오시면 주차하실 수 있어요.

"본부장님. 지금 광고주 도착했다구요."

점심 식사를 마친 후였다. 아래 직원과 함께 내리막길을 따라 촬영장에 도착한 이수가 오 팀장과 가벼운 인사를 나누었다. 그리고 거리를 좁혀 시훈의 앞에 서자 묵례가 뒤따랐다.

"고생하십니다. 리허설 중인가요?"

"네. 촬영본 보시고 같이 모니터링하시면 될 것 같습니다."

오 팀장이 이수를 모니터 앞으로 안내하는 동안 시훈과는 짧은 눈인사를 나눴다. 며칠 전 나눈 통화는 깨끗이 지워진 사람처럼 사무적인 태도였다.

감독과 인사를 나눈 이수는 제 안방처럼 모든 일을 자연스럽게 이끌어 갔다. 콘티와 의상이며 소품을 확인하고 이미 안면이 있는 감독과 CG를 담당할 프로덕션과도 진담 반 농담 반 섞어 가며 리허설한 촬영본을 확인했다. 전반적인 프로세스를 알고 있는 광고주는 설득과 이해가 빨랐다. 말하자면 눈이 부셨다.

바이럴 촬영이 마무리되고 잠깐의 대기 시간이 주어졌다. 노을이 떨어지는 시간대를 기다리며 장비가 세팅된 주변으로 스태프들이 하나둘씩 자리를 잡고 앉았다. 음료와 간단한 간식을 먹으며 시간을 죽이는 사이에도 이수는 콘티를 살피며 감독과 대화를 나눴다.

"컬러 그레이딩 할 때가 제일 좋아요. 순식간에 그림이 확 살잖아요."

"편집실에서는 이제 못 뵙겠네요."

"아쉬우시면 찾아갈까요?"

감독이 손사래를 치며 웃었다. 광고주가 무슨 편집실까지 오세요. 그럼 우리 너무 힘들어져요. 농담 같은 푸념이 이어지고, 감독은 담배를 태우겠다며 양해를 구하고 자리를 비웠다. 그때 홀로 남은 씬을 체크하는 이수 앞으로 불쑥 생수 한 병이 내밀어졌다.

"식사는 하고 왔어요?"

고개를 들지 않아도 누구인지 알 수 있었다.

"겨를이 없었어요. 그리고 촬영일에는 잘 안 먹어요. 불편해서."

느슨해진 분위기 때문인지 누그러진 어투였다. 시훈은 테이블 위로 생수를 놓아둔다.

"내일 새벽까지 갈 거 같은데, 시간 날 때 뭐라도 먹어요. 필요한 거 있으면 말하구요."

촬영지가 산골 오지는 아니지만, 안쪽으로 들어오는 데 꽤 시간이 걸렸다. 필요한 걸 구해 달라고 하면 시훈은 직접 차를 몰고라도 다녀올 생각인가 보다. 잠자코 있던 이수가 무심히 말을 흘렸다.

"광고주 케어하는 거예요?"

"둘 다요."

제법 뻔뻔하게 느껴질 법한 대답을 이시훈은 담백하게 말하는 재주가 있었다.

"본인 몸이나…."

설핏 날이 선 말투였다. 말을 맺지 못한 이수의 귓가가 햇볕 때문인지 붉게 달아올라 있었다.

책임님!

멀리서 브랜드전략실 직원이 용무가 있는지 빠른 걸음으로 걸어오는 중이었다. 확실히 날이 더웠다. 타이는 하지 않았지만 익숙하게 갖춰 입은 셔츠는 여전히 목 끝까지 잠긴 채였다. 손을 뻗어 풀어 주기라도 하면 좋을 텐데….

시훈의 얼굴에 잠시 씁쓸한 웃음이 배다 사라졌다. 일 봐요, 그럼. 말을 남긴 시훈이 이수를 스쳐 지났다.

노을 지는 배경을 뒤로하고 모델이 연기에 임하는 동안 전 스태프가 소리를 죽였다. 단 한 컷이지만 해가 뉘엿뉘엿 넘어가는 찰나에 오케이 사인이 떨어져야 하는 야외 촬영은 긴장의 연속이었다. 쉼 없이 밤 촬영이 이어졌다. 낮과 달리 쌀쌀한 강가에서는 촬영팀의 조명만이 주변을 밝히고 있었다.

저녁께 업무를 마치고 촬영장에 들렀다는 구원주 실장은 이수와 시훈에게 전반적인 상황을 보고받고, 아래 직원과 함께 서울로 돌아갔다. 실장을 만났으니 시훈으로서는 오 팀장에게 현장을 맡기고 떠나도 되지만, 여전히 자리를 지키는 이수를 두고 그러고 싶지 않았다.

"걷다가… 하나, 둘, 셋, 시선- 앞으로, 좋습니다!"

감독의 지시에 따라 테이크가 반복됐다. 모래톱 위로 모델이 지나고 NG 후 다시 카메라가 돌아갈 때마다 현장 스태프가 빗자루로 발자국을 쓸어 없앴다. 그 때문에 알게 모르게 소요되는 시간이 상당했다.

온종일 돌아가고 있는 카메라며 뜨거운 조명 아래서 버틴 스태프의 긴장이 살짝 풀어질 때쯤, 팟! 퓨즈가 나가는 소리와 함께 현장이 암흑으로 뒤덮였다. 사방이 어둠이었고, 여기저기 쏟아지는 한탄과 함께 조명 감독과 조감독이 현장 내 인원을 통제했다.

"위험하니까 이동하지 마시고요!"

하나둘씩 각자의 자리에서 핸드폰 라이트를 켰다. 드문드문 짜증

섞인 얼굴이 보였다. 시훈 역시 자신의 핸드폰 라이트로 주변을 살폈다. 어리둥절한 모델 옆으로 매니저와 함께 신 대리가 뛰어갔다. 언덕 위쪽으로 자리한 발전차를 확인하기 위해 몇몇 인원이 급히 이동 중이었다.

얼마 지나지 않아 보조 전기가 돌아가는지 빼곡하게 둘러 있는 조명 중 하나에만 열악하게 빛이 들어왔다. 발전차에서 뛰어온 조감독이 말하길 정상화되려면 10여 분 정도 시간이 걸릴 거란다. 그 말에 감독은 담배를 물고, 모델은 차로 이동해 대기하기로 했다.

"10분 정도 쉬겠습니다!"

조감독이 큰 목소리로 외쳤다. 장시간 서 있던 스태프들은 각자의 자리에 주저앉았다. 몸을 돌린 시훈의 시야에 강기슭으로 걸음을 옮기는 이수가 보였다. 달빛과 희미한 조명을 의지한 채였다.

이수의 뒤로 시훈 역시 기슭에 다다랐다. 새까만 하늘에는 총총 별이 떠 있었고, 강 주위를 두른 산들은 먹을 칠한 병풍 같았다. 날이 조금 쌀쌀했지만 춥지는 않았다. 사위가 잠잠한 강가에 물 흐르는 소리만이 선명하게 들려왔다.

시훈이 거리를 두고 따라오는 걸 아는 눈치였지만 이수는 가라는 말을 하지도, 피하지도 않았다. 무슨 생각을 하는지 묵묵히 걷는 이수를 뒤따르던 시훈이 어느 순간 불쑥 팔을 뻗었다.

"젖어요. 조심해야지."

"……."

어느새 이수의 신발이 잔잔하게 들이치는 강물에 닿아 있었다.

"한두 컷만 찍으면 되는데 먼저 올라가요. 잘 마무리할 테니까."

팔꿈치를 힘을 줘 잡아당기자 넋을 놓은 이수가 그제야 몸을 물린다. 때마침 불어오는 바람에 저들끼리 부딪친 나뭇가지 소리가 적요한 공간을 메웠다. 홀린 듯 흐르는 물을 바라보는 이수의 머리카락도 밤바람에 날려 흐트러졌다. 곧 머리를 가만히 쓸어 올린 이수의 입술이 나직한 물음을 건넸다.

"가면… 좋겠어요?"

설핏 온화한 미소가 얼굴 위로 스미다 사라졌다. 위태롭고, 불안하고, 처연하기만 하던 과거와 달리 오늘 눈앞의 정이수는 느긋하고 편안해 보였다. 시훈은 그런 모습이 조금 생경하게 느껴졌다.

"피곤할까 봐요."

시훈이 타이르듯 답을 건넨 후에는 또다시 묘한 침묵이 이어졌다. 그리고, 이수가 다음 말을 이었을 때 시훈은 복잡하고 혼란스러웠다.

"여기까지… 오는 길이 험하더라구요. 보이지를 않아서."

까만 강물에 제 모습을 비춰 보던 이수가 초연한 태도로 눈을 맞췄다. 달을 등지고 있어 표정을 읽을 수는 없었다. 짐작 못 할 모호한 말에 숫기 없고 어리숙한 사람처럼 시훈은 아무 말도 하지 못했다.

초조함과 비슷한 감정이 스멀스멀 피어올랐다. 고요 속 두 사람 모두 어둠을 뚫고 서로를 또렷하게 마주 본 상태였다. 찰박찰박. 조용하고 느리게 밀려오는 물이 이번에는 시훈의 발끝을 적시고 있었다.

"……."

그 순간 섬광이 터졌다. 저 멀리 임시에 켜진 조명이 한낮처럼 주위를 밝혔다. 촬영을 준비하는 스태프들의 고함이 들리고 촬영장 주변에서 대기하던 신 대리가 시훈을 향해 머리 위에 원을 그렸다. 촬영을 재개할 거라는 사인이었다. 어느새 몸을 돌린 이수는 저만치 앞서 걷고 있었다.

"컷! 수고하셨습니다!"

촬영은 어슴푸레한 새벽이 되어서야 끝이 났다. 준비하고 계획한 대로 잘 마무리된 촬영에 조명이 꺼진 불상사는 가벼운 해프닝으로 남았다. 오 팀장이 현장을 정리 중인 감독 및 매니저와 마무리 인사를 하며 편집, 녹음 일정을 확인하고 있었다. 한 발자국 떨어져 주위를 살피던 시훈이 결국 부재중 통화만 남긴 핸드폰을 바라보다 오 팀장을 불렀다.

"혹시 정이수 책임님 못 봤어요?"

방금 전만 해도 모니터링을 하고 있던 이수가 보이지 않았다.

"이상하다, 여기 계셨는데…."

목을 빼고 주변을 둘러보던 오 팀장에게 때마침 전화가 걸려 왔다.

"어, 지금 책임님 전화 왔는데… 잠시만요."

시훈에게 양해를 구한 오 팀장은 오늘 고생하셨다, 마지막까지 자리 지켜 주셔서 고맙다, 향후 일정은 월요일에 다시 정리해서 말씀드리겠다 등의 대화로 끝을 맺고 핸드폰을 손가락으로 가리킨다. 혹시 전할 말씀이 있으시냐는 뜻이었다. 이미 서울로 돌아가는 길이라 짐작한 시훈이 고개를 내저었다.

"네, 들어가십시오."

촬영팀은 장비를 나르는 중이었고, 모델을 태운 밴은 일찍이 이곳을 빠져나갔다. 그럼 이수는 촬영팀과 함께 이동할 생각인가, 아니면 다른 차가 있는 건가. 생각이 미칠 때쯤 앞서 걷던 오 팀장이 여전히 제자리인 시훈을 돌아봤다.

"본부장님, 안 가세요?"

"먼저 가요. 나는 잠 좀 깨고 갈게요."

이런 곳에 대리운전을 부를 수도 없고, 차를 놓고 갈 수도 없었다. 오 팀장은 주말에도 편집실에 가야 할 형편이라 시훈이 퇴근을 재촉했다.

"그럼 월요일에 뵙겠습니다. 조심히 올라오세요."

"고생했어요."

사람이 모두 떠난 강가는 처음 발을 들였을 때처럼 한적하고 고요했다. 아침 이슬에 젖은 모래톱이 단단했고, 밤을 지난 새벽은 온통 푸른빛이었다. 자욱한 안개에 한 치 앞도 내다볼 수 없었다. 물 흐르는 소리만이 강이 있는 사실을 알려 줄 뿐이다.

시훈은 강을 따라 천천히 길을 걸었다. 아침 이슬이 머리와 어깨 위로 습하게 내려앉아 그동안의 피로를 더욱 짓눌렀다.

기다리겠다고 했지만, 막상 목소리를 듣고, 눈을 마주치고 그 얼굴을 바라볼 때면 어쩔 수 없는 욕심과 조바심이 슬그머니 머리를 내밀었다. 미래를 바라면서 과거를 곱씹을 수밖에 없는 자신이 초라해질 때도 더러 있었다.

잠들기 전 때때로 해 보는 가정들은 수 갈래로 갈라졌다. 그때 이수에게 이렇게 말했다면, 이수를 그렇게 이해했다면, 그 이 주변을 살폈으면 어땠을까. 오직 품 안에 안고, 마음을 얻을 생각만 했지 그간 이수가 앓아 온 고민을 헤아려 볼 생각은 하지 못했다.

시간이 필요하다면 기다리고, 거리가 필요하다면 잠시 떨어져 있어도 결국 내게로 돌아오면 된다고 확신만 주면 됐을 것을. 뒤늦은 후회를 세어 보다 밤을 지새우고, 그리는 마음만 점점 깊어졌다.

걸음을 멈추고 표면에 안개가 서린 물속을 바라보았다. 참으로 아득하여 깊이를 알 수 없고, 손을 넣어 휘휘 저어 본다 해도 손안에 가둘 수 없는 사람. 이수가 떠올랐다. 이슬에 젖은 머리를 넘긴 시훈의 미간에 슬며시 주름이 졌다. 쓸쓸함과 채우지 못한 그리움. 허탈함이 한순간 밀려왔다.

"……."

어디서 떨어졌는지 떠밀려 온 꽃잎이 무심한 강을 따라 흘렀다. 근원지를 찾아 시훈이 시선을 끌어 올린 때였다. 짙푸른 빛에 섞인 새벽안개가 마치 꿈같았다. 그 사이를 가르고 인영 하나가 시훈을 향해 걸어오고 있었다. 내딛는 발걸음은 망설임이 없었다.

드러난 실루엣이 누구인지 확인하는 순간 시훈의 두 눈이 크게 뜨였다. 머뭇거림 없이 제 앞으로 다가온 사람은 숨을 고르고 떨리는 손을 천천히 시훈의 어깨에 올렸다. 코끝이 스칠 만큼 가까운 거리에서 나직이 내쉬는 숨소리가 또렷하게 들려왔다.

파르르 떨리는 속눈썹이 서서히 들렸다. 한쪽 눈꺼풀에 얕고 긴 선이 그어진 눈 아래로 물기를 머금은 눈동자가 고스란히 시훈을 향해 있었다.

"…정이수……."

청산유수처럼 내뱉은 고백은 어디 가고 시훈의 입에서는 겨우 상대의 이름만 흘러나왔다. 화답은 귀를 기울여야 들을 수 있을 정도의 아주 작은 목소리였다.

"당신이…."

"……."

"…내 전부를 알아주면 좋겠어."

당신을 사랑한다는 말 한마디가 아직도 목구멍을 통해 나오지 못했다. 애정의 깊이나 너비를 잴 수 있다면 아마도 이 정도라고 말할 수 있지만, 한 번도 해 보지 못한 말은 어떻게 소리 내는지 알지 못했다. 여전히 비겁하지만 시훈이 알아채 주길 바랐다.

부탁일지 애원일지 알 수 없는 고백은 초라했다. 믿어 주길 바라며, 알아주길 바라는 마음을 담아 시훈의 입술 사이로 차마 내뱉지 못한 사랑을 제 호흡과 함께 밀어 넣었다. 떨리는 입술이 목석처럼 굳은 시훈에게 닿았다.

시훈의 집에서 밤새 함께 있었던 그날, 어스름한 빛을 띤 창밖을 바라보며 새벽인지 저녁인지 순간 가늠하지 못했다. 아마 시훈을 마주할 때마다 경계가 흐려진 제 마음 같아 우울했던 것 같다. 위로를 핑계로 그를 끌어안고 사실은 애정을 갈구했노라 자괴감이 저를 짓누르는 새벽이었다.

그러다 잠에서 깬 시훈이 제게 손을 뻗었을 때 얼마나 부질없는 고민이었는지 깨닫는 데 그리 오래 걸리지 않았다. 자신을 끌어안은 온기에 그저 시간이 멈추기만을 바랐으니까.

시훈은 제 심연이 깊이를 더해 갈 때마다 매번 그 안에 불꽃을 피웠다. 어두운 마음속, 유일하게 불을 켤 수 있는 단 한 사람이었다.

소년처럼 어설픈 키스를 마친 이수의 아랫입술이 떨어졌다. 눈앞의 존재를 확인하는 시선이 낱낱이 이수를 덧그렸다. 차가운 뺨을 감싸자 발간 눈매가 자신을 올려 본다.

"이번엔… 안 헤맸어요. 제대로 온 거 같은데…."

입매를 끌어 올려 봐도 눈안에 고인 눈물이 가시지를 않았다. 새까만 어둠이 드리운 어젯밤, 여기까지 오는 길이 험했다는 이수의 말이 이제야 절절하게 와닿았다. 따스한 손이 이슬에 젖은 이수의 뒷머리를 부드럽게 감쌌다. 고개를 내린 시훈이 이마를 맞대고 낮은 목소리로 용서를 구했다.

"혼자 오게 해서 미안해요. 마중을 못 나갔어."

내내 참고 있던 숨이 터져 나왔다. 이내 시훈의 두 팔이 이수의 허리와 머리를 거세게 끌어안으며 뜨거운 입술이 맞닿았다. 한 치의 틈도 없이 온전히 끌어안은 자세였다. 호흡이 달려 가쁜 숨을 쉬면서도 이수 역시 떨어지고 싶지 않아 시훈의 어깨를 단단히 끌어안았다. 입을 벌려 시훈이 마음껏 저를 헤집도록 두었다. 턱을 치들 때마다 따라오는 입술은 기다림에 대한 보상 같았다.

"하아… 하…."

부어오른 입술이 아슬아슬하게 닿은 채로 잠시 숨을 골랐다. 시훈의 입술이 뺨으로 미끄러졌다. 차례로 눈과 코, 턱까지 하나도 빠짐없이 친애를 담은 키스가 이어졌다. 시훈은 손을 들어 흐트러진 이수의 머리카락을 부드럽게 넘겨 주었다. 확신을 담은 속삭임이 귓속에 다다랐다.

"이수야, 너를 사랑하고 있어."

그래, 한마디로 말하자면 가장 확실한 답이었다. 울음이 왈칵 쏟아졌다. 그런데 이상하게 웃음이 나왔다. 저절로 올라간 입술 끝은 내려올 기미도 없이 행복하기만 했다. 얼마나 우스워 보일지 알면서 이수는 시훈의 뺨을 감싸고 두 눈을 들여다보았다. 검은 눈동자 속 울고 웃는 제 모습이 가득했다.

* * *

서울로 올라오는 동안 두 사람은 긴 대화를 하지 않았다. 그저 시훈은 이수의 손을 잡은 채 운전했고, 이수 역시 그러도록 두었다. 차가 정차한 곳은 이수의 오피스텔이 아니었다. 시동을 끈 시훈이 안전벨트를 풀지 않고 앉아만 있는 이수 쪽을 바라보았다.

"주말에 같이 있어요."

다정하지만 거절은 들어줄 생각 없는 단호한 목소리였다.

출근 시간이 지난 아파트는 오가는 사람이 많지 않았다. 엘리베이터 바에 엉덩이를 기대선 시훈 앞으로 이수가 어정쩡하게 거리를 두고 서 있었다. 층마다 올라가는 속도가 실상 더디지도 않은데 어찌나 느리게 느껴지는지 이수는 저도 모르게 아랫입술을 깨물었다. 긴장과 약간의 어색함이 그렇게 만들었다. 앞으로 모은 두 손 중 왼쪽 손가락을 오른쪽 손가락이 짓이기고 있을 때 몸이 가벼운 힘으로 당겨졌다. 한 발자국 뒤에 선 시훈이 이수의 재킷 끝자락을 손에 쥐고 있었다.

"엘리베이터가 너무 느리네."

당장 끌어안고 싶지만 참는 중이라는 걸 눈빛이 말해 주고 있었다. 얼마 지나지 않아 아파트로 들어선 이수의 뒤로 문이 닫혔다.

주말 오전, 햇살이 쏟아지는 거실의 평화로운 풍경과 달리 눈에 띄게 긴장한 손끝이 멋대로 떨렸다.

"……."

고요했다. 이수가 바짝 마른 입술을 혀로 훔치는 사이 목덜미에 뜨거운 숨결이 와 닿았다. 느리게 입술을 스치고 어깨 위로 이마를 비비는 행동은 마치 어리광을 부리는 아이 같았다. 동시에 절절한 애욕을 눈치 못 챌 바보는 아니었다.

"…씻어야…."

만 하루를 밖에서 지새웠건만 아랑곳 않고 뒤통수며 목덜미에 코를 세운 시훈이 가볍게 턱을 당겨 입을 맞췄다. 비교적 얌전하게 시작된 키스는 단숨에 이수의 위아래 입술을 머금었다. 입속에서 맞물린 혀는 강가에서 나눈 키스보다 뜨거웠다. 신발을 어떻게 벗었는지 재킷을 어떻게 벗었는지 모르게 그대로 복도를 따라 침실에 딸린 욕실까지 키스가 이어졌다.

"하아… 흐…."

시훈은 숨이 차면 고개를 비틀어 틈을 만들어 줬지만 도망가게 두지 않았다. 욕실 샤워 부스 안으로 이수를 밀어 넣은 시훈이 눈앞에 있는 상대의 셔츠 단추를 급하게 풀었다. 명치께까지 인내심을 가져 본 손은 나머지 두 개를 남겨 두고 결국 앞섶을 억세게 쥐어 잡아 벌렸다.

서울로 돌아오는 길, 고속도로든 어디든 차를 세워 키스를 퍼붓고 머리부터 발끝까지 이수를 속박하고 싶었다. 시훈은 그 절절한 욕망을 잡은 손 하나로 참아 낸 자신이 기특할 지경이었다.

"읏…!"

뜯어진 단추가 도르르 바닥을 뒹굴었다.

"난, 참느라고 미치는 줄 알았는데… 당신은 왜 이렇게 평온해."

습한 기운에 차마 내려가지 못한 셔츠를 팔에 걸어 두고 집요하게 입술을 빨아 당겼다. 흥분을 감추지 못한 남자의 손이 정장 바지에 감싸여 있는 엉덩이를 움켜쥐었다. 터트릴 것처럼 쥐어 보다 순식간에 벨트를 풀어 헤쳤다. 무릎 아래로 내려간 바지가 셔츠며 양말과 함께 바닥에 허물처럼 늘어졌다. 밴드 사이로 시훈의 손이 들어와 속옷마저 끌어 내리자 이미 발기한 성기가 튕겨져 나왔다. 프리컴으로 번들거리는 귀두를 손으로 말아 조금 자극을 줬을 뿐인데 예쁜 얼굴에 난감함이 덧씌워졌다.

"…아……!"

뜨거운 숨을 토해 낸 이수를 두고 시훈이 몸을 물렸다. 타이를 풀고 셔츠를 벗는 손 아래 이수가 시훈의 벨트를 풀었다. 평온하기는 누가…. 이수의 귀가 새빨개졌다. 단단한 가슴 근육이 단추를 푸는 셔츠 사이로 드러나자 저도 모르게 숨을 삼킨 사실을 시훈은 모르는 것 같다.

미세하게 떨리는 손이 버클을 풀고 지퍼와 남자의 속옷까지 내렸다. 당연하게 단단한 성기가 배까지 올라붙어 있었다. 마저 양말까지 벗어 낸 시훈이 샤워기 레버를 올리자 따뜻한 물이 쏟아졌다.

"씻어야겠다며."

순순히 요구에 응해 주겠다는 말과 달리 손에 쥔 비누는 얼마 지나지 않아 배수구로 미끄러졌다. 미끌미끌한 손은 이수의 몸을 훑어

갔다. 몸 위로 샤워기에서 떨어지는 물이 거품과 함께 등과 엉덩이를 따라 흘렀다. 이수의 목덜미를 따라 미끄러진 손이 엉덩이 골을 스쳤다. 오랜 시간 삽입하지 못한 구멍은 얕은 손짓에도 움찔댔다. 느리게 문지르다 손을 뺀 시훈이 불쑥 벽에 등을 대고 선 이수의 앞으로 몸을 붙였다. 시훈이 몇 가닥 흘러 내려온 머리카락을 매끈하게 뒤로 넘기자 반듯한 이마가 드러났다.

"……하아… 잡아 봐."

숨과 함께 토해 낸 말은 평소와 다르게 급해 보였다. 시훈이 이미 한계까지 발기한 성기 위로 이수의 손을 끌었다. 이수가 순순히 제 것과 시훈의 물건을 손에 쥐고 느리게 흔들었다. 적나라할 정도로 핏줄이 불거진 성기가 움직이는 족족 손안에서 느껴졌다.

"생각보다 손이 작네."

귓전에 나직한 웃음소리가 들렸다. 이어 이수의 손 위를 제 손으로 감싸 쥔 시훈이 속도를 높였다. 습관처럼 시선을 떨군 이수를 향해 시훈이 고개를 비틀어 눈을 맞췄다. 표정을 볼 수 있도록 이마를 맞댄 상태였다. 엄지손가락으로 이수의 요도를 문지르자 몸을 뒤척이는 이수에게서 헉 하는 신음이 터졌다. 그런 이수의 허리를 시훈의 팔이 단단하게 감았다. 물에 젖어 엉켜 있는 속눈썹이 바르르 떨렸다. 거품이 묻은 성기에 속도를 더해 가자 더 이상 참을 수가 없었다. 흉흉하게 크기를 키운 기둥에 제 성기를 문지르며 이수가 얕게 허리 짓을 했다. 프리컴이 질질 새는 요도를 매만지는 손길에 이수가 결국 어깨 위로 이마를 짓이기며 애원했다.

"…빠… 빨리…."

"…이렇게, 응?"

차마 입으로 나오지 못한 답을 대신해 몇 번이나 고개를 끄덕였다. 목 아래서 울리는 웃음소리와 함께 시훈은 때를 기다린 사람처럼 손을 빠르게 흔들었다. 한순간 훅 몸이 굽었다.

"아… 흑…!"

"아…."

두 사람의 성기에서 터진 정액이 손과 바닥에 후두둑 떨어졌다. 평소보다 빠른 절정이었다. 이수가 쥘 것도 없는 벽 위로 손톱을 세웠다. 뒤로 휜 허리를 잡아챈 시훈은 손에 붙들린 성기를 쥐고 후희를 즐기듯 느릿느릿 기둥을 훑었다. 예민한 귀두를 쥐어짜듯 당길 때마다 차가운 타일 벽에 뒷머리가 짓이겨졌다.

"하아… 하…."

손 위에 묻어난 정액이 거품과 물에 씻기는 동안 감은 눈을 뜬 이수가 눈앞의 시훈을 바라보았다. 흐릿한 시야 사이로 미간에 주름이 진 남자 역시 숨을 고르고 있었다. 넋을 빼고 그 모습을 지켜본 이수가 다급히 남자의 어깨를 끌어안았다. 입술 사이로 혀를 밀어 넣고 가시지 않은 흥분을 나누고 싶었다. 온몸이 불덩이 같았고, 이걸 없애 줄 수 있는 사람은 단 한 사람, 이시훈뿐이었다.

정오도 지나지 않은 오전, 환한 빛이 두 사람을 에워쌌다. 침대 헤드를 등지고 앉은 시훈의 다리 위로 이수가 마주 앉았다. 시선 위의 이수가 감싼 두 뺨에 온기가 돌았다. 이마에서 뺨, 입술로 이어지는 가벼운 입맞춤은 서툴지만 진한 애정을 담고 있었다.

살짝 휘어 있는 얇은 허리부터 드러난 갈비뼈까지 부드럽게 쓸어 올리자 이조차도 자극이 되는지 언뜻 평온해 보이는 몸이 흔들렸다. 물기를 머금은 머리카락에서 떨어진 물방울이 유두 끝에 아롱아롱 매달렸다. 몸을 추어올려 허리를 끌어당긴 시훈이 유두를 혀끝으로 핥아 올리자 앓는 소리가 잇새로 흘렀다.

"……흐으…."

입속에 작은 돌기를 물고 빠는 힘에 눈앞이 하얗게 변했다. 야릇한 감각이 본능을 이끌었다. 허벅지를 세워 빨기 편하도록 가슴을 내어 준 이수가 침대 헤드를 붙잡아 몸을 지탱했다. 견딜 수 없을 정도가 되면 시훈은 혀끝을 세워 얕은 쾌감을 주었고, 나아진다 싶으면 다시 거세게 빨았다. 오싹오싹한 감각에 소름이 돋았다.

"아…, 흐…."

그즈음 무릎을 딛고 선 허벅지를 타고 올라간 손이 엉덩이를 살살 움켜쥐었다 놓기를 반복했다. 몸을 편하게 늘어트려 여유 있는 자세로 이수의 몸을 자극한 손가락이 구멍 주변을 살살 굴렸다. 시훈이 제 마음에 길을 만든 것처럼 몸에는 우리가 나눈 관계의 흔적을 저 몰래 남긴 모양이다. 부지깽이로 남아 있는 불씨를 뒤적이는 기분이었다. 닿는 족족 찌르르 저릿한 감각이 수시로 척추를 타고 올라왔다. 유두에 가해지는 자극뿐 아니라 뒤로 느끼는 쾌감을 기억하고 있었다.

"……."

침대 위를 구르는 젤을 손가락에 바른 시훈은 주름을 문지르다 구멍을 눌렀다. 닫힌 입구가 열리기 무섭게 밀려 들어온 손가락이 느리게 안을 쑤셨다.

"…아, 읏…!"

내벽을 벌리고 들어오는 행위는 조급한 감이 없지 않았다. 휘젓다가 좌우로 뭉근하게 터는 손길에 몸이 부들 떨렸다. 예민한 부위를 피해 손가락 하나를 더 욱여넣고 벌리는 느낌이 선연했다. 혀로 살살 굴린 유두를 촉촉한 입술 사이로 쭉 잡아당겨 놓았을 때는 결국 신음과 함께 시훈의 어깨를 꽉 움켜쥐었다.

"좋아요?"

"으… 흣…."

"응?"

다정하지만 짓궂은 물음이었다. 반드시 답을 듣고 싶은 사람처럼 응? 그래? 하고 채근하자 이수가 결국 고개를 끄덕였다. 곤란한 얼굴을 올려 본 시훈이 소리 없이 웃었다. 풀이 죽은 이수는 사람의 음심을 자극하는 구석이 있었다. 시훈은 이럴 때마다 이수를 한껏 놀리고 싶었다. 아마 어느 누가 본대도 제 생각에 동의하지 않을 수 없을 테다. 하지만 이런 모습을 아는 사람은 오직 저뿐이어야 한다. 힘이 빠진 이수가 몸을 기대 왔다. 옆구리를 타고 올라온 손이 유두를 스치자 어리광을 부리는 아이처럼 제 뺨에 이마를 비볐다.

"버텨야지. 왼쪽은 아직 안 빨아 줬잖아."

촉촉한 점막을 벌리고 느릿느릿 안을 쑤시는 손가락에 물처럼 녹은 젤이 찰박였다. 시훈이 왼쪽 돌기를 가볍게 깨물었다. 쉽게 흥분했고, 침으로 흥건한 양 유두가 빳쪽했다.

"흐… 으…… 응…."

어느새 손가락 세 개를 무리 없이 품은 구멍에 시훈의 손이 속도를 더해 갔다. 허벅지와 엉덩이에 절로 힘이 들어가다 말기를 반복하며 이수는 저도 모르게 손가락을 조였다. 시훈은 쾌감을 부채질하기만 할 뿐 직접적인 자극을 가하지 않았다.

"흐으… 읏…."

이내 느끼는 부분을 족족 빗나간 손가락이 빠지고 시훈이 이수를 시트 위로 눕혔다. 가슴이 맞닿기 무섭게 빠끔대는 구멍 앞에 뭉툭한 귀두가 닿았다.

"아…."

두 사람 모두에게서 낮은 신음이 쏟아졌다. 힘겹게 귀두를 삼킨 구멍은 나머지 기둥을 어렵지 않게 집어삼켰다. 깊숙이 자리 잡은 성기에 이수가 바르작댔다. 퍽. 느리지만 불시에 내벽 안쪽이 눌리며 펄쩍 몸이 튀었다. 틈을 놓치지 않고 세게 누르자 무릎을 세운 두 다리가 형편없이 떨렸다.

"헉… 너무…! 흐읏…."

손으로 풀어 준 내벽이 좆에 쩍 달라붙었다. 시훈이 천천히 허리를 쳐올리자 내벽이 밀려 올라갔다 내려가며 아득한 쾌감을 끌어냈다. 시훈 역시 여유가 없어졌다. 넣기만 했는데도 쥐어짜듯 내벽이 움찔댔다. 사춘기 시절에도 느껴 본 적 없는 욕구가 절절 끓었다. 슬슬 허리를 치대며 안쪽을 파고드는 움직임에 무너진 이수가 시훈을 끌어안았다. 거세게 올려붙인 성기가 이윽고 손가락이 비껴간 부분을 스쳤다. 소름이 일었다.

"아… 앗! 읏…!"

오랜만의 정사에 부드럽게 끌어가리라는 다짐은 순식간에 휘발됐다. 내내 괴롭힌 유두가 제 피부에 닿는 느낌과 울먹이는 신음도 자극이 되었다. 시훈은 겨드랑이 아래로 팔을 넣어 결박하듯 이수를 감싸 안았다. 상체가 완전히 맞붙은 채로 아래서 위로 쳐올리는 힘이 거세졌다. 배 속에 가득 찬 빠듯함이 쾌감으로 바뀌기까지 오래 걸리지 않았다. 발가락이 곱아들었고, 상대의 목을 껴안은 손끝이 하얗게 변했다.

"아…! 흣… 으…!"

이수가 시훈의 어깨에 이마를 짓이기는 순간 구멍이 좆을 끊어 먹을 듯 조여 왔다. 더 들어갈 공간도 없을 내벽에 시훈이 거세게 제 성기를 쑤셔 넣으며 사정했다.

"아흑…!"

"아…!"

배에 닿아 움직일 때마다 비벼진 이수의 성기에서 줄줄 정액이 샜다. 쾌감에 허리가 반대로 휘었다 돌아오며 잘게 떨리기를 반복했다.

"……하아… 하……."

시훈이 붙어 있는 몸을 떼고 이수를 일으켜 안자 성기가 빠진 몸이 움찔움찔 떨렸다. 품 안에 안겨 숨을 고르는 이수의 머리카락을 쓸어 올리며 시훈은 몇 번이나 드러난 이마에 살포시 입을 맞췄다.

"졸린 건 아니죠? 이제 겨우 아침인데…."

시훈이 농담조로 속삭였다. 침대 헤드에 비스듬히 기대앉은 시훈은 햇빛에 반사돼 반짝이는 이수의 몸을 천천히 쓸었다. 무릎을 접어 앉은 허벅지부터 엉덩이를 지난 손이 허리의 움푹 파인 지점을 살살 쓰다듬었다. 정사에 지친 이수를 달래는 것 같기도, 또다시 자극하는 것 같기도 한 묘한 손길이었다.

"……."

어깨에 얼굴을 푹 파묻은 이수가 시훈의 가슴을 짚고 느릿느릿 허리를 세웠다. 눈이 부시도록 깨끗한 피부 위로 내내 빨린 유두가 빨갛게 도드라졌고, 매끈한 복부에는 사정한 정액이 길게 늘어졌다. 볼을 물들인 이수가 작게 숨을 내쉬며 흘러내린 머리를 쓸어 올렸다.

"괜찮아요?"

"……."

다정하고 염려가 깃든 물음에 이수는 대답 대신 허리 뒤로 손을 뻗어 체액으로 번들거리는 시훈의 성기를 잡았다.

"…괜찮아요. 나는 괜찮은데…."

살짝 엉덩이를 들어 녹진하게 풀린 구멍에 성기 끝을 맞춘 이수가 몸을 내렸다. 이내 이수를 올려 보는 시훈의 미간에 깊게 골이 패었다. 울퉁불퉁한 내벽이 마치 제 것처럼 시훈의 성기를 빨아 당기고 있었다.

"……하… 정이수."

아…. 이수의 입에서 낮게 흐른 신음이 끓어오른 흥분을 여실히 방증했다. 곧 젖은 속눈썹이 파르르 떨리며 눈 아래로 길게 늘어졌다. 과감한 이수의 행동에 탁한 탄성과 함께 시훈의 이마에 핏대가 섰다.

입을 벌린 채 살짝 턱을 치든 이수의 요요한 눈동자가 이윽고 시훈을 내려 보았다. 몸 안의 정액을 윤활제 삼아 뭉근하게 골반을 앞뒤로 흔들자 성기를 삼킨 구멍 입구가 밀려 나온 정액과 체액으로 질척였다.

그간 몸을 섞을 때와 달리 이수 역시 애가 탔다. 떨어져 있는 동안 잊혔다 싶은 서러움이 물밀듯 밀려왔다. 누군가의 품이 그리웠고, 그게 시훈이라는 사실을 인정하고 받아들이기까지 너무 오랜 시간이 걸렸다. 시훈을 더 빨리 만났어야 했다. 더 빨리 그를 끌어안았어야 했다.

"근데…."

…이수야. 그렇게 부르는 남자의 시선은 오롯이 저를 향해 있었다. 이수는 잠시 벅찬 마음에 숨을 멈췄다. 시훈이 겨우 이 정도로 기꺼워한다면 못 할 건 아무것도 없었다.

"이시훈 씨는… 괜찮구요?"

한쪽으로 슬쩍 올라간 입매가 기어코 시훈의 이성을 잘라 냈다. 얄망궂은 질문에 시훈이 이를 악물고 이수의 골반을 틀어쥐었다. 벌린 다리에 팽팽하게 당긴 근육과 흡사 자위라도 하는 몸짓에 인내심을 갖기 힘들었다. 기댄 몸을 세워 마주 앉은 자세로 시훈은 이수와 눈을 맞췄다.

"적당히가 안 되게 만드네…."

한숨처럼 느른한 혼잣말이었다.

"아…! 흐… 읏…."

단번에 허리를 쳐올렸다. 가만히 있어도 저를 들어다 놨다 하는 정이수가 움직이는 모습은 확실히 사람을 미치게 만들었다. 잔뜩 예민해진 내벽은 어디를 찔러도 쾌감이 일었다. 빠르고 강하게 쑤신 시훈이 한순간 속도를 늦추고 골반을 움직여 안쪽을 파고들었다.

반쯤 일어난 이수의 성기를 흔들었다. 성기에 금세 피가 몰렸다. 프리컴이 새는 요도를 손가락으로 쓸어 주자 툭툭 몸이 튀었다. 손가락으로 고리를 만들어 귀두부터 뿌리까지 압박했다. 그럴 때마다 구멍이 조였다. 이수는 스스로 허리를 움직이며 착실하게 성기로 시훈의 손을 쑤셨다.

굵고 긴 성기가 불뚝 튀어나온 곳을 스칠 때면 참지 못할 쾌감이 일었다. 절정은 허무할 정도로 쉽게 찾아왔다.

"…아… 윽…!"

사정한 것만 해도 벌써 몇 번째인지. 물 같은 정액이 배 위를 적셨다. 탈력감에 곧 쓰러질 듯 앞으로 기운 몸이 숨을 몰아쉬었다. 도리 없이 파들파들 떨리는 허벅지를 매만지는 시훈의 손을 급하게 붙잡았다.

"…읏…… 하지…."

사정의 여운이라기에 잠자코 있는 모습이 이상했다. 다급히 무릎을 모아 뭔가를 참는 모습에 시훈이 슬며시 웃었다. 곧 이수의 성감대인 유두를 침이 묻은 엄지손가락으로 지분거렸다. 시훈의 어깨를 밀어낸 양팔 사이로 고개를 숙인 이수가 눈도 마주치지 못하고 애원했다.

"하…! 하지… 마…."

부탁에 손을 움직이지는 않고 대신 보란 듯이 쾅 허리를 쳐올렸다.

"아…! …안, 하…지 마…!"

"…하아… 왜요."

낮은 목소리로 물으며 몇 번이나 거세게 쳐올리자 엉덩이 근육이 떨리며 성기를 죄었다.

"……흐… 으…."

안쪽으로 허리를 둥글게 만 이수의 성기에서 쪼르르 투명한 액이 떨어졌다. 막아 보려고 해도 의지와는 상관없이 계속해서 흐른 체액은 시훈의 복근에 고이다 시트 위로 떨어졌다. 짧은 도발을 행한 용기는 어디 가고 순식간에 얼굴과 귀, 목을 붉힌 상대가 못내 사랑스러웠다. 시훈이 한 마디도 되지 않을 거리에서 눈을 맞췄다. 부끄러워 차마 들 수 없는 눈꺼풀이 밑을 향해 있는 동안 바들바들 떨리는 입술에 닿을 듯 말 듯 다가온 시훈이 작게 속삭였다.

"아무래도… 월요일에 연차 내야겠다. 일이 중요한 게 아니네, 지금. 응? 책임님."

얼굴이 화끈거려 미치겠는 이수를 두고 시훈은 기분이 꽤 좋아 보였다.

"…아…!"

시훈이 이수를 단번에 넘어트렸다. 포근한 침대 시트에 등이 닿자마자 뒷무릎이 잡혀 올려갔다.

"으…."

허리를 뒤로 물러 입구 끝까지 빼낸 성기를 진득하게 찔러 넣으면 달라붙은 내벽이 움직임에 따라 밀려 올라갔다. 생생한 감각에 이수의 발끝이 곱아들었다. 시훈은 허리를 움직이며 뺨을 붉게 물들인 이수를 살폈다. 시트를 그러쥔 이수가 손을 뻗어 틈 하나 없이 성기 모양대로 벌어진 구멍의 이음매를 매만졌다. 사정 시간을 조절하는 느긋한 허리 짓이었다. 성기가 손가락 사이를 스쳤다. 이수의 탄성 같은 신음이 쏟아졌다.

"하아… 더 세게…."

돌겠네…. 나지막한 웃음소리와 함께 그나마 붙들고 있던 이성이 통째로 날아가 버렸다. 녹진하게 풀려 있는 안쪽에 퍽. 퍽. 퍽. 거세게 성기가 짓이겨졌다.

"흐으… 읏…!"

등을 타고 올라온 쾌감에 머리가 쭈뼛 섰다. 조금 전 오르가슴을 기억하는 안쪽이 경련했다. 정작 당사자는 알 리 없는 유혹이었다. 시훈이 움직일 때마다 찔꺽대는 소리가 숨소리와 함께 녹아들었다. 턱턱 치받는 힘이 무정하게 느껴질 만큼 하체가 강하게 붙었다 떨어졌다. 시훈은 홀린 사람처럼 이수를 내려 보았다. 들어가고 나올 때마다 찡그리는 얼굴은 아름답고, 사랑스러운 신음에 깊이 박힌 성기가 멋대로 꺼덕였다.

깨물고 있는 아랫입술 위로 시훈이 입을 맞췄다. 들어온 혀가 부드럽게 입안을 유영하며 정신을 빼놓는 동안 시훈은 쉼 없이 허리를 쳐올렸다. 저도 모르게 터지는 숨이 다시 시훈의 입속에 삼켜졌다. 내장 깊숙이 굵은 성기가 꽉 들어찼다. 그리고 그걸 느끼기도 전에 다시 끝까지 빠져나간 성기가 점점 빠르게 안을 쑤셨다. 성기를 휘감은 내벽이 경련하며 눈앞이 번쩍번쩍 튀었다.

"아… 앗! 아흑, …아! …아 …윽!"

손을 뻗어 나올 것도 없는 이수의 성기를 쥐고 흔들었다. 집요한 시선이 이수를 낱낱이 살폈다. 온전히 정이수와 하나가 되고 싶다는 욕망, 제 모든 걸 욱여넣고 싶고 또 안고 싶었다.

사타구니가 거세게 맞붙은 엉덩이는 어느새 발갛게 색이 올랐다. 얼굴 옆으로 지탱한 시훈의 팔에 핏줄이 섰다. 아릇한 소유욕에 이를 악문 시훈이 체중을 실었다. 퍽퍽 새된 소리가 방 안을 울렸다. 제 좆 모양으로 길이 났을 이수의 내벽이 떨렸다. 튀어나온 지점을 짓누를 때마다 어쩔 줄 모르고 몸을 뒤챘다. 구멍 사이를 비집고 성기가 안쪽을 꿰뚫을 때마다 수축과 이완을 반복하는 구멍이 움찔거렸다. 단번에 올라갔다 순식간에 내려오는 롤러코스터를 탄 것처럼 머리가 새하얗게 날아갔다.

"…아흐, 윽…!"

이수의 고개가 한껏 뒤로 젖혀졌다. 시훈이 붙들고 있는 성기에서 묽은 액이 줄줄 흘렀다. 동시에 고환까지 욱여넣을 태세로 뿌리 끝까지 처박힌 시훈의 성기가 내벽 깊숙한 곳에 질척한 정액을 뿌렸다.

"하아… 하아…."

시훈의 정액을 받은 엉덩이가 여운으로 바르르 떨렸다. 시훈이 거세게 숨을 몰아쉬는 가슴에 가벼운 키스를 여러 번 내려찍었다. 사정은 했지만 여전히 빽빽하게 자리한 시훈이 잘게 허리를 움직일 때마다 얕은 쾌감이 파도처럼 배꼽 아래를 간지럽히다 사라졌다. 연거푸 절정에 이른 몸을 쉬이 움직이기가 힘들었다. 이수는 간신히 두 팔을 올려 부끄러운 눈부터 가렸다. 어느새 제가 행한 도발은 잊어버린 지 오래였다.

이를 세워 동그란 턱을 살짝 깨물었더니 스스러운지 슬쩍 고개를 외로 돌리고 만다. 맞붙어 있는 하체가 엉망이었다. 욕정에 이성이 날아간 지 오래지만 정도는 알아야 했다.

"씻겨 줄게요."

시훈이 시트 위로 힘없이 늘어진 허벅지 잡아 몸을 물리려 할 때였다. 가린 눈 아래로 입술이 달싹였다. 들릴 듯 말 듯 작은 소리는 속삭임에 가까웠다.

"…빼지 마."

늘어진 두 다리가 힘겹게 시훈의 허리를 감았다. 힘이 들어갈 리 만무하건만 발목을 교차해 놓지 않겠다는 의지만은 분명했다. 손등을 잡아 내리자 홍당무처럼 발간 얼굴에 젖은 눈동자를 한 이수가 차마 시훈을 바라보지 못하고 한탄 섞인 목소리로 읊조렸다.

"…미쳤나 봐. 그냥… 이렇게 있는 게 너무 좋아."

원초적이고 천박한 방법이래도 좋았다. 연결된 지금이 너무 좋아서, 이 사람이 저를 사랑한다는 사실이 너무 행복해서 어쩔 수가 없었다. 시훈은 아무 말도 하지 않았다. 다만 그대로 이수를 들어 품 안에 가득 안았다. 시훈의 성기가 더욱 깊숙이 들어왔다. 이수가 기다렸다는 듯이 목에 팔을 감아 시훈을 끌어당겼다.

"…하… 좋아."

이수야. …정이수. 나지막하게 이름을 부르는 목소리가 듣기 좋았다. 차마 헤아릴 수 없는 사랑이 제 이름에 실려 마음 깊숙한 곳까지 당도했다. 차곡차곡 차올라 어느새 빈틈없는 마음은 이제 외롭거나 슬프지 않았다. 시훈의 눈을 빤히 바라보면 알 수 있었다. 절절한 진심과 사랑을. 시훈은 한참 동안 입을 맞추고 이수의 머리부터 등을 가만히 쓸어 주었다. 눈이 맞을 때면 뺨과 이마에 입술이 닿았다.

녹아내린 몸은 하나가 된 것 같다. 누구에게서 흘렀는지 모를 체액이 체온과 함께 섞였다. 시훈의 몸에 온전히 기댄 몸은 손 하나 까딱할 수 없다. 그럼에도 풀린 손이 상대의 온기를 더듬었다. 어느새 침대 모퉁이로 찾아온 햇살이 발끝에 닿아 있었다.

자는 게 좋겠어요.

시훈의 너른 품에 기댄 이수가 눈을 감았다. 곧 소리 없는 미소가 떠올랐다. 등을 감싼 팔이 단단하게 자신을 옭아매고 있었다. 숨이 더디게 쉬어질 정도의 압박감이 들었지만 풀어 달라 하고 싶지 않았다. 아마 지금 잠이 든다면 꿈을 꾸지 않을 테다. 아니…, 현실이 꿈처럼 달콤하여 잠들고 싶지 않았다. 이시훈이 좋아서. 지금이 좋아서.

* * *

블라인드를 내린 방 안은 빛이 들어오긴 했으나 제법 어두웠다. 샤워를 하고 쓰러지듯 침대 위로 몸을 늘인 이수는 엎드린 상태로 잠들어 있었다. 허리까지 내려간 이불을 끌어 올린 시훈이 팔을 괴고 이수를 감상했다. 아마 만난 이래 가장 편안한 모습이었다.

처음 정이수를 만난 때를 기억한다. 이직 이튿날, 이른 출근으로 텅 빈 사무실에서 마주쳤을 때 예의상 짓는 미소인 줄 알면서도 웃는 얼굴이 미인이라고 생각했었다.

'안녕하세요, 이시훈입니다.'

'1팀 정이수 팀장입니다. 반갑습니다.'

손을 뻗어 악수를 청하고 평범한 인사를 나눴지만 어딘가 묘한 기분이 잔향처럼 남았었다. 그게 뭔지도 모르고. 뒤척이는 몸이 바로 돌아 품을 파고들었다. 팔을 내어 주고 등을 쓸어 주는 손길에 이수가 다시금 깊은 잠에 빠져들었다. 가만히 모습을 내려 본 시훈 역시 눈을 감았다. 입가의 미소가 가시지 않았다.

이수가 깨어난 시각은 밤 10시가 넘어서였다. 느리게 눈을 뜬 이수가 뻐근한 몸을 이리저리 움직여 봤다. 둔통이며 내내 벌리고 있었던 허벅지에 도무지 힘이 들어가지 않았다.

"아…."

열린 문틈으로 커피 향이 났다. 옆자리가 비어 있는 걸 보면 이 집의 주인이 커피를 내리는 모양이다.

알몸 상태로 밖을 나갈 수 없어 주위를 둘러보자 침대 끝에 무지 티셔츠와 새 속옷, 베이지색 면바지가 곱게 접혀 있었다. 셔츠며 바지가 별수 없이 크기는 했지만 흥건하게 젖은 옷을 입을 수는 없었다. 옷을 입고 가만히 문을 열자 시훈이 이수를 돌아봤다.

"일어났어요?"

청바지에 소매를 걷은 셔츠를 입었을 뿐인데 타고난 골격 때문인지 그 자체로 멋이 났다.

"네. 언제 일어났어요?"

"30분 전?"

머그잔을 싱크대에 놓은 시훈은 불 없는 담배를 들고 있었다. 피우려면 1층까지 내려가야 했으나 자리를 비우지는 않은 모양이다.

"물, 아니면 커피 줄까요?"

"물이요."

형편없이 가라앉은 목소리가 목구멍을 비집고 나왔다. 시훈이 다가와 물이 담긴 컵을 내밀고 테이블 모서리에 엉덩이를 기대앉았다. 그리고 이수가 한 번에 비운 물컵을 테이블 귀퉁이에 올려놓고 허리를 훌쩍 껴안았다. 졸지에 다리 사이에 갇힌 꼴이 됐다. 훤한 대낮에 할 말 못 할 말 다 해 가며 몸을 맞췄건만 상대의 어깨에 손을 올리기가 왜 이렇게 부끄러운지. 미미하게 발개진 볼이 티 나지 않길 바랄 뿐이었다.

자는 동안 흐트러진 머리카락을 매만져 준 시훈이 물끄러미 이수를 응시했다.

"……."

그가 가슴 위로 조용히 얼굴을 묻었다. 이수가 품에 안긴 남자의 뒷머리를 쓰다듬자 시훈이 혼잣말을 읊조렸다.

"…믿기지가 않네, 정말."

생생하게 들리는 심장 소리가 의심을 거두라 말한다. 손을 뻗으면 닿을 수 있고, 품에 안을 수 있고, 만질 수가 있다. 티셔츠 안으로 들어온 손에 맨살이 닿았다. 움푹 파인 등을 따라 오르는 손은 부드럽고 따뜻했다.

무슨 말을 했는지 궁금해 되물었지만, 흠. 목소리를 가다듬은 시훈이 손을 빼고 별달리 정리할 필요 없는 티셔츠의 매무새를 만졌다.

"몸은 어때요. 괜찮아요?"

피로보다 내내 성기를 품고 있었던 엉덩이 사정을 물은 것이리라. 뭉근한 손길이 허리와 엉덩이 사이를 오가기는 했지만 아래까지 내려가지는 않았다. 이수의 시선이 좀처럼 한곳에 머물지 못했다.

"음… 앉을 수 있을 정도."

"그럼 밥 먹으러 가요. 뭘 좀 먹어야지."

거의 이틀간 속을 비웠으니 확실히 배가 고팠다. 시훈이 뒤로 손을 뻗어 테이블에 놓인 차 키를 들었다. 이수가 현관 앞에 서자 발아래로 스웨이드 재질의 슬리퍼 하나가 내어졌다.

"좀 클 텐데 신을 만할 거예요."

시훈의 말대로 조금 크기는 했지만 편안했고, 매일 신는 구두나 운동화보다 발이 가벼웠다. 앞코가 둥그렇게 막힌 발을 내려 본 이수가 시선을 끌어 올리자 문고리를 잡은 시훈과 눈이 마주쳤다. 무슨 할 말이라도 남은 걸까, 아니면 몰골이 우스운가. 괜스레 조금 전 시훈이 매만진 티셔츠의 어깨선을 쭉 내려 본다.

"안 가요?"

"…가야죠."

엘리베이터를 타고 지하 주차장까지 걸어오며 스치듯 몇 번 손이 닿았다. 결국 사람이 없는 지하 주차장에 당도해 차에 올라타자마자 시훈이 몸을 기울였다.

"여차하면 못 나왔을 것 같아."

"…아."

현관 앞에서 머뭇댄 이유를 태연하게 실토한 시훈이 목덜미에 코를 묻었다. 자신의 옷을 입은 이수가 침실에서 걸어 나올 때 느낀 이상야릇한 기분은 한마디로 설명이 안 됐다. 부스스한 머리카락이나 품이 큰 옷차림이 그동안 보던 모습과 갭이 큰 탓이었다. 차를 타기는 했지만 굳이 밖에서 늦은 저녁을 먹어야 할까. 시훈은 고민스러웠다.

"그냥, 가지 말까 봐요."

핸들에 기대어 이수를 바라본다. 집에서 간단하게 해 먹을 만한 재료는 동이 났고, 레토르트나 일회용 용기에 나오는 배달 음식을 먹이고 싶지는 않아 밤길을 나섰지만 아무래도 좋은 결정은 아닌 것 같다. 그런 마음을 아는지 모르는지 고민의 원인인 이수가 시간을 확인하고 시훈을 재촉했다.

"배고픈데…. 가요, 빨리."

무심하기도. 결국 이수의 입술에 몇 번이나 입을 맞춘 뒤에야 시동이 걸렸다.

테이블이 몇 개 놓이지 않은 소담한 식당은 늦봄과 초여름 사이의 분위기를 담고 있었다. 노상에 내어 놓은 테이블에서는 가볍게 맥주를 마시는 사람들이 도란도란 대화를 나누고, 격자무늬 창문 너머의 골목길은 주홍빛 가로등이 운치 있었다.

운 좋게 비어 있는 2인석 자리에 마주 보고 앉은 두 사람이 덮밥 종류의 식사를 주문했다. 메뉴판을 물리고 이수의 앞으로 숟가락이며 젓가락을 내어 주던 시훈이 어쩐지 입꼬리를 끌어 올렸다.

"왜요?"

"조금 어려 보여서."

하얀색 티셔츠와 자연스럽게 내려온 머리카락 때문에 엽서 아래 고이 붙여 놓은 대학 시절 정이수가 떠올랐다.

"잘 모르겠는데…."

서른을 넘기 전에는 들어도 감흥이 없었고, 서른을 넘긴 후나 팀장을 달고 난 후에도 종종 들어 본 적은 있지만 시훈에게 듣는 말은 한층 더 낯을 간지럽게 만들었다. 민망함에 나란히 놓인 젓가락 끝을 맞추고 있을 때 시훈에게서 물음이 떨어졌다

"연차 냈어요?"

"…아."

'아무래도… 월요일에 연차 내야겠다. 일이 중요한 게 아니네, 지금. 응? 책임님.'

낮의 정사를 떠올리는 질문에 화끈 달아오른 얼굴을 턱을 괴는 척 손안에 숨겼다. 반면 상대는 아무것도 모르고 답을 기다리는 눈치다.

"안 냈으면요."

눈을 흘겨 묻자 또 다른 질문이 이어졌다.

"월요일이 기대된 적 있어요?"

깊은 생각이 필요 없는 질문이었다. 1년 중 연차를 소진 못 한 해가 더 많았고, 간혹 공휴일이 월요일이라도 쉬는 날이라고 쾌재를 부른 적은 없었다. 밀린 잠을 자거나 요양원을 가거나 쉬는 것만 해도 바쁜 몸이었으니까.

"아니요."

"그럼 내요. 연차. 설레는 월요일도 한 번은 있어야죠."

그저 시훈은 태연하게 답했을 뿐인데 얼굴에 열이 올랐다. 별 뜻 없이 툭툭 내뱉는 말이나 행하는 몸짓이 근사해 보이는 걸 보면 아무래도 중증이었다. 이수가 물을 마시는 척 냅다 붉어진 얼굴부터 가렸다. 인정하기 시작하니 시도 때도 없이 얼굴이 달아올랐다. 아마도 한동안 계속될 것 같다는 생각에 쉽게 열기가 가시지 않았다.

"주문하신 음식 나왔습니다."

딱 난감하던 차에 테이블 위로 김이 모락모락 나는 덮밥과 사이드 메뉴가 나왔다. 이수는 텅 빈 속에 따뜻한 미소국부터 삼켰다. 이내 혀끝에 식욕이 돌았다.

식사를 하는 동안, 잔잔한 대화가 이어졌다. 어쩔 수 없이 나온 인사이트의 근황은 놀라웠다. 아마도 일이 주 내로 새로운 호칭이 도입될 테고, 회의는 간략하게, 보고 라인은 줄여 효율을 높일 거라 했다.

"그리고, 좆같은 벙개니… 회식도 없을 거구요."

내내 바른 말을 이어 가던 입에서 삐뚜름하다 못해 짓씹은 욕이 나오자 밥을 먹는 이수의 입이 꾹 다물렸다. 좋은 기억이라고는 없는 자리였다.

"……."

"여하튼, 신입 사원 입사 전까지는 체계가 더 잡힐 거예요."

문득 얼마 전 전화를 걸어 온 고우재가 떠올라 숟가락으로 덮밥을 뜨다 말고 물었다.

"면접 들어가요?"

"아니요. TF 때문에 여유가 없어서. 왜요?"

그냥…이라며 이수가 말을 얼버무렸다. 고우재가 인턴 기간에 친 사고를 덮어 놓고 뽑느냐, 마느냐가 합격을 판가름할 테다. 입사를 하게 되면 시훈의 앞에서 기죽어 살다 머지않아 스프링처럼 되살아날 고우재의 모습이 눈에 훤했다. 그것도 볼만하려나. 이수가 홀로 웃음을 삼켰다.

그 후로 시훈은 어머니의 안부를 묻고 더 더워지기 전에 같이 가서 뵈면 좋겠다고 했다. 무심한 듯해도 사람을 챙기는 씀씀이가 언제나 따뜻한 사람이었다.

테이블을 사이에 둔 두 사람이 서로를 바라보며 조곤조곤 말을 이었다. 어제 촬영 장소가 참 예뻤다느니 길이 좁아 운전하기가 어려웠다느니, 언제 다시 한번 가 보면 좋겠다는 그런 이야기들. 지난 시간 나누지 못한 대화들은 평범했다. 그런데도 별것 아닌 이야기들이 하나같이 즐거워 미소가 떠나지 않았다.

테이블 아래로 이수가 자연스럽게 시훈의 발과 제 발을 하나하나씩 교차해 놓았다. 남 부끄럽지 않을 정도로 발을 물리고 넣을 때마다 복숭아뼈가 닿았다.

식사를 마치고 나온 가게 앞에서 두 사람은 나란히 담배를 태웠다. 간판에 불이 꺼지고 지나는 차량이나 사람이 없는 골목은 고요했다. 건물 사이의 좁은 틈에 등을 기댄 이수를 두고 시훈이 담배를 한 모금 빨았다. 내뿜은 연기가 공중에 흩날리다 사라졌다. 시훈은 말없이 저를 응시하는 이수에게 태우던 담배 끝을 돌려 주었다.

"피울래요?"

찬 바람이 쌩쌩 불던 그날처럼 빠끔 벌린 입술 사이로 불붙은 담배가 닿았다.

"……."

그날 자신을 빤히 바라보던 이시훈은 무슨 생각을 했을까. 그때도 웃는 얼굴이 멋졌는데…. 담배를 내버린 손이 시훈의 목덜미를 끌어안았다.

아무래도 담배보다는 키스가 좋았다.

바람이 좋은 밤이었다. 달빛에 반사된 강이 잔잔하게 흘렀다. 건너편에서는 아파트며 빌딩 첨단의 불빛이 반짝이고, 너른 공원에서는 늦은 시간에도 연인이나 친구로 보이는 무리가 드문드문 이야기를 나누고 있었다. 이수와 시훈 역시 커피를 손에 들고 천천히 강을 따라 걸었다.

"안 피곤해?"

시훈이 이수의 뒷덜미를 쓸어내리며 물었다.

"괜찮은데, 누우면 바로 잘 거 같기도 하고…. 근데 왜 반말해요?"

동갑에, 볼 거 못 볼 거 다 본 사이에 따져 물을 생각은 아니었지만 존대를 했다가 반존대를 했다가 맨정신에 불쑥 반말로 물으니 묻고 싶었다. 기준이 있나. 시훈이 입에 가져간 컵을 내리고 이수를 돌아봤다.

"같이 반말해, 그럼."

마치 호의를 베푸는 투였다. 인사이트 화장실에서였지, 아마. 빈정이 상할 대로 상해서 왜 반말을 하느냐 쏘아붙인 그날이 떠올라 결국 웃음이 터졌다.

"…이시훈. 건방지네."

두 사람의 웃음소리가 한참이나 이어졌다. 눈을 휘어 함박웃음을 짓는 이수를 보자니 시훈의 마음 한구석이 뻐근하게 아파 왔다. 무표정하거나 업무를 신경 쓰느라 미간에 주름 진 모습이 대부분이었던 과거는 세상이 만들어 낸 이수의 단면이었다. 아마 그 이면을 보지 않았으면 몰랐을 테다. 얼마나 깊은지, 얼마나 맑고 투명한 사람인지.

그때 휘 부는 바람에 머리카락이 날리며 작은 노랫소리가 귀를 스쳤다. 이수의 입새에서 흘러나오는 소리였다.

으음- 음음음- 음-

익숙한 CM송은 하나가 끝나면 다른 하나가 이어지고, 또 다음으로 이어졌다. 헝클어진 머리를 쓰다듬은 이수가 눈을 맞추며 소리 없는 미소를 지었다.

노랫소리를 배경 삼아 나란히 길을 걸었다. 인적이 드문 지점에 이르러 좀 전부터 손등이 스친 이수의 손을 부드럽게 잡아끌자 머뭇대지 않고 자연스럽게 깍지를 낀다.

"……."

이 작은 몸짓이 얼마나 시훈에게 크게 다가오는지 작은 노래를 부르는 이는 모를 테다.

사랑을 전시하듯 프레임 안에 욱여넣고, 몇 마디 언어로 포장하여 시대의 유행처럼 소비했다. 일과 삶을 구분 짓는 경계는 없었으니 아마 광고에 박아 넣은 카피 몇 줄과 잘 닦아 놓은 비주얼로 설명 가능한 것이 사랑이라고 오만하게 정의 내렸다.

그러나 정이수를 품에 안고 입을 맞추고, 눈을 바라볼 때면 알 수 있었다. 그동안 사랑이라고 규정한 것들은 모두 잘못됐다.

대교 근처, 지나는 사람이 없는 곳에 걸음을 멈췄다.

"기다리는 동안… 힘들었어요?"

난간에 팔꿈치를 올린 이수가 반짝이는 강물을 내려 보았다. 위에서 아래로, 응당 그래야 하는 길을 따라 물이 흐르고 있었다.

"네."

시훈답게 담담한 답이었다. 이런 점이 이수에게 안정을 가져다주었다. 요란하거나 과장된 설득을 하지 않아도 믿기는 묵직함 말이다. 이수가 멀리 강 건너를 바라보았다. 스스로 열어 놓은 마음은 흐르는 강물이나 지나는 바람처럼 자연스럽게 시훈에게 제 속내를 털어놓게 만들었다.

“나도··· 힘들었어요. 사실은 많이 보고 싶었는데 용기가 안 났어. 나를 이 정도로 누가 사랑해 준다는 게 가당키나 한지, 믿어도 되는지, 내가 그런 자격이 있는지, 하루에도 수십 번 물어보고 물어보다가···,”

짧은 침묵 후 차분한 목소리가 묻어 둔 진심을 내보였다.

“그냥 결론은, 나는 이 사람을 사랑하고 있구나. 그거밖에는 없더라고.”

“…….”

제가 서 있는 자리는 매번 황무지 같아 뭔가를 찾으려고 목적지도 없이 달리기만 했다. 발바닥이 죄 까여도 넝마가 된 몸과 마음을 부여잡고라도 말이다. 멈춰도 된다고, 걸어도 된다고 말해 준 이는 없었다. 그런 저에게 시훈은 길과 목적지를 만들어 주었다.

오랜 고민 끝에 내놓은 답이 너무 시시한 듯해 이수는 아랫입술을 깨물다 말고 멋쩍게 웃었다.

“쉬운 답인데 너무 오래 걸렸다. 그렇죠?”

“원래 주관식은 어려워. 찍을 수가 없잖아.”

심드렁한 대꾸는 결국 제게로 와 준 상대에 대한 배려였다. 이수의 옆에 나란히 서 있던 시훈이 몸을 돌려 난간에 등을 기댔다. 빛을 받아 또렷한 이수의 옆모습이 그림 같았다.

그런 연인을 가만히 바라보며 시훈은 두 사람이 이어진 그림자를 바라보았다. 어깨를 나란히 한 그림자는 나뉜 경계가 없어 처음부터 하나였던 것 같다.

“이수야.”

나지막한 목소리가 이름을 불렀다.

"나는 언제나 네 곁에서 너에게 안달하고, 널 좇을 거야. 어쩔 수가 없어."

의지로 안 되는 것들이었다. 사무실을 들어갈 때마다 이수의 자리를 찾고, 움직이는 길목마다 눈길이 따르고, 웃을 때면 따라 웃고, 슬퍼하거나 괴로워하면 화가 나고 미어지던 제 마음이 그랬다.

"……."

이수가 가까이 거리를 좁혔다. 몸에 비해 큰 티셔츠가 펄럭 날렸다. 코끝이 스치는 가까운 거리에서 긴 속눈썹을 들며 시훈과 눈을 맞췄다. 눈앞에 숨이 멎을 만큼 아름다운 이수가 있었다. 헝클어진 머리카락 사이로 눈을 접어 웃는 이가 더 이상 슬프거나 애처롭지 않은 사랑을 전했다.

"나도, 이시훈 씨 사랑하고 있어요."

"정이수."

이수는 확신할 수 있었다. 아슬아슬하게 닿은 아랫입술을 살며시 떼어 낸 이수가 입술을 끌어 올렸다.

"시훈아, 그러니까 이제 연애하자."

아침에 일어나 당연하게 전화를 하고, 퇴근하는 연인과 함께 밥을 먹고, 사랑을 나누고, 베개맡에서 오늘 하루를 늘어놓다 잠이 들 때면 연인의 흥얼거리는 노랫소리가 들릴 테다.

두 사람이 서로를 단단하게 껴안았다. 품 안의 이수가 웃고 있었다.

〈더 짙은 블루〉 fin.

외전 1. Falling

주말 오후였다. 데리러 가겠다는 시훈을 만류한 이수가 기어코 비를 맞았다. 어찌나 세차게 내리는지 머리부터 발끝까지 젖은 이수에게 욕실 문을 열어 주고 시훈은 커피를 내렸다. 얼마 지나지 않아 열린 문 사이로 수증기가 새어 나왔다. 샤워를 마친 이수는 욕실 앞에 내어진 속옷과 바지를 입고 나서야 윗옷이 없다는 사실을 깨달았다.

삐쭉 고개를 내밀어 주방을 살핀 이수는 발뒤꿈치를 들고 욕실 맞은편에 있는 드레스 룸으로 훌쩍 건너갔다. 지난주 시훈이 가슴 곳곳에 남긴 자국을 보이기가 어쩐지 민망했다. 방에는 가지런히 정리돼 주름 하나 없이 걸린 옷들 옆으로 편히 입을 수 있는 티셔츠나 실내복이 차곡차곡 개어져 있었다.

그중 제일 위에 놓인 반소매 티셔츠를 꺼낸 이수가 문득 행거 가장 끝에 걸린 하얀색 티셔츠 한 장을 발견했다. 시훈이 입기에는 다소 작아 보이나 제가 입기에는 적당해 보이는 사이즈였다.

“시훈 씨, 여기 걸려 있는 하얀색 티셔츠 입어도 돼요?”

주방 쪽으로 옷걸이째 삐져나온 티셔츠를 흘끗 본 시훈은 제대로 확인도 하지 않고 대답부터 해 주었다.

“네.”

늘 그렇듯 옷걸이를 쥔 손이 재빨리 자취를 감췄다. 시훈이 입꼬리를 올렸다. 저게 뭐라고 물을까. 이 집에 있는 어떤 것도 이수에게 못 내어 줄 건 없는데. 머그잔에 담긴 뜨거운 커피 한 잔과 아이스커피 한 잔이 테이블 위에 놓였다. 때마침 채 마르지 않은 머리카락을 넘기며 이수가 모습을 드러냈다.

“이거 나한테 꼭 맞아요. 내 옷 같아.”

눈을 동그랗게 뜬 이가 해맑게 웃었다. 시훈의 눈길이 자연스레 티셔츠를 향했다. 질질 끌리는 바지와는 달리 한눈에 봐도 이수의 체형에 딱 맞는 옷이었다. 그리고 제게는 작던, 오래되기는 했지만 설마 본인 옷장에 있던 티셔츠일 거라고는 생각을 못 한 모양이다.

‘빌려 간 티셔츠를 잃어버렸네요.

부득이하게 다른 옷으로 보냅니다.’

과거 옷을 선물하며 잃어버렸다고 뻔뻔하게 거짓말을 했으니 이수의 착각은 당연했다. 말할까 말까. 고민을 하는 사이 커피를 들고 두 사람은 나란히 소파에 앉았다.

옆자리에 앉은 이수가 한 모금 마신 커피를 내려놓고 리모컨을 눌렸다. 채널이 돌아갈 때마다 텔레비전에서 나오는 CM송이 이수의 입에서 흘러나왔다. 그에 맞춰 편안하게 소파 아래로 쭉 늘어트린 발끝이 까딱까딱 움직였다. 본인도 알고 한 행동은 아닌 것 같았다. 그 모습이 못내 사랑스러워 시훈의 입가에 소리 없는 미소가 번졌다.

흥얼거리는 노랫소리를 들으며 팔을 둘러 이수의 어깨를 살살 매만지던 시훈은 능청스럽게 입을 열었다.

"이거 내가 좋아하는 옷인데… 잘 어울리네요."

이내 옷을 내려 본 이수가 어색하게 눈을 굴렸다. 평범한 하얀색 티셔츠가 잘 어울리고 말고 할 만한 일인지 도통 모르겠다는 표정이다. 이수의 어깨가 으쓱 올라가다 떨어졌다.

"근데… 시훈 씨한테는 좀 작을 거 같아요."

심드렁한 말을 남기고 다시금 텔레비전으로 시선을 돌린 이수가 CM송을 흥얼거렸다. 순간 터져 나오는 웃음을 삼킨 시훈은 입술을 감쳐물고 제 어깨에 기댄 이수를 내려 봤다.

이마 위로 흘러내린 머리카락을 쓸어 올리자 동그랗고 예쁜 이수의 이마가 드러났다. 부드러운 머리카락을 재차 넘기는 손길에 턱을 들어 올린 이수가 시훈을 올려 보았다. 곧 맑은 눈동자 위로 촘촘한 속눈썹이 드리우며 이수의 입술에 시훈이 입을 맞췄다. 아이스커피의 차가운 기운이 남아 있는 입안을 뜨거운 혀가 부드럽게 훑어갔다. 이내 몸을 기울인 이수의 등이 소파에 닿았다. 티셔츠 속으로 들어온 시훈의 손은 옆구리와 가슴 언저리를 스쳐 지나며 이수의 성감을 깨웠다.

"…하아……."

살짝 입술을 떼자 실처럼 투명한 타액이 늘어지며 더운 숨이 흘러나왔다.

이내 가슴 위까지 말린 티셔츠에 시훈이 얼굴을 묻었다. 잠시 입었을 뿐인 티셔츠에 어느새 이수의 체향이 배어 있는 것만 같다.

슬쩍 곁눈질로 바라본 창밖에는 굵은 빗줄기가 쏟아지고 있었다. 소나기인 줄 알았더니 전원을 켠 텔레비전에서 전하기를 올여름 마지막 장맛비라고 한다. 아마 장마가 지나면 더위도 한풀 꺾이고 가을이 성큼 다가올 테다. 시훈의 머리카락을 매만지는 손길이 다정했다. 이끌리듯 이수의 입술을 찾아든 시훈은 작년 가을 오피스텔 엘리베이터 앞에서 나눈 키스를 떠올렸다.

"……."

그해 가을, 이제는 연인이 된 이수가 제 가슴을 바짝 타들어 가게 만들었다. 전시회, 니트, 커피, 레스토랑, 창에 비친 이수와 낯설기만 하던 제 얼굴, 그 얼굴로 끼얹은 차가운 물, 구겨진 페이퍼 타월, 서로가 몰랐던 첫 데이트와 애틋한 키스, 그리고… 제 이성을 앗아간 티셔츠 한 장.

과거를 떠올린 시훈의 목덜미가 붉게 달아올랐다. 이내 같은 색으로 끝을 물들인 단풍잎이 작년 가을 시훈이 걷던 길로 기억을 이끌었다.

하늘은 높고 가을의 정취가 수줍게 드러나는 날이었다. 약속 장소로 향하는 길에는 어렴풋이 색을 물들인 가로수들이 제법 눈에 띄었다. 손목을 들어 시간을 확인한 시훈이 횡단보도가 없는 좁은 1차선

도로를 건널 때였다. 핸드폰으로 기다린 전화가 걸려 왔다. 망설임 없이 받은 핸드폰 너머로 인사 대신 타박이 뒤따랐다.

-바빠서 시간 없다더니.

대학 선배인 김준모는 서운한 마음부터 드러냈다.

"미안해요. 갑자기."

-됐고. 저번에는 막 비행기 타는 참이라 인사도 못 했네. 그런데 무슨 바람이 불었어?

상설 전시라 마음만 먹으면 언제든지 갈 수 있는 전시회였다. 하물며 전시를 기획한 선배가 오픈했을 때부터 초청권을 준대도 시훈은 시간이 없다고 몇 번이나 거절했었다. 그런데 뜬금없이 티켓을 구해 달라니. 바쁜 해외 출장길에 전화를 받은 터라 이유를 묻지도 못했다.

"궁금해서."

-이시훈. 솔직히 뭐야, 애인이라도 데려와?

"…그런 건 아니고."

시훈은 말끝을 흐렸다. 뭐라고 설명해야 할지 모르겠다. 정이수와 나는 무슨 관계일까. 정확히 말하자면 상납 관계… 아니, 그런 말로 정의하고 싶지는 않았다.

-썸? 작업 거는 중?

이렇게 질척거리는 사람이 아닌데 유난했다. 어쩌면 대학 시절 무던한 제 연애사를 알고 있는 사람이니 그 역시 평소답지 않게 사정을 캐묻는 것일 테다. 대학 시절뿐 아니라 대학을 졸업한 후에도 연애와 사랑을 등호로 두지 못했다. 인생을 개척해 보리라는 야망 속에 언제나 사랑은 배제돼 있었다. 시훈은 무심했고, 때로는 방만했다.

"그런 건 잘 모르겠고…."

-이시훈이 별일이네. 아무튼 데스크 가서 똑같이 발권하면 돼. 말해 놨어.

"고마워요, 서울 오면 연락 주세요. 제가 술 한잔 살게요."

어느새 약속 장소에 다다른 시훈은 시간을 확인하고 바지 주머니에 손을 찔러 넣었다. 약속 시각이 다가오자 입이 말랐다. 유진우가 떠나고 관계를 갖던 날, 테이블 위에 어지럽게 흐트러져 있는 몇 종류의 리플릿을 봤다. 놀랄 만큼 텅텅 빈 집 안에서 유일하게 취향을 알 만한 물건이었다. 정이수는 프로젝트나 비딩이 끝났다고 회사 사람들과 술을 한잔하는 편도 아니었고, 주변에 사람이 많아 보이지도 않았다. 또 운동을 즐기거나 음식을 챙기는 것 같지도 않았다. 냉장고를 보면 말 다 했지…. 전시회 관람이라. 정이수다운 취미라고 생각했다.

얼마 전, 엘리베이터에서 인턴과 노닥거리는 모습에 충동적으로 잡은 저녁 약속은 고심해 고른 메뉴가 무의미할 정도였다. 식사를 나눈 시간은 지나치게 짧았고 정이수는 도통 먹지를 못했다. 아마 메뉴보다는 테이블을 같이 쓰는 상대가 문제였겠지. 코로 긴 숨을 내쉰 시훈이 같은 자리를 오가며 반복해 걸었다. 물꼬를 튼 상념이 이어졌다.

어린 인턴과 대화를 나누는 정이수를 봤을 때 느낀 낯설고 생경한 기분을 뭐라고 말할 수 있을까. 아니, 그보다 유진우가 떠나던 날, 제 품에 안긴 정이수는 위로… 위로라고 정의할 수 있나. 제가 한 행동을. 시훈은 혼란스러웠다. 한 번도 그 밤을 복기한 적은 없었다. 본능에 이끌렸고, 그게 뭐였건 그 후로 정이수의 몸만을 취할 수는 없겠다는 결론을 얻었다.

시훈이 입술을 감쳐물고 제자리를 맴돌았다. 말끔하게 떨치지 못한 생각이 꼬리에 꼬리를 물었다. 남자의 구두코가 방향을 틀었을 때였다.

"……."

문득 시선 아래, 무늬 없는 구두 하나가 자신을 향해 서 있었다.

"일찍 오셨네요."

고저 없는 목소리가 인사를 전했다. 발끝부터 따라간 시선이 턱끝, 그리고 두 눈과 마주치자 시훈은 순간 짧게 숨을 멈췄다. 설마 입고 나오리라는 기대는 하지 못했다. 기분 좋은 충격에 볼 안쪽을 살짝 깨물어 당황한 낯을 감췄다. 불어온 가을바람이 나뭇잎을 그리고 시훈의 마음속 어딘가를 간지럽혔다.

"이거 전에 보내 주신 옷인데… 잘 입을게요."

어색한지 정이수는 소매를 끌어당겨 매무새를 정리한다. 잘 어울린다, 예쁘다는 말조차 잊어버렸다. 하마터면 손을 뻗어 바람결에 흐트러진 상대의 머리카락을 넘겨 줄 뻔했다. 불시에 일어난 충동이었다.

"네."

'오늘은 발송이 어렵고, 내일 저희 매장 영업 시작하는 대로 발송해 드리겠습니다.'

'죄송하지만, 펜하고 메모할 종이 좀 주시겠어요?'

세탁한 정이수의 티셔츠를 드레스 룸에 걸어 두고 몇 날 며칠을 고민한 결과였다. 정이수는 티셔츠가 없어졌대도 신경 쓰지 않을 사람 같지만, 막상 옷을 빌려 간 시훈의 고심은 길었다. 티셔츠 한 장 사겠다고 백화점 매장을 일일이 드나든 것도 우스웠고, 늘어놓을 변명도 딱히 생각나지 않았다. 몇 시간을 돌아다녔는지 모르겠다. 우연히 한 매장에 디스플레이되어 있는 옷을 보자 입고 있는 정이수의 모습이 그려졌다. 따뜻하고 은은한 색감의 니트가 잘 어울릴 것 같았다. 결국 이끌리듯 구매해 포장까지 순순히 맡겨 둔 뒤에야 시훈은 가장 적당해 보이는 몇 마디 말을 적고 접은 종이를 매장 직원에게 건넸다. 복잡한 마음을 감춘 성의 없는 메시지였다.

사람을 예기치 않게 들어다 놨다 하는 건 정이수의 취미인가. 시훈은 당혹감에 앞서 걸었다가 다시금 이수의 어깨를 끌어 방향을 알려 주었다. 좀 걸어야 해요. 아마 평소와 조금도 다를 바 없는 목소리였지만 코트 옆으로 내린 다섯 손가락에 불이 난 듯 시훈은 가볍게 주먹을 펴고 쥐었다.

전시회장 안은 암흑천지라 상대의 머리카락 한 올도 볼 수 없었다. 홀로 왔으면 딱히 감흥이 없었을 전시를 체험하는 내내 웃거나, 놀라거나 혹은 당황스러운 기색이 역력한 목소리에 온 신경이 집중됐다. 평소와 달리 천진하고 경계 없는 목소리는 시훈의 호기심을 자극했다. 정이수가 어떤 표정을 짓고 있을지 궁금했다. 체감상 30분 정도 지났을 때, 가이드의 안내에 따라 전시회장 내부에 설치된 벤치에 두 사람씩 짝을 지어 나란히 앉았다. 얼마 지나지 않아 정이수가 막막한 침묵을 깨고 조용히 입을 뗐다.

“이 전시, 보고 싶었던 전시예요. 관람객이 많다고 해서 포기했었는데…. 고마워요.”

저도 모르게 입매가 올라갔다. 손을 뻗으면 닿을 수 있는 바로 옆에 정이수가 있었다. 애써 표정을 갈무리한 시훈은 그럴 필요가 없다는 사실을 깨닫는다. 빛 한 점 없는 공간이었다. 서로의 머리카락 한 올도 볼 수 없는 이곳에서 굳이 감출 이유가 없었다. 시훈의 소리 없는 미소가 한참이나 이어졌다. 이내 막막한 어둠 속에서 시훈의 시선은 줄곧 이수를 향했다. 숨소리, 그가 움직이면 들리는 발소리에 귀를 기울이며 출구에 다다를 때까지 정이수의 뒤를 따랐다.

전시회장 밖으로 나왔을 때 잠시 눈을 감고 가슴을 부풀린 정이수의 곁에서 시훈은 그를 감상했다. 환한 오후의 햇살 아래 정이수는 유난히 더 반짝였다. 좋아하는 걸 볼 때는 이런 표정을 짓는구나. 경계가 느슨해진 정이수가 보인 또 다른 이면이었다.

“따뜻한 아메리카노 한 잔, 아이스 아메리카노 한 잔이요.”

커피를 주문하고 뒤를 돌자 어정쩡한 위치에서 기다리는 정이수가 보였다. 때마침 걸려 온 전화에 시훈이 핸드폰을 받아 들었다.

“…아닙니다. 네, 출장 전에 마무리 지으시죠. 어차피 본부장님 확인하셔야 하니까요. 네.”

번잡한 매장을 지나 정이수의 곁에 선 시훈은 전화를 받으며 야릇한 시선들과 몇 번 눈이 마주쳤다. 대부분 이수 쪽을 한번 보다가 제 쪽으로 눈길이 왔다. 그러다 시훈과 눈이 마주치면 모르는 척 재빨리 고개가 돌아갔다. 확실히 제 곁에 선 이가 눈에 띄는 외모를 가지기는 했다. 시훈은 통화를 이어 가며 저보다 한 걸음 앞에 자리한 정이수를 응시했다.

연한 핑크색과 잘 어울리는 깨끗한 목덜미가 먼저 보이고, 그다음은 색이 고운 니트 아래로 길게 뻗은 등을 따라 시선이 흘렀다. 수화기 너머 목소리가 매장 내 소음과 뒤섞이며 점점 뭉그러졌다. 예민하게 상대를 더듬어 가는 시선과 달리 청력이 소실된 듯 시훈은 눈앞의 남자를 낱낱이 훑는 데에만 몰두해 있었다.

시훈은 알고 있었다. 도드라진 척추뼈를 따라 내려간 손이 움푹 파인 등허리를 누르면 기어코 신음이 터져 나왔다. 팔을 둘러 등을 감으면 이내 정이수가 목을 끌어안으며 얼마나 사랑스럽게 안겨 오는지. 시훈은 경험해 봤다. 정이수가 제 품에 안겼을 때 피어오른 불꽃을. 그건 장소와 시간을 통보하고 의무처럼 치른 섹스와는 전혀 달랐다.

"……."

거꾸로 거슬러 올라간 시훈의 시선이 이내 하얀 얼굴에 머물렀다. 동그란 귀와 유려하게 떨어지는 턱선, 그러다 단정히 맞물린 입술이… 눈에 걸렸다. 차가워 보일 만큼 무표정한 얼굴로 일을 하고 사람을 대하는 저 입술이 불시에 웃을 때면 신기하게 정이수는 다른 사람이 됐다.

"…다시 한번 말씀해 주세요. …네, 그 부분은 출장 후에 전달드릴게요."

자꾸만 시선을 채 가는 정이수가 문제였다. 통화에 도통 집중을 할 수 없었다.

'A-19번 고객님, 주문하신 아메리카노, 아이스 아메리카노 나왔습니다.'

커피가 나오는 타이밍에 맞춰 자연스럽게 시선이 떨어졌다. 아무렇지 않게 커피를 받아 넘기는 순간에도 자꾸만 대화를 놓치는 바람에 별거 아닌 통화가 길어졌다.

대형 서점 앞에서 짧은 대화를 나누고 주차장까지 가는 길을 지날 때쯤에는 붉은 노을이 지고 있었다. 형에 대한 그리움에 헛헛한 마음을 익숙하게 지워 낼 때쯤, 먼저 횡단보도 앞에 당도한 정이수가 뒤를 돌아보았다. 때마침 점멸하던 초록색 신호등이 빨간색으로 바뀌었다. 아마 걸음을 재촉했더라도 건널 수 없었을 정도로 짧은 신호였다.

"……."

그 순간 노을빛을 머금은 정이수를 보고 이상하게 조금 웃었던 것 같은데, 정이수 역시 잠시 입술 끝이 올라가다 말았다. 놓친 건널목 신호 때문일 수도 있고, 그저 거울처럼 무의식에 따라 웃은 것인지도 모르겠다.

거리를 좁혀 어깨를 나란히 하고 섰을 때 손등의 열기가 지나는 바람처럼 시훈을 스쳤다. 얼마 지나지 않아 바뀐 신호를 따라 걸어가는 정이수의 뒤를 밟으며 시훈은 주먹을 꽉 쥐다 못해 결국 바지 주머니에 두 손을 찔러 넣었다. 이러다가는 손을 잡을 것 같아서. 이유는… 그뿐이었다.

"와인 준비해 드리겠습니다."

호텔로 들어오는 로비에서부터 레스토랑에 들어오기 직전까지 가라앉은 정이수의 기운이 느껴졌다. 그동안 저지른 짓이 있으니 오해를 할 만했다. 호텔 주차장에서 엘리베이터를 타고 망연히 저를 따라오던 정이수는 자리에 앉아 주문한 음식이 나왔을 때야 굳은 표정이 풀어졌다.

가벼운 애피타이저 다음 메인 요리가 나올 때까지 여전히 대화는 없었다. 두 사람 모두 코스대로 음식이 나오고 매니저의 간단한 설명이 곁들여질 때나 네, 혹은 고맙습니다, 같은 말들을 내뱉을 뿐이었다. 식사는 생각이 없다고 포크며 나이프를 밀어 놓지는 않을까 시훈의 염려와 달리 식사는 조용하게 이어졌다. 생각보다 음식을 가리지는 않는지 꼭꼭 씹어 넘기는 모습이 보기 좋았다.

"와인, 더 드릴까요?"

매니저가 다가와 묻자 시훈이 거절을 표했다. 식사를 마치면 집까지 바래다줄 생각이었으니 더 마실 생각은 없었다.

"아니요, 괜찮습니다. 정 팀장님은요?"

"저도 그만 마실게요."

고개를 저으며 정이수가 예의상 입술 끝을 올렸다. 의사를 묻느라 서로를 외면하던 시선이 그렇게 마주쳤다.

"……."

매니저가 테이블을 벗어난 뒤 시훈은 곧장 물을 한 모금 마셨다. 편하게 어깨를 늘어뜨린 정이수는 디저트를 기다리는 동안 불빛이 반짝이는 서울 시내를 내려 보고 있었다. 시훈은 입안이 바짝 말랐다. 내면 깊숙이 온종일 참아 온 혼탁한 욕구가 파도처럼 들이치다 빠지기를 반복하며 슬금슬금 시훈의 간을 봤다.

…그러니까 본능대로라면 식사를 마친 뒤 이대로 룸을 잡아 올라갈 수도 있을 테다. 아마도 룸에 들어가면 꼼짝달싹 못 하게 정이수를 문에 밀어붙여 놓고, 밖을 보느라 길게 뻗은 저 목에 자국부터 남길 터였다. 그리고 녹녹한 입술에 입을 맞출 테다. 눈을 감고 코로 숨을 쉬는 법도 잊어버린 정이수가 고개를 돌리면 그때는 조금 웃을지도 모르겠다. 매번 다 해 본 사람처럼 초연하고 무심해 보여도 침대 위에서 정이수는 누구보다 쉽게 무너져 내렸다. 그 순간이 좋았다. 호승심도 뭣도 아닌 이상한 고양감이 찾아왔다.

유리창에 드리운 레스토랑 조명이 시훈을 또렷하게 반사했다. 자신의 욕망을 직시한 시훈은 설핏 이마에 핏대를 세웠다. 머릿속을 빼곡하게 채운 낯선 상상만큼이나 생소한 이시훈, 자신을 마주한 탓이었다.

"화장실에 다녀올게요."

시끄러운 머릿속과 달리 의자가 조용히 뒤로 밀렸다.

시훈은 세면대 앞에 서자마자 레버를 올렸다. 콸콸 물이 쏟아지는 모습을 한참 동안 바라보던 남자는 결국 소매를 걷고 얼굴에 찬물을 끼얹었다. 턱으로 고인 물이 뚝뚝 떨어졌다. 한 손으로 얼굴을 쓸어내려 물기를 훔쳐 낸 시훈은 차마 거울을 보지 못한 채 페이퍼 타월을 신경질적으로 뽑아냈다.

"…미쳤지, 지금."

얼굴을 닦지 못한 페이퍼 타월이 손안에서 구겨졌다. 불쑥 튀어오른 욕정 때문이었다. 돌이켜 보면 정이수를 곁에 둔 우종일 그러했다.

언제부터 알았을까. 정이수가 마시는 커피 종류나, 피곤할 때면 한쪽 눈에만 쌍꺼풀이 지는 소소한 것들. 사무실을 들어설 때면 출근

도장을 찍듯 자연스럽게 정이수의 자리를 확인했다. 왔는지, 갔는지, 혹시 무슨 일이 있었는지. 그러다 정이수가 멀건 얼굴로 저와 시선을 마주칠 때면 도통 상대의 생각을 알 수 없어 조바심이 일었다.

아마 그래서, 오늘 같은 약속을 잡았을 테다. 정이수와 걷고, 보고, 말하고, 밥이라도 한 끼 먹으면 실마리를 잡을 수 있을까 싶어서. 호기심. 말하자면 그런 이유였지만 제 얼굴을 직면한 이후에는 순수한 의도였는지 혼란이 일었다.

유진우가 떠난 후, 무너진 정이수가 어깨에 뺨을 묻고 눈물을 흘렸을 때 분명한 변곡점이 생겼다. 변화한 방향이 어디를 향하는지 시훈조차 알지 못했다. 다만 함부로 대하고 싶지 않았다. 실패한 사랑을 모욕하기보다 그저 궁금했다. 이제는 괜찮은지, 여전히 미련이 남았는지. 혹시 저 혼자만 그 밤을 기억하는지.

약속을 잡을 때부터 전시회를 보고 식사를 마치면 돌려보낼 생각은 확고했다. 하지만 이토록 망설이게 될 줄은 몰랐다. 조소를 삼킨 시훈은 살짝 고개를 내저었다. 이 얼마나 우습고 같잖은 결심인가.

얼마 지나지 않아 자리로 돌아온 시훈 앞에는 찻잔이 놓여 있었다. 잘 마시지도 않는 차를 주문한 줄도 몰랐다. 시훈은 피어오르는 충동을 누르며 침묵을 택했다. 원래 전시회 보는 걸 좋아했는지, 오늘 식사는 먹을 만한지… 제 앞에 광고주나 클라이언트가 있었다면 영혼 없이도 두어 시간을 너끈하게 보낼 만한 대화들은 순식간에 소멸됐다.

뜨거운 차의 열기가 식어 갈 때쯤 시훈이 손목의 시계를 확인하고 상대를 향해 물었다.

"피곤하지는 않아요?"

"네, 괜찮아요."

한 모금 차를 마신 이수의 손가락이 찻잔을 따라 움직였다. 창에 비친 이수의 모습을 지켜본 시훈은 입술을 축였다. 그리고 온종일 정이수에게 하고 싶었던 말 한마디가 툭 떨어졌다.

"생각보다 더… 옷이 잘 어울리네요."

음습한 상상을 감추고 체면을 차릴 만한 인사였다.

오피스텔 지하 주차장에 차를 세울 때까지 침묵이 이어졌다.

"들어가요, 그럼."

의식적으로 어떤 말도 덧붙이지 않은 인사를 뒤로하고 정이수는 단 한 번 망설임도 없이 자동문을 지났다. 핸들을 붙잡은 손이 저릿저릿했다. 부정하려고 하면 할수록 격렬하게 충돌하는 욕망에 무력한 저항이 뒤따랐다. 운전석 문을 열고 정이수의 뒤를 밟을 때까지 번잡한 생각이 줄을 이었다. 그냥 집 앞까지 바래다주는 것뿐이라고 변명을 해 볼까. 아니면 오늘 즐거웠냐고 물어볼까. 아니면….

"이 팀…."

성큼성큼 걸음을 옮긴 시훈을 열린 문 너머 정이수가 놀란 눈으로 돌아봤을 때 모든 고민이 물거품처럼 허사로 돌아갔다. 피가 몰린 붉은 입술을 순식간에 삼켰다. 내내 끌어안고 싶었던 허리에 팔을 감고, 바람에 흩날리던 머리카락을 손바닥 가득 담았다. 입안에 남은 허브차 향이 은은했다. 그것마저 그동안 몰랐던 정이수 같아 애가 탔다. 달아나려고 하면 반드시 방향을 틀어 숨마저 앗아 갔다. 암흑 속, 전시회장 안에서 느낀 정이수의 호흡과 같았다. 아무런 조건이나 단서가 없는 정이수를 향한 열망은 순수했고, 뜨거웠다.

어깨를 밀친 정이수가 엘리베이터를 사이에 두고 몸을 물렸다. 시훈은 차마 고개를 들 수 없었다. 아직 잦아들지 않은 욕망이 들끓었다. 자각한 감정이 마구잡이로 넘실거렸다. 시훈은, 당황했다.

엘리베이터 문이 닫힌 뒤 그대로 황급히 차에 올라탔다. 구겨진 미간이 좀체 펴질 줄을 몰랐다. 아파트까지 오는 동안 신호 앞에서 몇 번 넋을 놓았다. 시끄러운 경적 소리마저 먹먹하게 들려왔다.

현관문을 열고 들어와 옷부터 벗었다. 기능을 멈춘 듯 더디게 돌아가는 머리며 몰아치는 열기가 도저히 가시지를 않았다. 욕실로 들어간 시훈은 샤워 부스 안에서 찬물을 끼얹었다. 제대로 닦지 못한 물이 뚝뚝 바닥으로 떨어졌다. 욕실 앞 허물처럼 벗어 놓은 옷을 뭉치째 들고 드레스 룸으로 향했다. 실내복을 입는 순간에도 좀처럼 찌푸린 얼굴은 펴질 줄을 몰랐다. 손길이 거칠어지는 그때, 문득 하얀색 티셔츠가 눈에 들어왔다.

"……."

외떨어져 옷걸이에 걸어 둔 티셔츠는 구김 하나 없이 깨끗했다. 시훈의 눈빛이 파르르 떨렸다.

"…이딴 걸!"

쭉 잡아당긴 티셔츠가 옷걸이에서 튕겨 나오며 보기 싫게 늘어졌다. 한 손에 잡힌 티셔츠가 와락 구겨지다 내쳐지기 전이었다. 주먹 쥔 손이 부르르 떨렸다. 시훈은 턱이 아릴 정도로 세게 이를 물었다. 그리고 거세게 줄을 당긴 듯 팽팽했던 이성이 그대로 끊어졌다.

"…하아…."

내팽개치지 못한 티셔츠에 시훈은 와락 얼굴을 묻었다. 정이수의 향이 남아 있을 리 만무하건만 맹목적이고 무지한 짐승처럼 한 점 남아 있을 체취를 찾았다. 티셔츠를 쥔 손이 겨우 벽을 짚고 섰다. 그 위로 이마를 기댄 시훈은 나직이 욕을 짓씹었다. 발기한 성기를 쥐는 데 일말의 망설임도 없었다.

빠르게 되돌린 시간이 시꺼먼 어둠 속에서 한 줌 빛과 함께 펼쳐졌다. 시훈의 그늘진 욕망을 먹고 자란 상상이 재생됐다.

'생각보다 더… 옷이 잘 어울리네요.'

'…….'

'다 먹었으면 가죠.'

상상 속 이시훈은 이성 대신 욕망을 뒤따르기를 선택했다. 시훈이 지하 주차장이 아닌 룸으로 올라가는 버튼을 누르고, 층이 점점 위로 올라가는 동안 흐릿한 상상은 점점 선명해졌다.

고층에 다다른 엘리베이터 문이 열리고 저보다 앞서 복도를 걸어가는 정이수는 마치 구름 위를 걷듯 가볍고 가볍게 룸을 향해 걸음을 옮긴다. 종종 내비치던 망설임과 걱정 따위 없는 산뜻한 움직임이었다. 예약한 룸 앞에 당도한 정이수에게 문을 열어 보이자 안으로 들어가는 길목에 선 정이수의 시선이 문득 아래쪽을 향했다. 정확히 말하자면 이미 반쯤 발기한 성기를 확인하는 눈빛이었다. 여태 본 적 없는 장난스러운 미소가 정이수 얼굴에 떠올랐다.

'세수한다고 그게 가라앉혀져요?'

"…하아…."

비웃나 했더니 아랫입술을 슬쩍 깨물었다가 놓은 정이수는 새침하게 자신을 올려 보며 묻는다.

'…근데, 오늘 왜… 손 안 잡았어요? 기다렸는데….'

"…정이수."

돌덩이처럼 뻣뻣하게 굳은 저를 향해 이윽고 정이수가 자비로운 두 팔을 뻗었다. 목을 끌어안은 정이수의 허리를 감싸 쥔 순간 허상이 뭉게구름처럼 피어올랐다. 룸 안으로 정이수를 거칠게 끌어당겼다. 닫힌 문에 정이수를 밀어 놓고 혀를 밀어 넣었다. 더운 숨과 함께 새어 나오는 신음, 그리고 제 목에 두른 정이수의 팔이 음욕을 자극했다. 종일 꿈꾸고 바라던 감각이었다. 뺨과 턱, 길고 하얀 목을 따라간 입술이 종착지를 찾아들었다. 이수의 피부색과 잘 어울리는 니트였다. 오늘 이후로 다시 입지는 못할 테지만.

'흣…!'

부드러운 니트 아래로 머리를 넣었다.

'하아…….'

채 끌어 올리지 못한 니트 아래서 봉긋 솟은 유두에 혀를 세웠다. 뒤척이는 몸을 다시 한번 벽에 밀어 놓고 세차게 빨아들이자 이수가 니트 속 짐승의 머리통을 끌어안았다.

'천천히, 쉬이….'

욕심껏 유두를 빨고 혀로 짓이겼다. 한 번씩 '살살… 조금만, 천천히.' 그렇게 달랠 뿐 이수는 그만두라고 말하지 않았다. 다만 니트를 끌어 올려 헝클어진 머리카락을 쓸어 줄 뿐이다.

'흐으….'

머리가 겨우 니트 아래서 빠져나오자 다리에 힘이 풀린 이수가 카펫 위로 미끄러졌다. 이수의 허벅지를 쭉 잡아 끌어 내리고 바지를 찢어발길 듯 헤쳐 놓았다. 입술을 끌어 올린 이수가 핏줄이 불거진 팔을 붙들었다.

'오늘…! 아흑… 처음 만났을 때부터 이러고 싶었지?'

두 손목을 단단히 그러쥐고 대답 대신 벌린 이수의 입술 사이로 혀를 넣었다. 숨을 몰아쉬느라 바짝 마른 입안이 제 타액으로 젖어 드는 순간 제 목덜미를 이수가 끌어당겼다. 목이 말라 다급한 사람에게는 해갈이 필요한 법이었다. 양쪽으로 쭉 찢어진 입술이 주체가 안 됐다. 눈을 마주치자 다시금 이수가 제 품에 안겨 왔다.

'이시훈, 안아 줘….'

열락에 겨운 정이수가 야살스럽게 속삭였다. 애원하는 정이수의 목소리가 환청처럼 귓가를 울렸다. 머리가 쭈뼛 설 만큼 강한 만족감이 빠듯하게 차올랐다.

툭툭 끊긴 필름이 멋대로 이어지다 잘리기를 반복했다. 성기를 붙잡은 손이 속도를 더해 갈수록 머릿속을 빼곡히 채운 이수는 점점 시훈을 깊은 못으로 끌어당겼다.

몸을 돌려 엎드린 이수가 두 어깨를 바닥에 붙이고 엉덩이만 올린 채 뒤를 돌아봤다. 쌕쌕 숨을 쉬는 정이수는 마치 기대하듯 눈을 맞춰 온다. 골반을 단단히 잡아 끌어 올리자 날개 뼈까지 흘러 내려간 니트 아래로 곧게 뻗은 척추 뼈가 도드라졌다. 손을 뻗어 오돌토돌 올라온 뼈를 하나하나 훑어 움푹 팬 곳까지 쓰다듬자 이수가 약속처럼 신음을 터트렸다.

벌린 다리 사이에 혀를 가져가 구멍을 핥았다. 충격적인 쾌감에 이수가 숨을 헐떡이며 카펫 위로 이마를 비볐다. 이내 매끈하게 뻗은 이수의 성기 끝에서 질질 흐른 프리컴이 카펫 위로 진한 자국을 남겼다. 괴악한 힘이 얇은 허리를 쥐고 벌름대는 구멍에 좆을 가져다 댔다. 축축이 젖은 점막에 귀두가 닿는 순간 이수의 입에서 환희를 담은 탄성이 흘러나왔다.

'아…!'

성기가 남은 부분 없이 안쪽을 꿰뚫자 이수의 속눈썹이 파르르 떨리며 눈이 감겼다. 거칠고 배려 없는 삽입이었지만 이수의 붉은 입매가 요사스럽게 말려 올라갔다.

'…꽉 찼어. 하아….'

만족해 마지않는 목소리도 함께였다.

"…씨발."

거칠게 몰아붙일수록 무릎이 밀렸다. 카펫 위로 손톱을 세운 이수가 이마를 바닥에 짓이기는 모습이 더없이 사랑스러웠다. 아윽…! 미친 듯이 박아 풀썩 쓰러진 이수의 가슴을 붙들어 연결된 채로 들어 올렸다. 까치발을 들고 겨우겨우 콘솔 앞으로 이동한 이수를 그대로 엎드려 기대게 했다. 한쪽 무릎을 콘솔 위로 접어 올리자 접합부위가 적나라하게 드러났다. 팽팽하게 벌어진 구멍에 제 성기가 딱 맞게 삽입돼 있었다. 사타구니를 턱턱 부딪치는 힘에 콘솔이 밀리며 덜컹대는 소리가 거세게 이어졌다.

정이수의 등에 키스를 퍼붓고 목덜미를 빨아들였다. 콘솔을 짚고 있던 이수가 허리 뒤로 손을 돌려 단단한 허벅지를 붙들었다. 더, 더… 이시훈, 더… 세게. 갈구하는 손길에 더욱 허리를 쳐올렸다.

거울에 반사된 이수의 얼굴에 송골송골 땀이 맺혔다. 격한 허리짓을 받아 내면서 젖은 앞머리 사이로 샐쭉 웃는 눈이 거울 속에서 시훈을 부추겼다. 한 번도 본 적 없는 상상이 빚어낸 정이수였다.

'하아… 좋아, 너무 좋아…. 더 깊이… 해, …응?'

정갈하게 정리된 이수의 손톱이 시훈의 허벅지에 박혔다.

이수야, …정이수. 풀어진 내벽에 성기를 박아 넣고 입술을 묻었다. 매달리고 안아 달라고 우는 이수의 허리가 잘게 경련했다. 뒤꿈치가 들린 발가락 끝이 바들바들 떨리며 간신히 바닥을 지탱한 채였다.

"…하아…… 이수야."

이시훈, 이시훈, 이시훈… 뜨거운 목소리가 점점 사그라졌다. 손안에서 멋대로 구겨진 티셔츠에 더 깊이 코를 묻었다.

'…키스해 줘.'

절정을 향해 가는 마지막 순간 귓전에 또렷하게 들이박힌 이수의 속삭임을 들었다. 성기를 쥔 시훈의 손등에 핏줄이 도드라졌다.

"…정이수…… 읏!"

하아… 희미하게 사라진 정이수의 몸 안에 성기를 박아 넣고 사정하는 찰나, 손안에서 정액이 터졌다. 끝을 향해 치달은 상상이 현실을 마주한 것도 그때였다.

"…하아… 하…."

머릿속을 맴도는 목소리도 정이수도 허망하게 사라졌다. 현실로 돌아오는 길을 지우기 위해 다시금 눈을 감고 티셔츠에 코를 묻었다. 여전히 빳빳한 성기를 쥐고 숨을 골랐다. 정이수를 밤새 지워 버릴 수 없을 것 같다. 혀끝에 붙어 버린 이름이 또다시 잘린 시훈의 필름을 간단하게 엮어 놓았다.

다시 시작된 이야기는 엘리베이터 앞, 키스한 직후부터 이어졌다. 문이 닫히기 직전 엘리베이터 안으로 시훈의 손목을 끌어당긴 정이수가 새로운 이야기를 만들어 냈다. 현실의 정이수가 절대로 행하지 않을 모습은 갖가지 탈을 쓰고 시훈을 깊은 못으로 빨아들였다. 충동과 열망, 온종일 인내한 정이수를 향한 욕망이 진흙처럼 뒤섞인 늪이었다. 발을 뺄 수가 없다. 더운 숨을 내뱉은 시훈이 다시금 손을 움직였다.

"와… 일만 하다 끝났네… 정말."

여민준이 호텔 로비로 들어오자마자 어깨와 머리 위로 떨어진 빗방울을 털어 냈다. 귀국을 앞둔 하루 전날, 뉴욕에서 열린 론칭 행사에 참여한 광고주와 식사를 마친 뒤였다. 타임 스퀘어니, 센트럴 파크니, 유명 스팟은 고사하고 한국에도 널린 커피 전문점에서 커피 한잔할 여유조차 없이 오늘로써 모든 일정이 마무리됐다. 엘리베이터 버튼을 누른 여민준은 시훈의 안색을 살폈다.

"너 괜찮아?"

출국하던 날에는 답지 않게 넋이 나가 있다가 뉴욕에 도착한 후에는 각성한 인간처럼 미팅이며 타 팀의 업무까지 자처하고 나선 시훈이 걱정스러웠다.

"…괜찮아요."

손바닥으로 눈두덩이를 꾹꾹 누르는 시훈이 심드렁한 대답을 건넸다. 얼마 지나지 않아 도착 알림음과 함께 엘리베이터 문이 열렸다.

"내일은 또 서울이네. 아무튼 쉬어."

복도 반대편으로 걸어가는 여 본부장이 휘휘 손을 흔들었다.

달칵. 문을 열고 들어온 시훈은 옷도 벗지 않고 그대로 침대 위에 엎드렸다. 무거운 몸은 침대에 당장이라도 빨려 들어갈 것만 같다. 긴 숨을 내쉰 시훈이 느릿느릿 고개를 반대편으로 돌렸다. 커튼 틈으로 새어 들어온 도시의 불빛이 어두운 룸을 어슴푸레하게 비췄다.

불쑥 몸을 일으켜 창문 앞으로 걸음을 옮겼다. 비에 젖은 도시를 내려 보며 시훈은 한낮의 서울 하늘을 떠올렸다. 이내 정반대의 색채를 띤 하늘 아래 저절로 맞물린 기억이 머릿속에 스며든 정이수를 기어코 끄집어냈다. 아마… 지금쯤이면 홀로 앉아 점심을 먹을 시간이었다. 식사를 마친 후에는 늘 그렇듯 얼음이 가득 들어간 아이스 아메리카노를 주문할 테고. 그리고….

매듭이 풀린 타이의 한쪽 끝을 잡아 내린 시훈이 털썩 창가에 몸을 기대앉았다. 하. 깨닫고 나자 어이가 없어 헛웃음이 튀어나왔다.

"…잘하는 짓이네, 정말."

온몸을 짓누르는 피로나 분 단위로 이동하는 출장 중에도 머릿속을 빼곡히 채운 사람이 정이수라는 사실을 인정할 수밖에 없었다.

"……."

품에서 꺼낸 핸드폰을 열어 이름을 찾아냈다.

'정이수 팀장'.

메시지 창 위로 깜박이는 커서를 한참 동안 바라보던 시훈은 신경질적으로 팔을 뻗었다. 그 바람에 날아간 핸드폰이 카펫 위에 나동그라졌다. 보고 싶고 목소리를 듣고 싶은 바람과 천박한 상상을 이끌어 낸 자괴감이 한데 뭉쳐 소용돌이쳤다.

"후우…."

무슨 말을, 어떻게, 왜. 지난 열흘간 자문한 질문에 대한 답을 여전히 찾지 못했다. 냉소가 뿌리내린 제 감정이 들쑥날쑥 경계를 넘나드는 이유는 오로지 정이수 때문이었다. 그 점이 시훈을 혼란스럽게 만들었다. 뉴욕에 머무는 열흘 동안 몸이든 정신이든 몰두하고 갈리다 보면 잊힐 거라고 안일하게 생각했다.

흐르는 빗물에 일그러진 도시는 뉴욕인지 아니면 서울인지 구분할 수 없었다. 하염없이 흐린 전경을 바라보던 시훈은 반쯤 열려 있던 커튼을 쳤다. 이제 호텔 룸은 온통 어둠이었다. 긴 한숨이 흘러나왔다. 시간과 공간이 사라진 깜깜한 밤. 빗소리만이 혼란에 휩싸인 시훈의 귓가를 두드리던 날이었다.

툭.

투둑.

툭.

1년 전, 지구 반대편에서 내린 비와 꼭 닮은 비가 불규칙적으로 창을 때렸다. 천천히 눈을 뜬 시훈은 이수의 체향에 숨을 깊게 들이쉬었다. 번민한 과거가 이제는 추억으로 변모한 순간이었다.

쿠션을 댄 소파 팔걸이에 반쯤 기대 누운 이수는 제 허리를 끌어안고 몸을 포갠 시훈의 머리카락을 부드럽게 쓰다듬었다. 가사 없이 작게 흥얼거리는 노랫소리도 함께였다. 이수의 다정한 손길을 받으며 섹스 후 나른함에 젖어 있는 시훈의 귀에 이내 나지막한 탄식이 들려왔다.

"아… 티셔츠 벗을걸."

소파 밑으로 떨어진 속옷이나 바지와 달리 정사 내내 입고 있던 티셔츠에 이리저리 튄 체액이 도드라졌다. 무엇보다도 티셔츠 안으로 머리를 들이민 시훈 때문에 다 늘어진 옷감이 문제였다.

"그것보다 뭘 좀 먹는 게 좋겠어요. 배가 홀쭉해."

시훈은 배를 덮은 티셔츠를 살짝 끌어 올리고 드러난 맨살 위로 사뿐히 입맞춤을 남겼다. 흘긋 시선을 들어 올리자 배시시 웃는 이수와 눈이 맞았다. 그 순간, 시훈은 소소한 계획을 떠올렸다. 비가 그치고 가을이 오면 작년 가을과 같은 데이트를 해야겠다. 전시회를 보고, 식사를 하고, 키스한 그날처럼.

…그리고 티셔츠에 얽힌 비밀은 계속 묻어 두어야겠다는 다짐도 함께였다.

외전 2. Dear

하반기 정산 그룹에서 계획 중인 프로젝트의 브랜딩에 관한 보고가 끝이 났다. 사무실로 돌아온 팀원들은 너 나 할 것 없이 서로를 다독였다. 곧 복도에서 구원주 실장과 잠시 대화를 나눈 이수가 밝은 표정으로 사무실에 들어섰다.

"고생했어요, 다들. 구 실장님이 조만간 식사하자고 하시네요."

팀 내에서 탄성이 터졌다. 아마도 오늘 진행된 보고가 꽤 성공적이었다는 의미였다.

"수고하셨습니다!"

"고생 많으셨어요."

예정된 시간을 훌쩍 넘겨 가며 이어진 보고는 발표와 질의응답, 향후 보완이 필요한 부분까지 어느 하나 쉽게 넘어가는 법 없이 진행됐다. 지난 몇 주간 프로젝트를 이끈 이수의 대답은 막힘이 없었다. 기획자 출신에 비딩을 밥 먹듯이 치르던 과거를 생각하면 긴장할 필요는 없었으나 실수하고 싶지 않았다. 브랜드전략실 내에서 하반기에 진행될 가장 중요한 프로젝트였고 조금 걱정을 한 건 사실이었다.

정산으로 이직을 한 뒤 정신없이 시간이 흘렀다. 한 직장에서 10년 가까이 일한 세월을 생각하면 혹여 부침을 겪지는 않을까 내심 걱정을 했건만 그럴 틈도 없이 정산에 녹아들었다. 무엇보다 구원주 실장이 일일이 면접과 면담을 통해 꾸린 팀은 이수의 책임 아래 좋은 팀워크를 발휘했고, 광고주나 프로젝트별로 머리를 싸매거나 접대를 할 필요가 없어 부담이 줄었다. 광고에 대한 애정은 여전했지만 그래도 이수는 행복하게 일하는 지금이 좋았다.

모니터로 눈을 돌린 이수는 얼마 남지 않은 퇴근 시간을 확인했다. 때마침 재킷 안주머니에서 미처 확인하지 못한 메시지 진동음이 울렸다. 액정 화면을 확인한 이수의 얼굴에 작은 미소가 피어올랐다.

-보고 잘 마쳤어요?

시훈이었다. 메시지를 보낸 시간은 30분 전. 이수가 얼른 답문을 남겼다.

-메시지 이제 확인했어요. 보고 잘 마쳤어요.

읽음 표시 후 회의 중이라 끝나면 연락하겠다는 메시지가 들어왔다. 승진 이후 회의로 시작해 회의로 끝나는 시훈의 일과는 여전한 듯하다. 보낸 메시지를 보면 저녁까지 회의가 이어질 분위기라 같이 저녁을 먹기는 요원할지도 모르겠다. 아쉽지만 실망하지는 않았다.

내일 하루 구원주 실장의 배려로 팀 전체가 휴가를 부여받았다. 그 덕분에 가을로 접어들기 전 본격적으로 바빠질 시훈과 휴일도 맞췄겠다, 평일 내내 야근을 한 팀원들도 오늘만큼은 빨리 돌려보내고 싶었다.

자리에 돌아온 이수가 핸드폰을 내려놓고 서류며 각종 자료를 정리하는 사이 누군가 책상 위에 그림자를 드리웠다. 인기척에 시선을 올리자 조유진 대리가 웃는 낯으로 이수를 불렀다.

"책임님."

"네, 조 대리."

책상 한편으로 자료를 밀어 둔 이수에게 조 대리가 코를 찡그리며 물었다.

"저희 오늘 이대로 퇴근하나요? 다들 맥주 한잔하는 분위기인데… 책임님 시간 어떠세요?"

조 대리 뒤로 슬쩍 고개를 기울이자 눈을 반짝이는 팀원들은 이수의 답이 떨어지기만을 기다리는 눈치다. 이수는 그제야 아차 싶다. 퇴근도 퇴근이지만 오늘은 시원하게 법인 카드를 긁어야 할 날이었다. 인사이트 시절, 벙개나 의미 없는 회식에 질릴 대로 질려서 미처 생각을 못 했다. 미안하지만 시훈에게는 따로 연락해야 할 것 같다.

"6시 땡 하면 갑시다. 다들 준비하고 계세요."

이수의 말 뒤로 작은 탄성이 터졌다. 팀원들을 바라보는 이수의 얼굴에도 시원한 미소가 걸렸다.

"지금 회사 근처예요. 다들 한잔하고 싶다고 해서."

건배사를 하고 본격적인 회식이 시작되기 전 화장실을 핑계로 식당을 빠져나온 이수는 시훈에게 전화부터 걸었다. 테이블에 세팅된 술의 양을 보아 하니 조유진 대리가 말한 맥주 한잔으로 끝날 것 같지는 않았다.

-자발적 벙개예요?

수화기 너머로 웃음기 밴 목소리가 전해졌다.

"네. 저녁은 먹었어요?"

-먹었어요, 간단히. 늦게까지 있죠?

"아마도요. 카드만 주고 나오려니까 붙잡아서요."

건배만 하고 자리를 비켜 주려니까 소고기를 불판에 올리던 조 대리가 재빨리 문부터 닫았다. 그리고 책임님께 오늘 꼭 이 자리에서 긴히 드릴 말씀이 있다는 이유로 이수를 딱 붙들어 놓았다. 프로젝트도 끝이 났고, 하물며 사람들 다 있는 회식 자리에서 긴히 할 말이 있을 리 없었다. 핑계가 분명한데도 시치미를 뚝 떼는 통에 이수가 결국 자리에 앉자 넉살 좋은 조 대리가 승리의 미소를 지어 보였다.

-오늘 늦게까지 일할 것 같으니까 끝나면 연락해요. 데리러 갈게.

"응, 끝나면 연락할게요."

이수와 휴가를 맞추고자 시훈 역시 이번 주 내내 바빴다. 통화를 마친 후 등대처럼 밤새 불을 밝히고 있을 인사이트를 떠올리던 이수의 뒤로 빠끔 식당 문을 연 조 대리가 손짓을 했다. 책임님, 얼른 오세요! 숙취 해소제가 가득 담긴 비닐봉지와 함께였다. 아마도 오늘 날을 잡은 모양이다.

이수가 자리에 앉기 무섭게 조 대리는 뚜껑을 딴 숙취 해소제를 내밀었다. 저희 다 마셨어요. 비장한 목소리였다. 숙취 해소제를 한 입에 털어 넣자마자 직원 하나가 수순처럼 이수의 빈 잔에 소주를 기울였다. 얼마만의 술자리인지 이수도 가물가물했다. 대부분 회식은 점심 식사로 대체하고, 커피와 간식으로 회식비를 소진했을 만큼 지난 몇 주간 팀은 바쁘게 돌아갔다. 발표도 잘 끝났겠다 긴장이 풀린 팀원들의 술잔이 빠르게 채워지고 비워지기를 반복했다.

말랑말랑 풀린 분위기 속에 얼마 전 결혼한 조유진 대리의 핸드폰 벨 소리가 요란하게 울렸다. 액정 화면을 확인한 조 대리가 고개를 돌리고 순식간에 통화를 마쳤다.

"남편분이 오래요, 빨리?"

목소리를 죽여 묻는 박 대리와 달리 조 대리가 웃으며 고개를 저었다.

"오라는 건 아니고, 택시 타면 전화하라구요."

대부분 미혼인 팀 내에서 조 대리는 유일한 기혼자였다. 이내 대답을 마친 조 대리가 소주로 입을 축이다 말고 슬쩍 이수의 눈치를 살폈다.

"근데, 책임님. 혹시 만나시는 분… 있으세요?"

"저요?"

"네."

곤란하시면 말씀 안 하셔두…. 조 대리가 남은 소주를 홀짝이며 말끝을 흐렸다. 조금 전 식당 밖에서 시훈과 통화하는 소리를 들었을까. 상대가 누구인지 밝히기가 어려울 뿐이지 애인 유무를 말 못할 이유는 없었다. 이수가 나직이 중얼거렸다.

"…네. 있어요."

잠시 정적이 흘렀다. 소고기가 올라간 불판이 지글지글 타들어 가며 뿌연 연기가 피어올랐다. 묘한 기운에 눈을 데구루루 굴리는 이수를 두고 훌쩍 몸을 물린 조 대리가 가볍게 손을 내저었다.

"에이- 책임님두!"

이수의 말이 믿기지 않는다는 투였다.

"뭘…."

"책임님, 저 뚜쟁이 아니에요. 진짜 그때 딱 한 번 여쭤본 건데. 흑흑."

우는 시늉을 하는 조 대리 때문에 이수와 나머지 직원들이 와르르 웃음을 터트렸다. 한 달여 전, 신혼여행에서 돌아온 조 대리가 적잖이 난감해하며 물은 적이 있었다. 결혼식장에서 책임님을 본 친구 하나가 책임님 때문에 상사병이 걸릴 지경이라며 혹시 소개팅 생각이 있으시냐고. 잠깐 스친 사이에 상사병은 무슨 말이며 여성을 상대로 소개팅이라니 말도 안 됐다. 무엇보다 제게는 시훈이 있었다. 순간 표정 관리에 실패한 이수를 두고 조 대리가 죄송하다며 발을 뺐더랬다.

"아닌데… 정말…."

당황하여 얼버무리는 이수의 모습에 애인은 없노라고 확신하는 분위기가 돼 버렸다. 이수는 설득을 포기했다. 선을 그으면 무례하게 묻지 않을 사람들이었다. 다만 애인 유무를 증명해야 할 필요는 없었다. 고개를 절레절레 흔들고 마는 이수를 보고 박 대리가 슬그머니 한마디를 보태어 물었다.

"아니, 조 대리님. 스타일을 먼저 여쭤보셨어야죠. 그런 의미에서… 책임님, 어떤 스타일이 좋으세요?"

평소 꾹꾹 참아 둔 질문들이 오늘에야 몽땅 쏟아지나 보다. 조 대리와 박 대리의 시선이 공중에서 마주쳤다. 아마 이수는 절대 모를 테지만 얼마 전 직장인들이 익명으로 글을 게시하는 앱에 등록된 글이 하나 있었다. 내용은 그러했다. 하루하루 힘든 회사 생활에 그분이 계셔서 행복하다. ㅂㄹㄷㅈㄹ실 ㅈㅇㅅㅊㅇㄴ. 사랑합니다♥ 특정인을 떠올릴 만한 글은 신고 처리 되어 순식간에 삭제됐지만, 줄줄이 111, 222, 333 넘버링을 매겨 가며 몇십 개의 댓글이 달렸었다.

"음…."

생각은 당연히 한 사람으로 귀결됐다. 자신도 분명 작은 키는 아니건만 저보다 한 뼘 정도 큰 키에 날렵한 턱선이 가장 먼저 생각났다. 집중하며 일을 할 때면 휘는 눈썹과 웃을 때면 올라가는 입꼬리는 매번 사람을 설레게 하는 구석이 있었다. 너른 가슴과 딱 벌어진 어깨, 긴 다리는 무슨 옷을 입어도 태가 났고, 낮고 다정한 목소리로 이름을 부를 때는 때때로 숨이 멎었다. 담배를 태울 때는 어떠한가. 볼이 패도록 담배를 피우고 느른하게 연기를 내뿜는 모습은 시훈을 떠올리면 자연스럽게 따라오는 장면이었다.

"저는 섹시한…."

거기까지 말하고 이수가 앞에 놓인 소주를 단번에 원샷했다. 밀려오는 부끄러움에 몸 둘 바를 모르겠다.

단아하고 청초한 미인을 기대한 직원들의 눈이 동그랗게 뜨였다. 평소 수수한 이수의 차림이나 얌전하고 참한 행실을 되짚어 보면 놀랄 만한 답이었다.

"오… 의외시다. 성격은요?"

오랜만에 술이 들어간 머리며 가슴이 뜨끈했다. 답지 않게 분위기에 휩쓸린 이수가 자연스럽게 사랑하는 연인을 그렸다.

"음…."

언뜻 보면 차가워 보이지만, 실상 제 사람이라고 여기는 이에게는 소홀히 하지 않았다. 아닌 건 아니라고 단호하게, 그러나 상대의 실수나 어려움에는 넓은 아량을 베푸는 사람이었다. 뾰족 튀어나온 날이 선 말들은 한때 이수의 마음에 상처를 내었지만, 지금은 돋아난 새살을 조심스럽게 어루만져 주는 단 한 사람이었다. 평범한 말속에 녹여 낸 다정하고 달콤한 말들은 오직 이수를 향해 있었다.

이수가 부끄러운 듯 슬쩍 고개를 떨구며 미소 짓자 성화가 대단했다. 이시훈이요. 그렇게 말하면 끝날 일을 뱅뱅 돌려 말하려니 그것도 참 어려웠다.

"성격도…요."

말을 마친 이수는 또 한 잔을 벌컥 마셨다. 오… 테이블 내의 탄성이 이어졌다. 어물쩍 넘기기는 했는데 팔불출처럼 입가에 매단 미소가 쉬이 가시지를 않아 이수는 몇 번이나 입술을 감쳐물고 애써 표정을 가다듬었다.

그 뒤로 신혼인 조 대리의 연애에서 결혼까지 스토리와 연애 사업에 실패한 박 대리의 수난기, 가을 야구와 최근 개봉한 영화 등 얕고 시답잖은 대화가 줄줄이 이어졌다. 고삐 풀린 사람들처럼 신이 난 팀원들은 몇 주간 쌓인 한을 풀듯 끝이 없는 대화를 쏟아 내며 빈 소주병이며 맥주병을 살벌하게 쌓아 갔다.

술자리는 3차까지 이어졌다. 가볍게 한잔하고 끝을 내자는 말에 치킨은 손도 대지 않고 맥주만 마셨다. 결국 가게 문을 닫을 시간이 돼서야 우르르 빠져나온 직원들이 차례로 택시를 잡아탔다.

"책임님, 안 가세요? 먼저 타세요."

택시 뒷문을 연 박 대리가 몸을 틀어 양보하자 이수가 손사래를 쳤다.

"먼저 가요. 전 여기서 가까워요. 집이 먼 사람이 먼저 가야지."

안 그러셔도 되는데…. 재차 발을 빼려는 박 대리의 어깨를 두드린다. 꾸벅 고개를 숙인 박 대리가 뒷자리에 올라타자 이수가 얼른 문을 닫아 주었다. 곧 열린 창문으로 거하게 술이 취한 박 대리가 튀어나와 정수리 위로 손끝을 둥그렇게 모았다.

"책임님, 내일 잘 쉬시고 목요일에 뵙겠습니다! 사랑합니다!"

우렁찬 인사 소리와 함께 박 대리를 태운 택시가 멀어졌다. 훌쩍 몸을 돌린 이수의 몸이 휘청였다. 직원들이 다 떠날 때까지 말짱해 보이느라 잔뜩 힘을 준 다리가 맥없이 풀렸다. 승강장 벽을 간신히 붙잡은 이수가 술기운에 히죽 웃음을 흘렸다. 오늘 회식… 재밌었다. 재킷 주머니에 넣어 둔 핸드폰이 진동했다. 더듬더듬 재킷을 더듬어 핸드폰을 꺼낸 이수가 시훈의 전화를 받았을 때는 새벽 2시를 훌쩍 넘긴 시간이었다.

-회식ㅁ궃 여기 있여요

전화를 할 때만 해도 괜찮아 보였기에 위치를 보내 달랐더니 공유된 위치와 함께 오타 가득한 메시지가 적혀 왔다. 좀처럼 하지 않는 실수에 고개를 갸웃한 시훈이 골목 안으로 차를 들였다. 큰길에는 길을 따라 늘어진 택시에 차를 댈 만한 곳이 없었다. 이수가 보낸 장소를 확인하고 좁은 골목을 두어 바퀴 돌았을 때야 겨우 문을 닫은 상가 앞에 차를 세웠다.

8차선 도로가 깔린 큰길가와 다르게 안쪽으로 조금만 들어오면 아직 노포나 허름한 간판을 단 식당이 많았다. 직장인들을 상대로 하는 대부분 가게는 문을 닫고, 가끔 24시간 운영하는 편의점만 불을 밝힌 채였다.

핸드폰으로 전송된 위치를 보면 이쯤인데 좀처럼 모습이 보이지 않아 결국 전화를 걸었다. 곧 익숙한 신호음과 함께 조용한 벨 소리가 골목에 울려 퍼졌다.

소리를 더듬어 좁은 인도를 따라 걸었다. 인도 옆으로 주차된 차들이 죽은 듯 잠든 새벽이었다. 얼마 지나지 않아 지척에서 들리는 벨 소리에 담벼락 어귀를 살필 때였다. 긴 손가락 끝에 걸린 담배가 모퉁이 너머로 삐져나와 있었다. 서늘한 밤공기에 타 버린 담뱃재가 바닥에 툭 떨어질 때쯤 시훈을 등진 연인이 몸을 기울였다. 빼꼼 어깨 너머로 고개를 돌린 이수의 옆모습이 가로등 불빛에 또렷하게 실루엣을 그렸다.

"안…녀-엉."

-안…녀-엉.

별안간 낯선 인사가 떨어졌다. 출발하기 전만 해도 말짱하게 들린 목소리는 아마도 긴장이 풀어지기 전 목소리였나 보다. 인사이트에서 회식이나 접대는 질리도록 했지만, 이수가 발음이 꼬일 정도로 취한 모습은 본 적이 없었다. 단 한 마디에도 술기운이 잔뜩 묻어났다.

이수를 발견한 시훈의 입술이 호선을 그렸다. 어린애 같은 인사에 픽 웃음이 샜다.

"안녀-엉?"

귀에서 핸드폰을 내린 시훈이 이수에게 다가갔다. 이수는 모퉁이 끝자락 오래된 시멘트 벽에 비스듬히 몸을 기대선 채였다. 시훈을 슬쩍 올려 보며 느긋하게 담배를 한 모금 빠는 이수의 표정은 장난스러웠다.

"…예쁘네."

보자마자 저절로 그런 말이 튀어나왔다. 중요한 발표 때문에 머리부터 발끝까지 신경 써 입은 티가 났다. 감색 정장에 같은 색 타이와 시훈이 얼마 전 선물한 코트까지 맞춰 입은 이수는 한눈에 눈길을 사로잡을 정도로 아름다웠다. 다만 이마를 덮은 흐트러진 앞머리, 위 단추가 풀린 셔츠나 매듭이 헐거운 타이는 단정한 차림의 이수에게서는 평소 찾아볼 수 없는 모습이었다.

"나 좀 봐요, 많이 마셨어요?"

시훈의 손이 이수의 턱을 살짝 잡아 올렸다.

"…음… 소주 두 병, 500 두 잔."

소주 두 병에 맥주 500 두 잔. 그동안 배운 게 있는데 소맥도 몇 잔 꺾어 마셨을 테다. 기억을 못 해서 그렇지. 매번 정신 줄 부여잡고 술상무를 자처하던 과거와 달리 풀어진 기분에 넋을 놓고 마셨나 보다.

"주량 생각 않고 마시면 어떡해."

시훈이 슬쩍 미간을 좁히자 아래로 속눈썹을 늘어트린 이수가 투정을 부리듯 중얼거렸다.

"…바깥일 하다 보면 그럴 수도 있지…."

다소 퉁명스러운 어조에도 시훈의 입꼬리가 비죽비죽 올라갔다. 혀를 내어 아랫입술을 훔치자 볼을 붉힌 이수가 손을 뻗어 시훈의 타이 끝을 매만졌다.

"…흠. 일은 다 했어요?"

"응."

이수의 손에 힘이 실렸다. 타이를 당기는 손길을 따라 순순히 시훈이 거리를 좁혀 왔다.

"……."

"…왜."

서늘한 새벽 공기를 가르는 나직한 목소리가 이수를 향해 부드럽고 달콤하게 묻는다. 가까이서 보니 취한 게 확실했다. 반쯤 감길 듯 말 듯 눈은 풀려 있고, 자꾸 실실 웃는 얼굴이 그랬다. 턱 끝으로 손가락에 걸린 담배를 가리킨 이수가 물었다.

"…한 대 줄까?"

"줄이라며."

이수가 턱을 올려 눈앞의 남자를 바라봤다. 빛은 받은 눈동자가 오롯이 이수를 향해 있었다. 이수는 처음 시훈을 봤을 때를 떠올렸다. 아침 일찍 사무실에 출근한 낯선 방문자는 누군지도 모를 자신을 향해 머뭇거림 없이 손을 내밀었다. 발걸음도 곧게 편 몸도, 눈을 맞추며 까닥 고개를 숙이는 모습도 색이 분명한 사람이었다. 뚜렷한 존재감이 공간을 압도했다. 익숙해질 대로 익숙해져 새로울 것 없는 고인물에 누군가 첨벙 발을 담근 것이다. 이수는 시훈이 발을 담근 후에야 알았다. 제가 몸담은 바닥에 온통 오물이 고인 걸. 남자는 벼락을 치고 비구름을 몰아왔다. 태풍처럼 이수를 흔들었고, 휩쓸었고, 다 앗아 가 버린 줄 알았더니 오물이 씻긴 텅 빈 마음에 싹을 틔웠다. 결국, 사랑에 빠졌다.

"…그럼, 엄청… 참고 있겠네."

"참고 있지, 지금도."

담배인지, 키스인지, 섹스인지. 뭔지. 길게 담배를 한 모금 빨아낸 이수가 나머지 꽁초를 바닥에 떨어트렸다. 시훈의 타이를 힘을 줘 끌어당기자 입술 사이에 겨우 종이 한 장만 한 틈이 생겼다. 입에 머금은 담배 연기가 시훈의 입술 사이로 자취를 감췄다. 이수가 손을 뻗어 목을 끌어안자 남자가 허리를 붙였다. 따뜻한 체온을 느끼며 부드럽게 시훈의 혀를 빨았다. 농밀하게 각도를 바꿔 입을 맞출 때면 서로의 코끝이 부딪쳤다. 느리고 부드러운 키스였다. 마지막으로 젖은 시훈의 아랫입술을 가볍게 빨아들인 이수가 살짝 턱을 당겼다. 맞닿은 중심부의 존재감이 묵직했다.

"사람 곤란하게 만드네…. 해 버릴 수도 없고. …잘생겨 가지고 말이야."

이수가 부리는 주정이었다. 이마를 맞댄 이수가 나직한 한숨을 내쉬며 중얼거렸다. 멀쩡한 척하며 해롱거리는 이수는 차에 태우는 순간 곯아떨어질 터였다. 시훈의 입술 끝이 위로 쭉 올라갔다.

"뭘 해?"

"이시훈이를…… 화악… 잡아먹고 싶다고…."

거들먹거리며 센 척하는 표정이 볼만했다. 어이가 없어 픽 웃음이 샜다. 아무래도 이렇게 붙어 있다가는 일을 내지 싶어 시훈이 몸을 물렸다. 동시에 허리를 곧추세운 이수가 사람 속도 모르고 히죽 웃음을 터트렸다. 묘하게 익숙한 그 얼굴은 백주홍이 보여 준 동영상 속 모습과 같았다. 잘 웃고, 마냥 행복해 보이던. 가슴을 찌르르 울리는 격통에 시훈은 잠시 넋을 놓았다.

"……."

느릿느릿 감았다 뜬 눈이 빤히 시훈을 향했다. 곧 불쑥 몸을 붙인 이수가 혼잣말을 읊조렸다.

"…진짜 잘생겼어, 참. 새삼스럽게…."

툭. 그대로 이수의 머리가 시훈의 어깨로 떨어졌다. 제자리를 찾아든 것처럼 온전히 무게가 실렸다. 이마와 뺨을 비빌 때마다 뜨거운 숨이 코트 깃 너머 시훈의 목 언저리에 닿았다.

"와… 왜 이렇게 좋지…. 어떻게 볼 때마다 설레는지 모르겠어. 진짜… 이상해."

등을 껴안은 시훈은 상체를 떼고 품 안의 상대를 내려 보았다. 얌전히 눈을 감은 이수는 미동도 없이 잠든 상태였다. 시훈은 이수의 귓가에 입술을 묻었다.

"…나도 그래."

그리고 이를 세워 아프지 않을 정도로 귀를 살짝 깨물었다. 지금은 표현할 방법이 이뿐이었다.

어렴풋이 눈이 뜨였다. 블라인드 아래로 들이닥친 쨍한 빛이 시간을 가늠케 했다. 그에 반해 서늘한 공기와 하반신을 덮은 이불의 바르작거리는 건조함이 기분 좋았다. 하지만 품에 안겨 잠든 연인의 따뜻한 체온과는 비할 수 없었다.

어젯밤, 고대한 저녁 식사는 계획에 없던 회식과 야근으로 거하게 날렸고, 취한 이수를 집으로 데리고 와 침대로 뉘었을 때는 이미 새벽 3시가 가까운 시각이었다. 연인과 긴 밤을 보내리라 다짐한 계획은 잠든 이수를 보고 포기했다. 집에 도착해 잠기운, 술기운이 여전한 이수의 몸을 씻기고 침대에 바로 뉜 뒤 시훈 역시 잠을 청했다. 이미 흉흉하게 발기한 성기가 엄청나게 불편한 밤이었다.

손으로 머리를 괸 시훈이 이수를 내려 보았다. 부드러운 머리카락을 살살 넘겨 놓자 아름답고 단정한 얼굴이 한눈에 들어왔다.

촘촘하고 긴 속눈썹과 반듯한 코를 지나 우물처럼 폭 파인 인중으로 시선으로 옮긴 시훈이 얼굴을 내렸다. 인중을 지나 버선코처럼 봉긋 솟은 윗입술이 괜하게 사랑스러웠다. 발간 윗입술에 가볍게 입을 맞추고 아랫입술을 머금자 이내 슬며시 입술이 열렸다. 침입을 허락한 연인의 입술 사이로 부드럽게 혀를 밀어 넣었다. 머리를 괸 팔이 이수의 머리를 감싸고 아직 눈을 뜨지 않은 몸 위로 상대가 힘이 들지 않을 만큼 체중을 실었다.

이마에 도장을 찍듯 입을 맞추자 스르르 눈을 뜬 이수가 시훈을 올려 보았다.

"일어났어요? 속은. 괜찮아?"

조유진 대리가 돌린 숙취 음료가 제대로 효과를 발휘했는지 속 쓰림은 없지만 대신 눈꺼풀이 무거웠다. 벽에 걸린 시계의 짧은 바늘이 9시와 10시 사이를 가리키고 있었다. 이수는 잘린 기억을 더듬었다.

데리러 온다는 시훈을 회식 장소 근처에서 만났고, 담배를 태운 것 같은데, 어느새 욕실로 장소가 건너뛰었다. 씻을 때도 맥을 못 추는 저를 욕조에 앉힌 시훈에게 성기를 넣겠다고 우겼다가 등을 토닥이는 손길에 또 기억이 뚝 잘렸다. 이수가 두 손에 얼굴을 묻었다.

"…나 어제…… 하아… 미쳤…."

"주정 안 부렸어요. 주사 없던데."

얌전하게 키스도 하고, 깜찍하게 잡아먹을 생각도 하고, 고백도 받았다. 애교라고는 없는 줄 알았더니. 뺨을 비비며 매달리는 모습이 주정이라면, 이 정도 거짓말은 사귀는 사이에 선의라고 할 수 있을 테다.

벌어진 손가락 사이로 보인 눈이 미소를 띤 시훈과 마주했다.

"…정말요?"

불리한 기억만 남을 수도 있지 않나. 기억이 나지를 않으니 시훈의 말이 맞을는지도 모르겠다. 아니라면 저렇게 눈 하나 깜짝 않고 거짓말을 할 리 없었다.

시훈이 고개를 끄덕이자 그제야 긴 한숨과 함께 얼굴을 가린 두 손이 스르륵 내려갔다. 이수는 설핏 눈을 감고 느릿느릿 사정을 설명한다. 눈 위에 손만 올려놓으면 당장 잠이 들 것만 같다.

"…회식도 너무 오랜만이고, 발표도 잘 끝나서… 생각보다 많이 마셨나 봐…."

"아직 졸려요?"

머리카락을 살살 어루만지는 손길에 점점 더 눈이 감겼다. 이수도 귀한 연차를 이렇게 보내고 싶지 않았다. 평일에는 서로가 바쁜 몸이라 가끔 저녁 식사를 할 뿐 온전히 하루를 보내기는 어려웠다. 그러니 자연스럽고 당연하게 금요일 밤부터 일요일 밤까지 시훈의 집에서 보내는 생활이 최근 패턴이었지만, 그마저도 출장이니 비딩으로 최근 몇 주간 얼굴만 간신히 보는 정도였다. 저는 이직 이후 바빴고, 본부장으로 승진한 시훈 역시 여름휴가는 반납한 지 오래라 간신히 날을 맞춰 낸 연차였다.

"…조금. 일어나고 싶은데…."

몸이 늘어지는 걸 보면 많이 마시기는 했나 보다. 눈꺼풀에 힘을 줘도 끔뻑끔뻑 눈이 감겼다. 그 모습을 바라본 시훈이 슬며시 미소 지었다.

"일어나고 싶은데 눈은 감고 싶고…. 어렵네."

"……이제 일어날 건데…."

잠에 취한 이수가 느릿느릿 말을 잇는 사이 시훈의 머리가 몸을 따라 내려갔다. 턱과 목 언저리 쇄골을 따라 입을 맞춘 입술은 예민한 성감대에서 멈췄다. 손등으로 눈을 비벼 잠을 깨워 보려는 이수의 노력이 무색할 때쯤 시훈이 서늘한 공기에 노출된 유두를 한입에 머금어 빨았다. 단번에 신음이 흘러나왔다.

"…아…."

"자꾸 졸려서 어쩌지?"

걱정하는 투라기에는 어딘가 짓궂었다. 뭉근하게 번지는 쾌감을 애써 무시한 이수가 등을 돌렸다. 몸을 모로 돌린 이수는 잠기운을 몰아내지 못하고 중얼거렸다.

"그냥… 게으름 부리고 싶…… 아…."

시훈이 침으로 축축하게 젖은 돌기를 손으로 문질렀다. 피곤할 때 성감이 좋다는 통설이 틀린 말은 아닌지 시훈의 애무에 슬슬 열이 오르며 야트막하게 가슴이 부풀었다. 더운 숨을 흘리는 이수의 엉덩이에 차마 무시할 수 없는 시훈의 성기가 닿았다.

"어제부터 참았는데, 나만 그래요?"

보지 않아도 드로어즈를 팽팽하게 당기고 있을 성기는 크기며 강도가 너무 노골적이었다. 이미 이수의 드로어즈 밴드에 손을 걸어 놓은 시훈이 툭 허리를 치댔다.

그 때문에 중심으로 확 피가 몰렸다. 기대감에 엉덩이에 힘이 들어간 것도 같다. 결국 속절없이 엉덩이가 들리고 발밑으로 속옷이 구겨졌다.

"……."

다리 사이에 무릎을 꿇어앉은 시훈은 이수의 오금을 잡아 올렸다. 시훈이 굽혀 앉은 다리 위로 둥글게 몸이 말린 이수의 둔부가 올라왔다. 얼마 전 깨끗하고 하얀 피부에 남겼던 자국은 이미 희미해진 뒤였다. 조금 더 허리를 밀어 올리자 단단히 몸을 받친 시훈에 의해 단박에 구멍이 드러났다. 자세가 조금 불편하기는 했지만 괜찮았다.

"…왜… 이렇게…."

"……."

저의를 알 수 없어 이유를 묻는 말소리가 잠결에 늘어졌다. 눈을 뜨기는 했어도 침대로 빨려 들어갈 듯한 몽롱한 정신에 물을 한 잔 마셨으면 했다. 거기까지 생각이 미쳤을 때 이수의 정신이 번쩍 뜨였다.

"아흐…! 하…!"

분명 혀였다. 물컹하고 뜨거운 혀가 점막을 핥았다. 부드럽게 입술로 빨아들이는가 싶더니 거세게 빨다 못해 뾰족하게 세운 혀가 구멍 사이를 향했다. 시훈은 뻗어 온 이수의 손목을 잡아 시트 위로 굳세게 눌렀다. 시트를 그러쥔 이수의 손이 힘을 주었다 풀었다 하며 긴장과 쾌감을 삭이는 동안 여린 점막 역시 시훈의 혀가 드나들 때마다 수축과 이완을 반복했다.

"흐으… 응……."

몸 위에는 창 모양으로 뻗은 햇살이 당도해 있었다. 블라인드를 조금만 올리면 싱그러운 아침이었다. 남들은 출근하고 학교에 가고 하루를 시작하는 아침부터 섹스라니, 이미 붉힌 얼굴이 더욱 홧홧하게 달아올랐다. 시훈의 콧대가 회음부를 누르며 욕심껏 안쪽을 파고들었다.

"…하… 으응…."

이미 발기한 성기 끝에 고인 체액은 조금만 건드리면 뚝뚝 배 위로 떨어질 기세였다.

"좋아?"

이수의 매끄러운 회음부에 혀를 세운 남자가 눈을 맞추며 그렇게 물었다. 차마 답할 수가 없어 이수는 이를 사리물었다. 묘한 배덕감에 더 흥분했는지도 모르겠다. 이렇게 반듯하고 한 점 흐트러짐 없는 남자가 제 구멍을 핥고 있는 사실이 말이다. 어딘가 넘지 말아야 할 선을 넘는 기분이었다. 시시각각 표정을 달리하는 이수와 달리 남자는 여유롭기만 했다. 울상이 된 이수를 확인한 시훈은 목을 울리며 낮게 웃었다. 이내 시트를 틀어쥔 연인의 손을 풀고 시훈이 손가락을 얽었다.

예민한 점막을 시훈이 빨아들이자 어김없이 신음이 튀어나왔다.

"아…!"

물론 손을 잡아 인도하는 이가 시훈이라면 불구덩이라도 같이 뛰어들 생각이지만 이렇게 저 혼자만 미칠 필요는 없지 않은가.

한쪽에 옅은 선이 그려진 눈이 원망을 담아 시훈을 바라보았다.

"…아흐…… 그만…!"

간신히 삐져나온 소리 뒤로 아랫입술을 꽉 깨물었다. 홀린 사람처럼 얼굴을 파묻은 시훈이 그제야 고개를 들었다. 눈을 맞추며 여린 회음부에서 고환과 기둥까지 이어진 가벼운 입맞춤은 귀두 끝을 입에 물고야 끝이 났다. 쫍 소리가 나도록 빨아낸 귀두를 두고 시훈이 이수의 얼굴 옆으로 팔을 세워 눈을 맞췄다. 원망이 깃든 눈빛을 아는지 모르는지 그때까지도 힘껏 깨물고 있는 이수의 아랫입술을 시훈이 엄지 끝으로 훑어 냈다. 손길에 풀린 아랫입술은 한눈에 봐도 도톰하게 부풀어 있었다. 이내 미간을 좁힌 남자의 낮은 음성이 이수에게 떨어졌다.

"깨물지 마."

"……."

"상처 내지 말자. 누가 보기만 해도 아까울 지경인데."

정작 당사자는 던져 놓고 만 말이지만 화르르 얼굴에 열이 올랐다. 발개진 얼굴을 감추기도 전에 구멍 입구에 뭉툭한 끝이 닿았다. 밤새 참은 시훈의 욕구가 이수를 두드리는 순간이었다. 조심스럽게 끝을 잡아 누르자 입구가 벌어지며 구멍 안으로 귀두 끝이 들어왔다.

…아. 시훈의 입에서 낮은 탄성이 흘러나왔다. 몸이 반절로 접힐

듯 무게가 실릴수록 꾸역꾸역 진입하는 시훈의 성기를 따뜻한 내벽이 감싸 왔다.

"하아…."

살짝 턱이 들린 이수가 꼴깍 침을 삼켰다. 자연스럽게 손을 뻗어 시훈의 허벅지를 느리게 쓰다듬었다. 손끝에서 느껴지는 체온이, 몸 안을 가득 채워 들어오는 순간이 좋았다. 빡빡한 내벽에 느리게 삽입한 시훈이 몸을 겹쳐 왔다. 살포시 눈을 뜨자 살짝 벌린 입 사이로 혀가 들어왔다. 길고 진득한 키스가 이어졌다. 성기의 이물감이 익숙해질 무렵 남자가 천천히 허리를 움직이기 시작했다.

벌린 다리 사이로 힘이 실릴 때마다 얕은 쾌감이 서서히 머리를 치들었다. 이미 발기한 이수의 성기가 단단한 복근에 스치며 고여 있던 프리컴이 기둥을 따라 흘렀다.

"흐으… 읏…."

입매에 남긴 입맞춤을 끝으로 시훈은 이수의 머리 양옆으로 손을 짚었다. 느릿하게 구멍 입구까지 아슬아슬하게 뺀 성기를 퍽 소리가 나도록 단번에 삽입했다.

"아흑…!"

예상치 못한 타이밍이었다. 닿을 듯 말 듯 애를 태우며 짓눌러진 성기가 뿌리 끝까지 박히자 저절로 신음이 터졌다. 반사적으로 구멍을 잔뜩 조여들자 시훈에게서도 나지막한 신음이 이어졌다. 다시 한 번 뒤로 물린 성기에 빽빽하게 달라붙은 내벽이 딸려 나갔다. 머리가 쭈뼛 설 만큼 야릇한 감각이 일었다. 별수 없이 잘게 떨리는 허벅지를 오므리자 시훈이 몸을 내려 관자놀이에 입을 붙였다.

"뺄 때가 좋아요?"

더운 숨을 머금은 목소리가 어쩌면 이다지도 다정한지, 목을 울리는 웃음소리에 결국 귀 끝이 발개졌다.

"으흣…."

놀리는 건지 아니면 정말 궁금해서 묻는지 모를 투였다. 재차 허리를 치대며 묻자 이수가 끝내 고개를 끄덕였다. 대답을 들은 시훈은 느리게 빼고 내벽을 짓이기듯 빠르게 안을 쑤셨다.

"흐읏…, 아…!"

고개가 훌쩍 넘어가며 발기한 이수의 성기가 크게 꺼덕였다. 슬슬 불을 피운 몸에 기름을 끼얹은 것 같은 열기가 일었다. 순간 시훈의 미간에도 주름이 졌다. 꽉 죄는 구멍에 속도를 조절해 보려던 계획이 희미해졌다. 허리를 세운 시훈이 이수를 내려 보며 본격적으로 속도를 더해 갔다.

"하… 으…."

밑동까지 완전히 들어간 성기는 빠지기 무섭게 곧장 깊숙이 박혔다. 딱히 들어오고 나가는 순간을 굽어볼 여지도 없이 시훈이 빠르게 움직이기 시작했다. 전립선을 지난 성기가 파고들 때마다 발끝부터 저릿한 감각이 온몸을 관통했다.

몇 번이나 몸을 섞었지만, 전기가 통하는 것처럼 찌릿한 느낌만은 좀체 적응할 수 없었다. 통제를 벗어난 쾌감에 이수가 허리를 휘었다.

"아…! 하… 읏! 흣…!"

쑤실 때마다 터지는 신음에 시훈이 설핏 미소 지었다. 가쁜 숨을 내쉬는 이수의 숨결이 시훈의 인내심을 앗아 갔다. 있는 힘껏 허리를 치댈 때마다 파르르 떨리는 눈매나 베개에 짓이긴 흐트러진 머리카락을 한 올 한 올 혀로 핥고 싶은 충동이 솟구쳤다. 믿을 수 없을 만큼 아름답고 사랑스러웠다.

이수의 안은 축축하고 따뜻했다. 시선을 내리자 주름 하나 없이 팽팽하게 벌어진 구멍은 꼭 제 성기의 모양대로 벌어져 있었다. 거세게 맞붙을 때마다 굵은 기둥을 씹어 대는 구멍에 온종일 넣고 있는 불순한 상상을 떠올렸다.

예쁘게 모양을 세운 이수의 성기가 하염없이 흔들렸다. 시훈이 손을 뻗어 요도 위로 손바닥을 붙이기 무섭게 기다렸다는 듯 줄줄 정액이 흘렀다.

"으…! 흐응……! 하아…!"

바르르 떨리는 몸이 쾌감을 주체하지 못하고 거세게 뒤척였다. 시훈의 성기가 빠지는 줄도 모르고 웅크린 몸이 모로 뉘였다. 시훈이 이수의 뒤로 몸을 붙여 누웠다. 무릎이 접힌 이수의 다리를 가슴에 닿을 만큼 밀어 올린 시훈은 숨을 고를 새도 없이 구멍 안에 성기를 밀어 넣었다.

"…흐읏…."

시훈의 허리 짓이 느릿느릿 이어졌다. 엉덩이가 시훈의 하체와 맞붙을 때마다 철썩철썩 낯부끄러운 소리가 났다. 사정의 여운에 한껏 예민해진 내벽은 넣기가 무섭게 제 것인 양 물어 오다 조금만 빼내려 하면 욕심껏 잡아당기며 시훈을 붙들었다. 이수의 입에서 저도 모르게 한숨과 같은 신음이 흘러나왔다. 뒷구멍으로 느끼는 쾌감을 좇아 온 신경이 한곳에 집중된 탓이었다.

"으… 응…."

달싹이는 입술과 시트를 부여잡은 손은 분명 시훈을 갈구하는 몸짓이었으나 두 번은 솔직해지고 싶지 않은지 이수는 좀처럼 입을 떼지 않았다. 깊이 파고든 성기가 울퉁불퉁한 내벽에 쓸리며 애가 타도록 느리게 빠져나갔다. 이수가 별수 없이 꽉 입술을 깨물자 이를 박은 입술이 발갛게 부어올랐다. 입구 끝까지 몸을 뺀 시훈이 단번에 허리를 쳐올리고 뚝 움직임을 멈췄다.

"흐으… 왜…."

몸을 틀어 시훈을 뒤돌아보는 이수는 울상이었다. 눈매와 코끝이 발갛게 물든 이수를 보고 순간 몸속의 좆이 꺼덕였다. 시훈이 잠시 허공을 바라보며 숨을 골랐다.

"…후우. 정말…."

이수의 난처한 얼굴을 볼 때면 가끔 머리가 어떻게 될 것 같다. 평소 이지적이고 차분한 모습과 다르게 머뭇대거나 애걸하는 정이수 사이의 갭이 너무 컸다. 시시각각 변하는 이수의 낯을 내려 보던 시훈이 제 아랫입술 깨물어 보이고는 고개를 내저었다.

"이거, 하지 마. 상처 나잖아."

흡사 세 살 어린애를 다루듯 이참에 버릇을 고쳐 놓겠다는 다짐처럼 들렸다. 이수는 슬쩍 울화가 치밀었다. 시훈이 놀리고 있다는 확신이 들었다. 섹스할 때만큼은 매번 시훈의 페이스에 말리는 제가 문제였다

"자꾸… 하아…."

베개에 얼굴을 묻은 이수는 아랫입술을 풀지 않았다. 입술을 풀기

만 하면 시훈이 얼마든지 파고들 걸 알면서도 괜한 오기가 일었다.

이수가 접혀 올라간 다리를 들어 시훈의 엉덩이 위에 걸쳤다. 비스듬히 몸을 뉜 이수의 체중이 조금 시훈에게 실렸다.

"…하아……."

나지막한 신음은 시훈에게서 쏟아졌다. 햇살 아래 하얗고 늘씬하게 뻗은 몸이 유연하게 허리를 흔들었다. 앞뒤로 엉덩이를 당기고 물릴 때마다 벌어진 구멍이 부드럽게 시훈이 좆을 삼키고 내뱉었다. 골반을 안쪽으로 둥글게 말아 풀어내는 움직임은 지나치게 야살스러웠다.

파르르 눈을 감은 이수가 입술을 가린 제 손등을 잘근잘근 깨물며 가득 삼킨 좆을 조였다 풀었다. 리드미컬하게 움직이는 허리부터 뾰족하게 서 있는 유두와 뺨을 붉게 물들인 모든 것이 자극적이었다. 끙끙대며 참는 신음이 사람을 더 미치게 만들었다.

"아흣… 하… 아… 아…."

시훈이 발기한 이수의 성기를 쥐었다. 그러자 이수가 앞으로 골반을 움직여 시훈의 손에 허리를 털고 뒤로는 구멍 속 성기를 쥐어짰다. 어느 쪽으로 움직여도 쾌감뿐이었다. 따뜻하고 큰 손이 압박하듯 성기를 쥔 채 낭창하게 흔들리는 몸을 관조했다.

"아… 흑! 흡…."

움직이면 곧 사정할 걸 알지만, …부족했다. 안쪽에서 절절 끓어오르기만 할 뿐 쉬이 해갈되지 않는 욕망에 미칠 것 같았다. 주도권을 빼앗으려는 패기는 어디 가고 점점 패색이 짙게 드리웠다.

"흐… 으…."

손을 뻗어 몸을 뒤튼 이수가 물기 가득한 눈으로 시훈을 돌아봤다. 화답하듯 가볍게 허리를 치대자 애가 탄 이수가 머리 뒤로 손을 뻗어 왔다.

"이시훈…."

"……."

길게 뻗은 목이 당장 숨이 넘어갈 듯 빨갛게 달아올라 있었다. 이내 눈을 맞춘 이수가 속삭였다.

"…이제, 박아 줘…… 세게… 빨리…."

오기를 버린 목소리가 파드득 떨렸다. 그래. 다정한 대답과 함께 단번에 성기가 깊숙이 박혔다.

"…아!"

이수에게 환희와 같은 쾌감이 찾아왔다. 몸을 일으켜 앉은 시훈은 제 하체에 호기롭게 발을 건 이수의 다리를 끌어 어깨에 걸쳐 놓았다. 매끈하게 근육을 늘인 허벅지를 붙든 시훈이 이수의 아래로 무릎을 꿇어 앉았다.

"…사람을 좀… 엉망으로 만드는 것 같아, 정이수는."

정상위가 아닌 모로 누운 제 몸에 엇갈려 들어오는 생경함은 제가 허리를 움직일 때보다 한층 자극적이었다. 시훈이 어금니를 꽉 깨물고 이수가 느끼는 지점을 집요하게 짓이겼다. 반복해서 들이닥치는 쾌감에 허리를 휘기 무섭게 배가 움푹하게 파였다. 제 몸인데도 멋대로 쾌감에 반응하며 몸을 뒤틀었다. 생생히 느껴졌다. 울퉁불퉁한 내벽이 시훈의 성기로 가득 찬 빠듯함, 뛰는 심장, 거친 숨소리, 움찔거리는 구멍과 자신을 향한 열기까지.

시훈이 빠르게 허리를 털었다. 찌걱이는 소리와 더불어 거친 움직임이 이어졌다.

"아…! 흐윽…!"

또다시 이수의 아랫배가 경련했다. 시훈의 어깨에 걸쳐 있는 허벅지가 부들부들 떨렸다. 시훈과 손바닥을 맞잡고 깍지를 낀 손이 더없이 세게 맞물렸다. 더 참을 수가 없을 것 같아 시훈의 허벅지 위로 손톱을 세웠을 때 단단한 성기가 가장 깊숙한 곳에 닿았다.

"으… 읏……! 하윽…!"

"윽…!"

손 하나 닿지 않은 채로 이수가 묽은 정액을 쏟았고, 수축한 구멍이 시훈이 성기를 꽉 죄었다. 더없는 만족감과 함께 몸속에 더운 액체가 울컥 쏟아졌다.

시훈의 어깨에 걸쳐 있던 다리가 시트 위로 내려왔다. 내내 벌어져 있던 다리와 골반이 얼얼했다. 연결된 채로 이수의 뒤쪽에 몸을 뉜 시훈은 이수의 허리를 끌어당겨 틈 하나 없이 몸을 밀착했다. 따뜻한 시훈의 체온이 좋았다.

후희는 길었다. 시훈은 오랫동안 성기를 삽입한 채 느릿느릿 움직이며 이수의 목덜미에 입을 맞췄다. 안쪽에 고인 정액이 움직일 때마다 조금씩 밀려 나왔다. 질척이고 낯부끄러운 소리도 함께였다. 그제야 스스로 허리를 흔들었다는 부끄러움이 와르르 밀려왔다. 이수는 아무 소리도 못 하고 무작정 얼굴을 베개에 파묻고는 눈을 감았다.

"괜찮아요?"

이수의 뒷덜미에 코를 세워 가볍게 입맞춤한 시훈은 머리카락과 귀에도 입술을 묻어 왔다. 더없이 행복하고 나른한 목소리에 긴장이 풀어졌다. 대답 대신 고개만 끄덕였다.

"더 자요. 늦으면 깨워 줄게."

어깨 위로 이불이 덮였다. 구멍에서 천천히 성기를 뺐다. 그때 느리게 눈을 감았다 뜬 이수가 슬쩍 고개를 돌리고는 시훈의 가슴팍에 머리를 묻었다. 탈력감에 반쯤 눈이 감긴 채였다. 빼지 말까. 시훈이 웃음기 밴 목소리로 물었는데 아마 고개를 끄덕인 것 같다. 이 또한 게으름 때문이라 변명하고 싶었다. 기분이 좋다고 말하기에는 너무 밝히는 것 같아서.

2시간 뒤 잠에서 깬 이수가 욕실에서 몸을 씻고 나오자 시훈이 입을 옷을 내어 줬다. 도톰한 니트와 면바지가 조금 크기는 했지만, 현관을 나서기 전 전신 거울에 비춘 모습은 그럭저럭 봐 줄 만했다. 집 근처에서 해장 겸 점심을 먹고 난 후 시훈은 무작정 이수를 차에 태웠다. 데이트를 하러 가자는 명목이었으나 평소와 다르게 서두르는 모습이 역력했다.

"우리, 어디 가요?"

차에 탄 이수가 목적지를 감춘 시훈을 바라봤다.

"가 보면 알아요."

데이트를 계획한 시훈은 애초에 말해 줄 생각이 없어 보였고, 내비게이션에 찍힌 목적지는 주소로 입력된 탓에 강원도로 추측될 뿐 정확한 도착지를 알 수는 없었다.

평일이라 서울 시내를 지나자 막히는 곳 하나 없이 두 사람을 태운 차가 빠르게 도로를 질주했다. 언뜻언뜻 보이는 노랗고 빨간 나뭇잎들이 산이며 나무를 물들이고 있었다. 이수는 넋을 놓고 창밖을 바라봤다.

여행이라면 자신과는 어울리지 않는 것 중 하나였다. 그동안 회사와 집만을 오가는 생활이 익숙해질 대로 익숙해진 삶이었기에 출장이나 경조사가 아니면 좀처럼 타 지역으로 이동할 일이 없었다. 누군가와 이렇게 여행을 간 일이 있었는지 곰곰이 되짚어 보았다. 아마 대학교 졸업 여행이 마지막이었나….

출발한 지 1시간쯤 지나 휴게소에 정차했다. 화장실에 다녀온 뒤, 차에 올라타자 기다리고 있던 시훈이 호두과자 봉투를 내밀었다.

"이런 거 잘 안 먹어요? 심심할까 봐 샀는데."

고소한 빵 냄새가 차 안을 메웠다. 호두과자는 방금 구웠는지 따뜻했다.

"언제 사 먹었는지 기억이 안 나요. 촬영 갈 때 직원들한테는 종종 사 줬던 것 같은데."

촬영 당일에는 식사를 거르는 일이 습관처럼 굳어진 탓에 간식도 입에 대기를 주저했었다.

"기분 내려고 샀어요. 서로 바빠서 여름휴가도 못 가고."

대신 여름 내내 한강을 많이 찾았다. 늦은 밤 저녁을 먹고, 길을 따라 걸으면 선선한 밤바람을 맞는 것만으로도 좋았다. 그러다가 손을 잡고, 사람들 눈을 피해 키스도 했다. 심야 영화관이나 야외 영화관도 몇 번 갔는데, 데이트로 영화를 보러 간 건 시훈이 처음이었다는 사실은 말하지 않았다.

이수가 봉투를 열어 호두과자를 한 입 깨물었다. 소가 입안에서 뭉개지며 예상대로 달달한 팥과 고소한 호두가 씹혔다. 뻔히 아는 맛인데도 시훈의 말대로 기분 때문인지 맛있었다. 단 음식은 안 좋아했는데 이수는 저도 모르게 취향이 바뀌었나 싶었다.

시동을 켜기 전 시훈은 볼이 볼록 튀어나온 이수를 물끄러미 바라봤다. 어느새 나머지 호두과자를 입에 넣은 볼이 양쪽으로 빵빵해졌다.

"맛있어요?"

오물오물 동그란 입술이 멈추더니 눈이 동그랗게 뜨였다.

"아, 여기요."

권할 생각도 못 한 자신을 탓한 이수가 얼른 호두과자 봉투를 내밀었다.

"아."

"……."

이수는 시훈이 생각보다 뻔뻔한 구석이 있다는 걸 이제야 깨달았다. 몸을 기울여 입을 벌리는 모습에 이수가 내민 봉투를 도로 품에 안고 전방으로 눈을 돌렸다. 비실비실 새 나오는 웃음을 참으며 시훈은 대놓고 조금 더 입을 벌렸다. 그저 장난일 뿐인데 적잖이 당황하는 모습에 호두과자를 쉽게 포기하기가 힘들어졌다.

"연애하자며."

태연한 태도에 이수는 고민에 빠졌다. 분명 놀리는 기색이 역력한데 쉽게 응수를 못 하겠다. 아… 원래 시훈은 이런 스타일을 좋아했나. 아니, 연애하면 이런 일도 하고 그러는 건데 제가 너무 뻣뻣하게 구는 건 아닌지 찰나에 오만 가지 생각이 우후죽순 솟아났다.

애정을 표현하는 방법이 서툴기는 했다. 과정 없이 숭덩숭덩 구멍

난 관계만 맺어 본 이수에게 갑자기 큰 숙제가 떨어진 느낌이었다. 사람과 사람 사이에 지켜야 할 예의나 기본적인 매너를 갖추는 일은 어렵지 않았지만, 연인을 대하는 일에는 이렇듯 한 번씩 버퍼링이 걸렸다. 오늘 새벽에 시전한 취중 진담이 기억에 없는 이수로서는 더 그러했다.

"……."

얼어 있는 이수를 보고 결국 시훈이 웃음을 터트렸다.

"미안, 먹어요. 괜히 놀리고 싶었어. 안 해 줄 것 같아서."

시훈은 깔끔한 이실직고 후 이수의 볼록 튀어나온 볼을 향해 손가락을 뻗었다. 꾹. 이수가 눈을 굴려 사이드 미러에 비친 얼굴을 봤다. 출근할 때와 달리 말끔히 넘기지 못한 앞머리가 덥수룩하게 이마를 덮은 것도, 양 볼이 호두과자로 동그랗게 부푼 모습도 먹을 만치 먹은 나이에 안 어울리지 싶었다. 그건 그렇고… 고작 호두과자를 두고 무슨 생각이 이리도 많을까.

"아마 40분 정도면 도착할 거예요."

기분 좋은 눈웃음을 남기고 시훈이 다시 핸들을 잡았다. 휴게소를 빠져나온 차가 길게 뻗은 도로를 달렸다. 그리고 얼마 지나지 않아서 불쑥 시훈의 입 앞에 반으로 가른 호두과자가 내밀어졌다.

"…아. 해요."

곁눈질로 옆을 살피자 시선을 떨군 이수가 밉지 않은 푸념을 늘어놓았다.

"…오기 생기게 왜 그래요? 안 해 줄 것 같다느니…."

이번만은 의도와 무관하게 말린 이수를 보고 시훈이 환한 웃음을 지었다. 이내 벌린 입으로 호두과자가 들어왔다. 작은 조각을 시훈은 참 여러 번 씹었다. 그리고 따뜻한 목소리로 짧은 감상을 전했다.

"내가 먹어 본 호두과자 중에서 제일 맛있어."

"……."

순간 열이 올랐다. 이수는 뭐라고 대꾸를 해야 할지 몰라 나머지 반을 입에 넣고 오물오물 씹었다. 인정하기 싫었지만… 이수 역시 살면서 먹어 본 호두과자 중에 제일 맛있었다.

시훈의 말대로 휴게소에서 40분, 서울에서 2시간을 달려 차가 도착한 곳은 야트막한 산 정상에 위치한 미술관이었다. 미술관은 해외 유명 건축가가 설계한 곳으로 일찍이 여러 매스컴에 소개된 곳이었다.

"아… 여기."

한 달여 전, 오피스텔에서 시훈과 함께 여행 프로그램을 봤다. 별 생각 없이 채널을 돌려 보다 미술관을 소개하는 프로그램을 한참 동안 넋을 놓고 봤다. 지나가는 말로 가 보고 싶다고 중얼거린 걸 기억하고 있었나 보다.

"둘러보고 근처에서 저녁 먹고 가요."

날이 좋은 평일의 미술관은 평화롭기 그지없었다. 주말에는 관람객이 많은 모양이지만, 평일 낮의 미술관에는 두 사람을 제외하고 다른 이들은 없었다. 주차장부터 입구를 지나 산책로를 따라 올라갔다.

이윽고 마주한 본관은 건축 재료를 고스란히 노출시킨 미니멀한 형태로 중앙에 자리해 있었다. 본관을 중심으로 각각의 주제를 가진 별관이 연결된 구조였다. 발길과 시선이 닿는 족족 아름다웠다. 미술관을 감싼 산의 능선이 그림 같았고, 건물 밖으로 두른 수변이 맑은 하늘과 자연을 거울처럼 투영했다.

코스를 따라 미술관 밖을 둘러보고 안으로 들어갔을 때는 공간 안으로 쏟아지는 빛에 작은 감동을 받았다. 마치 명상을 요하듯 정적인 공간은 바쁘게 돌아가는 서울과는 완전히 다른 세계였다.

단둘만 있는 공간에서 앞서거니 뒤서거니 하며 작품을 감상했다. 관람하는 내내 대화는 없었지만, 가끔 서로의 어깨를 가볍게 쥐거나 등 뒤로 손을 뻗어 손가락을 걸었다.

본관과 별관을 차례로 둘러본 두 사람은 미술관과 카페가 연결된 테라스에 마주 앉았다. 곧 각자의 취향을 반영한 커피 두 잔이 놓였다. 하늘과 숲을 제 것처럼 머금은 수변에 바람이 불 때마다 잔잔한 물결이 일었다.

얼음이 가득 든 커피로 목을 축인 이수가 핸드폰으로 뭔가를 검색했다. 딱히 감출 생각이 없는 액정 화면 위로 특산물을 검색한 화면이 떠올랐다.

"…복숭아 빵. 이거 사 가야겠다."

어때요? 이수가 화면을 돌려 시훈에게 찾아낸 이미지를 보여 줬다. 보송보송한 복숭아 모양의 빵은 선물용으로 돌리기 적당해 보였다.

"예쁘네요. 회사 사람들 줄 거예요?"

"네. 다들 여름휴가 다녀올 때마다 뭘 사 와서요."

인사이트 시절을 생각하면 의외의 모습이었다. 이수는 이직을 하고 난 후에 날개를 단 것 같다. 봄부터 시작된 정산 캠페인은 이수의 책임하에 인사이트 기획팀과 더불어 순항 중이었다. 기획부터 촬영, 시사를 마치고 마지막 온 에어 되는 과정까지 이수는 과연 대행사에서 바라는 이상적인 광고주였다. 말꼬리를 잡고 늘어지거나 소위 갑질을 하지도 않았고, 새로운 제안에 대해서는 열린 시각으로 귀를 기울였다.

일도 일이지만 무엇보다 같이 일하는 동료들과도 잘 지내는 듯 보였다. 가끔 식사 시간이나 커피 타임에 전화를 걸면 수화기 너머로 함께 있는 이들이 꼭 이수를 찾았다.

“잘 지내는 것 같아서 좋아요. 즐거워 보이고.”

“나이대하고 성향이 비슷해서 좋아요. …가끔 난감하기는 해도.”

기념품을 판매하는 위치를 검색하며 답을 하던 이수가 말꼬리를 줄였다.

“왜?”

대번에 걱정하는 목소리가 이유를 물었다. 핸드폰을 밀어 놓고 턱에 손을 괸 이수가 빨대로 얼음을 헤집었다. 괜히 말을 꺼냈나 후회를 하는 기색이었다. 그렇다고 지금 와서 뭉뚱그려 넘어갈 수도 없는 노릇이라 애써 가벼운 투로 입을 뗐다.

“그냥… 우리 나이에 묻는 말들 있잖아요. 만나는 사람은 있는지, 결혼 생각은 있는지….”

대체로 젊은 인력으로 구성된 팀 특성상 종종 결혼이나 연애에 관한 질문이 따랐다. 어제 회식만 해도 자연스럽게 대화가 그리 흘렀다. 우습지만 업무에 관한 한 막힘없이 답을 할 수 있지만, 개인적인 질문에는 시원시원하게 답을 할 만한 소질도 없거니와 능력도 순식간에 소멸했다. 이수가 애매하게 말꼬리를 늘이자 시훈이 짓궂은 질문을 던졌다.

"…음, 혹시 나 없는 사람 만들었어요?"

이수의 눈이 동그랗게 뜨였다.

"아니요, 있다고 했는데 다들 안 믿어요. …내가 좀 재미없어 보이나 봐."

'에이- 책임님두!' 터무니없는 고백을 들은 것처럼 손을 내젓던 조 대리가 떠올랐다.

시훈은 사실 만나는 사람이 없다고 말했대도 그리 서운할 일은 아니라고 생각했다. 대한민국에서 애인이 남성이라고 쉽게 말할 수 있는 남자가 몇이나 될까. 난처한 표정을 보고 시훈은 대충 상황을 짐작해 봤다.

"누구 소개해 준다고 해요?"

"…그런 건 아니구요. 그냥, 말하다 보면 꼭 나와요."

이수가 고개를 저었다. 제게 말을 하지는 않지만 분명 소개팅 제안이 줄줄이 이어졌을 테다. 아니, 어쩌면 사내에서 누군가 이수를 흠모하고 있다고 해도 딱히 놀랄 만한 일은 아니었다.

자연스럽게 얼마 전 인사이트를 방문한 포스트 프로덕션 감독을 떠올린 시훈이 얼굴을 찌푸렸다. 시훈과는 T기획 시절에도 몇 번 일을 한 전적이 있고, 인사이트에서는 이수와도 캠페인 촬영을 경험한 감독이었다. 미팅을 마치고 우연히 로비에서 만난 감독과 안부 인사를 주고받는 중이었다. 이수의 퇴사 소식을 접한 그가 미련 그득한 얼굴로 시훈에게 물었다.

'혹시…, 정이수 팀장님이요. 연락처 바뀌시고 그런 건 아니죠?'

'무슨 일로.'

'아… 인사도 못 드리고 아쉬워서요. 식사라도… 한번 대접하고 싶은데.'

촉이 왔다. 일그러진 표정을 순식간에 갈무리한 시훈은 짐짓 아무렇지 않은 체했다.

'정 책임님, 사적인 연락은 답신 잘 안 하세요.'

…같은 말도 안 되는 답을 줬더랬다. 한마디로 개수작 부리지 말라는 경고였다. 차라리 '내가 정이수 애인입니다.' 소개하든지 아니면, 이수의 등 뒤에 '애인 있습니다.'라고 써 두고 싶은 바보 같은 욕망이 불쑥 치솟은 날이었다.

이수가 시훈의 눈치를 살폈다. 망설이듯 입술을 감쳐물기를 몇 번, 말이 나왔으니 한 번쯤 물어보고 싶었다.

정산 그룹이 시훈의 동생인 시연에게 승계될 예정이고 수순을 밟아 가는 중이라는 기사가 얼마 전 발표됐다. 일개 직원이 상관할 바는 아니지만 기사에는 이시연 상무의 약혼 소식과 함께 재벌가 혼맥이 언급됐다. 저야 홀어머니를 부양하는 형편이라 닦달하는 사람이 있을 리 없지만, 시훈에게는 집안이 기대하는 바가 있으리라. 아무리 사이가 안 좋다고 해도 평범한 집안은 아닌 탓에 팀원들에게 질문을 받을 때마다 혹시라도 제 존재가 시훈에게 걸림돌이 되지는 않을까… 당연하게 그런 생각이 스쳤다.

"시훈 씨는… 집에서 안 물어보세요?"

"뭘요?"

웃고는 있는데 이수의 표정이 영 어색했다.

"…상무님, 결혼 준비하신다고 해서요. 그러면 보통 윗사람이 먼저 가야 하는 거 아니냐고 어른들은 그런 말씀 하시잖아요. 하다못해 만나는 사람은 있느냐고…."

"아… 재벌가 혼맥."

의미를 이해한 시훈이 혼잣말을 내뱉고 이내 입을 다물었다. 커피를 마신 시훈은 잔잔히 물결이 이는 수변을 내려 봤다. 가만한 정적이 흘렀다.

이수는 후회스러웠다. 괜히 혼자 끙끙 앓는 것보다는 불편하더라도 털어 버리자는 마음이었는데, 어쩐지 분위기만 이상해졌다.

서운하고 무례하다 느꼈을지도 모르겠다. 다른 사람도 아니고 사귀는 상대가 할 질문이라기에는 적절치 않았다.

정산에 이직을 결심했을 때만 해도 시훈을 단념했었다. 포기해야 할 사람이라고. 그가 제게 길을 만들어 주고 품을 내어 주기 전까지 그랬다. 시훈은 알면 알수록 소탈하고 다정한 사람이었다. 매일 이수의 하루를 물어 주고 세심하게 주위를 살폈다. 시훈을 만나기 전에는 느끼지 못한 편안함과 안정감이 하루하루 쌓여 갔다.

그런데 이수는 시훈이 제 사람인 걸 알면서도 가끔 사옥에서 회장님을 뵙거나 회의실에서 이시연 상무를 대면할 때면 어쩔 수 없이 그의 배경을 떠올리고 만다. 이직을 한 후 곤혹스러웠던 순간이었다.

시훈이 이수의 손을 내려 봤다. 아무래도 실수를 했다 느끼는지 초조한 손이 가만히 있지를 못했다. 빨대를 빼고 남은 종이 껍질을 두 번째 손가락에 둘둘 감았다가 차례로 세 번째, 네 번째 손가락에 감는 모습이 불안해 보였다.

"시연이가 자식 노릇을 엄청 잘하고 있어요. 형이나 나하고 다르게 기대만큼 욕심도 있고. 충분히 누리고 살 생각도, 자격도 있는 애예요. 부모님도 그렇게 이해하고 계시구요. 그리고…."

"……."

잠시 뜸을 들인 시훈이 담담하게 다음 말을 이었다.

"우리 만나는 거 알고 계세요. 모르는 척, 말씀 안 하시는 거지."

대학교를 졸업할 때까지 명절이나 생신 때도 찾아뵙지 않을 정도로 반목했고, 사회생활을 시작한 후에도 비슷했다. 경로는 알 수 없지만 독립 후 종종 시훈의 생활이 보고된 걸로 안다. 물론 유쾌하지는 않았다. 그러나 자식을 잃은 부모의 불안에서 기인한 것이라는 걸 알아 시훈은 이를 묵인해 왔다. 이는 부모님과 시훈 사이에 타협점이 되었다.

그러니 이수와의 관계 역시 알고 계시리라 짐작은 했지만 2주 전, 한남동에서 저녁 식사를 마치고 난 뒤 시훈은 조금 당황을 했다.

시연의 결혼 문제로 본가에서 저녁을 먹던 날이었다. 식사를 마친 뒤 서재로 등을 돌린 아버지와는 회사에 관한 표면적인 대화만 나누었다. 내심 시훈은 결혼에 관해 말이 나오지 않을까 마음의 준비를 하고 간 참이었다. 집에 돌아갈 준비를 하는 시훈에게 어머니는 건강 보조 식품이며 직접 만든 반찬을 식탁 위로 밀어 주었다.

'힘드니까 하지 마세요.'

무뚝뚝한 아들의 염려에 반찬이 담긴 종이 백을 재차 여민 어머니가 머뭇대며 입을 열었다.

'시훈아. 넉넉히 만들어서 넣었어. 그… 같이 밥 챙겨 먹으라고.'

'…….'

'데려오라거나… 편하게 보자고는 말 못 해. 지금은… 그래.'

아무 말도 못 하는 아들에게 어색하게 팔을 둘러 안는 어머니의 등을 시훈은 그저 안아 드렸다. 이수에 대해 아버지와 시연이도 알 만큼은 알고 계시겠구나. 그런데도 모르는 척, 그렇게 살아가는 게 서로를 위해서 최선의 방법이라고 이해, 아니, 그냥 인정하기로 한 것 같다.

이수의 눈동자가 시훈과 마주했다. 아… 작게 입이 벌어졌다. 시훈이 손끝을 테이블로 가만히 두드렸다. 무턱대고 신경 쓸 필요 없다고 덮어 두고 싶지는 않았다. 이수가 혹시 다른 오해를 하지 않도록, 놀란 마음을 가라앉힐 수 있도록 설명하고 싶었다. 부모를 선택해서 태어난 건 아니지만 이런 배경이 이수에게 부담이 돼서는 안 됐다. 차분하고 낮은 목소리였다.

"뭘 걱정하고 있는지 알아요. 근데, 형 그렇게 가고… 스무 살 이후로 나도 거의 연 끊다시피 살았잖아. 뭐랄까… 어떻게 해야 서로 숨 쉬고 살 수 있는지 이제야 알게 된 거 같아요. 특히 아버지는… 자식 이기시려다, 잃으신 분이니까."

"…미안해요."

상대의 아픈 구석을 들춘 꼴이었다. 시훈은 오히려 담담했다.

"다른 생각 하지 말고, 지금처럼 나만 봐요. 그런 문제로 힘들게 안 할 거고, 지켜 줄 자신 있어요."

이수가 고개를 끄덕였다. 이내 작게 웃음을 터트린 시훈이 손을 뻗어 테이블 위에 놓인 이수의 손등을 가만히 쓸어내렸다.

"혹시 드라마 찍을까 봐 걱정한 건 아니죠?"

"……."

내뱉은 농담에 이수의 얼굴이 화끈 달아올랐다. 고개를 틀어 감추자 시훈이 따라와 눈을 맞췄다.

"정말, 걱정했어요?"

웃음기 밴 목소리가 놀리는 투라 이수는 조금 약이 올랐다. 아침부터 속수무책으로 백전백패였다. 손가락에 둘둘 감은 종이 껍질을 빼고, 이수가 의자를 물렸다.

"…가요, 복숭아 빵 사러."

성큼 앞서 걸으며 손부채질로 열을 식혔다. 빠른 걸음으로 테라스를 벗어난 이수가 뒤를 돌아봤다. 뒷주머니에 뭔가를 챙겨 넣은 그가 한걸음에 이수를 따라잡았다.

주차장으로 내려가며 이수의 어깨에 팔을 두른 시훈이 살포시 머리를 끌어당겼다. 옆머리에 시훈의 작은 입맞춤이 떨어졌다. 밖에서 할 만한 스킨십으로는 아슬아슬했지만, 이수는 아무 말도 하지 않았다. 아직도 제가 떠올린 상상들이 창피해서 남은 자괴감을 떨치지 못한 탓이었다.

부끄럽지만 솔직히 드라마를 찍을까 봐 걱정을 했다. 혹시 집무실로 호출돼 봉변을 당하려나…. 그러면 뭐라고 말해야 할지 대응 가능한 시나리오를 세워 봤었다.

먼저 사귀냐고 물으면 네, 라고 솔직하고 당당하게 대답하고, 싸대기나 물세례가 날아오면 싸대기는 손으로 막고, 물세례는… 치욕적이기는 하나 상처가 나지는 않을 테니 참아 볼 요량이었다. 돈 봉투를 들려 주면 놓고 오면 되고, 혹시 무릎이라도 꿇어야 하면… 그 정도는 어렵지 않을 것 같았다. 거기까지 생각했다가 이수는 어이가 없어서 웃었더랬다. 그동안 바득바득 자존심을 세우며 살았던 날이 우스웠다. 생각보다 더… 좋아하는구나. 이시훈을.

"……."

곁에서 걷는 시훈을 흘깃 올려 본 이수가 귓속말을 전하는 이처럼 손을 올려 벽을 세웠다.

"왜?"

주변에 사람이라고는 멀리 카페에서 일하는 이들뿐이라 시훈이 눈썹을 들썩였다. 그리고 다른 설명 없이 여전히 고개를 뺀 이수를 향해 귀를 내주었다. 이수가 시훈의 귓가에 손을 붙이자 작은 비밀 공간이 생겼다.

쪽. 볼에 입술이 닿았다.

"……."

"…안 가요?"

"……."

가끔 가슴이 한껏 부풀어 숨을 쉬기 힘들 때가 있다. 시훈이 저를 말없이 바라보거나 귀를 기울이며 낮고 다정한 목소리로 웃을 때, 사랑을 나눌 때면 그러했다. 만약 마음에도 크기가 있다면 이수는 제 마음이 우주만큼 끝이 없었으면 했다. 시훈에게 받는 사랑이 벅찬 이유였다.

이수가 우뚝 길 한가운데 멈춘 시훈의 팔을 끌었다. 곧 보폭을 맞춘 그의 손이 이수의 어깨를 감싸 안았다. 조용하고 한가한 길에서 새소리와 바람이 지나는 소리만이 두 사람을 에워쌌다.

차에 올라탈 때쯤 산 너머 노을이 지고 있었다. 환상적으로 드넓게 펼쳐진 자연의 색이 하늘을 가득 메웠다. 이수가 감탄을 자아내며 하늘을 물끄러미 바라봤다.

"와… 예쁘다."

계절이 바뀌나 보다. 그래서 높은 하늘을 물들인 노을이 유난히 아름다운 모양이었다. 은은한 엔진 소리마저 없는 차 안은 정적이었다. 응시하는 시선을 느낀 이수가 시훈을 마주 봤다.

"……."

다정한 손길이 귓가를 부드럽게 매만지고 볼을 스친 뒤 목덜미를 가볍게 감쌌다. 노을을 담은 그윽하고 온화한 눈빛이 한동안 이수에게 머물렀다. 이윽고 몸을 기울여 살포시 입을 맞춘 시훈은 마치 닿으면 깨지기라도 할 듯 소중하고 조심스럽게 이수의 눈과 뺨, 귓가에 몇 번이고 입맞춤을 이어 갔다.

입술을 떼어 낸 시훈이 드물게 눈을 피했다. 정확히 알 수 없지만 키스나 침대에서 몸을 맞추는 일보다 가벼운 입맞춤이 그의 가슴을 간지럽힌 탓일 테다. 시훈이 이마를 맞대고 나지막한 목소리로 이름을 불렀다.

이수야.

어떤 말보다 사랑이 느껴지는 신비한 주문이었다.

서울로 올라오기 전 지역에서 유명하다는 소불고기를 먹었다. 돌아가는 길에 운전을 하겠다고 하니 좀처럼 차 키를 내줄 생각이 없어 보여 결국 고기는 이수가 굽는 걸로 타협을 봤다. 혹시 타거나 질기지는 않을까 잘 살펴 구워 그릇 앞에 놓아 주자 시훈은 마다치 않고 먹었다. 식사할 때마다 느끼지만 정갈한 젓가락질이며 마주 앉아 먹는 사람과 속도를 맞추는 몸에 밴 습관들이 보기 좋았다. 안 먹어도 배가 불렀다.

한밤중 서울에 도착한 차는 이수의 오피스텔 앞으로 향했다. 고단했지만 차를 타고 오는 동안 시훈과 나누는 대화가 즐거워 눈이 감기지 않았다.

이수를 따라 내린 시훈이 보닛을 돌아 인도에 올라섰다. 기껏해야 커피숍에 가거나 영화를 보며 휴일을 보낼 생각이었는데 야근에, 마중에, 여행까지 계획한 시훈에게 고마움이 샘솟았다. 서늘한 밤공기에 시훈이 이수의 팔을 몇 번 쓰다듬어 열을 내었다.

"차 한잔하고 갈래요?"

"그럴 생각이었으면 지하 주차장에 댔어요."

애정 어린 눈빛이 이수를 향했다.

"피곤할까 봐요. 조금 쉬었다 가면…."

어김없이 시훈도 이수도 출근해야 하는 상황이 야속했다.

"같이 따라 올라가면 나 집에 못 가. 넌 출근 못 하고."

바람에 날린 앞머리를 쓸어 올리며 시훈은 힘을 빼고 웃었다. 볼과 턱 사이를 가볍게 매만지고 떨어진 손끝에서 진한 아쉬움이 묻어났다. 쉽게 등을 돌리지 못하는 이수에게 시훈이 고개를 기울여 물었다.

"아쉬워요?"

"응. 휴일이 너무 짧아서."

주말이 아닌 애써 평일에 이동한 이유를 짐작하고 있었다. 다른 사람들 눈치 볼 거 없이 번잡하게 치이지 말라고 다녀왔다는 걸.

"연말에 계획 세우자. 국내도 좋고, 해외도 좋고."

이수가 고개를 끄덕였다. 벌써부터 기대가 몽글몽글 피어올랐다. 뒷좌석에서 기념품이 담긴 종이 백을 꺼내어 양손에 들었다. 무겁지도 않은데 집 앞까지 들어 주겠다는 걸 마다했다. 여기서 헤어지는 게 낫지, 정말 문 앞까지 따라오면 시훈의 말처럼 차마 보내지 못할 것 같다.

"올라가요. 내일 출근 잘하고."

"네. 집에 도착하면 전화해요. 운전 조심하구요."

선선한 날씨에 많지는 않지만 거리를 지나는 사람들이 있었다. 미련 가득한 인사를 남기고 곧 이수가 오피스텔 안으로 사라졌다.

"후우…."

시훈은 그제야 긴 숨을 몰아쉬었다. 무심결에 입에 문 담배에 불을 붙이려다 말고 불이 꺼진 오피스텔을 올려 봤다. 잠시 뒤, 까만 창에 은은한 불빛이 비쳤다. 불붙지 않은 담배를 담뱃갑에 도로 집어넣은 시훈은 정차한 차에 등을 기댔다.

반나절도 안 되는 짧은 여행에 대한 아쉬움보다 이렇게 이수를 돌려보내고 홀로 남은 쓸쓸함에 매번 발길을 돌리기가 힘들었다.

이수를 몰랐던 과거에는 어떻게 살았나 모르겠다. 즐겁고 행복한 시절은 형 시영이 죽기 전의 일이고, 그 후에 제가 걷고자 계획한 길에는 기쁨, 행복, 사랑 같은 감정들은 당연하게 배제돼 있었나 보다. 시훈은 앞만 보고 달린 삶의 방향이 미묘하게 바뀐 사실을 깨달았다.

"…하."

시훈이 못 말린다는 듯 고개를 절레절레 흔들었다.

현관문을 열자 깜깜한 집이 이수를 맞았다. 머리 위로 불을 켠 입구 등을 의지해 부엌으로 걸어간 이수는 식탁 위에 종이 백부터 내려놓았다.

그리고 언제나처럼 거실을 가로질러 창문 앞에 섰다. 이수는 아직 출발하지 않은 시훈을 발견하고 핸드폰을 들었다. 상대는 통화 연결음이 두 번이 채 지나기도 전에 전화를 받았다.

-어. 이수야.

"정말 괜찮아요? 피곤한 거 아니고?"

오피스텔을 올려 본 시훈이 살짝 손을 흔들었다.

-아니야. 담배 한 대 피우려고 잠깐 있었어. 그나저나 자꾸 고민하게 만드네.

시훈의 웃음소리가 핸드폰 너머로 들려왔다.

"…내려갈까? 길 건너 카페는 아직 문 열었을 텐데."

이마를 문지르며 고민하는 시훈의 모습이 고스란히 보였다. 후 한숨을 내쉰 시훈은 곧 바지 주머니에 손을 찔러 넣고 이내 고개를 젓는다.

-음… 오늘은 아껴 둘게. 어제까지 무리했잖아. 걱정돼서 그래.

"…응."

내려오라거나 아니면 당장 올라가겠다고 할 줄 알았는데 예상과 다른 대답이었다.

-가야겠다. 나 때문에 못 쉬는 것 같은데.

도착하면 전화할게요. 창가에 서 있는 이수에게 시훈이 손을 들어 인사를 전한다. 전화를 끊고 시훈의 차가 출발하기까지 이수는 잠자코 그 모습을 지켜보았다.

갑자기 힘이 쭉 빠졌다. 분명 짧은 여행에서 오는 아쉬움과는 조금 결이 달랐다. 이수는 옷도 벗지 않고 소파에 털썩 몸을 뉜 채로 당장 텔레비전부터 켰다. 채널을 몇 번 돌려 보던 이수는 리모컨을 테이블 위에 대충 밀어 놓고 도통 흥미가 생기지 않는 광고며 뉴스를 그저 눈에서 흘려보냈다. 묘한 기시감이 들었다. 일요일 밤, 불과 며칠 전 주말간 시훈의 집에서 지내고 돌아온 직후에도 딱 이 자세 그대로 텔레비전을 켰나 보다.

얼마나 지났는지 집에 도착했다는 시훈에게서 전화가 왔다. 괜찮다고 하지만 목소리에 스민 피곤을 모르지 않았다. 잘 자라는 인사와 함께 통화를 마치고 종료 버튼을 누르자 오늘 다녀온 미술관 전경이 핸드폰 배경 화면에 저장되어 있었다. 저절로 이수의 손가락이 사진첩 폴더를 열었다.

사진첩에는 오늘 미술관에서 찍은 사진들이 빼곡했다. 아름다운 풍광과 함께 미술관의 전경을 찍은 사진과 자신의 연인의 모습이 여러 장 담겨 있었다. 앞서 걷는 시훈의 뒷모습이나 턱을 괴고 웃는 얼굴, 반사되는 외벽에 두 사람이 웃으며 나란히 찍힌 사진들. 비단 오늘뿐 아니라 사진을 앞으로 휘휘 넘겨 보며 그동안 시훈과 나눈 일상을 하나하나 떠올렸다. 그러다 몇 달 전까지 거슬러 올라간 사진을 본 이수는 조금 놀랐다. 무슨 이런 걸 찍었지 싶은 사진들이 너무 많았다. 업무차 확인용으로 찍은 미디어 월이나 지나면서 본 전시회 포스터, 인터넷 서치로 찾은 자료를 캡처한 화면들. 날짜를 보니 시훈과 만나기 전 사진들이었다.

이수가 한숨과 함께 탄식을 내뱉었다. 재미없는 사람인 건 알았지만 이 정도였을 줄은 몰랐다. 이수는 시훈과 만나는 몇 달 동안 순식간에 변한 일상이 믿기지가 않았다.

조금 전만 해도 창가에서 시훈을 배웅하며 사실은 기대를 했나 보다. 그러고는 왜 시훈의 출근 복장이나 속옷을 옮겨 놓지 않았을까 후회를 했다. 아마 오늘 밤 같이 있었으면 연말 계획은 어떻게 세울지 주말에는 어디를 갈지 그런 이야기를 밤새 나눴을 텐데… 아쉬웠다.

한참 생각에 빠져 있던 이수가 단번에 몸을 세워 앉았다. 그리고 양손으로 두 뺨을 가볍게 때렸다.

"후우… 왜 이러냐, 정말."

저답지 않게 왜 이렇게 욕심을 부릴까. 최근에 저는 더 원하고 바라기만 한다. 두 손에 얼굴을 묻은 이수가 마른세수를 하고 마음을 다잡았다.

자리를 털고 일어난 이수는 옷을 벗고 샤워기 아래에 섰다. 떨어지는 물을 맞으며 머릿속에 고인 욕심이며 아쉬움이 배수구로 다 씻겨 내려가기를 바랐다.

* * *

오후 3시를 막 넘긴 시각, 집무실에서 보고서를 검토 중인 시훈의 핸드폰에 메시지 하나가 도착했다. 이수였다.

-회의 중이라 전화 못 받았어요 일 잘하고 내일 봐요 :)

이수나 저나 야근이나 밤샘은 이전보다 줄었다지만 종종 이렇게 바쁜 날이면 밤이 되어서야 목소리를 들을 수 있었다. 답신을 보내고 난 시훈의 핸드폰에 곧 다른 문자 메시지 하나가 도착했다.

-고객님. 주문하신 제품이 완성되었습니다. 편한 시간에 매장 방문 부탁드립니다.

오늘은 예정된 외부 일정을 마치고 들러야 할 곳이 있었다. 시훈이 오전 중 기획팀에서 올린 보고서를 확인하고 메모한 내용을 첨부했다. 귀퉁이를 맞춰 정리한 서류를 들고 일어나기 전 부적처럼 벽에 붙은 엽서를 들췄다. 형이 적어 놓은 익숙한 시 구절 아래에 웃고 있는 이수 사진이 당연하게 자리해 있었다. 서로의 마음을 확인하기 전에는 이 사진만 보면 매번 마음이 아팠다. 오해와 편견으로 내버린 지난 시간이 야속해서 절대로 볼 수 없을 이수의 과거처럼 아련하기만 했다. 그런데 이제는 이수가 제 곁에 있었다. 타임머신을 타고 대학 시절 이수를 만날 수 있다고 해도 미래를 함께할 연인이 곁에 있는 지금과 비교할 바는 아니었다. 시훈의 얼굴 위로 잔잔한 미소가 피어올랐다.

시훈이 기획팀 사무실에 발을 들였을 때 마침 소회의실을 나온 신동윤 대리와 마주쳤다. 휴가를 떠난 오 팀장 대신 신 대리가 업무를 보는 중이었다.

"동윤 님. 서류요."

"고맙습니다. 팀장님 오시면 전달드릴게요."

"저는 오늘 외부 일정 마치고 바로 퇴근할게요."

새로운 호칭이 도입되고 조직이 재정비된 인사이트는 최근 활기가 돌았다. 외부 업체와의 미팅 및 회의가 있을 때를 제외하고 '님'으로 통일된 호칭은 걱정이 무색하게 금세 안착했다. 직업 특성상 야근은 피할 수 없는 문제지만 벙개나 1차 이외의 회식도 지양하도록 권고가 내려진 터라 업무 외의 피로가 많이 줄었다.

"시훈 님. 저희 조만간 점심 회식 있는데 식사 같이 드세요."

"눈치 안 줄까요?"

시훈은 팀장으로 있을 때도 신 대리를 비롯한 팀원들과 좋은 팀워크를 자랑했었다. 본부장으로 승진한 후 바쁜 몸이 된 터라 제대로 된 식사 자리 한번 갖지를 못했다.

"에이… 무슨요."

신 대리라면 감정이 고스란히 보이는 사람이라 예의상 하는 빈말은 아닌 것 같다. 아직 누구의 아들이라는 편견은 여전히 남아 있을지 모르나 적어도 함께 일했던 기획 본부 팀원들은 전과 별반 다르지 않게 시훈을 대했다.

"그럼 날짜하고 시간 정해지면 알려 주세요. 참석할게요."

"네. 알겠습니다."

"다른 이슈는 없구요?"

의례적인 질문 후 시훈이 사무실을 둘러봤다. 각자의 자리에서 분주하게 일을 하는 직원들 너머 소회의실에서 열변을 토하는 사람 하나가 눈에 걸렸다. 설명하는 손짓이 어찌나 화려한지 저절로 시선이 모였다. 때마침 소회의실 안쪽에서 시훈과 눈을 마주친 이가 가볍게 묵례를 해 왔다. 신 대리의 시선이 시훈을 따라갔다.

"우재 님, 완전 물 만났어요. 성실한데 재밌고, 엉뚱한데 기발해요."

"그런가요."

인턴 기간에 고우재가 사고 친 기억을 까맣게 잊은 듯 신 대리의 칭찬이 이어졌다.

"전에 정이수 팀장님이 왜 예뻐하셨는지 알 거 같아요."

"……."

신 대리에게는 죄가 없다. 다른 것보다 이수가 예뻐했다는 말이 거슬려 어색하게 끌어 올린 입매가 금세 꼬리를 내렸다.

운이 억세게 좋다고 해야 하나. 이력서를 어떻게 냈고, 면접을 어떻게 봤는지 모르지만 한 가지 확실한 건 임원 면접에서 부대표가 매년 묻는 광고에 대한 열정이니 하는 질문을 고우재에게 던지지 않았다는 사실이다. 뻔하고 고리타분하기는 하나 부대표가 가장 중요하게 여기는 질문이라 했다.

고우재의 이력서에는 다른 지원자들과 비교 불가한 이력과 수상 경력이 기재돼 있었다. 그 외에도 다양한 질문을 던진 면접관들에게 완벽에 가까운 답을 했다고 들었다. 그러니 부대표가 굳이 물어볼 필요도 없다는 뜻이었을 테다. 인턴 시절 대차게 친 사고를 덮어 줄 정도였는지는 모르지만, 인사이트의 연혁까지 줄줄 꿰고 있는 고우재는 어쨌든 아슬아슬하게 기회를 부여받았다.

"그럼 먼저 가 볼게요."

"네, 들어가십시오."

신입 사원 합격 공고 이후 기획 본부 내에서 한동안 이수의 이름이 오르내렸다. 고우재 합격은 정이수 팀장이 M사 일을 수습해 놓은 덕이라고. 더불어 이수가 퇴사 전까지 비딩이며 광고주 관리를 착실히 해 준 덕에 올해와 내년도까지 영업 이익을 보장해 놓은 캠페인이 적지 않았다. 이수를 둘러싸고 있던 오해들을 일일이 짚어 줄 필요도 없었다. 그저 눈가림만 없앴을 뿐인데 먼지 쌓인 트로피가 어느새 깨끗하게 닦여 있었다. 인사이트를 떠난 이수에게는 이제 영광만 남았다.

외부 일정을 마친 시훈은 백화점 1층 로비로 발을 들였다. 차에서 내릴 때부터 두 번째 손가락 마지막 마디에는 끝이 꽈배기처럼 꼬인 얇은 종이가 감겨 있었다. 명품관이 즐비한 로비에서 시훈이 매장을 찾아 걸어가는 중 액정 화면에 여민준 전무의 이름이 떴다. 통화 버튼을 누르자마자 별스러운 인사가 들려왔다.

-시훈 님, 하이염.

"뭐야, 언제 적이야."

배경으로 들리는 소리를 보면 짐작건대 공항인 듯했다.

-내일 잡힌 회의가 있는데 깜박해서. 참석만 하면 되니까 시훈 님이 나 대신 자리 좀 채워 주라.

"자리만 채우면? 월급 너무 날로 먹는 거 아니에요?"

-너두 지금 회사 아닌데, 뭘. 어디야?

"일 있어서."

-일? 연애 사업?

"……."

시훈이 대꾸를 하지 않자 수화기 너머 여민준이 키득대며 웃었다.

급히 잡힌 런던 출장에도 여 전무는 싫은 내색 하나 없이 오히려 신이 났다. 사나흘 전, 급히 소집된 회의를 마치고 돌아온 여민준은 오랜만에 담배나 피우자며 옥상으로 시훈을 데리고 갔다. 전자 담배가 아닌 시훈의 연초를 빌린 여민준은 맛있게 한 모금을 피우고는 뭐가 좋은지 실실 웃으며 콧노래를 불렀다. 고작 담배 한 대 빌리자고 일하는 사람을 끌고 오지는 않았을 텐데 여민준은 웃기만 할 뿐 도통 말이 없었다. 그러다가 공중으로 후- 기분 좋게 연기를 내뱉은 그가 물었더랬다.

'시훈아. 너 조지 마이클하고 휴 그랜트하고 공통점이 뭔지 아니?'

'넌센스예요?'

시답잖은 질문이었다. 자꾸 뭐라도 말해 보라 답을 종용하는 여 전무에게 결국 시훈이 심드렁한 답을 뱉었다.

'영국 남자?'

'그럼, 조지 마이클하고 휴 그랜트하고 유진우 공통점은.'

일주일 전, 일신상의 이유로 사표를 낸 유진우의 이름이 거기에 낄 이유가 뭔가. 뜻 모를 질문에 시훈이 인상을 찌푸리며 담배를 빼물었다. 이름만 들어도 저절로 인상이 찌푸려졌다. 개새끼.

'뭔 소리야.'

여민준이 시훈의 쪽으로 눈을 가늘게 뜨다 말고 주먹을 세게 쥐었다.

'길에서 사랑을 나눴다는 거 아니니. 아주 불끈불끈해…!'

'무슨 말이에요, 그게?'

유진우가 런던 지사로 건너간 후 크고 작은 문제들이 발생했다. 반년쯤 지나자 당장에 몇몇 재계약이 무산됐고, 영업 이익이 곤두박질쳤다. 서울과 런던의 환경적 요인이라고만 보기에는 영 미덥지 않은 상황이 이어 발생했다. 그 때문에 해를 넘기고 서울에서도 유진우의 거취를 논의하던 차였다. 그리고 얼마 지나지 않아 갑작스럽게 사표를 냈다 했더니, 말도 안 되는 사고를 쳤나 보다.

공공장소 음란 행위 죄. 휴 그랜트, 조지 마이클과 같은 유진우의 죄명이었다. '극심한 스트레스…' 등으로 시작한 궁색한 변명은 유진우의 뒷배가 없는 사측에 통할 리 만무했다.

'사고 쳐 놓고 사표를 내구 말이야. 너무 후지지 않니? 까발려지기 전에 사표 수리되면 퇴직금 타 먹으려고 말이야. 그런 놈한테 돈 못 주지. 쯧.'

여민준이 그토록 부득부득 이를 가는 모습을 시훈은 처음 보았다.

-아무튼 일도 사랑도 열심히 하시고, 수고해라! 다녀와서 보자!

수습을 위해 당장에 런던행 비행기를 타야 할 여민준의 목소리는 더없이 즐거워 보였다.

"네, 수고하세요."

이수에게는 유진우에 관해 알리지 않을 생각이었다. 미움이나 원망 같은 티끌만 한 감정도 소모하지 말았으면 했다. 그저 좋은 것만 보고, 좋은 말만 듣고. 이수는 그래야 했다. 시훈이 매장에 들어서며 손끝에 두른 종이를 습관처럼 몇 번이나 매만졌다.

주말 아침. 어젯밤 침대에서 나눈 섹스의 여파로 늦잠을 잔 이수가 눈을 번쩍 떴다. 홱 고개를 돌린 이수는 비어 있는 옆자리를 확인하고 시계부터 봤다. 아… 오늘도. 집에서 혼자 잘 때는 알람 소리 없이도 눈이 뜨이는데 시훈의 집에서만 자면 왜 이렇게 침대에 파묻히는지 모르겠다. 단순히 섹스 때문이라고 하기에는 너무 저질 체력 아닌가.

이수가 훌쩍 몸을 일으켜 씻고 침실을 나섰다. 이내 부엌에 발을 들인 이수는 식탁을 둘러보고 작은 탄성을 터트렸다. 정갈하게 그릇에 담긴 대여섯 가지 반찬과 함께 김이 모락모락 나는 국이며 잡곡밥이 차려져 있었다. 도마에 칼질하는 소리를 듣기는 했지만 설마 가정식을 차렸을 줄이야.

"이걸 언제 다 했어요?"

이전에도 시훈이 간단한 토스트나 샐러드 정도는 어렵지 않게 만드는 걸 봤지만 소고기뭇국을 본 이수의 눈이 크게 뜨였다.

"반찬은 본가에서 주시고, 내가 한 건 밥하고 국밖에 없어요."

외모나 분위기로만 보면 이수 쪽이 차려 먹는 데 더 익숙할 사람이고, 시훈은 에스프레소나 블랙커피 한 잔으로 아침 식사를 끝낼 사람인데 실상은 반대였다. 이수 앞으로 물을 따른 컵과 수저, 젓가락을 나란히 내려놓으며 시훈이 의자를 가리켰다.

"스무 살 때부터 나와 살았으니까 기본적인 건 해요. 굳이 따지자면 좋아하는 편이고."

"……."

이수는 할 말이 없어졌다. 이수 역시 스무 살 때부터 나와 살았지만 할 수 있는 요리를 대라면 형체를 잃어버린 계란말이 정도와 요리라고 이름을 붙이기도 민망한 라면밖에 없었다. 집에 있는 전기밥솥은 전기 코드를 빼놓은 지 오래고, 그나마 할 수 있는 계란말이도 몇 개월 전에 만들어 봤다고 하면…. 시훈에게 이만한 밥상을 차려 줄 날이 올까. 그러면 반나절 정도는 시간이 필요할 것 같다.

"먹어요. 배고플 텐데."

"잘 먹을게요."

이수가 소담하게 담긴 밥 한 숟가락과 소고기뭇국을 입에 넣고 난 뒤에야 시훈 역시 식사를 시작했다. 간단히 차린 밥상에도 이수는 밥이며 반찬이며 골고루 잘 먹었다. 예전에는 입이 짧다고 여겼는데 막상 가리는 음식도 없고, 새로운 음식도 곧잘 받아들이는 편이라 먹이는 보람이 있었다.

"…왜요?"

이수가 먹지 않고 수저만 들고 있는 상대와 눈이 마주쳤다.

"아니요."

젓가락으로 밥을 한 번 먹고 시훈은 다시 이수를 살폈다. 입을 오므려 꼭꼭 씹는 모습에 시훈의 얼굴 위로 소리 없는 미소가 떠올랐다.

"어, 의자 샀어요?"

이수의 시선이 거실 한편에 놓인 의자에 닿았다. 선명한 코발트 컬러가 오늘따라 유난히 도드라졌다.

"원래 있던 건데."

"올 때마다 발견하는 기분이에요."

이수가 멋쩍게 웃었다. 시훈의 집에는 각기 다른 의자가 여러 개 있었다. 침실만 해도 1인용 소파가 창가에 놓여 있고, 드레스 룸에도 마찬가지였다. 식탁 의자만 해도 세트가 아니라 각기 모양이 달랐다. 본격적으로 사귀고 나서 알게 된 사실이지만 시훈은 건축이나 인테리어에 관심이 많고, 가구를 좋아하고, 요리를 곧잘 했다. 인사이트에서 같이 일할 때도 느꼈지만 화려하지는 않아도 본인에게 어울리는 옷이나 액세서리를 골라 착용할 줄 알았다.

"70년대 디자인이에요. 마음에 들어요?"

얼마 전 이수가 물었다. 집 안에 놓인 의자에 다 앉아 보느냐고. 몇 개는 그저 마음에 들어서 샀다고 했더니 눈을 동그랗게 떴다. 딱히 더 캐묻지는 않았지만 도통 이해할 수 없다는 표정은 분명했다.

"나는 그런 거 잘 몰라요. 집에 있는 소파도 인터넷으로 30분 만에 샀는걸."

인터넷을 열어 랭킹순으로 정렬해 두고 그중에서 색깔만 골라 샀다. 결제하고 배송일을 지정하는 일이 소파를 고르는 일보다 오래 걸린 기억에 이수가 피식 웃었다.

"곧 이사 가야 하는데 버릴까 봐요, 쿠션이 다 꺼져서."

"이사?"

이수가 국을 한 입 떠먹으며 고개를 끄덕였다.

"전세 만기라…. 집주인 자제분이 들어온대서요."

정든 곳이라 가능하면 연장을 하려던 계획이 날아갔다. 입사하고 몇 년 동안 월급과 인센티브로 집안에 쌓인 빚을 다 갚고 난 뒤 처음으로 얻은 반듯한 집이었다. 작은 원룸에 살 때도 그리 불편하지는 않았지만, 반지하나 달랑 한 칸짜리 방이 아닌 곳에서 살아 보고 싶다는 생각에 조금 무리해서 얻은 집이었다.

"그럼 언제 빼야 돼요?"

"편의 봐주신다고 했으니까 집 구하는 대로 나가야죠. 괜히 얼굴 붉히기도 싫고."

"……."

무슨 생각인지 시훈은 말이 없었다. 그러다 젓가락으로 반찬을 한 입 집어 먹고는 이수를 향해 물었다.

"오피스텔 선호해요? 아니면 아파트?"

"글쎄요. 생각을 안 해 봐서. 지금 사는 곳하고 비슷하면 오피스텔도 괜찮겠죠? 회사하고 멀지만 않으면 아파트도…. 요즘에는 소형 아파트 많잖아요."

어느 정도 집에 대한 욕구가 해소된 지금의 기준은 '적당히 괜찮은 집'이 됐다. 시훈이 던지는 질문의 의미나 분위기를 전혀 눈치채지 못한 이수가 성실한 답을 이어 갔다.

"소파는 꼭 있어야 해요?"

한국인답게 바닥에 앉으면 등을 받칠 소파가 있어야 했다.

"네. 바닥에 앉아도 소파는 있어야 해요."

지금 사는 오피스텔은 죄다 옵션으로 채워진 곳이라 가진 짐이 많지 않은 이수에게 이사는 큰 스트레스가 아니었다. 어릴 때부터 몸만 비워 집을 얻는 일에 익숙했다. 회사와의 거리가 적당하고 옵션만 잘 붙어 있는 곳이면 금방 구할 수 있을 텐데 어쩐지 이사 갈 사람보다 듣고 있는 사람이 더 고민하는 것 같다. 데이트할 시간도 없는데 집까지 구해야 한다고 하니 서운해서 그러는 걸까. 시훈의 눈치를 살피던 이수의 미릿속에 때마침 좋은 생각이 떠올랐다.

"음… 소파 살 때 같이 갈까요? 나는 잘 몰라서 도와주면 좋겠는데."

생각에 잠겨 있던 시훈은 제안을 듣자마자 흔쾌히 고개를 끄덕인다.

"그래요, 그럼."

시훈이 설레어 보여 이수는 속으로 쾌재를 불렀다. 이만하면 제법 괜찮은 데이트 코스 같았다.

식사를 한 뒤에는 설거지를 내가 하느니 마느니 하며 몇 번의 실랑이가 있었다. 결국 이수가 염치 운운하며 고무장갑을 사수했다. 거품을 내 그릇을 닦고 미끄러질까 조심조심 헹군 이수가 뽀드득 소리가 나는 그릇을 정리해 두고 마지막으로 손을 털었다.

"…끝."

개운한 마음에 혼잣말을 하고 돌아서자 조리대에 엉덩이를 기대서 있던 시훈이 두 팔을 활짝 벌렸다. 고무장갑을 벗어 두고 주뼛대는 이수를 시훈이 품에 끌어안았다. 무슨 큰일을 했다고 이렇게 뿌듯한 표정으로 사람을 보는지 모르겠다.

"누가 알면… 전쟁 치르고 온 줄 알아요."

이수는 조금 민망했다.

"사투 정도라고 하죠."

손을 들어 뺨에 튄 거품을 닦아 주는 시훈의 목소리에는 웃음기가 배어 있었다. 시선을 내려 보자 설거지를 하며 튄 물에 티셔츠 아랫단이 다 젖어 있었다. 흘끗 눈을 돌리자 조금 전 시훈이 닦아 놓은 식탁은 물기 하나 없이 말끔하다. 비교하자면 설거지를 한 싱크대는 여기저기 한강이 따로 없었다. 이수가 그제야 작은 한탄을 내뱉었다.

“다 튀었네….”

시훈이 결국 소리 내어 웃었다. 요즘 이수를 보면 이렇게 웃는 일이 잦았다. 정산에서는 인사이트 때보다는 유해진 것 같지만 실무진을 통해 듣게 되는 정이수 책임님은 여전했다. 꼼꼼하다느니 차분하다느니. 이수의 빈틈을 보는 사람이 저 하나뿐이라는 사실에 시훈은 더할 나위 없는 만족감을 느꼈다.

“집밥을 자주 해 먹어야겠네. 맨날 설거지도 시키고. 나중에는 요리도 해 달라 그러고.”

장난처럼 이수에게 말을 건네는 시훈의 가슴에 몽글몽글 기대감이 차올랐다.

“음… 설거지는 괜찮은데, 요리는 좀.”

연습한다고 해도 요리는 아무래도 자신이 없었다. 다리 사이에 선 이수의 허리를 바짝 끌어당긴 시훈은 짐짓 눈썹 사이를 좁혔다.

“그런데 우리 둘이 서니까 좁은 것 같아. 주방이.”

“그런가?”

딱히 불편하지는 않는데…. 이수가 주위를 둘러보며 고개를 갸웃거렸다. 좁아, 확실히. 시훈이 단정했다. 하기는 혼자 사는 집에 주말마다 찾아오는 객식구가 생겼으니 그렇게 느낄 만도 했다.

“커피 마시러 가요.”

시훈이 이수의 뺨에 입을 맞췄다. 조금 전 찌푸린 표정은 어디 가고 입술을 끌어 올린 표정이 묘하게 들떠 보였다.

커피를 마시고 집으로 돌아왔을 때는 노을이 지고 난 후였다. 푸르스름한 어둠이 거실에 내려앉자 시훈은 거실 곳곳에 놓인 조명을 켰다. 한 주를 마무리하는 일요일 저녁, 노곤함이 몰려왔다. 소파에 앉은 연인의 어깨에 이수는 자연스럽게 머리를 기댔다. 프로그램 사이에 온 에어 된 중간 광고를 확인하고 틀어 놓은 텔레비전에서는 본 적 없는 예능 프로그램을 방영 중이었다.

마시다 만 캔 맥주 두 개가 소파 앞 테이블에 나란히 놓였고, 열린 창으로 기분 좋은 바람이 들어왔다. 은은하게 조명을 켠 시훈의 거실은 따뜻한 주홍색이었다.

"누울래요?"

"응."

이수가 시훈의 다리 위로 머리를 뉘었다. 결 좋은 머리카락이 스르륵 눈을 덮자 다정한 손길이 이마를 쓸어 주며 가린 눈을 드러냈다. 텔레비전을 보는 이수의 입꼬리가 한 번씩 올라갔다. 왁자지껄하게 떠드는 예능 프로그램이 재밌었던 건 대학 시절 동기들과 밤샘하며 본 기억이 마지막인가 보다. 그때도 같이 봐서 재미있는 거라고 했었지. 혼자가 아니라.

시훈의 손이 티셔츠 소매 아래로 드러난 팔을 가볍게 쓸었다.

"쌀쌀하면 문 닫을까?"

"지금이 좋아."

서늘한 맨살에 닿는 시훈의 온기가 좋았다. 팔이며 머리카락을 다정하게 매만지는 손길은 한없이 조심스럽고 애정이 가득했다. 그 바람에 잠시 눈을 감았다. 포근한 이불을 덮은 듯 그런 안정감이 이수를 감쌌다. 텔레비전 볼륨이 줄어들었다. 희미하게 들리는 텔레비전

소리마저 자장가처럼 느껴지는 날이었다.

팔을 따라간 시훈의 손이 손가락 사이사이를 파고들어 깍지를 꼈다. 여전히 눈을 감은 이수가 평온한 행복에 옅은 미소를 지었다.

"……."

시훈이 들어 올린 손등에 입을 맞췄다. 제 손가락에 닿은 낯선 촉감에 이수가 감은 눈을 살포시 떴다. 눈앞에 펼친 왼손 네 번째 손가락에 처음 보는 반지가 있었다.

"…이거…."

주홍빛 조명이 반사된 반지가 은은하게 반짝였다. 깨끗한 링 중앙에 다이아몬드가 박힌 심플한 디자인이었다. 말문이 막힌 이수는 제 가슴 위에 놓인 시훈의 왼손을 내려 봤다. 그 역시 네 번째 손가락에 같은 모양의 반지를 착용하고 있었다.

"시훈 씨…."

놀라고 당황한 표정을 숨길 새도 없이 몸을 일으키려는 이수의 가슴에 토닥토닥 시훈의 손길이 와 닿았다. 반쯤 일으킨 몸을 그대로 뉘자 텔레비전에 시선을 고정한 시훈이 담담하게 입을 열었다.

"별거 아니에요. 주고 싶었어."

"……."

"주변에서 안 믿는다면서."

이수가 어떻게 받아들일까 확신은 없었다. 먼 길을 돌아 서로를 만나는 과정이 고되고 애달팠던 지난날을 생각하면 연인에 대한 애정과 열망을 이깟 반지로 전할 수는 없었다. 다만, 미술관에서 이수가 조심스레 전한 고민을 덜어 주고 싶었다. 그러려면 부담스럽지 않게, 진부한 약속이 아닌 일상적인 선물처럼 전해야 했다.

"……."

침묵 속에 시훈은 여전히 이수를 바라보지 못했다. 마른 입술을 혀로 축인 시훈이 잠시 눈을 감았다 떴다. 아무래도 부담스러울까. 주절주절 말이 길어지려 했다.

"꼭 하고 다니라는 건 아니야. 우리 사이에…."

말없이 손을 뻗은 이수가 시훈의 목덜미를 살며시 끌어당겼다. 고개를 내려 보자 더없이 행복한 얼굴과 눈이 마주쳤다. 이수의 손길이 이끄는 대로 고개를 내린 시훈은 홀린 듯 이수와 입을 맞췄다. 입술이 닿아 있는 그대로 매달리듯 몸을 일으킨 이수가 시훈의 허벅지 위에 마주앉아 고개를 비틀었다. 시훈의 두 뺨을 감싼 이수는 다급하게 시훈의 혀를 찾았다. 아마도 이건… 이수의 답이었다.

가쁜 숨이 몰아쳤다. 엉덩이 사이에 닿은 남자의 묵직한 성기를 이수가 모를 리 없었다. 이마를 맞댄 이수가 시훈의 아랫입술을 쪽 빨았다. 턱과 목을 따라 내려간 입술이 티셔츠 위로도 선명한 굴곡을 나타내는 단단한 가슴을 지났다. 시훈의 다리 위에서 소파 아래로 발을 디딘 이수는 시훈의 허벅지 사이에 무릎을 꿇고 앉아 탄탄한 근육을 매만졌다. 내려간 속눈썹이 들리며 이수의 시선이 시훈에게 닿았다. 곧 다리 사이로 바짝 당겨 앉은 이수가 불뚝 솟은 바지 위로 얼굴을 묻었다.

"……하아…."

시훈에게서 낮은 신음이 흘러나왔다. 과거 호텔에서 이수에게 오럴을 강요한 이후 처음이었다. 이수가 버클을 풀고 지퍼와 속옷을 내리자 빳빳한 성기가 튕겨 나왔다. 긴 손가락이 성기 밑동을 한 손에 쥐었다. 혀를 내어 뿌리부터 선단까지 천천히 핥아 올리며 이수가 시훈을 올려 봤다. 치뜬 두 눈은 순진하기도 했고 한편으로는 아찔할 정도로 요사스러워 보였다. 보란 듯이 귀두를 제 아랫입술에 문지르던 이수는 단번에 입을 열었다. 목구멍에 닿을 정도로 성기를 밀어 넣은 이수는 다시금 볼이 오목해질 정도로 빨아올리며 제풀에 신음했다.

"읏… 이수야."

시훈의 허벅지를 꽉 잡은 이수의 손에서 반지가 반짝였다. 훤히 드러난 하얀 목덜미를 쓰다듬은 손이 귓불에 닿자 이수가 흠칫 몸을 떨었다. 명백한 흥분의 증거였다. 발갛게 물들인 입술로 기둥에 점점이 입을 맞추다 다시 입안 깊숙이 넣고 빨았다. 성기를 살살 흔들어 가며 삿갓 모양의 뭉툭한 귀두를 사탕이라도 삼키는 양 쪽쪽 빠는 이수의 눈빛이 몽롱했다. 코에 음모가 닿을 정도로 깊게 고개를 파묻고 머리를 움직일 때마다 흘러내린 머리카락이 시훈의 배에 닿았다. 입안은 축축하고 습했다.

"……우읍…."

성기가 목젖을 지나자 움츠러든 목구멍이 죄어들었다. 동시에 산소가 차단된 이수의 몸이 바르작댔다.

"시발…."

시훈이 욕을 짓씹었다. 야했다. 야해 빠진 정이수. 어디서 이런 모습이 나오는 걸까. 꽁꽁 감춰 두었다가 슬그머니 모습을 드러내면 그 모습이 사람을 돌게 만들었다. 그래서 더 사랑스러웠다. 움찔움찔 몸을 떠는 이수의 입안에 꽉 찬 성기는 더 들어갈 곳도 없어 보였다.

"컥…! 하아… 흐…."

이수가 몸을 무르자 선단에서 흐른 프리컴과 섞인 침이 턱을 따라 흘렀다. 좆과 입술 사이에 길게 이어진 실이 툭 끊겼다. 이내 눈을 감았다 뜬 이수가 사정을 앞둔 좆을 얕게 삼키고 속삭였다.

"…싸 줘. 입에다가."

이수는 꺼덕이는 성기를 잡아 흔들며 길게 내민 혀끝에 요도를 문질렀다. 시선을 올려 흥분한 시훈을 바라봤다. 핏대를 세운 이마며 검은 동공, 우뚝 솟은 코와 날렵한 턱, 매번 시선을 앗아 가는 입술 사이로 내쉬는 뜨거운 숨에 이수의 가슴팍이 흥분으로 오르락내리락했다.

"후우…."

시훈이 이수의 손 위로 제 좆을 쥐었다. 이미 한계에 도달해 아랫배가 빠듯할 지경이었다. 눈과 코가 붉게 물든 얼굴을 시훈은 홀린 듯 바라보며 성기를 빠르게 흔들었다. 살짝 올라간 눈매는 빨리 달라고 앙탈을 부리는 것 같기도 처연해 보이기도 했다. 금욕적이고 단정한 외모와 그렇지 못한 행동이 이성을 배신케 만들었다. 한 치의 어긋남 없이 저를 올려 보는 이수가 빨간 혀를 내밀었다. 자리를 알려 주는 것처럼.

"읏…!"

곧 이수의 얼굴과 혀 위로 사출한 정액이 떨어지자 곧장 입안으로 성기가 빨려 들어갔다. 착실하게 좆을 머금은 입안에서 토해 낸 정액을 이수는 한 방울도 남김없이 삼켰다. 이수는 반쯤 정신이 혼미해졌다. 목구멍도 좆을 빨고 있는 입안이나 입술도 모두 성감대 같았다. 이수는 응당 그래야 할 의무처럼 뿌리 끝까지 성기를 머금었다. 그리고 마지막으로 깨끗하게 귀두를 핥은 뒤 시훈을 올려 봤다.

여운으로 그 역시 살짝 입을 벌리고 숨을 고르는 중이었다. 살짝 땀이 맺힌 이마에는 핏줄이 도드라져 있었다.

"……."

시훈은 아무 말도 없이 그대로 이수를 뚫어질 듯 응시했다. 눈썹 사이를 찡그린 그는 이수를 삼키고 있었다. 낱낱이 이수를 발라 먹을 태세로.

"으… 흡!"

어마어마한 힘에 두 어깨가 잡힌 이수의 등이 순식간에 소파에 닿았다. 거칠게 이수의 바지를 끌어 내린 시훈의 행동은 지난 섹스들에서와는 사뭇 달랐다. 무릎 뒤를 밀어 공기 중에 환하게 드러낸 구멍 위에 시훈이 입에서 침을 모아 떨어트렸다.

"으… 흐…."

급했다. 거칠었고, 뒷덜미가 순식간에 달아오를 만큼 수치스럽고 조금 두려웠다. 그런데 시훈의 손이 닿는 족족 흥분에 몸이 떨렸다. 아랫입술을 깨문 이수가 손을 내려 빠끔 벌어진 구멍을 문질렀다. 새 나오는 신음이 아득해서 마치 제 목소리라고 믿기지 않았다. 빨리, 빨리…. 차마 내뱉지 못한 말들이 입을 벌리라 재촉했다.

"하아… 흐……."

그때 이수의 다리 사이에 자리 잡은 시훈이 귀두 끝으로 구멍을 툭툭 문질렀다.

"후우… 쯧."

꼭지가 돌 만큼 흥분한 중에도 혹여 다칠까 되잖은 염려에 시훈은 입술을 꽉 깨물었다. 뭉툭한 끝이 구멍에 닿으면 움찔움찔 주름이 오므라들었다. 팔꿈치로 몸을 지탱한 이수가 둥그렇게 몸을 말아 다리 사이로 손을 뻗었다. 여전히 단단한 시훈의 성기를 붙들어 제 손으로 구멍 가까이 좆 머리를 맞췄다.

"…흐… 으… 넣어…."

구멍은 벌렁거릴 뿐 쉬이 벌어지지 않았다. 마음처럼 되지 않아 야속했다.

잠자코 그 모습을 지켜보던 시훈이 강한 악력으로 손목을 붙들었다. 일주일을 마감하는 일요일 밤이었다. 이수를 다시 집으로 보내야 하는 사실만 빼면 완벽한 주말이었다.

"…이수야. 너…."

"하… 으…."

울상이 된 이수의 눈꼬리가 애처로운 물기를 담고 시훈을 올려봤다. 이내 양 손목을 한 손에 틀어쥔 시훈이 구멍 안으로 귀두 끝을 빽빽하게 밀고 들어왔다. 가슴까지 닿은 다리가 부들부들 떨렸다. 그 위로 바짝 몸을 붙여 온 시훈이 체중을 싣자 깊은 곳까지 굵은 성기가 가득 메웠다. 질끈 감은 눈 위에 시훈의 입술이 떨어졌다. 바르르 떨리는 눈꺼풀에 입맞춤한 시훈이 목을 긁듯 이수에게 속삭였다.

"하아… 오늘 집에 못 가겠다. 회사는 연차 내."

오늘 안 재울 거야.

퍽! 더 들어올 곳이 없다고 생각했는데 더 안쪽으로 성기가 박혔다.

"아흐… 흑!"

고통이 무색하게 이수의 성기 끝에서 픽 정액이 샜다. 시훈이 허리를 뒤로 뺄 때는 감은 눈꺼풀 위로 목 아래서 웃는 울림이 느껴졌다. 뻑뻑한 내벽이 좆을 물고 내주지를 않았다. 저 역시 그걸 느낄 정도인데 시훈은 오죽할까. 다시 한번 세게 성기가 박혔다. 대번에 느끼는 지점을 찾아 스치며 꿰뚫을 때마다 이수의 입에서 신음이 터졌다.

"……하… 윽!"

중간은 없었다. 자리를 잡고 나자 이수의 정수리를 감싸듯 바짝 몸을 붙인 시훈은 정말 미친 듯이 허리를 털었다. 성기를 팽팽하게 물고 있는 주름이 귀두가 아슬아슬하게 빠지고 다시 벌리며 들어올 때마다 유연하게 벌어졌다. 성기를 감싼 내벽이 우물대며 기쁘게 성기를 죄었다. 그 와중에 눈을 맞춘 제 연인은 얼마나 아름다운지-

이수의 눈동자가 시훈의 얼굴을 붙들었다. 뺨과 턱에 입을 맞추려 턱을 치드는 모습은 그 어떤 모습보다 사랑스러웠다. 유두를 잡아 비틀자 몸서리를 쳤다. 펠라티오를 할 때부터 흥분한 이수의 몸은 좆을 삼킬 때 이미 정액을 싸질렀다. 그럼에도 다시 징징 허리가 울리는 사정감이 조금 전부터 혼을 빼놓았다.

"가… 아니, 아니… 쌀 것 같아…! 잠깐…만!"

한데 틀어잡힌 손이 주먹을 쥐었다 한순간 펼쳐졌다. 이수의 몸이 파르르 떨리다 못해 배가 훅 꺼졌을 때 몸을 뺀 시훈의 성기가 쑤욱 밀려 들어왔다.

"하윽…! 헉…!"

쪼르르 이수의 성기에서 물이 나왔다. 감당 못 할 쾌감에 입이 벌어지고 팽창한 몸이 움직임을 멈췄다. 때를 맞춰 느릿느릿 굵고 긴 성기가 이수의 안쪽을 드나들었다. 번쩍 눈앞에 섬광을 터트린 오르가슴이 더없이 길게 이어졌다. 배려라기에는 짓궂고 벌이라기에는 지독한 쾌감이었다. 이수의 배에 고인 체액이 주르륵 흘러 소파에 자국을 남겼다.

"어쩌지."

"……."

"나도 소파 다시 사야겠다. 그치?"

"으… 응…."

탈력감에 늘어진 이수의 반지 낀 손에 깍지를 낀 시훈이 서서히 몸을 움직였다. 부드럽게 풀어진 내벽이 때에 맞춰 알맞게 조였다 풀어졌다. 신음처럼 시훈의 나직한 한숨이 떨어졌다. 이수가 잠시 숨을 쉴 시간을 기다린 시훈은 점점 속도를 더해 하반신을 쳐올렸다. 엄청난 속도와 힘 때문에 고환이 엉덩이를 때리는 착각마저 들었다. 성기가 맞붙고 떨어질 때마다 부딪치는 소리가 적나라했다.

"으… 으…! 갔는데… , 갔…는데…."

난감함에 이수가 입술을 짓이겼다. 성기를 쥐어짜듯 흔드는 시훈 때문에 어느새 다시 발기한 성기 끝이 발갰다. 다시 성기 끝에서 줄줄 물이 흘렀다. 시훈에 의해 몸이 흔들릴 때마다 가슴팍으로 물이 튀었다. 그걸 알아챌 새도 없이 내벽이 안쪽에서 경련했다.

"하아…."

시훈이 이마에 핏대를 세웠다. 이를 악물고 이수의 몸속 가득히 박고 또 박았다. 더 붙을 수 없을 만큼 구멍 속에 성기를 짓눌렀다.

이윽고 이수의 몸속 가장 깊은 곳에 정액을 토했다.

소리 없이 입을 벌린 이수의 턱이 들렸다. 치솟은 몸이 끝이 없는 바닥으로 추락하는 아찔함에 전율이 일었다. 시훈의 좆을 품은 아랫배가 경련하며 움푹 패었다. 사정은 고사하고 뒤로 느낀 오르가슴과 요도 끝에 맺힌 물기에 쉽사리 헤어 나올 수 없는 자괴감이 일었다.

"…하아…… 하…."

시훈이 이수의 품 위로 쓰러지듯 몸을 뉘었다. 땀에 흠뻑 젖은 티셔츠 위로 도드라진 유두를 입술로 지분거리자 이수가 몸을 뒤척였다. 날카로운 콧날이 가슴 주변을 배회했다.

"그만…해요. 정말… 집에 가야지."

이수가 고개를 휘휘 저었다. …더 못 해. 타박은 안중에도 없이 시훈은 넣고 있는 채로 살짝살짝 허리를 털었다. 티셔츠 아래로 손이 들어왔다. 촉촉한 살성이 손에 착착 감겼다. 뾰족한 유두는 말할 것도 없었다.

"……아아…."

나지막한 신음이 이수의 입술 사이로 흘렀다. 돌기를 꼬집는 손길도 성기를 넣은 구멍도 아프지 않았다. 오히려 기분이 너무 좋아서 걱정이었다. 주홍빛 불빛 아래 가슴에 입을 맞춘 남자를 굽어봤다.

시훈이 손에 끼워 준 반지를 봤을 때, 덜컥 심장이 내려앉았다. 당황했고, 놀랐다. 그리고 저변에 깔린 기묘한 설렘과 솟구치는 애정은 이수조차 예상하지 못했다. 더군다나 덤덤한 척해 봐도 드물게 긴장한 시훈의 모습이 당혹스러운 감정을 순식간에 희석해 버렸다. 언제나 그랬다. 시훈은 마음을 흔들어 놓았다.

"아… 흐….”

눈을 맞춘 시훈이 허리를 붙이며 다정하게 이름을 불렀다. 이수야. 그리고 귓가에 바짝 입술을 붙인 남자가 다음 말을 이었을 때 이수는 귀가를 포기할 수밖에 없었다.

사랑하고 있어.

연차 사유란에 '개인 사정'이라고 작성한 문구가 이렇게 화끈거릴 수가 없다. 어슴푸레한 새벽빛이 침실의 어둠을 가까스로 밀어낼 때쯤 이수 역시 등 뒤에 달라붙은 시훈을 살짝 밀어냈다. 샤워하며 또 눈이 맞을 건 뭐람. 몸이 흐물거려 녹아내릴 지경이었다. 모로 누운 시훈이 물기 어린 이수의 어깨에 몇 차례 입을 맞췄다.

"더 못 해요…. 손 떨려서 클릭도 못 하겠어.”

시훈이 낮은 소리로 웃었다. 이수가 핸드폰을 협탁에 올려 두고 네 번째 손가락을 가만히 바라봤다. 팔을 세워 머리를 받친 시훈이 같은 반지를 낀 손끝으로 이수의 반지를 툭 가리켰다.

"디자인은 마음에 들어요?”

"응.”

엄지손가락으로 반지를 매만지던 이수의 머릿속에 문득 의문이 생겼다. 어떻게 손가락 둘레를 알았을까? 특별히 그가 손가락을 유심히 살폈다거나 만진 기억은 없었다. 옷 사이즈나 시계처럼 눈으로 짐작할 수도 없었을 텐데….

"근데 사이즈는 어떻게 알았어요?”

이수가 고개를 돌려 묻자 시훈은 대수롭지 않아 하며 이수의 머리 아래로 팔을 넣었다.

"알게 됐어. 어떻게."

"더 궁금하네, 그러니까."

"나 눈썰미가 제법 좋아요."

"반지 사이즈를 눈대중으로 짐작하는 사람이 어디 있어."

이수가 눈을 비비며 시훈을 추궁했다. 몇 번 이리저리 떠보던 이수의 말소리가 졸음 때문에 늘어졌다. 이마에 닿은 시훈의 손이 천천히 머리카락을 쓸어 넘겼다. 자요, 얼른. 귓전에 속삭인 말소리를 뒤로하고 곧 잠든 이수의 고른 숨소리가 들려왔다.

의도치 않게 이수에게 밝히지 않은 비밀 하나가 더 늘었다. 엽서 아래의 사진과 백주홍이 보여 준 동영상, 그리고 반지.

디자인은 이수처럼 단정한 것이면 했다. 하나하나 살펴 깨끗한 모양의 화이트골드 링 위에 다이아몬드가 세팅된 디자인을 보자 바로 결정했다. 제 손에 끼울 반지 사이즈를 확인한 시훈에게 상담을 돕는 직원이 물었다.

'나머지 링은 사이즈 조절을 어떻게 해 드릴까요?'

'이걸로 가능한가요?'

시훈이 재킷 안주머니에서 끝이 말린 고리 모양의 종이를 내밀었다.

'아, 가능하실 것 같아요. 잠시만요.'

얼마 전, 함께 다녀온 강원도 미술관에서 이수가 애인이나 결혼 같은 민감한 질문을 던진 직후였다. 말실수를 한 건 아닐까 이수가 초조해할 때, 시훈은 이수의 네 번째 손가락에 감긴 빨대 껍질 보았다. 그때 저 손가락에 반지를 끼워 줘야겠다고 생각했다. 이수처럼 반짝이고 아름다운 것으로. 그때 말린 빨대 껍질을 챙기느라 한발 늦게 일어난 사실을 이수는 짐작조차 못 할 테다.

잠든 이수의 손등을 어루만진 시훈이 손가락 사이사이를 얽었다. 같은 모양의 반지가 나란히 자리해 있었다.

외전 3. Yes, I will

-지금 근처예요. 나와 있어요?

"보여요. 길 건너지 말아요. 내가 그쪽으로 갈게."

이수가 자신을 발견한 시훈을 보고 손을 흔들었다. 다소 늦은 점심시간이었다. 근처에서 미팅을 마친 이수가 점심 식사를 같이할 수 있냐고 연락을 해 왔다. 길어진 회의가 뜻밖에 도움을 주는 날이었다. 점심시간이 지난 인도는 그 많던 사람들이 어디로 갔는지 신기할 정도로 휑했다. 시훈이 신호를 받아 횡단보도를 건너자 이수가 가을볕 아래 모습을 드러냈다. 바람이 불자 앙상한 나뭇가지는 아랑곳없이 우수수 떨어진 단풍잎들이 대로며 인도에 도톰히 쌓여 갔다.

"많이 기다렸어요?"

"방금 왔어요."

횡단보도를 건너는 동안 뒤집어진 시훈의 타이를 이수가 손을 뻗어 올바로 정리했다. 자연스럽게 시훈의 입꼬리가 올라갔다.

"오랜만에 친정 왔는데, 먹고 싶은 거 있어요?"

회의만 아니었으면 예약을 해 뒀을 텐데 그러지를 못했다. 식사를 마치고 각자 회사로 들어가야 할 처지라 멀리 가지는 못하고 주변에서 해결해야 할 참이었다. 인사이트 주변에 직장인을 상대로 하는 식당이 많았다. 사람들이 줄 서서 먹는 맛집도 여럿이고. 잠시 고민한 이수가 길게 뻗은 골목을 턱 끝으로 가리켰다.

"순두부요."

"아… 순두부."

허공과 바닥을 차례로 내려 본 시훈이 과장된 탄식을 내뱉었다. 유구무언이었다. 어쩌면 마주 앉아 밥을 먹을 수 있었을 첫 끼의 추억이었다. 결국, 두 사람 모두 밥 한 숟가락 뜨지 못하고 끝난. 그날 이수에게 반찬 그릇을 밀어 주며…

"이시훈 취향대로 먹고 살 좀 찌우게."

'말랐어요. 잘 봐줄 테니까 제 취향도 존중해 줘요.' 그렇게 말했다. 기억을 떠올린 시훈의 목덜미가 뻣뻣해졌다.

"명치를 맞아서 숨을 못 쉬겠네."

이수가 함박웃음을 지으며 소리 내어 웃었다. 이수에 대해 뭘 안다고 그렇게 가시를 세웠을까. 돌이켜 보면 그때도 이수와 마주친 순간 이상한 치기를 느꼈다. 단순히 불쾌하다 여길 수 없는 복잡미묘한 감정이었다. 언제부터였는지 모르게 차츰 마음에 스며든 상대를 알아채지 못하고 바이러스로 간주한 바보 같은 기억이었다.

"말하니까 진짜 먹고 싶다. 가요, 빨리."

싱긋 웃는 이수가 시훈을 재촉했다.

각각의 자리에 초당순두부 두 그릇이 놓였다. 오랜만에 찾은 식당이 반갑기도 하고 더불어 과거로 돌아간 듯 하기도 했다. 이수는 인사이트에 몸담았던 시절을 떠올렸다. 습관적으로 메일을 확인하고, 시훈을 이 팀장님이라고 부르던 기억에 이수의 입가에 잔잔한 미소가 고였다.

숟가락이 간을 하지 않은 순두부를 휘휘 저으며 뜨거운 김을 뺐다. 가장자리에서 뜬 순두부를 한 수저 입에 넣고 뭉개자 담백하고 고소한 풍미가 입맛을 돌게 했다.

그 모습을 물끄러미 지켜보던 시훈이 묻는다.

"맛있어요?"

"네."

"오늘은 많이 먹어요."

두 사람 모두 웃고 말았다.

볕이 두 사람이 앉은 창을 향해 드리웠다. 하늘은 푸르고 거리의 가로수 잎이 노랗게 바랜 완연한 가을이었다. 씁쓸한 옛 기억을 떨쳐 버린 이수는 문득 자신이 여전히 인사이트에 남아 있었으면 어땠을까 가정을 해 보았다. 업무에 관한 미련이나 아쉬움은 아니었다. 그저 시훈과 같은 회사에 다니고 이렇게 연애를 했더라면…. 놀랍게도 실없는 생각이 뒤따랐다. 사내 연애… 그런 거.

은밀하게 시훈이 마음을 내비치던 탕비실이나 비상계단, 각자의 자리가 보이던 사무실을 떠올린 이수가 저도 모르게 볼을 붉혔다.

"더워요?"

순두부 때문이라고 변명을 하는 이수의 속내를 시훈은 짐작하지 못했다. 대신 물을 따라 내밀어 주고는 주말의 계획을 물었다.

"주말에 성수동에 있는 카페 갈래요? 아는 사람이 오픈했거든요."

커피를 즐기는 취향만은 같아 데이트 코스에 카페가 빠지지 않았다. 물고 있던 숟가락을 빼고 이수가 뜻밖에 양해를 구했다.

"미안한데 토요일은 좀 힘들 것 같고… 일요일에 가도 괜찮아요?"

"출근해요?"

"아니요. 집 보러 가야 해서요. 부동산에 말했더니 몇 군데 골라 놨다구."

이사해야 한다고 했는데 잊고 있었다. 잠시 생각에 잠긴 시훈이 입을 열었다.

"아… 이사. 같이 가요, 그럼."

주말 출근만 아니면 대부분 금요일 밤이나 토요일 오전부터 함께 주말을 보내는 일이 일상이었다.

"음… 공인 중개사 차 타고 이동해야 빨라요. 사람 사는 집에 여러 사람 드나드는 것도 실례구요."

평소답지 않게 시훈의 떨떠름해 보이는 표정이 마음에 걸렸다. 그래도 여성 혼자 살거나 간혹 아이가 있는 집은 이수 혼자 보러 가는 데도 눈치가 보였다. 시훈과 온전히 주말을 보내지 못해 저 역시 아쉽기는 해도 집 문제를 빨리 해결하는 일이 급선무였다.

"…그래요."

타당한 이유라 시훈은 딱히 우기거나 토를 달지 못했다. 평일에는 서로가 워낙 바쁜 사람들이라 주말을 고대하는 건 사실이지만 내키지 않는 이유가 단지 그 때문은 아니었다.

홀로 밥을 차리거나 먹는 건 익숙했지만 제집에서 식탁을 마주 보고 앉아 밥을 먹은 사람은 이수가 처음이었다. 서로의 마음을 확인한 이후, 데이트 겸 식당을 이용해 밥을 먹었고, 서로의 집에서는 가끔 맥주를 기울인 정도였다. 그날, 같은 식탁에서 아침을 먹는 동안 기분이 묘했다. 널따란 식탁에 차린 수 가지 찬에도 내내 분위기가 껄끄러운 본가와 달리 차린 것 없는 식탁인데도 이수 하나로 단란해졌다.

그 때문에 집을 구해야 한다는 이수의 말이 곧이곧대로 들리지 않았다. 1년 정도 마음을 졸였으니 되도록 옆에 있고 싶었다. 그저 항상 같이 있고 싶었다. 일요일 늦은 밤 이수를 오피스텔로 바래다주고 집에 오는 길이 얼마나 적적한지 부러 설명할 필요도 없었다. 만약, 월요일 아침에도, 아니, 매일 같이 눈뜰 수 있으면….

어색하게 올라간 입꼬리를 다른 의미로 해석했는지 답지 않게 톤을 올린 이수가 시훈을 달랬다.

"이러면 어때요? 일요일에 카페 갔다가 백화점에서 소파도 보고 근처에서 밥도 먹고. 전에 직원이 말해 줬는데 성수역 근처에 맛있는 파스타 가게가 있대요."

그리고 토요일에 너무 늦지 않으면 연락을 주겠노라고. 머뭇대던 시훈은 잠자코 고개를 끄덕였다. 이수에게 부담을 주고 싶지는 않았다. 하지만 저 혼자만 이런 생각을 하는 건지 궁금했다. 그런데 이유를 말하기에는 타이밍을 놓친 것 같고, 서운함을 토로하기에는 유치했다.

"편히 봐요. 무리하지 말고."

밥 잘 먹고 있는 식사 자리에서 불쑥 꺼낼 주제는 아니었다. 집 계약이 쉽나. 시일을 두고 이수에게 운을 뗄 때 볼 생각이었다. 같은 반지를 끼고 있는 이수의 손을 물끄러미 바라보았다. 욕심이 자꾸 눈덩이처럼 불었다.

식사를 마치고 큰길을 따라 걸었다. 얼마 지나지 않아 인사이트 사옥 앞에 당도한 이수는 고개를 들어 건물을 올려 봤다. 퇴사할 때만 해도 내 집 같던 회사가 이제는 아무렇지 않았다. 우습게도 카페테리아에서 파는 커피는 여전히 밍밍한가, 그런 쓸데없는 생각만 들었다.

"택시 잡아 줄게요."

줄지어 대기 중인 택시로 시훈이 걸음을 옮길 때였다.

"책임님!"

저 멀리 자동차 소음을 가른 목소리를 따라 두 사람이 동시에 고개를 돌렸다. 인사이트 사옥 출입문에서 잘생긴 청년 하나가 손을 흔들며 뛰어왔다. 고우재였다. 코앞에 다다른 고우재는 숨 쉴 틈도 없이 "시훈 님, 안녕하십니까." 고개를 숙이고 씩씩하게 이수를 향해 90도로 허리를 숙였다.

"책임님, 안녕하십니까. 인사이트 기획 1본부 기획 1팀 신입 사원 고우재입니다! 잘 부탁드립니다."

이수가 함박웃음을 지었다. 역시는 역시. 고우재는 고우재였다. 합격자 발표 후 고우재에게서 전화가 왔었다. 시훈이 말을 않기에 불합격을 예상한 이수는 소식을 듣고 적잖이 놀랐다. 울먹이며 전화를 건 고우재는 타 기업 마케팅 부서에도 합격했으나 인사이트를 택하겠다 전했다. 멋진 광고인이 되겠다는 포부와 함께.

"늦었지만 입사 축하해요. 잘 지냈어요?"

"네. 여기서 만나 뵐 줄은 몰랐어요. 시간을 내서 한번 찾아봬야 했는데…. 죄송합니다."

"무슨. 적응하느라 바쁘고 정신없잖아요."

고우재가 시훈과 이수를 번갈아 보며 조심히 물었다.

"업무차 미팅 때문에 오신 거예요?"

"…네. 겸사겸사…."

고우재는 사옥에서 회의가 있었다고 생각한 모양이다. 뒤편에 선 시훈의 손이 이수의 허리에 살포시 닿았다 떨어졌다.

"담배 한 대 태우고 올게요."

맞은편에 선 고우재가 시훈이 이동하는 쪽으로 간신히 눈동자를 굴렸다. 분명 멀리서 봤을 때는 기분이 좋아 보였는데 정이수 책임님께 인사를 한 순간부터 시훈 님 미간에 골이 패었다. 지은 죄가 있고, 아직 갚을 날이 많아 슬픈 고우재였다. 사옥 근처의 흡연 부스 안에서 담배를 빼 무는 시훈의 시선을 느끼며 고우재가 고장 난 로봇처럼 이수 쪽으로 고개를 돌렸다.

"일은 어때요, 재밌어요?"

"네, 엄청요. 힘든데 재밌어요."

"좋아 보여요."

"신기한 게 전에 인턴 할 때랑은 다른 회사 같아요. 순정 님, 민주 님. 타 팀이라 같이 일은 못 해도 다들 잘 챙겨 주시고 격려도 많이 해 주세요."

대리, 팀장, 본부장. 그런 직함 대신 이름 뒤에 붙인 호칭이 이수는 낯설기만 한데 고우재는 완벽히 적응을 마친 것 같다. 어려워하는 시훈에게도 '시훈 님'이라는 걸 보면.

"재미있는 소식은 없어요?"

음… 골똘히 생각에 잠긴 고우재가 이내 작게 입을 벌렸다. 그리고 멀리 흡연 부스를 돌아본 뒤 부리나케 이수 쪽으로 고개를 돌렸다. 짙게 선팅된 흡연 부스 안에 레이저 포인트가 켜져 있는 줄 알았다.

"화제는 있죠."

살벌한 시훈을 곁눈질하다 말고 목소리를 낮춘 고우재의 눈썹이 들썩였다.

"시훈 님이요. 만나는 분 있는 거 알고 계셨어요?"

"…네?"

두 분 가까우셔서 아시는 줄 알았는데… 모르셨구나. 고우재가 머리를 긁적였다. 이수가 재빨리 웃으며 당황한 낯을 숨겼다.

"알아요. 근데… 어떻게 알아요, 그걸?"

고우재가 눈을 반짝였다.

"얼마 전에 팀 회식이었거든요. 시훈님이 손가락에 반지를 끼고 계시더라구요. 딱 봐도 네 번째 손가락에 커플링이라 다들 눈치만 보다가 동유 님이 못 참고 물어보셨어요."

누군가 신 대리의 옆구리를 찔렀던 것 같다. 테이블 위에서 시훈을 제외하고 오가는 눈빛들이 궁금해 죽겠다는 표정이었다. 결국 신 대리가 총대를 멨다.

'와아… 반지. 네 번째…. 혹시 누구….'

띠엄띠엄. 딱 잘라 무시하기 좋도록 어색하고 이상한 질문에 다 망했다 생각할 무렵, 시훈이 그동안 본 적 없는 환한 미소를 지었더랬다.

'만나요, 누구.'

탄성이 터졌다.

"묻는 족족 자랑 엄청 하시던데요? 예쁘고, 키도 크고, 능력도 좋고, 성격 좋고. 게다가 자수성가한 사람이라 배울 점이 많대요."

"…아. 네."

이수가 어쩔 줄 모르며 고개를 끄덕였다. 시훈에게 들릴 리 없건만 고우재가 한층 목소리를 낮췄다.

"결혼하실 거 같아요. 비혼주의자 같으신데 의외예요. 그렇죠?"

식은땀이 흘렀다. 벨트 아래로 손을 내린 이수는 손가락에 낀 반지를 슬그머니 빼냈다. 고우재도 시훈의 반지를 본 모양인데 혹시나 오해를 살까 괜스레 이수의 마음이 콩닥콩닥 뛰었다. 그사이 담배를 다 피운 시훈이 저 멀리서 되돌아왔다. 당연하게 이수의 곁에 선 시훈이 고우재를 바라봤다.

"그런데 우재 님은 왜 나왔어요?"

악의는 없지만 의도는 분명했다. 무슨 이야기를 그렇게 하는지 이수 가까이 몸을 붙여 속닥이는 꼴에 시훈은 심기가 불편해졌다. 인사이트를 그만둔 후 팀원들 모두 이수를 한층 편하게 대했지만, 역시 고우재는 남들보다 한 발 더 나아가는 경향이 있었다.

"주차 문제 때문에 로비에서 클라이언트 배웅해 드렸습니다."

씩씩한 고우재는 의도를 가뿐히 뛰어넘어 정직하게 사유를 설명한다. 낄 때 끼고 빠질 때는 빠지자. 한동안 고우재가 마음에 새겨두었을 문장이 어느덧 마모된 모양이다. 이번에는 어떻게 선을 그어줘야 하나 생각하던 시훈은 속으로 코웃음을 쳤다. 애새끼한테 뭐 하는 짓이지….

"그래요, 일 봤으면 올라가요, 그럼. 책임님도 들어가셔야 해서."

시훈이 머리를 쓸어 올리자 가을볕에 반사된 커플링이 유난히 반짝였다. 저도 모르게 따라간 이수의 시선이 이내 인사를 전한 고우재에게 돌아갔다.

"넵. 책임님, 그럼 조심히 들어가십시오."

출입문으로 뛰어가던 고우재가 얼마 지나지 않아 뒤를 돌아봤다. 이수를 향해 엄지와 새끼손가락으로 전화 모양을 만들어 귀에 붙였다. '전화드릴게요.' 입 모양이 선명했다. 아무리 긍정적인 고우재라고 해도 사고를 친 회사에 들어오기가 쉬웠을까. 기업 마케팅 부서가 아닌 대행사에 입사한 선택이 고마웠다. 좋은 광고인이 되겠다는 약속을 지켜 준 것 같아서. 게다가 시훈의 앞에서 어깨가 굽어 있던 인턴 시절과 달리 기죽지 않는 모습에 안심이 됐다.

"……."

곁을 돌아보자 고우재의 등장에 예각을 이룬 시훈의 눈썹이 여전했다. 과거 고우재를 방패 삼아 벽을 친 일은 오해를 풀었지만 서로 상성이 안 맞는 부류인 것에 대해서는 이수도 도리가 없었다. 이수가 시계를 핑계 삼아 시훈의 손목을 끌었다.

"시간이 많이 지났네…."

태연하게 고개를 틀어 시간을 확인한 이수는 눈을 들어 시훈을 올려 봤다.

"……."

손목을 잡고 살살 흔드는 모습에 날선 눈썹이 완만해졌다. 어느새 비죽 솟아난 미소가 스스로도 어이가 없을 지경이라 시훈은 고개를 숙여 민망함을 가렸다. 도무지 당해 낼 수가 없다. 이수는 쓸데없는 감정이 소비되지 않도록 자신을 달랬다. 내면까지 성숙하고 세련된 사람이었다. 그에 반해 자신은 한참 어린애에게 더 어리고 유치하게 굴었다. 부끄러움은 온전히 시훈의 몫이었다.

"택시 타요. 출발하는 거 보고 가게."

승차장에서 대기 중인 택시를 타기 전 두 사람이 문을 사이에 두고 서로를 마주 봤다. 하루 이틀만 지나면 볼 사이에 왜 이렇게 애가 타는지 모르겠다. 시훈의 코트에 이수의 손이 닿았다. 깃을 잡아 가볍게 여며 주는 손길에는 연인을 향한 애틋함이 어려 있었다.

"갈게요, 그럼."

뒷문을 닫고 인도로 올라온 시훈은 이수를 태운 택시가 보이지 않을 때까지 그 자리에 서 있었다. 벌써 보고 싶어 큰일이었다.

* * *

"나머지는 월요일 오전에 정리하죠. 오늘 고생했어요."

"책임님도 고생 많으셨습니다."

금요일 밤, 퇴근 시간쯤 해외에서 넘어온 자료를 보느라 조유진 대리와 늦은 퇴근을 준비했다. 자리를 정리하던 조 대리가 달력을 넘겨 보고는 물었다.

"아, 그리고 식사 자리에 외주 제작사도 같이 부르시는 거죠?"

"촬영 때 워낙 고생이 많아서요. 후반 작업도 그렇고. 인사이트 쪽에 전달하시면 돼요. 연락 부탁한다고."

장기 프로젝트로 기획, 제작 중인 정산 그룹의 광고가 지난주 온에어 됐다. 고생한 만큼 내외적으로 긍정적인 반응을 보이며 연일 화제를 불러일으키고 있었다. 그에 구원주 실장의 주도로 인사이트를 비롯한 제작사를 한데 불러 모아 조만간 식사 자리를 마련하기로 했다.

"금요일인데 너무 늦었네요. 남편 기다리겠다."

결혼한 지 석 달 된 조 대리의 자리에는 얼마 전 남편이 회사로 보낸 꽃이 화병에 꽂혀 있었다.

"글쎄요. 아마 혼자 축구 보면서 내 세상이다- 그럴걸요."

입술을 삐쭉인 조 대리가 화병에 꽂힌 꽃다발을 노려보며 불쑥 푸념을 쏟아 냈다.

"진짜… 이상해요. 저희는 연애할 때 한 번도 안 싸웠거든요? 근데 결혼하고 나서 엄청 싸워요."

이 꽃도 싸우고 나서 보낸 거예요. 미안하다고. 조 대리가 조심히 시든 꽃잎 한 장을 떼어 냈다.

"…아."

평소 붙임성 좋고 시원시원한 성격인 조 대리지만 이제 신혼 3개월 차인 부부의 부부 싸움 전말까지 듣게 될 줄은 몰랐다. 발이 잡힌 이수 앞으로 조 대리의 넋두리가 이어졌다.

"하다못해 연애할 때는 치약을 중간부터 짜는지, 양말을 뒤집어 벗어 놓는지, 설거지를 몰아서 하는지 그런 건 몰랐거든요. 알았다고 해도 안 보였거나. 근데 같이 사니까 매일매일 눈에 보여요. 게다가 싸우면 냉각기가 없어요. 둘이 한집 살면서 계속 붙어 있으니까요. 회사에서 종일 일하고 들어가면 쉬고 싶은데 원흉을 또 만나니…. 그러면 그때부터 악순환이 계에속, 계에에에속되는 거죠."

"……."

대꾸할 말이 떠오르지 않았다. 맞장구를 쳐 주자니 미혼인 데다 동거 경험도 없는 이수가 공감해 주기 쉽지 않은 주제였다. 그렇다고 위로가 필요해 보이지도 않았다. 멀뚱히 고개만 끄덕이는 이수를 눈치채고 조 대리는 민망한지 콧잔등을 찌푸렸다.

"제가 괜한 말 했죠? 만나시는 분 있으신데… 이런 부정적인 말만."

시선이 이수의 커플링에 닿았다. 잠시 머뭇한 이수가 고개를 저으며 빙긋 웃었다.

"그냥 우리는… 서로 담백한 것 같아요. 그런 부분에선."

가끔 시훈을 만나는 지금이 믿기지 않을 때가 있다. 꿈이 아닐까 싶게. 그래서 자꾸 행복하게 잘 살았습니다 같은 동화 같은 장밋빛 미래만 그리게 된다.

조 대리에게서 슬쩍 등을 돌린 이수가 책상을 정리하는 체하며 멋쩍은 웃음을 삼켰다.

저에 대한 시훈의 사랑을 의심하지는 않는다. 다만 그가 보이지 않는 바운더리를 가졌다는 생각에는 변함이 없었다. 애정과 별개로 사는 공간이나 그가 소유한 물건들, 라이프스타일을 보면 확고한 취향이 있었다. 그게 타협되거나 저로 인해 희석되리라는 상상은 해 본 적이 없었다. 이수에게도 살아온 인생에 비례한 나름의 선이 있었다. 아마도 조 대리가 말한 건 그런 게 아닐까.

이수는 살며시 아랫입술을 깨물고 네 번째 손가락에 자리한 반지를 내려 봤다. 시훈이 제 손가락에 반지를 끼워 주던 그날, 이수는 스스로도 물질로 나누어 갖는 징표가 이렇듯 크게 다가올 줄은 몰랐다. 이 정도만으로도 이수에게는 큰 이벤트였다. 그런데 만약 시훈과 같이…. 아무리 생각해도 너무 앞서갔다.

아주 상상을 안 해 본 건 아니었다. 주말 내내 붙어 있을 때면 가끔 그런 가정을 해 봤다. 시훈과 같은 집에 살고, 더 깊이 서로의 일상을 공유하는 상상은 요즘 들어 마음 한구석에서 커지기도 하고 다시 작아지기도 하는 욕심이었다. 그럴 때마다 이수는 외로운 어린 시절 때문이라고 스스로를 다그쳤다. 괜한 동경일 뿐이라고. 결국 명징하게 가족이라는 단어를 되새겨 본 이수의 귓가가 붉게 달아올랐다.

제 풀에 놀란 이수는 늘 그렇듯 제게는 넓은 도량을 베풀지 못했다. 의식은 불현듯 인사이트 사옥 앞에서 고우재와 마주친 상황을 떠올리는 데까지 흘렀다.

"……."

제 상처는 치유됐다지만 저로 말미암아 시훈이 곤란에 빠지지는 않아야 했다. 괜한 말이 돈다든지, 혹은 앞길에 저해가 된다든지. 아찔한 순간을 되새긴 이수는 두 눈을 꼭 감고는 쓸데없는 생각을 짓이겼다. 만에 하나 모종의 이유로 시훈과 멀어지는 일은 상상도 하고 싶지 않았다. 그만큼 그를 사랑하고 곁에 있고 싶었다. 그러면 역시 욕심을 덜어 내야 하지 않을까.

"저희 둘 다 일찍 독립해서 그런지 꽤 혼자 살았거든요. 그래서 이렇게 싸우나 싶기도 하고. 책임님도 독립하신 지 오래되셨죠?"

다시 조 대리를 마주한 이수가 고개를 끄덕였다.

"네. 그래서…."

주저하는 이유를 저도 모르겠다.

"…그래서 저도 혼자 사는 게 익숙해요."

망설임은 어디 가고 순식간에 낯을 바꾼 이수가 가뿐한 대답을 내뱉었다. 어쩐지 저도 모르게 고개를 가로저으며. 자리를 정리하고 일어난 이수에게 조 대리가 먼저 가시라 인사를 전한다. 업무가 아닌 잡무가 남았단다.

"그럼, 월요일에 봐요. 좋은 주말 보내요."

"네, 책임님도 행복한 주말 되세요."

출입문을 나와 엘리베이터를 기다리면서 내일 공인 중개사와 잡은 약속 시각을 확인했다. 최대한 빨리빨리 본다고 해도 토요일에 시훈을 만날 수 있을지는 내일이 돼 봐야 알 것 같다.

엘리베이터가 도착했을 때 조 대리가 화장실에서 나오는 모습이 보였다. 다시 사무실을 들어가는 조 대리의 손에는 깨끗하게 물갈이를 한 화병이 들린 채였다. 조 대리는 시든 꽃잎을 떼어 내고 가지가 흩어지지 않게 모양을 잡아 놓고 있었다.

조금 전 사무실에서 나눈 대화를 상기한 이수는 어릿한 마음 한구석을 애써 무시해 본다. 오늘 조 대리와 나눈 대화 덕분에 기준이 생겼다. 서로의 영역을 침범하지 않고, 불편하지 않게. 지금도 시훈의 곁에서 충분히 행복했다. 이게 이수의 결론이었다. 옳은 답을 했노라고 애써 수긍한 이수가 문이 열린 엘리베이터에 몸을 실었다.

어제 새벽부터 내린 비가 아침까지 이어졌다. 이수가 보내 준 장소 앞에 차를 대기 중인 시훈은 시간을 확인하고 손끝으로 핸들을 두드렸다. 곧 달칵 문이 열리는 소리와 함께 이수가 조수석에 올라탔다.

"많이 기다렸어요?"

우산을 접는 사이 내리는 비에 머리와 어깨가 금세 젖었다. 아마도 시간이 지날수록 비가 거세질 양상이었다.

"얼마 안 됐어요. 뛰었어요?"

"요 앞에서 조금요."

시훈이 이수의 젖은 머리카락을 넘겨 주며 미간을 좁혔다.

"왜 뛰어와요. 늦으면 기다리면 되는데."

"…그냥, 시간이 아까워서."

단정한 외모는 언제 봐도 빛을 발하지만 시훈은 지금처럼 눈을 접어 웃는 얼굴을 제일 좋아했다. 이내 시훈이 몸을 기울여 이수가 앉은 시트 뒤로 손을 뻗었다. 몸을 기울인 두 사람은 살가운 인사처럼 입술만 닿는 가벼운 입맞춤을 했다.

이마를 타고 내려오는 물방울을 보고 시훈이 바지 뒷주머니에서 손수건을 건넸다.

"집은 다 봤어요?"

"계획했던 곳은 다 봤어요. 다 이 근처였거든요."

젖은 얼굴을 눌러 닦는 동안 히터 방향이 이수 쪽으로 고정됐다.

곧 차가 도로를 달렸다. 늦은 가을장마인지 전방 유리 너머로 와이퍼가 쉴 새 없이 움직였다.

"비 오는데 고생 많았네요."

"마지막 장마인가 봐요. 나뭇잎이 다 떨어졌어."

이수가 발치에 접어 놓은 우산을 정리했다. 이동이 번거롭기는 했지만 가을도 다 지나는 마당에 더 미루기가 힘들었다. 전세가 씨가 말랐다며 부동산에서 어찌나 호들갑인지 마음에 드는 집을 계약하려면 어쩔 수가 없었다. 비가 세차게 내리는 차창 너머로 보이는 배경이 필터를 씌운 그림처럼 뭉개져 보였다.

"마음에 드는 집은… 있었어요?"

조만간 이수의 의중을 떠볼 생각이라 별거 아닌 질문이 늘어졌다. 이수의 방향으로 틀어 놓은 히터에 젖은 머리카락과 티셔츠는 채 10분도 안 돼 바짝 말랐다. 마른 앞머리를 정리한 이수가 오늘 본 집들을 하나하나 열거했다.

"음… 한 곳은 같은 오피스텔 저층이고, 한 군데는 연식이 좀 오래된 아파트랑 또 다른 곳은 신축 빌라하고 구축 빌라였어요. 아파트는 수리도 필요하고 옵션이 없어서 거긴 빼고, 나머지 셋은 나쁘지 않았어요."

이수는 핸드폰을 열어 '방2화장실1/옵션o/이사날짜 협의가능/보증금 …' 등등 집을 둘러보며 메모해 놓은 조건을 다시 한번 살펴봤다.

"…조금 더 봐요. 한두 번 본다고 되나."

"조만간 출장이 잡혀서 그 전에 계약해 둬야 마음이 편할 것 같아."

흠. 괜스레 목소리를 가다듬은 시훈은 손끝으로 핸들을 두드렸다.

타이밍을 엿보는 중이었다. 당황할까, 아니면 흔쾌히 허락할까. 이수와 보내는 주말은 당연한 일상이 됐다. 금요일 밤부터 일요일 밤까지 온전히 제 품에 있는 이수가 마법이 풀리는 신데렐라처럼 집으로 돌아가는 시간이 시훈은 매번 야속했다.

시훈은 카페에서 커피를 마시는 동안 집 계약에 관해 대화를 나눌 때마다 이수에게 성실한 답을 주기가 어려웠다.

"같은 동네에서 구하는 거예요?"

"네."

이수가 찍힌 사진을 차례로 넘겨 보며 답을 하는 사이 시훈의 입이 말랐다.

"그럼 몇 군데 더 봐요. 당장 나가야 하는 건 아니잖아."

"매매도 아닌데요, 뭘. 회사하고 가깝고 불편하지만 않으면 돼요, 나는."

넌지시 던진 시훈의 권유에도 이수는 웃으며 무신경한 답을 한다. 이러다가는 말을 꺼내기도 전에 집들이 선물을 골라야 하는 건 아닐까. 시훈은 문득 초조해졌다.

층별로 표시된 안내를 따라 에스컬레이터를 올라갔다. 백화점은 인사이트 시절 일 때문에 방문한 기억이 마지막이었다.

생활이라 쓰인 층에 도착하자마자 이수는 잠시 그 앞에서 머뭇댔다. 시훈이 옆에 있어도 어색하고 불편한 기분은 쉽게 사그라들지 않았다

일전에도 시훈을 따라 몇몇 쇼룸을 방문한 적은 있지만, 백화점은 사뭇 분위기가 달랐다. 우선, 어디를 봐도 신혼부부로 보이는 커플

들이 눈이 닿는 곳곳마다 손을 잡거나 팔짱을 끼고 매장을 돌아다녔다. 시훈이 앞서 걷다 말고 이수를 돌아봤다.

"가요."

가구 브랜드를 찾기 전에 거쳐 가야 할 관문처럼 시훈은 자연스럽게 전자 기기 매장에 발을 들였다. 멀뚱멀뚱 서 있는 이수의 등에 방향을 일러 주듯 시훈의 손이 닿았다. 친절하게 응대하는 직원을 따라간 곳은 최신식 텔레비전이 전시된 곳이었다. 인치별로 해상도나 기능 등을 꼼꼼히 따져 물은 시훈은 문득 이수에게 선호하는 브랜드가 있는지 물었다. 생각지 못한 질문에 이수는 시훈의 광고주인 L사 제품을 떠올렸다.

"글쎄요, L*?"

"외조 좋네요."

남사스럽기가 그지없었다. 그것과 별개로 말려 올라간 시훈의 입꼬리에 이수 역시 그저 웃고 말았다. 얼결에 전달받은 책자를 손에 말아 쥐고 반보 뒤에서 시훈을 따라 걷는 모습은 매장 내 여느 커플들과 다르지 않았다.

디귿 자형으로 돌아 나오는 길에는 냉장고가 비치돼 있었다.

"이 제품은 올해 나온 신제품이구요, 아시겠지만 고객님이 원하시는 컬러로 조합이 가능합니다. 기능적인 면에서도 에너지 효율 등급이 …"

직원의 설명을 들으며 제법 진지하게 냉장고를 살피는 시훈을 이수는 잠자코 지켜봤다. 집에 있는 냉장고를 매번 외롭게 만드는 자신과 달리 시훈의 냉장고는 주인의 사랑과 관심을 듬뿍 받는 쪽이었다.

"냉장고 바꿀 거예요? 집에 있는 거 작아서?"

"…그냥요."

가전제품 매장을 나오며 묻자 시훈은 어깨를 들썩이기만 할 뿐이다. 착각하는 건가. 커피를 마실 때부터 시훈은 종종 넋을 빼고 생각에 잠긴 듯 보였다. 평소처럼 다정하고 배려하는 모습은 같은데 겉도는 시선이 어딘가 할 말을 감추는 것 같았다.

당장 사람이 들어와 살아도 될 만큼 스타일링된 가구 매장에서 시훈은 조금 더 신중했다. 디스플레이된 소파가 가죽인지 패브릭인지 묻고 일일이 이수를 앉혀 봤다. 인터넷에서 의자를 살 때 후기란조차 꼼꼼히 읽지 않고 덜컥 사 버린 과거와 달리 그 덕분에 이수 역시 신중해졌다.

지금 사용하는 소파는 스프링이 수명을 다해 앉을 때마다 쿠션이 꺼졌다. 역사가 담긴 소파라 창피함을 무릅쓰고 세탁으로 연명해 왔지만 이제는 떠나보낼 때가 됐다.

"요즘은 패브릭 원단이 신소재로 개발이 돼서 스크래치나 오염에도 강하고 생활 방수도 가능해요."

"생활 방수…."

중얼거린 시훈에게 의도가 있지는 않았을 테다. 다만 얼마 전 시훈의 집에서 거하게 치른 소파 위의 정사를 떠올리는 바람에 이수의 귀가 순식간에 달아올랐다.

자리를 옮겨 가며 매장 내의 소파에 앉았을 때도 이수는 미처 알지 못했다. 시훈이 손을 끌어 착석감을 묻는 소파, 냉장고, 텔레비전이 죄다 큰 평수에 어울리는 제품이라는 사실을.

“침대도 그대로 가져갈 거예요?”

어쩌다 침대까지 왔는지. 이수가 대답하기 전 때마침 직원이 다가와 사이즈며 디자인, 기능 등을 설명했다. 그저 직원에게 고개를 끄덕이는 이수를 보고 시훈은 필요한 게 있으면 말씀드리겠다며 직원을 정중하게 돌려보냈다.

그럼 편하게 둘러보세요. 인사를 한 직원이 멀어지자 이수가 그제야 안도의 한숨을 내쉬었다. 역시 쇼핑은 체질이 아니었다.

곧 전시된 침대에 걸터앉은 시훈이 이수의 손목을 끌었다. 권하는 상대를 따라 앉기는 했다만 매트리스 타입이나 사이즈에 크게 관심이 있는 건 아니었다. 곧 곁에 앉은 이수가 애꿎은 시트만 문지르는 모습에 시훈이 먼저 몸을 뉘었다. 매트리스에 한 팔을 짚고 누운 시훈을 돌아보자 씨익 웃는 남자가 반쯤 몸을 일으켰다.

“누워 볼래요? 앉아서는 잘 모르잖아.”

“아…!”

잠시 망설이는 이수의 어깨를 잡아당기자 중심을 잃은 몸이 순식간에 뒤로 넘어갔다. 포근한 침대에 등이 닿았다. 스프링처럼 바로 일어나려던 마음과 달리 몸이 쑥 빨려 들어가는 기분이었다.

남자 둘이 이러는 거 부끄럽지 않나…. 기우는 어디 가고 솔직히 편했다. 점심 이후로 집을 보고 시훈을 만나고, 평소에 오지 않는 백화점에 들러 둘러보고 따져 보는 일은 체력뿐 아니라 정신적인 소모가 컸다. 나름대로 짜 본 데이트 코스였는데 이번에는 망한 것 같다. 시훈에게 미안할 정도였다.

어느새 푹신한 매트리스에 몸을 맡긴 이수가 멍하니 백화점 천장을 바라보며 마음에 집어 둔 소파를 떠올렸다.

"아까 그 소파가 마음에 들어요. 아이보리색 엄청 푹신했던 거. 근데 집에는 좀 클 거 같은데…."

"……."

"크겠죠? 물어봐야겠다. 2, 3인용도 있는지."

"……."

말이 없는 시훈을 돌아봤다. 언제부터였는지 한참을 보고 있었나 보다.

"…왜요?"

소란스러운 백화점 분위기와 전혀 어울리지 않았다. 말없이 빤히 자신을 바라보는 시훈의 눈빛은 진지하기도, 조금 긴장한 것 같기도 하다. 커피숍에서부터 따라온 불안함은 괜한 착각이 아니었다. 무슨 일일까. 그답지 않게 뜸을 들이는 것도 이상했다.

때마침 이수의 핸드폰이 울렸다.

"미안, 나 전화 좀…."

액정 화면을 확인한 이수가 훌쩍 몸을 일으키고 걸려 온 전화를 받았다.

"…네. 처음에 본 오피스텔이요. 제가 지금 사는 곳. 아, 그래요? 잘됐네요. 네. 주말로 조정해 주시면 이사 날짜는 큰 문제 없어요. 제가 내일 저녁에 도장 들고 부동산으로 갈게요."

이수를 따라 침대에 걸터앉은 시훈이 통화 내용을 짐작했다. 현재 사는 오피스텔의 공실이 마음에 들었고, 이사 날짜는 주말만 아니면 상관이 없으니 내일 당장 계약을 하겠다. 요지는 그랬다. 시훈이 아랫입술을 혀로 훔쳤다. 걱정대로 무던하고 때때로 무신경한 이수는 집을 구하는 일도 일사천리였다.

“이수야.”

통화를 마친 이수가 전화번호부를 스크롤하고 있다. 이사 철이라 빨리 계약하지 않으면 집이 나갈 거라고 부동산에서 으레 그렇게 말했을 테다.

“집주인이….”

“…….”

“…아, 여기 있다.”

나지막한 목소리는 뒤쪽에서 들려왔다.

“같이 살자.”

“…….”

통화 버튼을 누르려던 손이 뚝 멈췄다. 침대 끄트머리에 앉은 이수의 몸도 그대로 굳어 버렸다.

“주말 지나면 보내는 거… 싫어, 나는.”

무드라고는 찾아볼 수 없는 갑작스러운 제안이었다. 사정을 살펴 이수를 의중을 물으려던 계획은 초조함 앞에 무너졌다.

“…너무, 갑자기….”

핸드폰을 뒤집어 놓은 이수가 자세 그대로 읊조렸다. 시훈의 쪽으로 고개를 돌렸지만, 시선은 바닥 어딘가를 향한 채였다.

“알아요, 아는데….”

“…….”

매장은 막바지 주말 쇼핑을 즐기는 사람들로 북적였다. 그 가운데 시훈과 이수 두 사람의 주변만 정적이 흘렀다. 시훈에게 상처나 실망을 안겨 주고 싶지 않았다. 그런데 이수는 흔쾌히 고개를 끄덕일 수가 없다. 무슨 답을 해야 할까. 혼란스럽기만 했다.

욕심을 덜어 낸 마음에 덜컥 걱정이 자리를 차지했다. 함께 살면서 다투기 시작했다는 조 대리의 푸념도 지레 겁을 먹은 이수도 한 구석에 자리를 틀고 있었다. 스스로 결론지은 사안이 단 하루 사이에 헤집어질 줄은 꿈에도 생각을 못 했다.

엊그제 다짐한 결심처럼 나는 너무 행복하다고, 우리 지금도 너무 좋지 않으냐고. 나는 이걸로도 충분하다고. 그런 말을 줄줄이 하고 싶은데… 쉬이 말이 나오지 않았다.

두 사람 곁으로 매장 직원이 다가와 폐장 시간을 안내할 때까지도 막막한 침묵만이 감돌았다.

"……."

"…가요, 오늘은 소파 못 사겠다."

슬쩍 뒤를 돌아본 이수가 애써 입매를 끌어 올렸다. 어설픈 미소 아래 덕지덕지 묻어난 난감함은 지우지 못한 채였다. 이수가 뻣뻣한 몸을 일으켜 매장을 나섰다. 대화는 없었고, 설렘은 고민으로 뒤바뀌었다.

뒤죽박죽 복잡한 마음에 걸음이 빨라졌다. 그렇게 백화점 복도를 지나 엘리베이터 앞에 섰을 무렵 뒤에서 다가온 손이 조심스레 이수의 팔꿈치를 붙들었다.

"뭐가 이렇게 급해요. 우리 백화점 탈출하는 거 아니잖아."

시훈은 조금 전 동거를 제안한 부분만 잘라 낸 사람처럼 굴었다.

"…시훈 씨, 나는…."

입안에서 맴돌기만 할 뿐 말문이 막혔다. 거기서 당황하지나 말 걸. 불에 덴 사람처럼 서툴렀다. 그저 조금 더 생각해 볼 문제라고 하면 될 것을. 이수의 흔들리는 동공이 맥을 못 추었다. 이내 팔꿈치를 놓은 손이 엘리베이터 버튼을 누르고 슬쩍 몸을 물렸다. 고작 한 걸음. 떨어진 거리는 그 정도뿐인데 갑자기 서로가 외떨어진 곳에 서 있는 양 멀게 느껴졌다.

"배고프다. 파스타 가게가 성수역 쪽이라고 했죠?"

백화점에서 나와 저녁을 먹는 동안 동거나 이사, 하다못해 소파에 관한 이야기조차 단 한 마디도 나오지 않았다. 나눈 대화 대부분은 두 사람과 일절 연관 없는 주변인들과 함께 본 전시회나 영화, 지긋지긋한 일에 대한 이야기였다. 얕고 무난한 주제에 대화는 묘하게 이어지다 끊어지기를 반복했다.

집까지 바래다준 시훈은 오피스텔 앞에 차를 세우고 평소처럼 잘 자고, 내일 출근도 잘하라는 말을 전했다. 이수 역시 여느 때와 다름없이 시훈에게 고개를 끄덕였다. 오피스텔로 올라온 이수는 당연하게 창밖을 바라봤다. 시훈은 담배를 태우는 중이었다. 고개를 떨군 채 제자리를 느릿느릿 걷는 그는 생각이 많아 보였다. 차마 전화를 걸지 못한 이수 역시 그러했다.

전화번호를 화면에 띄워 놓고 망설이기를 몇 번, 울리는 핸드폰 액정 화면에 연인의 이름이 떠 있었다.

"…응."

전화를 받자 창 너머의 시훈이 오피스텔을 올려 봤다.

-왜 전화 안 해요? 거기 서서 아직 보고 있는 거 아니야?

짧은 웃음소리 안에 어색한 간극을 메워 보려는 티가 났다. 담배를 바닥에 비벼 끈 그가 차에 기대어 섰다.

"……."

두 사람답지 않은 어색한 통화였다. 머리카락을 쓸어 넘긴 시훈이 털어 내듯 가볍게 운을 뗐다. 얼굴을 마주 보며 말하기보다 지금은 이편이 훨씬 수월했다.

-말 괜히 꺼냈나 봐. 부담스럽게 할 생각은 아니었는데. 이사해야 한다고 해서… 어쩌면 좋은 기회라고 생각했어.

"아니에요. 부담스럽고 그런 것보다… 그냥, 동거는… 맞춰 가야 할 게 많다고 하니까."

시원찮은 대답이었다. 시훈의 불안을 잠재우지도 못하고, 거절의 이유라기에도 어딘가 옹색한 변명. 이수가 허공에 눈을 굴렸다.

-……그건 그렇지.

잠시간 도로를 지나는 차 소리만이 수화기 너머로 전해졌다.

-근데, 나는 이미 그러고 있는데….

시훈이 씁쓸함이 밴 웃음소리와 함께 중얼거렸다. 훌쩍 차체로 몸을 돌린 남자의 얼굴을 짐작할 수도 없었다. 이수의 마음 한구석이 우지끈 무너졌다.

"…시훈 씨."

-늦었는데 이만 쉬어요. 이 문제는 나중에 이야기해요. 그리고….

평소와 다름없는 어조였지만 시훈은 어쩔 수 없는 조바심을 애써 감추지 않았다.

-다음에는 꼭 전화해 줘. 안 해 주니까 사소한 걸로 마음 졸이게 되네.

겸연쩍게 웃고 있을 표정이 한눈에 그려졌다.

"응… 미안."

-이만 갈게요.

시훈은 오피스텔을 올려 보지 않았다. 남자의 차가 떠날 때까지 이수는 그 자리를 떠나지 못했다.

* * *

"책임님."

"……."

"책임님."

"…네?"

멍하니 모니터 한 귀퉁이를 보고 있던 이수가 퍼뜩 고개를 들었다. 조유진 대리가 놀란 얼굴로 이수를 들여다봤다.

"어디 안 좋으세요? 안색이 안 좋아 보이세요."

"아니에요. 어제 잠을 조금 설쳐서."

냉큼 고개를 저은 이수는 용무부터 물었다.

"오늘 식사요. 장소하고 시간 인사이트 쪽에 다시 한번 고지했고, 구원주 실장님께도 전달드렸습니다."

"네. 고생했어요."

조 대리가 돌아간 뒤 이수는 손바닥으로 눈두덩이를 눌렀다. 며칠

째 한쪽 눈에 진 쌍꺼풀이 없어지지를 않았다. 출장을 다녀오기는 했으나 무리할 만한 일정은 아니었다. 그런데 침대에만 누우면 뜬눈으로 밤을 새웠다. 불편하고 무언가 어긋난 느낌이 수면을 방해했다.

시훈과는 변함없이 연락을 주고받았다. 그 역시 바쁜 일정 중에도 꼬박꼬박 아침저녁으로 이수의 안부를 물었다. 이수는 괜찮다고 잘 지낸다고 답을 했지만 사실은 괜찮지만은 않았다. 겉으로 평온해 보일 뿐 수면 아래의 발은 허우적대며 방향조차 잡지 못한 채였다.

관계자 열댓 명이 모인 한정식 테이블 위에 코스별로 음식이 차려졌다. 서로서로 인사를 나누며 초대된 인원이 자리에 앉았을 때, 바깥에서 구원주 실장과 간단한 대화를 나눈 시훈도 룸 안에 발을 들였다. 찾지 않아도 한눈에 보이는 이수와 허공에서 눈이 마주쳤다. 시훈의 시선이 선을 그린 이수의 한쪽 쌍꺼풀을 더듬었다. 이어 두 사람 모두 평소와 다름없는 인사를 이어 갔다.

열흘 전, 그렇게 헤어지고 난 뒤 시훈은 신제품 론칭 행사가 열린 부산과 서울을 오가는 정신없는 나날을 보냈고, 이수 역시 출장길에 올랐다. 그리고 다가온 목요일, 공석에서 겨우 눈을 맞췄다.

상석에서 구원주 실장과 마주 앉은 시훈의 대각선 위치에 이수가 있었다. 식사를 함께하는 인원과 대부분 구면인 이수는 능숙하게 대화를 주도했다.

구 실장의 감사 인사로 시작한 식사 자리는 분위기가 좋았다. 그룹 내부의 평가도 긍정적이었고, 무엇보다 리서치로 분석한 결과가 매우 뚜렷한 성과를 보였다. 회의실에서 머리를 싸맨 시간은 뒤로하고 술잔과 함께 덕담이 오갔다. 수고하셨고, 앞으로도 잘해 보자는 격려도 이어졌다. 편하게 풀어진 분위기 덕에 웃음소리가 끊이지 않았다. 식사 자리가 무르익을 때쯤 시훈과 대화를 주고받던 구 실장이 전화를 받기 위해 자리를 비웠다.

아무리 편한 자리라지만 갑은 갑이고 광고주는 광고주였다. 구 실장이 나간 뒤 작게 한숨을 내쉬던 시훈과 이수의 눈이 언뜻 마주쳤다. 지난 열흘간 평소처럼 전화를 하고 바쁜 서로의 안부를 물었지만 딱 부러지게 정리하지 못한 문제가 목에 걸린 가시처럼 남아 있었다.

"……."

"정 책임님."

시선을 떨군 이수를 부른 이는 후반 작업을 담당하는 김 감독이었다. 이수와는 인사이트 재직 시절 여러 번 작업한 이력이 있는 이였다.

"오늘 저희까지 불러 주시고, 고맙습니다."

캡 모자를 눌러쓴 그가 호방한 미소와 함께 술병을 기울였다.

"감독님도 고생하시는데 당연히 와 주셔야죠."

잔을 받은 이수 역시 술병을 돌려 김 감독의 잔을 채웠다. 광고주가 포스트 프로덕션까지 챙기는 경우는 드물었다. 이수가 대행사에서 오랫동안 일한 경험이 만든 배려였다. 잔을 받은 김 감독이 모자 뒤쪽을 당기며 어색하게 입꼬리를 올렸다.

"저는 이직하신 줄 몰랐어요. 어쩐지 저희 편집실에도 안 오시고… 괜히 서운하더라구요."

"제작실 통해서 들으신 줄 알았어요."

"아… 팀장님이 전해 주시긴 했는데…."

시훈은 말끝을 흐리는 김 감독을 흘깃 바라봤다. 이수를 향한 김 감독의 사심을 모를 수가 없었다. 조금 전 자리에 앉으며 이수의 위치를 확인한 것도, 오버스럽게 악수를 하는 모양새나 옆자리에 앉은 이수를 흘끔흘끔 살피는 모습도 점점 신경이 쓰였다. 게다가 일전에 이수의 안부를 물으며 안절부절못하던 기억을 떠올린 시훈이 볼 안으로 혀를 굴렸다.

"책임님, 연락처… 그대로시죠?"

"네."

"근처 지나시면 연락 주세요. 커피 사 드릴게요. 편집실 오시면 회사 앞에서 커피 드셨잖아요."

"아… 기억나요."

젓가락을 내려놓은 시훈은 저도 모르게 아랫입술을 훔쳤다. 이내 김 감독과 술잔을 맞춘 이수가 막 잔을 비웠을 때였다.

"정이수 책임님."

낮은 목소리가 두 사람 사이를 파고들었다.

"…네, 본부장님."

익숙한 이름 대신 직함이 불리고 상대 역시 그리 불렀다. 시훈이 불쑥 부른 이유를 짐작도 못 한 이수는 공사를 구분해 지켜 온 익숙한 행동이 오늘따라 무정하게 느껴졌다. 저는 시훈과 눈조차 마주치지 못하면서.

"제 잔도 한 잔 받으세요."

웃고는 있는데 눈썹이 묘하게 비뚤어져 있다. 심기가 언짢을 때마다 각을 이루는 눈썹이었다. 이수가 빈 잔을 내밀었다.

"……."

미미하지만 술병의 주둥이가 멈칫하다 다시 잔에 기울어졌다. 술을 따르는 시훈의 시선이 이수의 잔을, 아니, 왼손 네 번째 손가락을 향했을 때 이수의 눈이 당황하여 빠르게 깜빡였다.

"……."

끝까지 잔을 채운 시훈이 술병을 내려놓았다. 조금 전만 해도 날카로이 올라가 있던 눈썹은 완만해졌고, 차분한 얼굴로 시훈은 테이블 어딘가를 바라보고 있었다.

자리에 참석하기 전 이수는 고민했다. 어쩔 수 없이 같은 자리에 앉을 수밖에 없는 상황이었다. 인사이트 기획팀에서도 시훈을 따라 몇몇이 한 테이블에 앉을 테고, 브랜드전략실도 예외는 아니었다. 누군가 알아챌지도 모른다는 생각이 들었다.

미처 시훈에게 곤란한 상황을 만들고 싶지 않았노라고 미리 말하지 못했다. 백화점에서 시훈이 동거를 제안한 이후 둘 사이에 미묘한 거리감이 생겼다. 상대방의 애정을 의심하지는 않았다. 다만 두 사람 모두 자책과 자괴를 단번에 떨쳐 버릴 수 없었다. 소란스러운 자리에서 딱 두 사람만 입을 다물었다.

"두 분이 같이 일하시다가 이렇게 뵈니까 또 새롭네요. 본부장님. 제가 한 잔 따라 드릴게요."

상황을 모르는 김 감독이 테이블을 가로질러 술병을 기울였다. 굳게 입을 다문 시훈이 술잔을 뒤로 뺐다.

"운전을 해야 해서요."

싸늘한 답변에 김 감독이 머쓱해하며 잔을 물렸다.

"…그러시구나. 그럼 책임님."

이수가 쥐고 있는 소주잔에 김 감독이 제 잔을 붙였을 뿐 건배라고 하기에는 민망했다. 시훈이 그 틈에 자리에서 일어났다.

한정식집 뒤편 차 한 대가 겨우 지날 만한 골목에서 연기가 피어올랐다. 앞뒤로 주차된 차 뒤편에서 시훈은 담배를 피웠다. 가로등 불빛 아래 짙은 그림자가 시훈의 이목구비를 따라 드리워졌다. 얼마 지나지 않아 따라 나온 이수를 눈치채고 시훈은 바지 주머니에 넣고 있는 손을 뺐다.

"왜 나왔어요?"

"……."

눈썹에 날을 세우지도, 인상을 쓰지도 않은 시훈이 다정한 목소리로 이수를 타박했다. 그가 내뱉은 담배 연기가 차가운 밤공기에 흩어졌다. 이수의 시선은 시훈의 구두 끝을 향해 있었다. 짐짓 이유를 짐작하고 있는 시훈은 말을 아꼈다. 한번은 어물쩍 넘겼지만, 이번에는 어떻게 수습해도 이미 쏟아 버린 물처럼 이수에게 제 감정을 고스란히 보인 뒤였다. 마른침을 삼킨 이수가 가만히 입을 뗐다.

"반지… 한자리에 있으면 곤란해질 것 같아서 잠깐 빼 뒀어요."

어쩔 수 없이 한 테이블에 묶여 있어야 할 형편에 눈에 띄지 않을 리 없었다. 그런 상황을 구태여 만들고 싶지 않았다. 시훈은 입술을 맞물며 고개를 끄덕였다. 수긍인지 아니면 납득을 위한 행동인지 스스로도 아리송했다.

"그래요."

"미안해요. 기분… 많이 상했죠?"

"아니. 이해해."

"……."

엷은 미소와 함께 시훈이 고개를 내저었다. 좀처럼 감춰지지 않는 씁쓸함에 무력감이 찾아왔다. 이렇게 제어가 안 돼서야. 고개를 숙여 표정을 감춘 시훈은 손끝에 걸린 담뱃재를 털어 내고 한탄 같은 웃음을 내비쳤다.

타이를 끌어 내리자 서늘한 바람이 목에 와 닿았다. 시훈은 그제야 숨통이 트였다.

"미안한데, 오늘은 내가 다시 회사로 들어가 봐야 해요. 바래다주면 좋은데."

시훈의 앞에서 죄지은 사람처럼 고개를 숙인 이수가 허전한 네 번째 손가락을 만지작거렸다.

"그건 괜찮아요. 저, 시훈 씨…."

때마침 이수의 핸드폰이 울렸다. 안쪽에서 이수를 찾는 전화였다. 끈질기게 울리는 진동 소리에 이수가 결국 통화 버튼을 눌렀다. 네, 감독님. 잠깐 앞이에요. 곧 들어갈 거예요.

시훈은 전화한 상대를 추측하고 담배를 깊게 빨았다. 호르몬이 날뛰던 사춘기 시절에도, 폭풍 같던 20대에도 이런 기분을 느껴 본 적은 없었다. 입안이 바짝 말랐다. 이런 자신이 생소했고, 솔직히 말하면 보기 딱할 정도로 유치했다. 저조차도 그러한데 이수가 보기에는 오죽할까. 동거 문제와 맞물려 정말이지 모양 빠지는 모습만 보이는 것 같다.

"먼저 들어가요, 찾는 모양인데."

이수를 향해 웃어 보이며 시훈은 벽에 담배를 비벼 껐다. 마음에도 없는 말이 멋대로 튀어나왔다. 다시금 새 장초에 불을 붙였다.

"다 피우면… 들어올 거예요?"

시훈은 고개를 끄덕였다.

"……."

낭패감이 뒤죽박죽된 이수는 때를 놓친 말을 묻어 두었다. 어떻게 풀어야 할까 고민이 깊어졌다. 스스로 되묻고 결론짓지 못한 질문도 실타래처럼 얽혀 있기는 마찬가지였다. 고개를 외로 돌린 시훈의 손끝에는 발갛게 불이 오른 담배가 홀로 타고 있다. 제 마음처럼 까맣게 탄 재가 바닥에 툭 떨어졌을 때 이수가 등을 돌렸다.

"피우고… 들어와요, 그럼."

"…잠깐만."

방향을 달리한 발을 내딛기도 전에 강하게 손목이 잡혔다. 한 모금도 빨지 못한 시훈의 담배가 바닥을 나뒹굴었다. 다시 막막한 고요가 찾아들었다. 조금 전 이수를 향해 미소를 보인 모습은 온데간데없이 미간 사이에 깊게 주름이 진 시훈이 보였다. 화가 난 건 아니었다. 이수를 피해 내리깐 남자의 눈빛이 흔들리고 있었다.

눈을 깊게 지르감은 시훈이 옅은 한숨을 내쉬며 제 손에 끼고 있던 반지를 빼냈다. 시훈은 이수의 왼손을 끌어 빼낸 반지를 네 번째 손가락에 밀어 넣었다.

"내가 뺄 테니까 당신은 끼고 있어."

"……."

시훈은 여전히 시선을 내리깐 채였다. 차마 못 할 말을 하는 이처럼 마른 입술을 적신 그는 몇 번이나 뜸을 들였다. 빵- 골목 옆으로 경적을 울리며 지나는 자동차 헤드라이트 불빛에 시훈의 얼굴이 하얗게 드러났다. 순식간에 빛이 사라지고 어둠만 남았을 때 들추고 싶지 않은 비밀을 속삭이듯 시훈이 낮은 목소리로 제 속내를 꺼냈다.

"누가 너한테 관심 보이는 거 싫어. 맴도는 것도 싫고. 그러니까 앞으로 절대… 절대 빼지 마."

한마디로 정의할 수 있지만 차마 인정하기 싫은 감정을 두고 시훈이 조금 더 얼굴을 찌푸렸다. 부담 갖지 말라고, 그저 주고 싶었을 뿐이라고 자연스럽게 건넨 반지가 이제는 족쇄처럼 느껴질지도 모를 일이었다.

어이가 없기도 하고 한편으로는 속에 있는 감정을 다 까발려 전하고 싶기도 했다. 그러다가는 정말 멋없어질 것 같아 간신히 참고 참은 게 이 정도였다.

"…있잖아, 내가… 점점 유치해지는 것 같아."

멋쩍은 미소조차 나오지 않았다. 인내심과 자제력은 아마 이수를 곁에 둔 뒤로 애정과는 반비례하는 모양이다. 멀리 보고 느긋하고 여유 있게 이수를 끌어안고 싶은데 실상은 무릎 위에 앉히고 옭아매서 한시도 떨어지고 싶지 않았다.

"……."

평소와 다른 기색에 이수 역시 당황하기는 마찬가지였다. 항상 저보다 한 발자국 앞서 저를 끌어 주던 사람이었다. 감정을 감추고 쌓아 두는 것에 익숙한 이수가 문을 열 수 있게 이끌어 주는 일이 자연스러운 사람.

반지를 내려 보는 이수의 아래로 긴 그림자가 졌다. 몇 번 입술을 달싹이기는 했지만 결국 도로 다물렸다. 다시 핸드폰 진동 소리가 울렸다. 이번에는 시훈의 핸드폰이었다.

"…먼저 들어가요."

여전히 울리는 핸드폰을 꺼낸 시훈이 발을 물렸다. 오늘은 여기까지라고 묘하게 선을 긋는 것 같다. 먼저 갈게요, 그럼. 맞물린 입술을 떨어트린 이수가 이내 발을 돌렸다.

이수가 골목을 빠져나간 뒤 시훈의 머리가 담벼락에 뻗은 팔 옆으로 풀썩 떨어졌다. 눈을 감은 상태로 여전히 진동이 끊이지 않는 핸드폰을 귀에 가져다 댔다.

"네. 이 앞이에요. …곧 들어가요. 네, 그래요."

이미 불씨가 꺼진 담배를 시훈이 구두코로 짓이겼다. 평소와 다름없이 통화를 마친 시훈은 길게 한숨을 내쉬었다. 한심했다.

시훈이 다시 식사 자리로 되돌아갔을 때 이수 옆에 앉아 있던 김 감독은 멀찍이 떨어진 자리로 옮겨 기획팀 AE와 대화 중이었다. 일일이 이수의 행동거지를 살피는 스토커처럼 구는 자신이 마뜩잖아 시훈은 일부러 마주 앉은 구원주 실장과의 대화에 집중했다. 조만간 계획된 촬영이 쉽지는 않겠지만 잘해 보자는 그저 그런 예의 바른 말만 연거푸 튀어나왔다.

한정식집에서 우르르 빠져나온 인원 중 시훈과 이하 기획팀이 능숙하게 광고주를 배웅했다. 수평적인 파트너십을 지향한다고 하지만 결국에는 모셔야 할 고객사였다. 구원주 실장이 먼저 자리를 떠났다.

이윽고 이수 앞에 선 시훈이 손을 내밀어 인사를 청했다.

"책임님, 오늘 감사했습니다. 조심히 들어가십시오."

"앞으로도… 잘 부탁드립니다."

마주 잡은 두 손의 온기가 멀어졌다. 시훈은 정작 끼워 준 반지도, 택시를 타고 떠난 이수의 얼굴도 바로 보지 못했다.

"서초동 사거리로 가 주세요."

목적지를 말한 이수는 털썩 시트에 등을 기댔다. 이제 막 출발한 택시 밖으로 길가의 상점들이 하나둘씩 문을 닫는 모습이 보였다. 멍하니 창밖을 바라보는 이수의 손이 조금만 건드려도 빙글빙글 돌아가는 반지를 매만졌다. 이수는 회식 내내 사이즈가 큰 시훈의 반지가 혹시 빠지지는 않을까 주먹을 말아 쥐고 있었다. 이제 이수에게는 두 개의 반지가 있었다.

지나가는 길을 따라 파노라마처럼 시훈과 함께한 일들이 이수의 기억을 스쳐 갔다. 처음 만났을 때 한 악수, 그의 기억에 없을 새해 인사, 서로를 향한 오해, 빗속에서 저를 이끌어 주던 손길과 잊지 못할 밤, 시훈이 들려준 고백, 안개 속 그를 향한 바람.

마음의 빗장을 하나씩 풀어놓는 순간에는 시훈이 있었다.

'주말 지나면 보내는 거… 싫어, 나는.'

주말 지나면….

일요일 밤, 시훈에게 인사를 하고 돌아서면 시간이 참 더디게 흘러간다. 텅 빈 집의 문을 열고 아무도 없는 집에 들어설 때면 주말 동안 잊고 있던 외로움이 불현듯 밀려온다. 익숙하게 불을 켜고 쿠션이 꺼진 소파에 앉아 1시간 정도 멍하게 앉아 있는 일은 일종의 습관이 됐다. 주말 내내 시훈의 곁에서 느낀 안온함을 뒤로하고 홀로 머무는 공간에 익숙해지려면 분위기를 전환할 시간이 필요했다. 애써 자리를 털고 일어나서 잠자리에 들어도 일요일 밤부터 월요일 출근 전까지가 일주일 중 가장 길게 느껴졌다. 그리고 월요일 아침, 눈을 뜨면 무슨 생각을 하더라….

이수는 시훈이 곁에 없는 상황을 가정해 봤다.

"기사님. 죄송하지만… 창문 조금만 내릴게요."

열린 창문으로 차가운 밤바람이 이수의 뺨을 스쳤다. 상상만으로도 가슴이 무너질 듯 저릿해서 숨을 쉴 수가 없었다. 몇 번이나 큰 숨을 토해 낸 이수가 심장 부근에 제 손을 가져다 댔다. 또렷하게 울리는 박동이 이보다 선연하게 느껴진 적은 없었다.

"……."

오늘 시훈이 다시 반지를 끼워 주었을 때 이수는 깊은 내면으로부터 따뜻하게 피어오르는 열기를 느꼈다. 지난 열흘간 시리도록 냉기를 내뿜던 곳이었다. 유치하다 스스로를 폄하하면서도 기어코 당부를 전하는 연인을 눈앞에서 목도하는 순간 욕심을 비워 낸 마음에 욱여넣은 불안이 한순간에 걷혔다.

뻔히 가야 할 길을 알면서도 그동안 그래 왔으니까, 정이수는 섭쟁이니까, 그런 안일함으로 뒷걸음질을 쳤다. 고비 고비마다 그가 따라오라 이끄는데도 버릇처럼 홀로 단정 짓고 머뭇거리며 망설였다. 이수는 한탄했다. 뒤늦은 책망과 탄식은 모두 제게 쏟아 낸 것이었다.

"바보네… 정말."

과연 살면서 확신할 수 있는 감정이 얼마나 될까. 하물며 그게 평생의 사랑이라면.

어쩌면 시훈보다 제가 더 앞서간다고 한들 두려워할 필요는 없었다. 혹시 그가 주저하면, 그러면 그때는 제가 시훈을 기다리면 되니까. 가진 걸 다 버려도 그를 포기할 수는 없었다.

"기사님."

신호가 바뀌고 앞쪽에 정차한 차들이 슬슬 움직이는 참이었다. 룸미러로 눈을 마주친 택시기사에게 말했다.

"서초동 말고, 삼성동으로 가 주세요. 빨리 좀 부탁드릴게요."

주말 지나면 보내는 거… 아니, 주말 지나면 헤어지는 거 싫었어, 나도.

시훈은 복도가 훤히 보이는 집무실 벽에 블라인드를 내렸다. 벗은 코트를 걸어 두고 익숙하게 책상 위의 스탠드 불빛을 켰다. 업무를 핑계로 회사로 돌아오기는 했지만 일이 손에 잡힐 리가 없었다. 의자에 등을 기대앉은 시훈은 결재가 필요한 서류를 한쪽으로 밀어 놓고 배터리가 닳아 꺼진 핸드폰 역시 책상 위에 던지듯 올려놓았다.

의자를 돌려 도시의 야경을 물끄러미 바라보던 시훈이 얼굴을 쓸어내렸다. 서로 낯을 붉히며 싸웠다거나 아니면 일방적으로 누구 하나가 마음이 상한 것도, 잘못을 저지른 것도 아닌 애매한 상황이었다. 지난 며칠간 알맹이가 쏙 빠진 대화는 어딘가 겉돌았고, 오늘은 이수에게 투정 같은 이기를 내보였다.

'별거 아니에요. 주고 싶었어.'

반지를 주며 그런 말을 했다.

"아니잖아…."

사실은 누가 널 보는 것조차 싫다고, 넌 내 사람이라고 이렇게라도 묶어 두고 싶다고 솔직하게 말하지 못했다. 깊게 내쉰 한숨에도 속이 답답했다. 제게 오기까지 이수가 얼마나 큰 결심을 해야 했는지 잘 알고 있었다. 그래서 걱정하지 말라고 언제나 기다려 주겠다고 했는데 이 얼마나 오만방자한 약속이었나.

똑똑.

문을 두드리는 소리를 무시했다. 자정이 가까운 시간, 공식적인 업무는 끝이 났고 이 시간에 결재니 보고를 올리겠다고 찾아올 사람은 없었다. 아마 철야를 하는 제작실에서 불이 켜진 집무실을 보고 들렀을 가능성이 컸다. 다시 한번 울리는 노크 소리에 시훈은 다소 신경질적인 대꾸를 했다.

"뭡니까."

달칵. 문이 열렸다.

"…어떻게 왔어요?"

귀신이라도 본 사람처럼 시훈의 눈이 크게 뜨였다. 뜻밖에 문을 열고 들어온 이는 이수였다. 이수가 줄이 둘둘 말린 방문증을 들어 보였다.

"보안 허술하네요. 이 시간에 신분증 하나 맡겼다고 방문증, 내주고."

"……."

무거운 분위기를 조금이나마 지워 보려고 던진 농담이 허사로 돌아가자 이수가 사실을 실토했다.

"…우연히 고우재 씨가 퇴근 중이더라구요. 말해 줘서 올라왔어요."

비몽사몽 좀비처럼 로비를 가로지르던 고우재에게 급한 일 때문이라고 변명을 하기는 했으나 몽롱한 눈을 보면 딱히 분명한 상황 판단은 못 하지 싶었다. 예전처럼 이수에게 팀장님이라고 하는 걸 보면. 시훈의 핸드폰은 꺼져 있지, 마침 제 핸드폰 배터리도 나가 버릴 건 뭐람. 보안 요원은 요지부동인 상황에 때마침 나타난 고우재가 은인이 되었다.

이수는 처음 보는 시훈의 집무실을 천천히 둘러보았다. 모던하고 깔끔하게 정리된 집무실은 꼭 시훈의 집을 작게 축소해 놓은 것 같다.

한쪽 벽에 설치된 모니터 아래 하얀색 회의 테이블과 의자가 배치되어 있고, 그 위에는 그가 즐겨 마시는 생수가 책상 한가운데 둘씩 짝을 지어 놓여 있었다.

다른 쪽 벽면에는 각종 상패와 즐겨 보는 서적, 인테리어 소품들이 오픈형 선반에 가지런히 정렬돼 있었다. 그리고 일하는 책상에서 가장 잘 보이는 곳에 붙어 있는 엽서 역시 이시훈다웠다.

눈을 굴려 사무실을 훑은 이수가 엷은 미소를 띠며 평소답지 않은 너스레를 떨었다. 어색함을 상쇄해 보려는 노력이었다.

"광고주 왔는데 물 한 잔도 안 내줘요?"

"……."

시훈답지 않게 조금 전부터 아무 말이 없었다. 혼란스러운 기색이었다. 책상을 돌아간 이수는 모서리에 엉덩이를 기대앉아 시훈을 내려 봤다.

"시훈 씨. 나 좀 봐요."

스탠드 불빛에 고스란히 표정을 내보인 시훈의 얼굴에는 한마디로 정의할 수 없는 복잡한 감정이 서려 있었다. 기대와 실망, 설렘과 무력감, 희망과 절망들이 시소처럼 시훈을 저울질했다. 검은색 머리카락 위에 이수의 손이 닿았다. 상냥한 손길로 머리를 쓰다듬은 손이 뺨을 감싸자 시훈이 옅은 한숨과 함께 눈을 감았다.

"……."

시훈이 살짝 턱을 돌려 뺨을 감싼 손바닥에 입술을 묻었다. 이수의 손길 한 번에 서운하고 이지러진 감정이 눈 녹듯 사그라졌다. 그때 머리 위로 이수의 나지막한 목소리가 울렸다.

"겁이 났어요. 지금도 너무 좋은데 괜히 욕심 부리다가 체하는 거 아닌가. …그런 거."

훌쩍 손바닥을 뒤집는 듯 성정이 쉽게 바뀔 리 없었다. 한 발자국 다가오면 두 발자국 발을 물리고 턱부터 당기는 습성이 쉽게 고쳐지지 않았다. 이수의 고백이 이어졌다.

"우리 나이에… 같이 살자 그러면, 연애로만 생각하기에는…."

동반자. 반지와 함께 살 집 그리고 매일 아침 같이 눈을 뜨고 매일 밤 잘 자라고 속삭일 사람이 곁에 있다는 건 이수에게 그런 의미였다. 살면서 지레 포기해 버린 꿈이었다.

"아니라고는 말 못 해."

시훈이 천천히 고개를 끄덕였다. 내포하고 있는 진심을 이수도 어렴풋이 느꼈을 테다. 그러니 반지를 주며 부담 갖지 말라던 사람의 동거 제안이 이수에게 얼마나 느닷없이 느껴졌을까.

이수의 손을 감싼 시훈이 가만히 눈을 들어 올렸다. 그윽하게 자신을 바라보는 눈빛이 더없이 따뜻했다. 이수가 잠시 뜸을 들였다.

"…나하고 같이 살 수 있겠어요?"

"응."

시훈이 덤덤하게 고개를 끄덕였다. 의심하지 말라는 듯.

"…있죠, 전에 서점에서 한번 찾아본 적 있어요. '기러기'라는 시. 나는 시 잘 안 읽거든요. 아마 그때 처음으로 시집을 샀나 봐요. 그리고 커피를 사는데 궁금하더라고요. 왜 그 사람은 한여름에도 뜨거운 커피만 마실까. 나랑 취향 되게 다르다. 매일 앉아 일하는 책상도, 집도 다르고…. 나는 취향이랄 것도 없지만 시훈 씨는 먹는 거, 입는 거, 자는 거. 다 하나하나 신경 쓰는 사람이잖아. 나는 그런 거에 영 젬병이고."

시훈과 공유하는 사랑은 취향 따위가 아니지 않나. 바람이 분다 하여 쉽게 꺼져 버릴 것도, 비나 눈이 온다고 해도 바뀌지 않을 텐데 이수는 사소한 걱정을 줄줄이 늘어놓게 된다.

"요리는… 계란말이도 잘 못 해."

"……."

"…근데, 설거지도 잘 못 하고, 빨래는 무조건 세탁기에 다 넣고, 청소는 그나마 좀 나은데…."

기억을 더듬어 자신의 흠결을 들추는 이수의 무릎 위로 시훈이 고개를 파묻었다. 가만 내려다보니 웃음을 참고 있는지 어깨가 들썩였다. 본인은 심각한데 상대의 반응에 긴장한 이수의 맥이 순식간에 풀려 버렸다. 도르르 눈을 굴린 이수가 입술을 말아 물었다. 이런 분위기를 기대한 건 아니었다. 택시를 돌려 여기까지 달려왔을 때 이수는 결심했더랬다.

이수는 재킷 안주머니에서 주인을 기다리는 반지를 꺼냈다. 시훈의 손을 잡아끄는 이수의 손에는 이미 제게 꼭 맞는 반지가 끼워진 채였다.

어둠 속 두 사람을 비추는 조명 아래 창밖에는 도시의 불빛이 별처럼 일렁였다. 어릴 때부터 혼자인 시간이 너무 길었다. 사람이 없는 집에 들어가고 사람이 없는 집에서 나오는 일이 너무 익숙해서 누군가와 함께 산다는 생각은 해 본 적이 없었다. 그래서 시훈의 집에서 돌아오면 홀로 멍하게 앉아 있는 이유를 저조차도 몰랐더랬다. 결핍이 당연한 삶의 기준이 된 제게 시훈은 너는 얼마든지 모든 것을 누릴 자격이 있노라고 매순간 일깨워 주는 사람이 됐다.

시훈의 곁에서 잠이 들 때면 꿈 한번 꾸지 않고 아침을 맞이한다. 온전히 저를 지탱해 주는 사람이 있어서 쉬이 잠이 들고 늑장을 부릴 수 있음을 비로소 알았다.

"시훈 씨."

시훈에게 반지를 끼워 주며 이수가 속삭였다. 앞으로 살아갈 날 이수가 시훈에게 바라는 것들은 너무나 익숙하고 익히 들어 알고 있는 평범한 약속이었다.

"기쁠 때나 슬플 때나 곁에 있어 줘야 해."

"응. 항상."

더없이 진중하고 진실한 대답이었다.

"나도…."

"……."

"검은 머리가 새하얗게 될 때까지…."

울컥 치미는 감정에 이수는 잠시 말을 이을 수가 없었다.

"……."

"…당신 곁에 있을게."

이수가 몸을 기울였다. 이마에 한 번, 눈에 한 번, 그리고 입술을 열어 제 사랑을 다시 한번 고백했다. 몸을 일으킨 시훈이 이수의 두 뺨을 감쌌다. 높이가 뒤바뀌어 이제는 자신을 올려 보는 연인에게 사랑과 존경을 담은 상냥한 키스가 이어졌다. 뺨과 코끝, 얼굴 곳곳에 시훈이 남기는 짧은 입맞춤을 받으며 이수가 입술을 달싹였다.

"시훈 씨가 길 만들어 줬잖아. 나 잘못 가지 말라고. 맞지?"

코끝을 맞댄 시훈의 눈빛은 한 점 흔들림이 없었다.

"응."

"……."

"그러니까 그 길로만 쭉 걸어와. 나만 따라서. 절대 손 놓지 마. 알겠지?"

그저 고개를 끄덕이며 시훈의 목을 끌어안자 목 아래로 낮은 웃음소리가 들렸다. 그러다 문득 생각이 났다. 넋두리를 늘어놓은 조 대리가 소중히 들고 있던 화병이. 이수는 조 대리의 푸념이 사랑에 빠지고 서로를 단단히 여민 관계 속에서 부릴 수 있는 여유였음을 깨닫는다. 아마 우리도 그렇게 될 테지.

이수가 시훈을 올려 보며 한 가지 약속을 했다.

"앞으로 감추지 않을게. 걱정하면 하는 대로, 무섭고 두려우면 그건 그것대로 다 말할게."

시훈이 저를 알아주기를 바라던 이전의 고백에서 이수는 한 발 더 발을 내디뎠다. 서로를 상처 내며 돌아온 시간이 애달파서 옳고 예쁘고 반듯한 마음만 보이려 했나 보다.

"나도 그럴게."

"그리고."

이수가 머뭇대며 시훈의 타이 끝을 만지작거렸다. 부끄러움이 스민 미소가 얼핏 얼굴 위에 떠올랐다.

"이시훈 질투하니까… 그것도 기분 나쁘지는 않더라."

민망해서 차마 제 머릿속에서도 꺼내지 못한 단어를 이수에게서 듣고 나자 시훈은 오히려 헛웃음이 나왔다.

"그래서 반지 빼지 말라는 거야. 사람 속도 모르고."

모르는 모양이지만 따지고 보면 투기가 처음도 아니었다. 이수가 시훈의 가슴에 얼굴을 묻었다. 응, 절대 안 빼. 다짐을 하며.

살짝 상체를 떼고 시훈을 올려 본 이수는 촉촉이 젖은 입술을 말아 물었다. 빨리 둘만 있는 집으로 돌아가고 싶었다.

"일 많이 남았어요?"

게다가 허벅지 사이로 들어온 시훈의 왼쪽 다리가 여간 신경이 쓰이는 게 아니었다.

"아니. 첫날밤을 회사에서 치를 수는 없지."

살가운 연인의 목소리가 귀를 지나 이수의 심장 부근을 간지럽혔다.
"…뭐래."
이수가 싫지 않은 웃음을 터트렸다.
"가자, 우리 집으로."

그날 밤, 두 사람은 대화하는 동안 웃고, 울고, 다시금 서로의 입술을 찾아들다 끊임없이 몸을 맞췄다. 누구 하나 먼저랄 것 없이 체온과 체액을 섞으며 같은 온도로 녹아든 상대를 갈구했다. 서로가 내보인 육체와 영혼이 온전히 상대에게 깃든 밤이었다. 이수를 품에 끌어안은 시훈은 이 순간을 진부하지만 가장 아름다운 말로 표현할 수 있으리라 단언했다.
이제 두 사람은 하나가 되었음을 선언합니다.

* * *

"고생하셨어요, 고맙습니다."
문이 닫혔다. 어수선한 거실을 가로지른 시훈이 창밖을 바라보는 이수를 뒤에서 껴안았다. 환기를 시키느라 열어 놓은 창으로 춥지 않은 겨울 내음이 물씬 풍겼다. 리모델링을 끝마친 집은 방 하나와 거실을 틔워 답답한 구석 없이 시원시원했다. 아직 배송되지 않은 전자 제품이나 소파가 들어오지 않아 거실에는 시훈의 집에서 옮겨 온 의자와 벽에 걸지 못한 액자만 덩그러니 놓여 있었다.
"안 피곤해?"

"응. 생각보다 빨리 끝난 것 같아."

1톤 트럭에 실어 온 이수의 짐은 옷과 간단한 가재도구뿐이고 이삿짐센터에서 옮긴 시훈의 짐은 배치를 따져 볼 물건이 대부분이라 오늘은 자기 전까지 드레스 룸만 정리해 두기로 했다.

이수는 집을 보러 왔을 때 마음을 사로잡은 전경을 내려다봤다. 저 멀리 보이는 한강 변에는 차츰 노을이 지고 있었다. 집을 계약하고 이사를 준비하는 한 달여간 두 사람 모두 파김치가 될 만큼 피곤했지만 하루하루가 즐겁고 설레었다. 이수의 어깨에 턱을 올린 시훈이 시간을 확인하고는 저녁 메뉴를 권했다.

"저녁은 짜장면 먹자. 이사했는데 먹어야지."

잔금 치르랴 이삿짐을 옮기는 데 신경을 쏟느라 점심도 제대로 먹지를 못했다.

"응. 점심때 못 먹어서 괜히 서운했어."

참 별것 아닌 것들. 그래서 해 보고 싶었던 일들을 시훈과 경험하고 있다.

"노을, 진짜… 예쁘다."

우두커니 하늘을 바라보는 이수의 입에서 작은 감탄이 흘러나왔다. 지는 노을이 이다지도 포근하게 느껴질 줄이야. 순간 명치 아래가 울렁거렸다. 이런 기분을 무슨 말로 설명할 수 있을까.

잠결에 몸을 뒤척인 시훈이 곁으로 팔을 뻗었다. 시트 위로 손을 더듬어 봐도 닿지 않는 온기에 눈을 뜨니 옆자리는 텅 비어 있다. 침대 아래에 놓인 티셔츠를 꿰입은 시훈은 방문을 열고 거실로 나갔다. 불을 켜지 않은 거실 창가 옆에 뜻밖에 이수가 앉아 있었다. 거실에 걸린 시계는 새벽 2시를 가리키고 있었다. 한동안 시훈의 존재를 알아채지 못한 이수가 거리를 좁히자 인기척을 느꼈는지 고개를 돌렸다.

"어… 나 때문에 깼어요?"

"보니까 없길래. 잠이 안 와?"

말없이 고개를 끄덕인 이수가 의자에 세워 올린 무릎 위로 턱을 괴었다. 시훈이 이수의 머리 위에 입을 맞추고 의자를 끌어 앉았다. 걱정 어린 눈길이 이어지자 이수가 잠 못 드는 사정을 부끄러운 듯 털어놓았다.

"불면증 아니고, 좀… 설레서. 이렇게 반듯한 집에서 살아 보는구나. 기특하고 좋아서."

달빛이 어스름하게 거실을 비췄다. 창 너머 점점이 불 켜진 건물들이 도시에 뜬 별처럼 낭만적인 새벽이었다. 위에서 아래로 굽어본 도시는 어린 시절 이수가 보던 세상과도, 회사나 홀로 살던 오피스텔에서 보던 것과도 또 달랐다.

"처음에 서초동 오피스텔 들어가던 날 엄청 좋아했어요. 그때도 이렇게 잠을 잘 못 잤거든. 설레서."

"……."

"근데, 오늘은 그거보다 열 배는 더 그런 것 같아."

부끄러운 듯 속눈썹을 내리깐 이수가 빙그레 미소를 지었다. 시훈이 손을 뻗어 이수의 뺨을 감싸자 그 위로 이수가 손을 겹쳐 쥐었다. 곧 손바닥 안에 가벼운 입맞춤을 하고 제 무릎 위로 맞잡은 시훈의 손을 내려놓았다. 미소 끝에 남은 씁쓸함이 자꾸만 눈에 걸렸다.

"복잡해 보이는데… 정말 괜찮아?"

조심스레 물었다. 이수는 입매를 끌어 올려 보다 어색한 입술을 말아 물었다. 곧 이수의 시선이 벽에 걸린 액자에 닿았다. 엄마와 졸업식 날 찍은 사진이 그 안에 걸려 있었다.

저녁을 먹고 드레스 룸을 정리하고 나오자 한참 동안 거실을 둘러보던 시훈이 이쯤이 좋겠다며 벽 한쪽에 걸어 놓았다. 인사이트 시절 엄마를 발견하고 요양원까지 모셔다드렸지만 시훈은 이수의 가족 관계나 어머니의 병환, 과거 이수에게 어떤 사정이 있었는지 물은 적은 없었다. 궁금할 테지만 아마도 언젠가 때가 되면 말해 주리라, 기다렸겠지.

잠자코 곁을 지키는 시훈을 두고 앞뒤 없는 고백이 흘러나왔다. 시점을 정확하게 특정할 수 없는 뭉뚱그려진 회상이었다.

"어릴 때, 아빠 돌아가시고 반지하에서 엄마랑 오래 살았어요. 부엌하고 화장실만 방하고 분리된 곳이었는데, 어둡고 좁고…. 거기에서 혼자 엄마 기다리면서 텔레비전을 엄청 많이 봤어요. 덕분에 CM송도 다 그때 외운 거고."

반지하에서 살 때는 사람들의 발을 많이 봤었다. 하얀색 양말 아래 새로 산 운동화를 신은 교복 입은 형, 누나들, 할머니 손을 잡고 삑삑 소리 나는 신발을 신고 걸어가는 아기, 또각또각 어떤 누나의 구두 소리, 뚜벅뚜벅 바삐 걸어가는 아저씨의 발소리. 그러다가 피곤에 젖어 질질 신발을 끄는 익숙한 발소리를 들으면 후다닥 달려가 엄마가 왔는지 창 아래에 붙어 위를 살피고는 했다.

"나중에 그나마 나은 곳으로 이사 가기는 했는데, 이상하게 그 집이 제일 기억에 남더라고. 사진처럼."

아직도 큼큼한 반지하의 냄새가 코끝에 박혀 있었다.

"서울 올라와서 회사 입사하고, 엄마 요양원 모시고… 나는 오피스텔로 이사하고 나서 우연히 그 동네에 간 적이 있어요. 근데 아직 그 집이 남아 있었어."

담담하게 이어 가는 이수의 말이 뚝 끊겼다. 의자에서 다리를 내린 이수가 흘러내리는 머리카락을 쓸어 올렸다. 목구멍에서 울컥 치미는 열감을 가까스로 내리누른 이수는 고해 성사처럼 탁한 속마음을 털어놓았다.

"…불 지르고 싶었어. 너무 싫어서."

"……."

"좋은 기억은 하나도 없고, 보니까 마음이 미어져서…."

씁쓸한 웃음이 샜다. 그 시절만 생각하면 항상 철창이 덧대진 창문 너머로 텔레비전을 보는 어린 이수가 눈에 아른거렸다. 외로움과 쓸쓸함을 너무도 일찍 알아 버린 어린 이수가 불쌍해서 그때를 다 지워 버리고 싶었다.

시훈이 바짝 의자를 끌었다.

"지금도 아파?"

결 좋은 머리카락이 좌우로 돌아가는 방향을 따라 스르르 흘러내렸다. 아마 지금이 불행했다면 꺼내지 못했을 이야기다. 모든 이야기는 뒤에 오는 말이 진짜배기니까.

"이제 다시 가면 괜찮을 것 같아서 말한 거예요."

깊게 숨을 들이마시고 또 길게 숨을 내뱉은 이수가 이내 시훈과 눈을 맞췄다. 손을 당겨 허벅지 위로 이수를 끌어앉힌 시훈은 연인의 허리를 단단히 당겨 안았다.

"…하긴, 불 지르고 싶었다고 누구한테 말해."

달빛에 반사된 이수의 얼굴에 빙긋 미소가 떠올랐다. 밤이 되면 아침까지 이어지는 시간이 너무 길어서 뜬눈으로 지새울 생각에 지레 겁을 먹었던 날들이 있었다. 약을 먹어도 쉽게 잠들지 않는 밤에는 밤새도록 꺼지지 않는 텔레비전 앞에 앉아 일하고 있다 착각을 했다.

"시훈 씨."

"응."

이수가 시선 아래에 있는 시훈의 머리카락을 가만히 넘겨 주었다. 어둠 속에서도 저를 한가득 담은 눈동자가 또렷했다. 이내 이수가 시훈에 물었다.

"바쁜 일 지나면… 엄마 뵈러 같이 갈래요? 우리 같이 지내고 있다고 말씀드리고 싶어."

"이번 주 주말에 다녀오자. 집 정리는 천천히 하고."

이수는 아무 말 없이 시훈의 어깨에 얼굴을 묻었다. 그리고 조금 울었다. 어린 이수를 위해 흘리는 마지막 눈물이었다.

다음 날 아침, 이수는 아침 일찍 잠에서 깼다. 시훈을 깨우지 않기 위해 조심히 팔을 들어 시트 위에 옮겨 두고 발을 내딛고 문을 여닫는 일에도 신중을 기했다. 부엌에 간 이수는 비장한 자세로 조리대 앞에 섰다. 밥을 차리는 일도 생각해 보면 일과 하등 다를 바 없다고 스스로 주문을 걸었다. 전반적인 흐름을 살피고, 해결 가능한 일부터 하나하나 처리하면 될 일이었다. 이수는 즉석 밥과 레토르트 국을 찬장에서 내어놓고 냉장고에서 차곡차곡 정리된 반찬 통을 꺼냈다. 그리고 유일하게 조리 가능한 계란말이를 위해 달걀 네 개를 굴러떨어지지 않게 한편에 놓아뒀다. 준비는 끝났다.

시훈이 알람 소리를 듣고 방을 나왔을 때 이수는 식탁 위에 숟가락과 젓가락을 가지런히 내려놓는 중이었다.

"와…."

애당초 콩깍지가 씐 시훈의 눈에 초토화된 조리대며 인덕션 위에 추상화처럼 흩뿌려진 계란물과 소금은 말끔히 지워져 보이지 않았다. 그저 상을 차리는 이수를 보고 양쪽으로 입이 찢어졌다.

"앉아요."

시훈이 의자를 끌어내 앉는 동안 식탁 위에 각고의 노력을 기울인 요리가 놓였다.

"…모양은 좀 그런데, 계란말…"

"스크램블드에그. 맛있겠다."

계란말이라고 명명하려던 말이 쏙 들어갔다.

"싱거울 것 같은데… 케첩 뿌릴까."

조리대 위에 눈처럼 흩뿌려진 소금은 다 어디로 간 건지 싱겁다는 말에 시훈은 고개를 끄덕였다. 미리 꺼내 놓은 케첩을 손바닥에 두드렸다. 이수는 하트를 그리는 낯부끄러운 짓을 할까 싶다가 무난한 스마일을 그려야겠다고 생각하며 그릇 위를 조준했다. 점 두 개,

반달 모양 곡선 하나면 충분하건만, 이렇게 긴장이 될 줄이야.

"…아…."

튀어나온 탄식 끝에 결과물을 내려 본 이수의 미간에 주름이 졌다. 망했다. 누가 봐도 망했다. 계란말이도 망하고, 점 두 개, 곡선 하나만 그리면 끝나는 스마일도 망했다. 흡사 조커를 연상시키는 기괴한 모양의 스마일을 본 시훈은 움찔움찔 올라가는 입꼬리를 간신히 끌어 내리며 흠. 헛기침했다. 앞에서 사색이 된 이수는 서 있는 그대로 찍 굳은 채 그릇을 내려 보는 중이었다. 차마 결과물을 믿을 수 없다는 듯.

"약간 경고… 같은 거야? 잘못하면 알아서 해. 그런."

솟아오르는 미소를 참기가 힘들었다.

"…스마일인데."

얼굴이 발갛게 달아오르다 못해 귀까지 빨개진 이수가 결국 그릇 귀퉁이를 잡아끌었다. 아침부터 기분 좋은 웃음소리가 공간을 울렸다. 뭐가 그렇게 재밌는지 광대가 올라간 시훈이 그릇을 제 쪽으로 옮겨 놓았다.

"나 계란으로 만든 건 다 잘 먹어요. 고마워, 잘 먹을게."

결론적으로 말하면 계란 요리는 아주 짰다. 시훈은 내색하지 않고 밥과 국에 요령껏 짠 스크램블드에그를 배분해 먹으며 싹싹 그릇을 비웠다. 그리고 식사를 마칠 때까지 요리의 정체가 계란말이라고는 단 한 번도 생각하지 못했다.

출근 준비를 하며 욕실에서 같이 이를 닦고 셰이빙 폼을 올린 시훈의 턱을 면도해 주었다. 그러다 결국 눈이 맞아 세면대 앞에서 서로의 성기를 붙잡기까지 오래 걸리지 않았다.

겨울로 접어든 날씨는 제법 도톰한 코트를 필요로 했다. 앞으로 퇴근은 힘들어도 출근은 꼭 같이하고 싶다는 시훈의 바람을 따라 이수를 태운 차가 정산 사옥 앞에 멈췄다. 창밖으로 외투를 입은 사람들이 출근을 재촉하고, 이미 도로에는 차량이 빼곡했다.

"일 잘하고, 점심 잘 챙겨 먹어요."

시훈이 단추를 잠그지 않은 이수의 코트 깃을 여며 주며 당부했다.

"시훈 씨도 바빠도 점심 거르지 말구요."

"응."

그러마 고개를 끄덕인 후에도 이수는 바로 내리지 않고 창 너머를 살폈다. 길이 막힌 도로에서는 경적을 울리기 바쁘고 인도에는 핸드폰을 보며 바쁜 걸음을 재촉하는 이들이 대부분이었다. 잠시 머뭇대던 이수가 시훈에게 가까이 다가오라 손짓한다.

"잠깐, 이쪽으로…."

아, 그제야 의미를 알아챈 시훈은 가만히 이수에게 귀를 대었다. 귓속말을 전하는 이처럼 손을 세운 이수의 입술이 볼에 닿을 무렵, 쪽. 고개를 돌린 시훈과 정확히 입술이 맞닿았다.

"……."

눈을 동그랗게 뜬 이수가 얼른 턱을 당겨 조수석에 바짝 몸을 붙였다. 시훈의 웃음소리에 얼굴이 새빨개진 이수가 재빨리 조수석 문을 열었다. 반쯤 열린 문으로 찬 바람이 밀려오자 아침부터 무슨 부끄러운 짓을 이다지도 많이 했는지… 불쑥 자괴감이 몰려왔다.

이내 어깨를 들썩이며 웃던 시훈이 다급하게 연인을 불러 세웠다.

"이수야."

멈칫한 이수가 고개를 돌리자 핸들에 몸을 기댄 시훈이 나지막한 인사를 전한다.

"……."

"집에서 봐."

순간 이수는 어젯밤 노을을 보며 가슴속에 뜨겁게 맺힌 덩어리가 무엇인지 깨달았다. 그건 제게 오롯이 녹아든 행복이었다. 일평생 생소하고 아득해 보이던 행복이 차곡차곡 가슴에 차올라서 일렁이는 물결을 이제야 눈치챈 것이다.

조수석 문을 닫기 전 시훈과 눈을 맞춘 이수가 함박웃음을 지었다. 마음에서 우러나온 행복이 저절로 내비친 미소였다. 이수는 사랑하는 연인에게 아침 인사를 건넸다.

"다녀올게. 그리고…."

다른 수식어로 대체하려 해 봐도 결국 상대에게 진심을 전할 수 있는 말은 이뿐이었다.

"사랑해."

시훈이 반듯하게 길을 만들어 주었다. 모난 길을 걷지 말라, 아픈 길을 걷지 말라, 잘못 가지 말라고. 그리고 옆을 돌아보자 이제는 길 위에 손을 맞잡은 그가 있었다. 이제 어디든 같이 가자는 약속과 함께였다.